# ESTOUCHA

Georges Waysand

# ESTOUCHA

récit

Denoël

Ouvrage publié sous la direction
de FRANÇOISE ROTH


9, rue du Cherche-Midi, 75006 Paris
ISBN 2-207-24633-7
B 24633-8

# I

Le rituel de son dîner s'achevait. Deux petits biscuits bruns, une demi-banane coupée en rondelles et une tasse de thé léger comme on le fait en Pologne. C'était très peu mais je ne m'en inquiétais pas vraiment ; pourtant, alors qu'elle avait toujours détesté cela, depuis quelques jours elle préférait être servie au lit. Son visage était toujours aussi lisse et sa rondeur me donnait l'impression qu'ainsi elle pourrait encore tenir longtemps. Entre nous, pour nous deux, le temps semblait pouvoir être suspendu. Elle demanda à se lever ; j'ai oublié pourquoi. Cela voulait dire la voir prendre un temps indéfini pour s'asseoir au bord de son lit, chercher du pied ses Adidas, rester un long moment renfermée silencieusement sur elle-même la tête penchée sur la poitrine. Elle rassemblait ses forces pour se mettre enfin debout en prenant appui des deux mains sur les accoudoirs d'un fauteuil placé à cette fin juste devant elle.

Pour l'aider à regagner sa chambre je lui pris le bras. Devant l'entrée du séjour, elle s'arrêta quelques secondes pour regarder les deux bouquets de fleurs qu'on lui avait offerts dans la journée. Chacun était dressé dans un vase au centre d'une table basse de telle sorte qu'ils étaient l'un derrière l'autre en enfilade, juste sur la diagonale de la pièce. Celui du fond, tout de grosses fleurs blanches que je ne savais pas nommer, était presque dans l'angle de la pièce, bien plus volumineux que celui du premier plan fait de marguerites de serre d'un jaune pâle, comme pour contrarier l'effet réducteur de la perspective. Il y avait toujours eu des fleurs dans cette pièce, mais c'est la seule fois qu'elles furent ainsi disposées, un bouquet renvoyant à l'autre avec l'évidence calme d'une beauté obtenue avec si peu de moyens et si peu de couleurs. C'était si surprenant que, spontanément, sans rien nous dire, nous nous arrêtâmes tous deux, juste dans l'axe des bouquets, pour jouir de cette paix.

De retour à son lit, elle s'y assit. De nouveau, avec une infinie lenteur, pour ne pas réveiller de douleur, elle allongea ses jambes et rabattit draps ct couvertures, recréant ainsi le désordre maniaque qui, prétendait-elle, assurait son confort. Je me penchai alors sur elle et, plaçant mon bras gauche sous ses aisselles, la remontai vers la tête du lit pour mieux l'adosser aux oreillers. Elle s'abandonna, notre mouvement se fit sans heurts, presque harmonieusement. Humides et en imploration, ses yeux se levèrent vers moi, elle murmura : « Toi seul, tu peux me comprendre. » Honteux et gêné, je bredouillai quelques mots, d'autant plus gêné qu'il fallait les dire à très haute voix pour surmonter sa surdité. Nous nous embrassâmes sûrement avant que je parte, mais en vérité je ne m'en souviens plus. Plus tôt dans la soirée elle m'avait dit : « Finalement on ne peut compter que sur la famille », et après un long silence où chacun avait roulé en soi son non-dit : « Édith – avec qui comme bien des belles-mères elle n'avait pas de relations faciles – a bien élevé les enfants. » C'était sans vrai rapport avec nos derniers mots échangés, comme si elle avait voulu tirer quelques conclusions définitives.

Le lendemain, au labo, je suis parti déjeuner plus tard que d'habitude parce que j'avais parlé avec une amie de la mort de son père. Quand je remontai, il y avait trois messages sur le répondeur. Le troisième disait la vérité : elle était morte tôt le matin, un médecin légiste était sur place. Je prévins que j'arrivais.

Contrairement à mon habitude je conduisis lentement. De toute façon il n'y avait plus que moi maintenant. En roulant, mot à mot je me formulai que pour la première fois depuis des dizaines d'années un des nôtres arrivait naturellement au terme de sa vie. C'était aussi la première fois dans ma famille qu'on allait pouvoir remplir envers celle qui venait de partir ce dernier devoir élémentaire et normal de donner une sépulture.

Pour me rassurer, comme si désormais je n'avais plus droit à l'erreur, je me répétai : pour la première fois depuis des dizaines d'années... Chaque mot était juste et le tout était bien une évidence, même si nous étions si peu à savoir que c'en était une. Tout était juste, sauf « ma famille » à cause de son trop-plein de normalité. Quel sens peut avoir un possessif appliqué à des gens qui n'étaient sans doute déjà plus en vie quand je suis né, des gens que je n'ai pas eu à connaître, que je n'ai ni aimés ni haïs, qui sont des ombres dont j'ignore jusqu'aux noms et dont une dizaine de photos me laissent deviner le monde où ils vécurent ? Je suis des leurs, ils n'ont jamais été des miens. Dans la compassion que j'ai pour leur destin il n'y a d'autre proximité que celle que j'ai pour tous ceux qui connurent le même sort. Ce que j'avais maintenant à faire pour ma mère, ni elle ni personne parmi les siens n'avait pu le faire pour ses parents.

Il faisait un temps superbe. En fermant la voiture, je levai les yeux vers son balcon. Un policier y montait la garde. Je lui fis signe, il rentra. Dans l'escalier je croisai un jeune homme sortant de chez elle avec une grosse mallette en cuir, sans doute le médecin légiste. Je lui demandai bêtement si elle était morte d'une hémorragie intestinale. Du haut des marches il me regarda d'un air étonné et marmonna que pour le savoir il faudrait faire une autopsie puis, pressé, il continua de descendre en m'expliquant qu'il était de la médecine judiciaire et qu'un autre médecin viendrait délivrer le certificat de décès.

Dans l'entrée il y avait le commissaire qui me dit quelques mots. Je continuai vers le séjour. En plus de dcux policiers trop jeunes en uniforme, ils étaient là, concierge, voisins, amis, à six ou huit, assis sur deux rangs, certains que je reconnus, d'autres pas, et notamment une femme aux traits brouillés d'émotion et dont les cheveux blancs et raides partaient par grands à-plats dans tous les sens. Leurs regards étaient fixés sur moi. Tous ensemble ils se levèrent et je les vis d'un seul bloc, comme une classe morte en Pologne.

## II

Cette Pologne avait vu le jour en 960 quand Ibrahim ibn Jacob, voyageur juif parti de la Tolède arabe, écrivit le compte rendu de son voyage en Europe. Je suis allé plusieurs fois à Tolède, personne ne m'a jamais parlé de lui, je ne connaissais pas alors son existence. Ibn Jacob parle d'un pays de Mieszko, première description, paraît-il, de la Pologne dans la littérature occidentale. Le pays de Mieszko existe encore et son hymne national assure qu'il vivra toujours. L'auteur des paroles de cet hymne ne devait ou ne voulait pas savoir que les civilisations sont mortelles ; c'est une idée qui s'accorde mal à la revendication nationale. La Pologne de ma mère existait encore presque onze siècles après le passage d'Ibrahim ibn Jacob. De cette Pologne qu'elle ne m'évoquait qu'avec difficulté et toujours avec les mêmes anecdotes, il ne reste que des cendres, quelques pierres debout et beaucoup plus d'autres qui, mises à plat, servent encore aujourd'hui de berges et de chaussées.

Il n'est pas si facile de trouver son chemin dans un monde disparu. Rien que la rédaction d'un simple guide [1], destiné au grand public juif américain, supposé pas trop exigeant en matière d'histoire [2], a demandé plus de trente voyages à son auteur pourtant natif du pays. Ce guide fournit quelques cartes sommaires. Extraites d'un atlas érudit, elles dessinent la Pologne du gouvernement général d'entre les deux guerres (1921-1939), celle de sa partition en septembre 1939 entre l'Allemagne nazie et l'Union soviétique, enfin celle d'après 1945. Il n'y a pas de carte d'avant 1914, faute sans doute de candidats au voyage nés à cette époque et voulant revoir le pays. Pourtant, partout ailleurs dans le monde, des cohortes de gens âgés sont promenés vers des destinations beaucoup plus improbables.

Dans la partie occidentale de ces cartes est parfois indiquée la ville où ma mère est née : Kalisz. Sur celle de la Pologne contemporaine, on la devine à l'écart d'une grande voie de circulation, Kalisz, calèche. Les cartographes et les fonctionnaires eux aussi pensent que Kalisz c'est du passé. Pour obtenir un extrait de son acte de naissance, j'écrivis à Nantes, au service de l'état civil des Français nés à l'étranger, en indiquant Kalisz (Pologne). Je reçus un acte où il était inscrit : Kalisz (Russie), et au feutre rouge sur ma lettre de demande l'employé avait rayé Pologne et corrigé Russie, comme le fait un prof à bout de nerfs. Sur le moment je fus surpris, mais le service avait raison. Depuis le congrès de Vienne en 1815, Kalisz était sur la frontière entre la

1. *Hippocrene Insider's Guide : Poland's Jewish Heritage*, par Joram Kagan, New York, Hippocrene Books, 1992.

2. Il se termine par une table de prononciation pour anglophones du nom de quelques villes polonaises, entre autres Lodz = Woodge, Lublin = Loobleen, Oswiecim = Oshweetzeem, Treblinka = Trebleenka, Warszawa = Varshava.

Prusse et la Pologne, donc dans l'empire russe puisque à sa frontière avec l'empire allemand.

De Kalisz, je ne connais rien. Le *Petit Robert* mentionne que la ville a été fondée par les Romains et qu'on l'identifie à la Callisia citée par Pline au Ier siècle et par Ptolémée au IIe. En tout cas, c'est la plus ancienne ville de Pologne. Le guide qui ne s'intéresse qu'à la présence juive indique aussi que c'est à Kalisz que le prince Boleslav V dit « le pieux de Kalisz » donna aux Juifs, en 1264, des « privilèges » : droit de résidence et protection judiciaire, malgré la volonté du conseil polonais des Églises qui poussait à la ségrégation. C'est d'ailleurs aussi à Kalisz que fut ouvert, une vingtaine d'années plus tard, le premier cimetière juif.

La vie juive a sans doute disparu de Kalisz, mais il y a des gens de Kalisz un peu partout dans le monde. Voici bien des années, à Paris, sur le comptoir d'une boulangerie à l'angle d'une rue avec la rue des Rosiers, j'avais ramassé un de ces petits calendriers que les commerçants offrent gratuitement pour la nouvelle année juive. J'ai ainsi découvert qu'il y avait à Paris une association de gens de Kalisz. J'en fus amusé et je lui avais rapporté le petit calendrier qui donnait l'adresse de l'association. Elle écarta la suggestion d'entrer en contact avec eux par un de ces sourires mi-amers, mi-méprisants qui lui tordaient la bouche. Pourtant, parmi ceux de Kalisz, certains ne l'avaient pas oubliée. À la fin des années 80 elle avait reçu une lettre de l'association de ceux qui étaient en Israël. La lettre disait en substance que la situation politique avait changé en Pologne et que du coup ils avaient pris langue avec la nouvelle municipalité. Dans le climat de renouveau démocratique qui régnait alors, la municipalité avait admis bien volontiers qu'il fallait faire quelque chose pour témoigner de la Kalisz disparue. L'association avança que le mieux serait de remettre en état le cimetière. La mairie accepta la suggestion mais... il y avait un petit problème. Quand les Allemands avaient occupé la ville, ils s'étaient servis des pierres tombales pour construire des quais sur les berges de la Prona. Alors, si l'association voulait bien prendre à sa charge la restauration des quais, la municipalité rendrait les pierres... l'association demandait donc qu'on lui envoie de l'argent. J'éclatai moi aussi d'un rire amer en lui traduisant la lettre : tout était en place pour que ça recommence. Quelques semaines plus tard, je fus très surpris quand ma mère m'annonça qu'elle avait envoyé de l'argent ; je le fus encore plus quand elle me dit combien. C'était un montant ridiculement faible, comme si elle avait estimé sa part en fonction de la population qu'elle avait connue. Je n'osai pas lui en faire la remarque. Kalisz avait en 1939 à peu près cinquante mille habitants, un peu moins peut-être quand elle était partie neuf ans plus tôt ; un bon tiers étaient juifs.

Après Boleslav, le pieux de Kalisz, les privilèges des juifs furent un siècle après reconfirmés par Casimir III dit le Grand (Kazimierz Wielki). Une légende raconte qu'ils furent obtenus parce que Casimir était amoureux d'une jeune juive dénommée Esther. La légende ajoute que les garçons issus de cette liaison furent élevés dans la religion catholique et que les filles restèrent juives.

Dans la Bible, l'histoire d'Esther a la même trame : belle juive vivant à la cour du roi de Perse Assuérus, elle l'épouse et obtient la grâce des juifs menacés par le vizir Aman. La fin de l'histoire biblique n'a pas été reprise par la légende judéo-polonaise, il faut reconnaître qu'elle ne fait pas très couleur locale : Esther fait nommer à la place d'Aman son cousin Mardochée, les juifs sauvés massacrent leurs ennemis.

Esther, c'était son prénom qui s'écrit Estera en polonais et donc aussi en français administratif, mais depuis sa mort, la poste, qui n'est pas très regardante, m'a fait suivre son courrier avec une étiquette où il est écrit Estondra. De toute façon personne ne l'a jamais appelée Esther. Dans les années 50 nous reçûmes une lettre qui avait pour toute adresse : Mme Estoucha, Malakoff (France) – Estoucha est le diminutif d'Esther.

Elle était la dernière d'une famille de sept enfants. Son père, ouvrier dentellier, spécialité de Kalisz, était talmudiste après le travail, spécialité qui n'en était pas une chez les juifs de cette époque. Néanmoins, il était suffisamment estimé pour qu'on vînt le consulter. Les traités qu'il étudiait, d'énormes livres reliés de cuir ou de forte toile noire, étaient rangés en haut d'une étagère hors de portée d'Esther et fort mystérieux pour elle. Les petites filles croient toujours que leur père est un puits de science. C'est tout ce que je sus pendant longtemps de celui qui aurait dû être un de mes grands-pères et qui n'est pour moi qu'un maillon généalogique. Quand ma mère eut du mal à marcher et qu'il lui fallut une canne, malgré son orgueil, elle s'y résigna plus facilement que je ne m'y attendais. En revanche, en dépit de l'embarras que cela lui causait, elle insista pour l'acheter elle-même. Comme pour bien des choses de la vie courante, elle en avait une idée bien arrêtée. Mais pas par souci maniaque. Elle me raconta d'un ton enjoué que son père était un homme de belle prestance, et qu'un de ses plaisirs était d'aller se promener sur je ne sais quel boulevard de Kalisz avec une canne à pommeau d'argent, ou passant pour tel. Il aimait jouer avec cette canne pour souligner l'élégance de sa silhouette et avoir l'air d'un monsieur. Ce fut la seule fois où elle me donna de son père une autre image que celle d'un pilier de la tradition. Avec l'étude, ces promenades étaient vraisemblablement son seul luxe.

En épousant ce bel homme, Mathilda Arkusz avait fait une mésalliance, c'est du moins ce que pensaient ses parents. Le père Arkusz, qui paraît-il possédait quelques maisons, ne leur vint jamais en aide bien qu'ils fussent à l'étroit dans un rez-de-chaussée ou un entresol. En plus de ses tâches ménagères, Mathilda avait des activités sociales. L'autocratisme russe était haï, ne serait-ce qu'à cause de l'école. L'enseignement dans les écoles polonaises devait alors être obligatoirement fait en russe, le polonais étant interdit. Des professeurs patriotes, de connivence avec leurs élèves, bravaient cette interdiction. Leurs cours étaient dispensés en polonais mais chaque élève avait dans son pupitre un manuel en russe ouvert à une page convenue. Si l'inspecteur russe arrivait, ils devaient substituer le manuel russe au manuel polonais qui devait être caché. La révolution de 1905 avait soulevé beaucoup d'espoirs en Pologne. Maintenant qu'elle avait échoué, il fallait assurer le soutien matériel aux révolutionnaires russes, emprisonnés ou déportés en Sibérie. C'est toujours l'échec qui nourrit l'espoir. Mathilda participait à ce soutien populaire où le patriotisme polonais se mêlait aux aspirations socialisantes. Comme des dizaines de milliers d'autres familles juives à la même époque, celle-ci s'ouvrait à la politique et aux utopies séculières. Mathilda n'était pas sans éducation puisqu'elle put aider Estoucha, sa petite dernière, même quand celle-ci alla au lycée. Elle ne manqua pas de lui raconter comment, avant la guerre, était contournée l'interdiction d'enseigner le polonais. Ses filles aînées lisaient en allemand des auteurs contemporains, Freud, peut-être Kafka mais sûrement Zweig, que lut aussi Estoucha. Mathilda était donc du côté de la modernité.

La Première Guerre mondiale avait ravagé Kalisz. Y survivre sans économies avec sept enfants n'a pas dû être une mince affaire, Esther était trop jeune pour s'en être aperçue ou pour s'en souvenir. La famille était très pauvre, cela elle me l'avait toujours dit. Souvent elle évoqua le fait que pour tromper sa faim elle grattait avec ses ongles, qu'elle suçait ensuite, le salpêtre du mur contre lequel était appuyé son lit, un truc dont elle se souviendra plus tard en prison.

L'évocation du récit d'une enfance pauvre par celle ou celui qui l'a connue ne sert bien souvent que de point de référence pour mieux mettre en valeur le chemin parcouru. Elle, qui ne détestait pas les histoires édifiantes, en parlait avec un peu de la jubilation du conteur qui sait que l'histoire finira bien, mais sans fierté, d'une voix éteinte. En même temps, la pauvreté de sa narration, puisqu'elle ne se souvenait que de quelques détails matériels sans lien logique l'un avec l'autre (la position de ses doigts, celle du lit par rapport au mur...), supprimait l'impression qu'il s'agissait d'une entrée dans la vie, du début d'un parcours. Ce n'était plus qu'une photo effacée, un bref aperçu sur un monde absent et sans mouvement propre pour lequel elle n'avait, semble-t-il, aucune nostalgie et que, de ce fait, elle n'arrivait pas à animer ni à incarner. À moins que, tout simplement, ce qu'elle voulait faire connaître était trop éloigné de nos expériences pour pouvoir être vraiment partagé. J'essaie de retrouver le ton qu'elle avait en racontant cela, maintenant qu'elle aussi est absente. Je me souviens de son obstination didactique, de son français aux tournures un peu étranges lorsqu'elle voulait parler de choses personnelles. Je ne reconstruis que du vraisemblable à propos de ces histoires que je n'écoutais plus que d'une oreille distraite, à force de les avoir trop souvent entendues.

Je ne les mettais pas en doute, mais j'étais sûr aussi que son enfance avait été autre chose. L'histoire du salpêtre était vraie mais sa répétition en avait refoulé une autre. Une autre qu'elle ne m'a jamais racontée et qu'elle a appelée « mon arbre aux sabots », parce qu'elle lui revint brutalement à l'esprit en assistant à une projection du film presque homonyme dans lequel elle a cru voir jouer Mastroianni (que dans un superbe lapsus elle écrivit Maestroiani) : « Il y a quelques années j'ai vu le film *L'Arbre aux sabots* avec Maestroiani qui m'a très impressionnée et qui m'a rappelé un moment très douloureux de mon enfance en Pologne, à Kalisz, chez mes parents. »

Comme cela arrivait de temps à autre, ses bottines étaient percées, c'était l'hiver et il y avait de la neige. C'était sa seule paire et cela voulait donc dire qu'elle n'irait pas à l'école tout le temps qu'elles ne seraient pas ressemelées. Le cordonnier, une fois son travail fini, fit prévenir que les bottines étaient prêtes... Personne n'alla les chercher car les parents n'avaient pas de quoi payer la réparation. Estoucha, malgré ses pleurs, dut rester à la maison. Enfin, un soir, le père rentra, annonçant la bonne nouvelle : le cordonnier allait pouvoir être payé. Tout excitée, la fillette insista pour qu'on aille tout de suite chercher ses bottines. Ainsi pourrait-elle retourner à l'école dès le lendemain. Sa mère se rendit à ses raisons ; elle s'habilla et toutes deux se mirent en route, la petite chaussée de vieilles pantoufles.

Le cordonnier habitait dans une cave obscure. À peine la mère en eut-elle franchi le seuil qu'Estoucha l'entendit pousser un grand cri d'effroi. Cherchant à tort à main gauche la clenche de la porte, sa mère ne la trouvant point venait de faire un pas de trop et avait basculé d'un seul coup dans le vide, l'escalier qui descendait à la cave étant particulièrement raide et sans garde-corps. Cela, la petite ne l'apprit qu'en se réveillant dans son lit à la maison. Tout le monde y marchait sur la pointe des pieds et parlait en chuchotant. La mère avait subi un sérieux traumatisme crânien. C'est le cordonnier qui, entendant les cris, était venu à son secours. La fillette n'était pas moins traumatisée. Pendant des jours et des jours elle aussi resta alitée, pleurant et refusant toute nourriture pour ne trouver refuge que dans le sommeil. Enfin sa mère put se lever et, comme de juste, la petite se sentit guérie et en fit autant. Les chaussures réparées étaient au pied de son lit ; elle reprit le chemin de l'école.

Quand Estoucha m'annonça qu'elle avait commencé la rédaction de « ses petites histoires en marge de la grande », elle m'en fit lire les premières feuilles. Leur écriture date de fin 91, son « arbre aux sabots » est la première. Son unique commentaire est une interrogation : « Je n'en ai jamais parlé à Georges, je ne sais pas pourquoi j'en ai parlé un jour à Roland et j'ai pleuré. »

Roland fut son ami dans les dernières années. Quelques années seulement se sont écoulées depuis. J'ai beau fouiller ma mémoire, il me faut admettre que si j'ai gardé le souvenir de cette lecture, aucune trace ne m'est restée de son contenu. La violence d'un tel épisode interdit qu'on l'oublie. C'est pourtant ce que j'ai fait. Ou peut-être pire : je ne m'en suis jamais souvenu parce qu'en fait je n'ai pas vu ce qui aurait sauté aux yeux de n'importe quel autre lecteur. C'était pourtant la première fois qu'elle évoquait un aspect intime de sa relation à sa mère. Ce qu'en revanche je n'ai pas oublié, c'est que j'ai lu ces feuilles et les lui ai rendues avec quelques paroles d'encouragement, pas très éloignées du ton plein de paternalisme professionnel qu'il m'arrive d'utiliser avec les jeunes chercheurs de mon équipe qui rédigent leur thèse.

C'est seulement six mois après sa mort, relisant son arbre aux sabots pour la troisième ou quatrième fois, que, seulement à cet instant, tout à coup, se cristallisa en moi la douleur de cette fillette et son sentiment de culpabilité. À la première lecture je n'y avais même pas prêté attention; faut-il dire que je n'avais pas voulu comprendre?

Quelle importance? Maintenant que j'ai enfin compris, maintenant que le malentendu est dissipé, sa vérité ne peut plus être partagée. Tout au plus reste-t-il la consolation du commentaire qui, à mon tour me fait partager la culpabilité de cette fillette.

Évidemment, cet arbre aux sabots, avec environ trois quarts de siècle de retard a tout l'air d'un magnifique retour du refoulé. N'a-t-elle pas écrit : « ... qui m'a *rappelé* un moment très douloureux de mon enfance... » ?

Avais-je vraiment envie de partager sa douleur inopinément revenue de Pologne? Voulais-je vraiment, le soir où, impromptu, elle me donna à lire ses quelques feuilles, débobiner le fil d'un écheveau dont elle m'avait jusque-là dit si peu ? Certes, je l'avais bien encouragée à écrire un ou deux ans plus tôt, mais sans penser un instant que cela nous impliquerait l'un et l'autre.

D'ailleurs, cette histoire, l'avait-elle vraiment oubliée ? Elle écrit bien que le film la lui a remise en mémoire, mais c'est pour ajouter immédiatement après qu'elle ne m'en a jamais parlé. Si vraiment ce souvenir avait été refoulé, elle n'aurait pas pu constater qu'elle ne me l'avait jamais raconté. On ne peut pas raconter ce que soi-même on a oublié.

Pourquoi alors cette irruption de larmes quand, pour la première fois depuis des dizaines d'années, elle fit le récit de son arbre aux sabots ? Pourquoi ces larmes qui la surprirent tellement ?

La culpabilité qui l'avait envahie enfant n'était sans doute pas évanouie. Et puis, en évoquant cet épisode, récit d'une mort imaginaire, pouvait-elle éviter de penser en même temps à la vraie mort de sa mère sur la route du ghetto ? (De la même façon qu'en évoquant son histoire d'enfant je pense à sa propre mort.) Cette mort vers le ghetto à laquelle, cette fois encore, elle fut absente parce qu'elle était fort loin de là. Se sentant encore responsable de la chute de Mathilda, sa mère, n'a-t-elle pas tout à coup déplacé cette culpabilité vers cette vraie mort, celle qu'elle n'avait pas pu empêcher, malgré tout ce qu'elle fit pour combattre le nazisme ?

Elle qui fut la combattante, ce qui m'a épargné tant d'interrogations et de douleurs, a-t-elle partagé devant l'arbre aux sabots le complexe de culpabilité qu'on prête aux survivants des camps ? Ces questions, et d'autres de même nature je n'aurais jamais osé lui poser. En vérité, la première fois que j'ai lu son histoire, j'ai fait comme elle avec sa mère : j'étais présent mais je n'y étais pas, et comme ça je n'ai pas eu à lui en parler. Se peut-il ainsi que nous n'ayons pu vraiment partager que nos silences ?

## III

Étant une fille, Estoucha n'eut pas à aller à l'école juive traditionnelle. L'école primaire qu'elle suivit, celle de son arbre aux sabots, avait des programmes d'enseignement plus ouverts que ceux des écoles religieuses.

Elle enchaîna sur le lycée. C'était un établissement fondé par ceux des Juifs de Kalisz qui voulaient fournir une éducation moderne aux enfants de leur communauté. Fréquenté par les enfants de familles aisées, il était payant. Un jour Estoucha fut convoquée à la direction de ce lycée pour s'entendre dire que, la mensualité de sa scolarité n'ayant pas été réglée par ses parents, elle était renvoyée et ne pourrait assister de nouveau aux cours qu'après le règlement de cette dette. Quand elle racontait cela elle disait toujours *les* parents, jamais mes parents, comme si d'avoir tant de frères et sœurs entre elle et eux transformait les parents en une institution surplombant la famille. En revanche, chacun d'entre eux pris isolément avait droit au possessif. Peut-être cette tournure un peu bizarre vient-elle du polonais.

Son absence se serait prolongée si sa sœur aînée, lors d'une sortie au théâtre – autre fierté de Kalisz qui en comptait plusieurs –, n'avait pas croisé un professeur qui lui demanda pourquoi on ne voyait plus sa benjamine au lycée. Mis au courant des difficultés matérielles de la famille, ce professeur prit alors sur lui d'intervenir auprès de la direction du lycée. Quelques jours plus tard, les parents furent avertis qu'Estoucha pouvait à nouveau suivre les cours. Le professeur la prit à part pour lui dire qu'il lui procurerait des élèves pour pouvoir payer ses mensualités. Estoucha ne fut pas trop surprise de cet arrangement. Des deux amies qu'elle avait, Karola Frenkel et Hela Zalc, toutes deux de familles pauvres, la première, Karola, payait depuis longtemps sa scolarité avec l'argent gagné en donnant des répétitions. C'est avec Karola qu'Estoucha avait l'habitude de revenir du lycée quand leurs horaires coïncidaient.

Un des frères de Karola était aliéné. On le voyait parfois errant dans les rues, poussant des cris quand il croisait un chien. Plus d'une fois les deux fillettes, impuissantes, virent des enfants lui courir après pour l'exciter, lui jeter des cailloux et le railler. En revenant du lycée, Karola et Estoucha bavardaient, se racontant l'une à l'autre leurs enfances mi-Dickens, mi-Chagall. Toute la famille de Karola était sous la coupe du père, homme autoritaire très attaché à la lettre de la religion et aux coutumes juives dont il imposait le respect absolu. D'après Karola, si son père apprenait qu'elle fréquentait le lycée, elle serait battue. À la maison, elle devait cacher ses livres, ne faire ses devoirs que la nuit quand elle était absolument sûre que son père dormait. De surcroît, elle était astreinte aux tâches ménagères que dans une telle famille on attendait d'une fille.

Il est certain que Karola payait sa scolarité à coups de répétitions, qu'un de ses frères était aliéné, qu'elle habitait rue Nova, comme beaucoup de familles juives de

Kalisz, et qu'Estoucha n'a jamais mis les pieds chez les Frenkel... Tout cela est vrai, mais je n'arrive pas à croire au portrait que Karola donnait de son père. Est-il possible que pendant des mois, et plus tard des années, ce père ne se soit pas aperçu que sa fille allait au lycée ? La fatigue du travail scolaire nocturne, la lumière qui restait allumée quand tout devait être éteint, les manières de parler, l'absence de disponibilité durant les heures de classe, la mère qui n'aurait jamais laissé échapper un mot de trop, comment aurait-il pu ne pas découvrir la vérité ? Cela tient du conte de fées. Un conte de fées que, peut-être, Karola se racontait pour refuser une réalité plus prosaïque : la misère de sa famille qui l'obligeait à subvenir elle-même à ses frais de scolarité. Quand Estoucha reçut ses confidences elle n'avait que dix ou onze ans. Elle ajoute que de la famille de Karola elle n'a jamais vu que son frère idiot, et sa façon de raconter des dizaines d'années plus tard a gardé quelque chose d'enfantin qui montre bien qu'il s'agit d'un souvenir brut.

Je n'aime pas croire à cette scolarité de Karola parce que derrière son récit je devine la condamnation sans appel qu'en tira Estoucha. Pour elle, si Karola était dans cette situation c'est parce que son père était un obscurantiste religieux. Incroyant, n'ayant eu à faire aucun effort d'émancipation, n'ayant jamais souffert de la bigoterie, rien ne me fait adhérer à ce père sinistre. Gêné de conclure comme Estoucha que c'est à cause de la religion, j'invente des raisons pour me montrer qu'il est peu vraisemblable. Quand elle vivait je ne posai pas ces questions, elle disparue je les évoque pour compenser son absence, pour faire semblant de rouvrir une de ces discussions où il nous plaisait de nous affronter.

Même si elle vivait encore je n'en aurais pas parlé. La Pologne, c'était d'abord sa Pologne. Et puis, au-delà de ce qui me rattache à elle, comme tout un chacun je commence toujours par refuser l'inimaginable, l'inacceptable ou l'irrationnel, même quand je n'y connais rien. Ce fut le cas justement à propos de la Pologne quand une amie me rapporta à la fin des années 70 qu'on manquait de viande à Varsovie. Alors que je n'avais aucune illusion sur l'efficacité du régime en place, je ne la crus pas sur parole et fus presque à deux doigts de lui prouver le contraire ! Il n'y a pire sourd que celui qui ne veut pas entendre.

Ce que je peux partager et donc comprendre, c'est que la laïcité d'Estoucha ne se trompait pas d'adversaire ; c'était d'abord, enraciné dans son enfance, un combat contre l'étouffement de la vie rituelle juive, singulièrement pour les filles. Mathilda, sa mère, était à la source de cette révolte, mais si elle avait rompu avec son milieu social, peut-être seulement par amour de ce dentellier qui aimait jouer l'élégant sur le boulevard de Kalisz, à la différence de sa benjamine elle ne rompit point avec cette vie juive. La mère et la fille avaient chacune leurs raisons.

Pour Estoucha, la revendication laïque c'était d'abord une révolte existentielle, une affirmation de soi qu'un anticléricalisme catholique n'aurait pas pu nourrir. Les conformistes juifs, pharisiens d'aujourd'hui, qualifient facilement ce type d'attitude de judaïsme honteux, de haine de soi, comme si toute critique de la vie juive était *a priori* irrecevable, comme si après l'Extermination l'idée même qu'il y ait pu avoir et qu'il subsiste aujourd'hui un refus juif de la religion est scandaleux, comme si le vieux fil qui remonte à Spinoza devait pour toujours être rompu. Du monde disparu dans l'extermination, la synagogue mais aussi sa remise en cause faisaient partie. Respecter ce monde disparu c'est aussi refuser de l'idéaliser.

Mathilda avertit un jour sa petite dernière qu'elles iraient passer l'après-midi chez Mme Temkine où elle retrouverait une amie d'école puisque les deux mères faisaient partie de l'association (comité ?) des parents d'élèves. L'après-midi se passa à jouer, mais sur le chemin du retour Estoucha demanda à sa mère pourquoi il y avait tellement de monde chez les Temkine et pourquoi toutes les grandes personnes étaient assises sur des sièges très bas.

« C'est une coutume quand il y a un deuil dans la famille. »

Puis, prévenant la question, elle ajouta : « Personne n'est mort dans la famille Temkine mais la fille aînée s'étant mariée avec M. Wilkomirski, qui est goy, la coutume juive veut qu'on la considère comme morte et qu'on fasse le deuil. »

Rentrée à la maison, Estoucha en parla avec ses sœurs qui étaient au courant. M. Wilkomirski avec ses trois enfants, deux fils et une fille, avait constitué un quatuor qui était célèbre non seulement en Pologne mais aussi à l'étranger.

Je n'ai d'abord connu cet épisode que par les notes qu'elle m'a laissées, elle n'en avait jamais parlé avant de l'avoir rédigé. Certes, elle savait que je les relirais, mais je crois que les destinataires réels de ces lignes étaient ses petites-filles.

C'est Estoucha qui a écrit le dialogue ci-dessus. Je l'ai légèrement modifié puisque aussi bien elle-même l'a reconstitué. Ainsi, dans la bouche de sa mère, qu'elle appelle maman alors que je crois ne l'avoir jamais entendue l'appeler ainsi, met-elle les mots suivants : « M. Wilkomirski qui n'est pas juif, qui est goy... »

Comme si une mère juive polonaise devait préciser à sa fille le sens du mot goy ! Dire « gentil » était hors de question, mais Estoucha n'aimait pas la connotation péjorative de « goy ». C'est quand même un des deux ou trois rares mots yiddish qu'elle employait occasionnellement avec moi. Mathilda n'avait pas sûrement pas besoin de lui en indiquer le sens, et la plus jeune des filles de Mathilda savait bien que je connaissais parfaitement ce mot, mais elle n'était pas certaine que ses petites-filles qui liraient un jour ses notes étaient au clair sur cette notion de goy. C'était sous-estimer l'influence de Woody Allen sur la diffusion d'une culture juive séculière même parmi les jeunes générations, goy ou pas. Estoucha aimait bien Woody, tout en regrettant que ses films fussent en américain, une langue qu'elle s'obstinait à ne pas essayer de comprendre.

Ce qu'en revanche elle comprit très bien, c'est le sens caché du choc qu'avait représenté pour elle ce qui s'était passé chez Mme Temkine : « À l'époque le terme racisme m'était complètement inconnu, mais la scène du deuil est restée comme un cliché dans ma mémoire. » Je la suis, mais encore une fois mal à l'aise. Quel âge avait donc Estoucha quand elle assista à ce deuil ? Étrange circonstance pour se forger une notion du racisme, comme si elle n'avait jamais rencontré l'antisémitisme. À moins que, celui-ci faisant partie du paysage – l'indépendance de la Pologne après le congrès de Versailles s'accompagna d'un réveil de l'antisémitisme –, elle ne l'ait ignoré ou n'ait considéré que c'était le fait des autres. Les goyim, c'était une donnée dont il fallait bien tenir compte, une adversité. Leur antisémitisme était autre chose que cette faute des siens contre l'humanisme dont elle venait d'être témoin. Toutes les amies qu'elle mentionne sont juives. « Rue Nova il y avait beaucoup de familles juives... » Au lycée, hormis ses amies, elle ne parle que de familles qui lui paraissaient aisées. Sans qu'elle s'en soit rendu compte, elle ne parle que du monde qui était l'horizon de son univers d'enfant, un monde sans goy.

En Pologne, les juifs étaient reconnus comme une minorité nationale. Ils avaient leurs députés au Parlement et parmi eux certains étaient athées et socialistes, représentants du légendaire Bund [1]. Bien sûr, ses petites histoires en marge de la grande, comme elle les appelait, ne visent pas à être la chronique d'une petite ville de Pologne. Elle avait été tentée de tracer une fresque de son siècle. Elle eut l'intelligence de réaliser que c'était hors de sa portée, et se concentra sur ce qui l'avait touchée au plus près. La discrimination par ses proches lui apparaissait plus insupportable que celle venant des autres, quoi qu'il advînt par la suite. Est-ce cela la haine de soi ?

Elle n'avait que douze ans, sa présence au lycée était maintenant conditionnée par les revenus tirés de ses répétitions. Karola lui avait expliqué comment s'y prendre... et lui avait aussi enseigné la règle d'or bien antérieure à Freud : exiger des rémunérations sérieuses était la seule manière de se faire respecter. Ainsi, peu à peu, arriva-t-elle à payer le lycée et même avoir un peu d'argent en plus. C'était durement gagné car psycho-

1. A. Lustiger, *Shalom Libertad*, traduit de l'allemand par Chantal Kesteloot, Paris, éditions du Cerf, 1991, p. 66. Pour le Bund, voir p. 42, et aussi Lénine.

logiquement pénible. Les élèves qu'on lui confiait étaient souvent des cancres, bien plus grands et souvent bien plus âgés qu'elle. Les conseils de Karola n'avaient pas transformé Estoucha en pédagogue, elle s'énervait, avait envie de crier mais n'osait pas le faire. Arrivée à la maison ses larmes coulaient toutes seules et, pour se consoler, elle prenait sa poupée de chiffon et se mettait à jouer avec...

Au fil des mois et des années, les conversations avec Karola sur le chemin de retour du lycée prirent un tour nouveau, toutes deux se convainquirent qu'il faudrait s'exiler pour continuer leurs études. Elles avaient appris qu'à l'étranger on pouvait, tout en étudiant, trouver du travail. Cela paraissait difficile mais Karola disait souvent qu'étant habituée à la dure, rien ne pourrait la surprendre. Estoucha ne voulait pas être en reste. Il fallait se constituer un petit pécule. Estoucha pouvait mettre ses économies dans son tiroir à la maison ; pour Karola il était tout à fait exclu de garder son argent chez elle. Elles mirent alors leur amie commune, Hela Zalc, dans la confidence. Touchée par cette marque de confiance, Hela les invita chez elle pour qu'elles fissent la connaissance de sa mère. Bien des années avant de quitter Kalisz, Estoucha ainsi eut une ouverture concrète sur un monde, certes juif, mais différent du sien ; elle découvrit même qu'une famille aussi pauvre que la sienne pouvait mener une vie moins grise, plus libre.

Hela habitait à l'autre bout de la ville. Dès le seuil de l'appartement franchi, Karola et Estoucha furent stupéfaites. Il était constitué de deux grandes pièces, hautes de plafond, complètement vides, pas un meuble à l'exception d'un grand lit très simple et d'une longue table en bois blanc accolée de deux longs bancs. Cet ascétisme luxueux mit immédiatement les deux amies à l'aise. On aurait dit que cet espace attendait qu'elles en prissent possession, elles pouvaient y courir et y jouer sans déranger les adultes.

La personnalité de la mère d'Hela les séduisit également, elles la sentaient très proche d'elles. Aussi, après quelques visites, Mme Zalc fut-elle mise au courant des difficultés de Karola et de leur projet de départ à l'étranger. Spontanément elle proposa de les aider.

Pas d'homme dans son récit, seulement une femme qui les comprenait, encourageait leurs espoirs, une femme qu'elle était trop jeune pour comprendre mais à qui elle était redevable d'un goût plus vif pour la liberté. C'était la première de ces femmes qu'au hasard de sa vie elle rencontrera et avec lesquelles furent tissées des amitiés mêlées de respect parce que chacune s'était faite elle-même.

De ce jour, Mme Zalc garda leurs économies et les conseilla pour toutes les difficultés pratiques qu'elles rencontraient. Le moment venu, l'Italie et la Belgique furent prises en considération. La Belgique l'emporta, peut-être tout bêtement parce que c'était moins loin, car il fallait arriver à réunir la somme nécessaire pour un billet de train de Kalisz à l'université la plus proche : Liège. Avec ce qu'elles économisaient déjà cela semblait possible.

Le bac passé, il fallait s'inscrire d'avance en faculté, donc obtenir les formulaires universitaires et échanger des correspondances. Hela se joignit à elles, Mme Zalc servit d'adresse postale pour toutes les trois. Estoucha dut se vieillir de deux ans pour avoir le droit de s'inscrire.

Quand tout fut réglé, y compris la date du départ, Estoucha mit enfin sa famille au courant. C'est du moins ce qu'elle m'a toujours dit. Là encore, comme pour le père de Karola, comment croire que personne n'avait deviné ses intentions ? De toute façon il n'y avait pas de travail en Pologne. Laisser croire à ceux qui partaient que leur projet n'avait pas été éventé, c'était leur donner confiance avant de rompre les amarres. Juste avant son départ de la maison, sa mère lui donna l'adresse d'une parente, Sarah Dwolaïtska, née Arkusz comme elle. Son mari était sujet belge, elle demeurait à Bruxelles. En partant, toutes trois voyaient pour la dernière fois leurs mères, leurs pères, leurs frères, leurs sœurs. Elles n'avaient tout au plus que vingt ans.

# IV

Karola et Estoucha n'étaient jamais sorties de Kalisz, elles n'avaient jamais pris le train. Arrivées à Bruxelles, les trois amies virent, près de la gare, un hôtel avec un écriteau « chambres garnies à louer ». Elles y louèrent pour un mois une chambre à trois lits, solution classique de l'immigrant de fraîche date. En Belgique, les années 20 avaient été prospères. Devant le manque de main-d'œuvre, des employeurs belges avaient même recruté des Italiens et des Polonais qui quittaient massivement leurs villages avec l'espoir d'y revenir [1]. Trouver un emploi à Bruxelles au début des années 30 n'était pas encore difficile. Quelques jours après leur arrivée, chaque membre du trio de Kalisz avait déjà du travail dans différents ateliers de la ville.

La recherche d'un professeur de français fut remise à plus tard, car un problème plus immédiat se présenta. Estoucha, à cette époque, dormait comme une souche.

1. Rudi Van Doorslaer, communication au colloque de l'université de Bar-Ilan (Israël) parue dans *Les Juifs de Belgique de l'immigration au génocide, 1925-1945*, publié par le Centre de recherches et d'études historiques de la Seconde Guerre mondiale, Bruxelles 1994, ISBN : 2-9600043-3-7, p. 62.

Ce n'était pas le cas de ses amies que chaque nuit des bruits de course dans les couloirs de l'hôtel et d'autres plus variés laissaient songeuses. Estoucha se souvint alors de l'adresse que sa mère lui avait donnée. Fatiguée des récriminations de ses amies, elle s'en alla voir les Dwolaïtski, qui habitaient Saint-Gilles, une banlieue de Bruxelles bien connue pour sa prison. Sara et Tsadek, son mari, entendant cette naïve petite oie polonaise leur parler de son logement, ne furent pas convaincus des mérites de l'hôtel près de la gare. Tsadek décida d'aller voir de quoi il retournait. Visite faite, il leur recommanda de quitter l'endroit au plus tôt. Les chambres garnies très correctes et à prix abordable n'étaient pas rares ; elles trouvèrent très vite à se loger dans des endroits où la vertu des jeunes filles n'était pas en danger. Leur budget était évidemment des plus modestes mais, les dépenses pour la nourriture étant très faibles, une fois le loyer payé, il leur restait de quoi régler les leçons de français indispensables pour suivre les cours à l'université. Rien ne distinguerait leur arrivée en Belgique du courant d'émigration polonaise de ces années-là, si elles ne s'en singularisaient par leur volonté tout à fait inhabituelle de combiner de vraies études avec un travail. Pendant un certain temps le français fit problème à Estoucha, tout au moins ses nuances. Décidant un jour d'aller au théâtre, elle se plongea dans la lecture des programmes publiés par les journaux pour choisir un spectacle. Elle fut tout étonnée de trouver fermé le théâtre qui annonçait « Relâche ».

C'est l'histoire de son arrivée telle qu'elle me l'a racontée et qu'elle l'a écrite, mais en fait sa fiche de police, communiquée à un historien, indique qu'elle fut inscrite en première année d'un cycle d'étude à l'université de Liège pour l'année 30-31, ce dont elle ne m'a jamais parlé. Lola, elle aussi de Kalisz, se souvient qu'elle fut pendant un temps à Liège parce qu'un mandat qu'elle avait envoyé pour l'aider ne lui était pas parvenu.

Estoucha avait choisi la médecine comme on choisit une vocation. Même aux périodes où elle n'exerça pas, la médecine était toujours présente. C'était si naturel que je ne connais pas les raisons de son choix. Je ne peux que les deviner : avoir un métier qui permette d'échapper à la misère, un métier qui puisse s'exercer en toutes circonstances, socialement utile et valorisant pour celle qui l'exerce, un métier synonyme de progrès et d'humanisme. Sans doute un peu tout cela.

Quand l'année universitaire commença, trouver du travail devint plus compliqué. Les études médicales en Belgique n'avaient rien à voir avec l'existence un peu nonchalante des carabins français de cette époque. Dès le début, tous les étudiants devaient suivre un internat. Leur emploi du temps s'en ressentait, il était très chargé. Pour le passage dans l'année supérieure, c'est le système « bloc » qui fonctionnait. Aux examens de fin d'année il fallait avoir la moyenne dans chaque discipline, quelle que fût son importance, une faiblesse dans une matière n'était pas compensée par une bonne note dans une autre, c'était ça le « bloc » : tout ou, à la moindre faiblesse, rien. À la faculté de médecine de l'université libre de Bruxelles, il y avait des cours chaque jour et, trois après-midi par semaine, des travaux pratiques qui étaient obligatoires. Estoucha dut renoncer à suivre certains cours. Les jours de travaux pratiques elle allait à l'usine le matin, les jours où il n'y avait que des cours elle allait à l'usine l'après-midi. Elle n'assistait donc aux cours que trois matinées par semaine ; restaient deux jours et demi, samedi compris, pour gagner sa vie. Ce régime un peu compliqué eut une conséquence classique : un jour d'examen elle finit par demander à un professeur dont elle était censée avoir suivi les cours où on pouvait le trouver pour passer l'oral.

Gagner sa vie fut un autre apprentissage. Un des premiers emplois qu'elle trouva fut celui d'emballeuse dans une usine de chocolat. Cet atelier n'employait que des femmes qui enveloppaient de minces plaquettes de 100 grammes d'une feuille d'étain. Pour éviter les déchets, la contremaîtresse avait inventé une règle aussi simple qu'efficace : celle qui cassait une plaque devait la manger. Estoucha y acquit bien vite le dégoût définitif du chocolat (ce qui ne l'empêcha pas quand elle en eut les moyens d'en offrir régulièrement à ses connaissances pour la nouvelle année). Le soir, après le travail, le plancher de l'atelier devait être balayé et lavé à grande eau pour que tout soit propre et net le lendemain matin. Étant la plus jeune, elle était de corvée plus qu'à son tour, mais en faire plus que les autres ne lui déplaisait pas trop. Elle occupa cet emploi moins longtemps qu'elle ne l'aurait voulu. La contremaîtresse lui demanda un jour d'aller chercher les souliers qu'elle avait donné à ressemeler chez le cordonnier à côté de l'atelier. Estoucha, emportée par ce qu'elle appelait son mauvais caractère et qui se manifesta, entre autres, chaque fois qu'elle avait le sentiment que sa dignité était en cause, répondit qu'elle était payée pour travailler à l'atelier et pas pour être à son service. Le soir même elle était licenciée.

Elle retrouva du travail dans une petite entreprise de caoutchouc, au-delà de la gare du Nord. C'était une société qui, d'après son nom, Matexca Jenatcy, devait avoir été fondée par un Polonais. Elle y occupa d'abord un poste à la fabrication de chambres à air pour vélos qui sortaient toutes chaudes de la machine dans un brouillard blanchâtre perpétuel, à cause du talc qu'on projetait sur le caoutchouc. Très rapidement on lui confia un autre emploi à l'atelier des contreforts de bottes. Chaque ouvrière y avait devant elle un pot de colle et son pinceau. Le travail n'était pas trop compliqué : il fallait prendre le contrefort d'un tas, l'encoller avec le pinceau et poser le contrefort encollé sur un autre tas. Estoucha s'y ennuyait ferme. Émule de Stakhanov, elle demanda un jour qu'on lui laisse toute la table d'encollage. Au lieu de traiter les contreforts un à un, elle les disposa sur toute la surface de la table ; dans un second temps elle les badigeonna tous de colle. En quelques minutes elle avait fait des dizaines de contreforts, démontrant, sans s'en rendre compte, que la conscience de classe n'est pas innée. Ses collègues de travail, stupéfaites, ne dirent rien et baissèrent la tête. Le soir, un responsable syndical vint la trouver à la sortie et, avec beaucoup de gentillesse, lui expliqua qu'elle ne devait pas agir ainsi. Se croyant forte de connaissances toutes fraîches qui ne reflétaient que son absence de réflexion en la matière, Estoucha lui demanda ce qu'il faisait du stakhanovisme. Le syndicaliste lui rétorqua que la Belgique n'était pas l'Union soviétique, que ce n'était pas le socialisme mais le capitalisme qui y régnait.

Cette énorme naïveté sociale n'était pas fortuite. La seule connaissance des relations sociales dans le travail qu'avait Estoucha était celle du monde juif de Kalisz où bien faire allait de soi. Depuis son arrivée à Bruxelles, rien n'avait dissipé son ignorance malgré ses contacts avec des militants communistes, comme le montre son allusion à Stakhanov. Sa proximité avec la politique se faisait dans des conditions bien particulières, elle ne passait pas du tout par la critique de la condition salariale : tout ici était tellement mieux qu'en Pologne ! La vie était bien plus facile, les syndicalistes n'étaient pas jetés en prison, les communistes avaient la liberté de s'organiser et de faire de la propagande. Là-bas, sous la dictature de Pilsudski, les libertés publiques et les activités syndicales étaient restreintes. L'engagement social d'Estoucha prenait exemple sur celui sa mère. En plus de son travail et de l'université, Estoucha, tout comme Karola d'ailleurs, très tôt après leur arrivée, s'engagea dans le soutien aux prisonniers politiques en Pologne [1] qui était organisé par les « Patronatis ». Les lois belges interdisant aux étrangers d'avoir des activités politiques, des sociétés amicales avaient été créées pour collecter des fonds qui étaient envoyés en Pologne aux familles des prisonniers.

En fait les Patronatis regroupaient surtout des Polonais contraints à l'exil pour des raisons politiques, essentiellement des communistes et leurs sympathisants, le parti communiste polonais étant illégal. Les Patronatis débordaient leur raison d'être officielle en réservant une large place dans leurs réunions aux informations sur l'antifascisme dans les différents pays. L'ouverture

1. Hela Zalc disparaît à ce point des notes d'Estoucha. C'est en cherchant un autre nom dans un répertoire d'adresses datant des années 70 que j'avais déjà feuilleté plusieurs fois que je suis tombé sur l'adresse de Pablo Scheib, 1533 Calle Jumin à Buenos Aires. T.E. 84-3916. Après le nom entre parenthèses est écrit Hela Zalc, le faible nombre de chiffres du numéro de téléphone suggère que c'est une adresse ancienne recopiée d'un plus vieux répertoire.

d'Estoucha sur la question sociale, malgré le milieu dans lequel elle était née, se fit dans la mobilisation des énergies contre le fascisme. Son engagement ne procédait pas d'abord d'une protestation contre la condition ouvrière, il n'y avait pas de doute pour elle que c'était bien mieux à Bruxelles qu'en Pologne. Si l'utopie soviétique promettait que ce serait encore mieux, que le but pouvait être atteint, tant mieux ! Il était exaltant de savoir que sa vie individuelle, si difficile qu'elle fût, s'inscrivait dans un grand mouvement collectif. Partageant une illusion commune, sa propre histoire et l'histoire de son temps lui semblaient aller de concert. À chaque tournant de l'évolution historique, à chaque développement d'une crise, il y a toujours une génération qui entre dans la vie adulte et vit ces événements comme étant absolument déterminants. Ce fut particulièrement vrai pour cette génération de jeunes Juifs nés à la veille de la Première Guerre mondiale. L'illusion n'était pas totale, ce fut vraiment un cours nouveau, pour le meilleur comme pour le pire.

Sara n'avait pas de quoi la loger mais, chez elle, la table était toujours ouverte. Estoucha, ses amies, et plus tard leurs camarades, profitèrent souvent de cette invitation perpétuelle. Sara, comme la mère d'Hela Zalc, était de ces femmes qui avaient pris en main leur destin.

Sara Arkusz avait quitté Kalisz à la fin de la guerre de 14-18. Couturière, elle voulait devenir vraiment indépendante. Elle gagna Lodz, la capitale du textile polonais, où elle fit la connaissance de Tadek Dwolaïtski. Mais elle quitta bientôt Lodz pour suivre les cours de coupe et de création de modèles de l'institut de haute couture de Vienne, tandis que Tadek émigra en Belgique avec ses parents. Dans l'effervescence qui régnait alors à Vienne, Sara entra en contact avec des cercles révolutionnaires admirateurs de la révolution soviétique. Son logement viennois devint bien vite un lieu d'hébergement pour les responsables internationaux de la III$^e$ Internationale. Tadek et Sara étaient restés en correspondance, l'attachement de l'un pour l'autre avait subsisté, en dépit ou à cause de l'éloignement. Tadek la pressait de venir en Belgique une fois son diplôme obtenu. Après bien des hésitations elle s'y résolut et ils se marièrent. Mais rien ne pouvait lui faire oublier Vienne, d'où le paradoxe de cette jeune communiste qui gardait de Vienne un souvenir impérissable et en louait sans cesse l'atmosphère *gemütlich*. Grâce à son diplôme viennois, Sara avait très facilement trouvé à Bruxelles un emploi correspondant à ses qualifications alors qu'elle ne parlait ni le français ni le flamand. Son ambition professionnelle était en harmonie avec ses convictions politiques ; elle voulait transformer la confection pour produire des modèles de qualité (et sans doute d'une esthétique nouvelle) accessibles aux revenus modestes. Tadek était un expert-comptable. Devenu lui aussi communiste, il passait, parmi ses camarades, pour un expert de la théorie communiste. C'est par l'intermédiaire des Patronatis qu'Estoucha apprit que les Dwolaïtski étaient communistes, ils ne le lui avaient pas dit d'emblée, sécurité oblige.

Aux émigrés de fraîche date, les Patronatis servaient de lien avec le pays et d'ouverture sur un nouveau monde. Cela n'alla pas sans difficulté pour Estoucha. Les différents cercles avaient un problème typiquement polonais : ils devaient choisir la langue qu'ils utilisaient dans leurs réunions... car la majorité de leurs membres étaient juifs, au moins à Bruxelles. Estoucha comprenait à peu près le yiddish, aussi rejoignit-elle un groupe yiddishisant, sans doute parce que c'était la garantie que ce serait un groupe vraiment prolétarien avec des ouvriers de tous âges. Au cours d'une réunion, elle voulut prendre la parole et se mit à parler yiddish, ou plus exactement ce qu'elle croyait être du yiddish. Elle n'eut guère le temps de faire valoir son point de vue. Une voix s'éleva qui demanda, en yiddish bien sûr, sans malice mais sans fard, qu'on veuille bien lui traduire ce que cette *haverté* (camarade) avait voulu dire ! Vexée comme un pou, Estoucha se jura qu'on ne l'y reprendrait pas ; décidément le yiddish était autre chose qu'un mélange d'allemand et de polonais !

Heureusement, les immigrés de Kalisz, qui pour la plupart étaient très jeunes, avaient choisi le polonais dans leur groupe de Patronatis. Elle put donc y participer normalement. C'est parmi eux qu'elle fit sa première expérience d'organisation collective avec l'enthousiasme, et parfois la rigidité et l'intolérance, propre aux jeunes adultes. Chacun d'eux vivait chichement et collecter de l'argent dans ces conditions n'était pas facile, le garder l'était encore moins. Ils s'aperçurent que le trésorier avait emprunté l'argent de la caisse pour boucler son budget. Le groupe s'enflamma, certains voulaient l'exclure, finalement il fut décidé de laisser au trésorier désargenté une chance de s'amender. Estoucha fut chargée d'en discuter avec lui. Le malheureux, qui gagnait fort peu, demanda qu'on ne doute pas de son honnêteté, il promit de rembourser progressivement sa dette. Estoucha qui avait intercédé en sa faveur fut chargée de récupérer chaque quinzaine une partie de la somme due. Comme promis, il s'en acquitta entièrement. Plus tard il s'engagea dans les Brigades internationales en

Espagne, combattit dans la Résistance en France et, arrêté par la Gestapo, fut fusillé.

Bien que parmi ses amis des couples se soient déjà formés, elle n'avait alors aucune vie sentimentale. La maturation de sa personnalité, la quête de son indépendance, sont d'abord passées par l'identification à des buts communs, quitte à laisser de côté ou même parfois refouler ce qui aurait pu ouvrir la voie à plus d'introspection ou à une affirmation de son individualité. Ces associations d'immigrés, comme n'importe quel groupe, avaient quelque chose de fusionnel et de rassurant, en même temps qu'elles donnaient le sentiment de s'inscrire « dans le sens de l'histoire », elles restaient un refuge contre l'adversité. Arrivée comme étudiante, Estoucha était une des rares à avoir des papiers en règle. La surveillance policière était stricte bien que parfois bon enfant. Elle me racontait volontiers que les sans-papiers étaient amenés le matin à la frontière. Concrètement, compte tenu des dimensions de la Belgique, accompagnés d'un gendarme ils prenaient un train ou un tramway. Le gendarme n'était pas nécessairement fier de sa mission. Arrivé au poste de la frontière avec la France, il n'était pas rare qu'il glisse à l'oreille de l'expulsé le conseil de ne pas prendre le prochain tram ou train pour Bruxelles, que lui, gendarme, allait emprunter. Personne n'était vraiment dupe, le sans-papiers pouvait généralement revenir dormir le soir même dans la capitale.

En revanche, même pour ceux qui avaient leurs papiers, la surveillance n'était pas moindre et, s'ils voulaient continuer à vivre en Belgique, il fallait qu'ils cessent toute activité politique, même une simple participation aux réunions publiques du P.C.B., le parti communiste belge. Cette mise à l'ombre forcée fournira quelques années plus tard des clandestins parfaits pour la logistique de l'Orchestre rouge [1].

À côté de ces cocasseries les motifs d'inquiétude l'emportaient. Les Dwolaïtski avaient un poste de radio. Chaque soir ils écoutaient avec Estoucha les comptes rendus du procès de Leipzig dans lequel Dimitrov était accusé de l'incendie du Reichstag. Estoucha était pleine d'admiration devant le comportement de Dimitrov face aux juges nazis, la force de son argumentation et la pugnacité de sa défense. Ce procès décida de son adhésion, en 1935, au parti communiste belge, une adhésion profonde, sans réserve et qui n'avait rien à voir avec un cheminement intellectuel ou une adhésion au marxisme. Tadek lui rabâchait sans cesse qu'un communiste devait connaître la théorie marxiste et lire *Le Capital*. Elle n'en avait cure. Bien après son adhésion, à bout d'arguments, elle lui déclara même un jour : « Et puis la politique ne m'intéresse pas. »

Comme si, malgré son admiration pour la révolution soviétique, elle avait plus adhéré à un mode de vie qu'à une doctrine. Une adhésion qui était un lien profond, physiologique, écrira Malraux deux ans plus tard à propos de celui de ses personnages de *La Condition humaine* qui serait inspiré d'un communiste belge ayant lui aussi fréquenté l'Université libre de Bruxelles [2]. Comme pour bien d'autres, la fidélité à l'U.R.S.S. était pour Estoucha la pierre de touche de son attachement au communisme, fidélité renforcée par l'argument

1. Entretien avec Léon et Sonia Leit, le 9 décembre 1994.
2. Voir la préface signée J.P.S. à la réédition du roman de Paul Nothomb (qui s'identifie au d'Attignies de Malraux), *N'y être pour rien*, Paris, Phébus, 1995, p. 12.

pseudo-expérimental que, là-bas, ils montraient que ça pouvait marcher. Néanmoins, c'est la fraternité des camarades qui lui était plus précieuse que les succès de l'industrie lourde soviétique. Au grand dam de Tadek, dans la lecture du *Capital* elle n'alla jamais plus loin que le quatrième chapitre, alors qu'elle engloutissait quantité de polycopiés de médecine qui n'étaient pas moins rébarbatifs que l'œuvre de Marx. Tout en valorisant les études, le travail intellectuel n'était pas pour elle une activité privilégiée ; elle ne s'y consacrait vraiment que par obligation. Ce qui comptait à ses yeux c'était de maîtriser les connaissances nécessaires pour passer un examen ou pour prendre une décision dans l'instant. La théorie devait être un outil, pas un enchaînement de concepts qu'on cherche à mieux comprendre, sur lesquels on spécule ou qu'on réélabore de façon critique, quitte à devoir ébranler un système de convictions.

L'abstraction lui déplaisait, elle s'en méfiait, même s'il s'agissait d'un travail de recherche et pas de philosophie politique, il fallait qu'il eût une justification pratique. Ainsi, malgré son emploi du temps chargé, allait-elle le soir, bénévolement, dans un laboratoire de recherches pharmacologiques (Pr Zunz). Elle mesurait la variation de la réserve alcaline du lapin avant et après l'injection intraveineuse d'un médicament destiné à combattre l'acidose des diabétiques. Ce qui lui plaisait ce n'était pas le plaisir de comprendre un phénomène naturel pour lui-même mais de participer à une application précise.

Son adhésion au communisme ressemble donc à des millions d'autres, quelle qu'ait été la période, le pays, le continent, l'origine sociale, la formation intellectuelle ou la profession des intéressés. Entre cette petite Juive polonaise pour qui l'introspection n'était pas un exercice facile et, pour ne prendre que cet exemple, un Roger Vailland, son exact contemporain rompu à l'interrogation psychologique dès son adolescence champenoise, les mécanismes de l'adhésion sont les mêmes alors qu'il n'adhérera au parti communiste que quinze ans après.

Bien que apprentie intellectuelle, l'adhésion d'Estoucha, comme celle de Vailland, était tout sauf intellectuelle. De toute manière, la réflexion intellectuelle qui emprunte nécessairement au passé ne valait pas à ses yeux la discussion collective tournée vers l'avenir. Les immenses armées de la guerre de 14, les concentrations de travailleurs dans l'industrie lourde dont personne, de Chaplin à Hitler, ne doutait qu'elles étaient synonymes de modernité, tout dans cette société établissait à première vue le primat du collectif, de l'homme-masse sur l'individu. Il devait en aller de même dans l'action sociale. Penser seule, c'était un luxe que son emploi du temps ne lui permettait guère, surtout c'était prendre le risque de se couper du groupe. Quand, un peu excédée, elle avait répondu à Tadek que la politique ne l'intéressait pas, c'était en toute sincérité. Fraîchement arrivée en Belgique, les péripéties du mouvement ouvrier belge, essentiellement une compétition avec les socialistes dans les syndicats et lors des consultations électorales, lui étaient assez obscures. Ce qui lui importait, c'était une transformation du vécu de chacun, la mise en commun d'espérances par des actions collectives et la permanence d'organisations structurantes qui, à ses yeux, incarnaient les valeurs morales et sociales qu'elle associait au communisme. La route serait peut-être longue mais l'idée d'un échec ne l'effleurait pas. L'Union soviétique était là pour montrer que tout était possible et que c'était le sens de l'histoire. S'il le fallait, elle voulait bien réfléchir aux meilleurs moyens de populariser les idées du mouvement communiste, mais l'invention de la ligne politique ou de la stratégie n'étaient pas son affaire. Bref, son adhésion était morale. De surcroît qu'y avait-il à infléchir puisqu'elle entrait en communisme au moment précis où l'Internationale communiste abandonnait la ligne « classe contre classe » et se prononçait en faveur de la stratégie de front uni contre le fascisme ? L'adhésion au communisme était pour elle indistinguable de son antifascisme. Elle était aussi un pas vers son intégration sociale en Belgique. Là encore son parcours est banal mais ne recoupe pas tout à fait celui des autres immigrés juifs polonais, à cause de son statut d'étudiante.

Le parti communiste belge dans ces années-là comptait à peu près dix mille membres pour une population de 7,7 millions [1]. En dépit de cette faiblesse numérique, le parti belge avait une grande importance pour l'Internationale car la Belgique était un nœud essentiel de ses communications avec l'Europe occidentale, compte tenu de la situation en Allemagne et en Italie. Il n'est pas fortuit qu'Arthur Koestler ait placé à Anvers un chapitre du *Zéro et l'Infini*, que plus tard l'Orchestre rouge y eût un de ses principaux points d'appui. Vingt pour cent des membres du P.C.B. étaient juifs alors que la Belgique ne comptait que 65 000 Juifs, et ces communistes juifs avaient un meilleur niveau d'éducation que leurs camarades belges. Il y avait même à Anvers des cellules du Parti belge où on

1. Rudi Van Doorslaer, *op. cit.*, p. 60.

parlait yiddish, ce que, malgré ses réticences, la direction du Parti avait fini par tolérer.

Quelques mois après son adhésion, on suggéra à Estoucha de militer parmi les jeunes et les étudiants. Cela l'éloignait plus du cercle de l'émigration polonaise que si elle avait mené son activité dans le parti lui-même. En revanche, elle se retrouvait dans le secteur du mouvement communiste où l'antifascisme était en pointe, la volonté unitaire débordant même la volonté des dirigeants communistes qui en militants obéissants venaient de faire une sévère purge des trotskistes moins de deux ans plus tôt.

À l'occasion d'un défilé, tout en marchant derrière des drapeaux rouges, Estoucha remarqua qu'un barbu dans un long manteau noir et avec un chapeau à large bord bien enfoncé sur la tête l'observait attentivement au point de se mettre à marcher de concert avec elle tout en restant sur le trottoir. Au bout d'un moment il n'y tint plus et l'apostropha : « Comment toi, la fille de Zilberberg et la petite fille d'Arkusz, tu n'as pas honte de te montrer ainsi dans la rue ? » Estoucha rougit, c'était le rabbin de Kalisz qui se trouvait de passage à Bruxelles [1]. Pour autant, ce ne fut pas sa dernière manifestation.

La Légion nationale, organisation d'extrême droite qui s'inspirait directement du fascisme italien, annonça une manifestation pour le 4 avril 1936. Par réaction, les organisations de jeunesse syndicales, socialistes et communistes créèrent un Front unique des jeunesses antifascistes. En sens contraire, à la surprise générale, aux élections du mois de mai l'extrême droite

1. Y avait-il plusieurs rabbins à Kalisz ? Je n'en sais rien.

rexiste [1] remporta un grand succès lui permettant d'être représentée au Parlement. Une grève générale éclata. À la différence de ce qui se passait en France, une fusion des organisations de jeunesse communistes et socialistes s'amorça, incluant les trotskistes que les communistes avaient deux ans plus tôt voués aux gémonies. À Noël tout cela aboutira à la naissance de la Jeune Garde socialiste unifiée [2]. Estoucha n'y assista pas.

En juillet, la majorité des généraux espagnols se rebellèrent contre leur république et les troupes de Franco, venues du Maroc, débarquèrent en Espagne.

1. Les rexistes doivent leur appellation au fait que ce mouvement d'extrême droite né dans les collèges catholiques avait pris pour devise « Christ-Roi ». Si leur lien avec le catholicisme n'est pas resté aussi fort qu'à leurs débuts, leur appellation est restée. Leur leader fut Léon Degrelle. Sous l'Occupation ce mouvement s'engagea sans hésitation dans la collaboration. En revanche, les adhérents de la Ligue nationale restèrent patriotes (Léon Leit, conversation privée, le 8 août 1995). Les rexistes eurent aux élections du 24 mai 1936, 271 000 voix, soit 11 % des suffrages ce qui leur donna 21 des 202 sièges (A. Lustiger, *op. cit.*, p. 50).

2. José Gotovitch, *Du rouge au tricolore, les communistes belges de 1939 à 1944*, Bruxelles, éditions Labor, 1992, ISBN 2-8040-0642-5, p. 48.

# V

L'Espagne. Il suffisait de prononcer ce seul mot pour que tout son visage s'illumine et qu'elle rêve les yeux ouverts avant même qu'on en ait rien dit d'autre.

Le 12 juillet 1936, José Castillo, lieutenant de la police, est abattu à Madrid par un fasciste. Le 13, Calvo Sotelo, dirigeant monarchiste, est abattu par un républicain. Le 17, l'insurrection fasciste éclate et occupe tout le centre de l'Espagne, isolant Madrid de la côte atlantique et du Pays basque. Le gouvernement républicain déclare l'état d'exception, les syndicats la grève générale.

Juillet 36 est synonyme en France de congés payés, c'est aussi la date des Jeux olympiques de Berlin. Des voix s'étaient élevées pour que les jeux aient lieu ailleurs. Berlin fut préférée à Barcelone parce que Pierre de Coubertin était enchanté : chez Hitler, ce serait tellement bien organisé ! Au Palais-Bourbon, un seul député français, Pierre Mendès France, avait voté contre la participation des sportifs français. L'Espagne avait alors décidé d'organiser à Barcelone des contre-olympiades auxquelles avaient été invités tous les sportifs qui avaient refusé de participer aux jeux de Berlin et ceux qui, comme les Juifs, en étaient exclus. La république ne payait pas le voyage mais assurait le vivre et le couvert. Barcelone devait donc mêler des sportifs de haut niveau et de simples amateurs venus des organisations sportives proches des communistes et des socialistes, et l'engagement politique de leurs membres n'allait la plupart du temps guère au-delà d'une vague sympathie.

Quelques jours avant la date prévue pour l'ouverture, l'insurrection éclatait aussi à Barcelone. Des jeunes sportifs partis pour une compétition se trouvaient tout d'un coup plongés dans la confusion extrême du début d'une guerre civile, notamment des Bruxellois. Au même moment, à Berlin, les sportifs français défilaient devant Hitler. Toute la gauche en Europe était un peu dépassée par les événements. Les militants des organisations de jeunesse engagés dans la contre-olympiade se retournèrent vers les organisations adultes, qui conseillèrent le retour des sportifs... sauf de ceux qui voulaient rester. Cette ligne de conduite devait, à Bruxelles, être adoptée lors d'une réunion qui se tint début août. La ligne arrêtée subit cependant une légère inflexion : ceux qui voulaient rentrer chez eux ne pouvaient-ils pas être remplacés par d'autres qui voulaient soutenir les républicains ? Y avait-il des volontaires ? Dix mains se levèrent, dont celle d'une jeune femme, Estoucha.

Elle était disponible puisqu'elle avait passé avec succès ses examens de fin d'année, c'était le moment de mettre au service de la bonne cause ses capacités professionnelles. Les Espagnols avaient sûrement besoin de personnel sanitaire.

Quand elle mourut, resté seul avec son corps, désemparé, ne sachant que faire, je m'assis à son bureau, comme pendant des années jusqu'aux dernières semaines elle l'avait fait, surélevée par un coussin et bien calée par un second, plus debout qu'assise dans son fauteuil pour ne pas avoir à plier ses jambes de telle sorte que, malgré ses douleurs, elle puisse se lever plus facilement. J'écartai ces coussins qui conservaient l'empreinte de son corps et étaient imprégnés de son parfum, et m'assis à sa place. Machinalement, j'ouvris le tiroir central du bureau. La première chose que j'y trouvai fut, pliée en quatre, la reproduction à peine déchiffrable d'une photographie qui accompagnait la lettre d'un historien flamand. C'était en extérieur, un groupe de onze personnes qui avaient pris la pose sur deux rangs à côté d'une forme blanchâtre non identifiable. En revanche, je reconnus aussitôt un homme et une femme du premier rang que nous voyions souvent quand j'étais enfant. Ils étaient beaucoup plus jeunes mais leurs traits étaient restés les mêmes, l'ovale du visage de Rachel, et François reconnaissable entre mille à cause de ce pli vertical si profond qu'il avait l'air de couper en deux de haut en bas son menton pour en faire deux oreillons d'abricot. Leur présence dans ce groupe signifiait sans aucun doute possible pour moi que la photo avait été prise à Bruxelles avant-guerre. Il me fallut bien plus de temps pour m'apercevoir que, tout en haut du cliché si mal photocopié, la très jeune femme boulotte aux cheveux coupés à la garçonne avec un grand col Claudine blanc, légèrement décalée par rapport au deuxième rang, pas très assurée, c'était Estoucha. Au lieu d'une femme émancipée des années 30, la photocopie montrait une enfant un peu trop joufflue et poussée en graine. Elle n'aimait pas son corps dont on ne voit ici que le buste. Jamais je ne l'avais vue si jeune et en même temps je n'avais qu'à tourner la tête pour voir son corps saisi par la mort à deux mètres de moi, juste derrière la porte que j'avais laissée ouverte. La lettre datait de deux années auparavant, pourtant elle était sur le dessus du tiroir.

Deux mois plus tard, l'historien flamand, embarrassé et entre deux rendez-vous, m'apprenait d'un air gêné que le dixième membre du groupe des volontaires pour l'Espagne était lui aussi un étudiant et qu'il avait été amoureux d'Estoucha. Elle ne m'en avait jamais parlé mais son récit complètement impersonnel ne contredit pas l'historien. Pour elle, il n'y avait que deux étudiants dans le groupe et, comme elle ne mentionne pas qu'elle est l'un d'entre eux, elle ne parle pas non plus de l'autre. Une de mes amies qui ne manque pas de bon sens médical m'avait fait remarquer environ un an plus tôt qu'à moins d'être Jeanne d'Arc une femme ne partait pas pucelle à la guerre. Cela paraissait évident mais ça n'est pas le genre de déduction qui vient spontanément à l'esprit d'un fils. Profitant d'un moment de détente avec Estoucha, et rompant ainsi avec cette longue pratique du non-dit qui existait entre nous, je lui demandai quand elle avait perdu son pucelage. D'abord amusée et interloquée, elle se renferma et me répondit froidement, mais sans colère, que cela avait été quelques jours avant son départ pour l'Espagne. Pour que je ne me méprenne pas sur la force de l'amour qu'elle porta à mon père, elle ajouta aussitôt que c'était avec quelqu'un qu'elle n'aimait pas vraiment. Vraisemblablement cet étudiant, juif polonais comme elle, Abram Gotinski.

Les préparatifs du départ furent brefs. En quelques jours, collecte des médicaments, pansements et produits pour les premiers soins, argent pour les billets de train de Bruxelles à Paris, tout était rassemblé. Si j'en crois l'historien flamand, le père de l'étudiant avait payé le voyage de son fils et celui d'Estoucha. À partir de Paris, c'est le Secours rouge qui devait prendre en charge les volontaires jusqu'en Espagne. Ils quittèrent Bruxelles un samedi, le 8 août 1936.

Huit ouvriers métallurgistes de la manufacture d'armes Herstal, membres de l'USAF, l'Union socialiste antifasciste, formaient le noyau du groupe. Eux aussi savaient ce qu'ils voulaient. Dès que le train eut quitté Bruxelles, ils annoncèrent que chacun avait dans ses bagages une mitrailleuse Hotchkiss en pièces détachées, prélevée directement à l'usine. Malgré la tension qu'on peut imaginer, la frontière fut franchie sans encombre. C'était la première fois qu'Estoucha venait en France, cette France héritière de 89 dont elle avait rêvé à Kalisz ; c'était aussi son entrée dans le communisme international.

L'accueil des Parisiens du Secours rouge fut chaleureux. Le lendemain dimanche, les dix Bruxellois participèrent à un rassemblement populaire dans le parc de Saint-Cloud où prirent la parole des leaders de la II^e^ et de la III^e^ Internationale. Deux semaines plus tôt le gouvernement français avait fait savoir qu'il ne livrerait pas d'armes à l'Espagne, mais la réunion réunissait toute la gauche et notamment Léon Jouhaux, Jean Zay, Léon Blum, Jacques Duclos et Louis de Brouckère le président de l'Internationale socialiste, dont *L'Humanité* du lendemain mettait en exergue cet extrait d'article : « C'est *maintenant* qu'il faut sauver la paix en sauvant la république espagnole. Si par défaut de courage nous la laissions écraser, la guerre, la guerre la plus féroce, engagée dans les pires conditions deviendrait à peu près inévitable. Maintenant ou jamais [1] ! »

En dépit de leur faible nombre, les Bruxellois, bien dans l'air du temps, défilèrent en formation quasiment militaire. Tous les gars étaient en pantalon kaki, chemise bleue, cravate rouge, et chacun avait un brassard rouge orné de trois flèches blanches parallèles en oblique ascendante. Le lundi ils prirent le train pour Hendaye, où le comité local de front populaire les attendait. Avec les membres de ce comité, ils traversèrent à pied le pont international et furent cette fois pris en charge par le comité d'Irun. Ils étaient arrivés ; mitrailleuses et médicaments furent bienvenus et d'usage immédiat. Il n'y avait aucune ligne de front et on se battait dès qu'on voyait arriver les fascistes. D'emblée, ils étaient plongés dans la guerre.

Comme prévu, Estoucha fit de l'aide sanitaire. Dans ses notes, laconiquement, elle ajoute qu'au rythme des batailles leur groupe fut dispersé, puis elle raconte cette anecdote : « Un jour, me trouvant tout près de la mitrailleuse installée sur une petite colline, je vois le mitrailleur mourir atteint au cœur et les fascistes qui avancent. Que faire ? Je prends la place du tireur, je vois les ennemis courir vers nous, je crois que j'ai fermé les yeux, mais j'ai tiré. »

L'historien, me raconta en regardant ailleurs pour

1. À la une de *L'Humanité* du 10 août 1936, première page tout en haut à gauche.

cacher sa gêne : « Trois jours après leur arrivée, ce garçon qui était parti avec elle fut tué. Son père, qui est mort il y a quelques années, s'en est toujours voulu d'avoir donné de l'argent pour le voyage. » Soulagé que cette révélation sur l'intimité de ma mère ne me choque pas, il se mit alors à parler plus normalement. Il me montra la photographie dont il avait envoyé une si mauvaise copie à Estoucha, pensant l'appâter. La forme blanchâtre que je n'avais pas su identifier est l'arrière-train d'une sculpture représentant un cerf ; Estoucha s'agrippe à une des tiges en fer qui servaient d'armature à des cornes qui étaient brisées. L'historien m'apprit que Rachel et François étaient morts, ce qui me parut incroyable puisqu'ils n'avaient pas été déportés ; réaction idiote, ils étaient plus âgés que ma mère. Enfin il me promit d'envoyer une épreuve photographique du document en ajoutant qu'il me faudrait la payer. À ce jour, je dois 264 francs belges au Centre de recherche sur l'histoire de la Seconde Guerre mondiale. Pour confirmer ses dires, il envoya sa secrétaire vérifier la référence de ce qu'il m'avait appris. Comme dans toutes les situations de ce genre, elle revint avec une vague référence mais il ne me fournit aucun document.

Ce qu'il m'a dit et ce qu'elle m'a tu se complètent peut-être. Qu'est-ce qui avait ce jour-là poussé Estoucha à tirer ? Ce fut la seule fois de toute sa vie. Pour elle qui était presque médecin, c'était une transgression : donner la mort au lieu de la faire reculer... Était-ce la mort immédiate d'un camarade ou celle d'un compagnon qui la motiva ? Plus d'une fois dans cette guerre et plus tard, elle fut témoin de morts violentes. C'est pourtant une des seules qu'elle rapporte.

Elle aurait alors voulu aussi venger son compagnon. Est-ce plus simplement parce qu'elle a eu l'impression en voyant arriver les fascistes que c'était elle ou eux? Il est très curieux qu'elle dise *la* mitrailleuse, comme si dans l'ordre de son récit c'était une de celles qui avaient été amenées par les gars de Herstal. L'emploi de l'article défini devant le mot mitrailleuse n'est peut-être qu'une maladresse d'expression, un effet de syntaxe emprunté au polonais ou à l'allemand, ou un reste du jargon militaire; si c'est le cas c'est sa remarque initiale sur le rythme des combats qui a dispersé le groupe qui recèle une autre partie de la vérité. Après la mort de son ami, il valait mieux pour tous qu'elle aille soigner ailleurs les blessés que de rester seule avec les gars d'Herstal. Même si ce garçon n'était pas l'homme de sa vie, elle n'avait pu qu'être frappée par ce drame. Sa réaction devant ce deuil fut de le taire, de le refouler, n'y avait-il pas aussi ce drame collectif dans lequel elle était partie prenante qui était autrement plus important? Quelles qu'aient été les raisons, cette séparation d'avec le reste du groupe donna à son itinéraire espagnol un profil singulier, totalement à l'écart des Brigades internationales et donc totalement isolé des Belges, des Polonais et des Juifs. Elle était une communiste sans appartenance à un groupe national, une « camarade étrangère », étrangère parmi les étrangers. Je n'ai bien appréhendé cette solitude au milieu d'une camaraderie universaliste que parce qu'elle était morte. Auprès des anciens d'Espagne que je suis allé voir, elle n'était plus l'intermédiaire que je n'osais pas mettre de côté pour avoir un contact direct avec eux. J'avais toujours senti qu'il y avait entre elle et eux tous une intense fraternité charnelle, souvent renforcée par l'expérience ultérieure des camps, une fraternité qui avait survécu à un demi-siècle de déchirements politiques et qui lui était très précieuse. Une fraternité dont ils me firent tous bénéficier.

À Bruxelles, en apprenant cette mort brutale d'un jeune homme fauché au troisième jour de sa guerre, j'ai regretté de n'avoir pas connu son père. Il ne devait sûrement pas porter Estoucha dans son cœur, mais évoquer avec lui son fils, les relations qu'il avait avec elle, m'aurait peut-être permis de mieux comprendre ce qu'était alors cette jeune femme. Avec le cynisme des survivants, tout en écoutant l'historien, je ne cessais de me demander quelle aurait été la probabilité de survie d'un jeune juif communiste qui éventuellement n'aurait pas « fait l'Espagne » mais serait resté à Bruxelles pendant toute la guerre. Je n'osais formuler cette question à haute voix. À mes côtés, il y avait Léon Leit, le frère aîné de Sonia qui, juif et communiste, n'a pas « fait l'Espagne » mais a participé à la Résistance dans Bruxelles. Léon fut arrêté et fit partie du dernier convoi pour l'Allemagne qui, grâce aux sabotages des partisans et cheminots, resta finalement en Belgique.

L'expression « faire l'Espagne » m'était naturellement venue à l'esprit ; c'est celle qu'autour de moi on employait jusqu'au début des années 60. Personne ne pensait à un séjour touristique.

L'initiation d'Estoucha à la guerre ne se limita pas à cette ouverture dramatique, il y eut aussi au Pays basque une petite bourgade, Durango.

Tout près de l'église, des républicains y avaient établi leur campement de repos. Il était onze heures du matin et, comme l'avait dit le code utilisé par les fascistes pour déclencher la rébellion, « en Espagne le ciel est clair ». Tout était paisible, la place du village était pleine de monde, des pelotaris jouaient au fronton. Brusquement il y eut le bruit des avions et tout de suite après celui des bombes. Tout était maintenant obscurci par de gros nuages de poussière au travers desquels on devinait des blessés et des morts étalés de tout leur long. Au bruit des explosions avaient succédé les hurlements de douleur et de colère. De l'église, seul le clocher était resté debout. Il n'y eut pas de panique, il y avait trop à faire pour séparer les morts des vivants et porter secours aux blessés. Au fil des heures, les gens revinrent sur la place de plus en plus nombreux. Soudain, dans un lourd silence, un cortège se forma auquel Estoucha se joignit. Quand le cortège passait, chaque maison se vidait de ses habitants qui, silencieusement, grossissaient le cortège. Elle ne comprit pas tout de suite qu'on se dirigeait vers la prison devant laquelle la foule s'arrêta. Le silence était devenu menace. Quelques hommes sortirent du cortège et montèrent vers les cellules ; ils en firent sortir des personnes qu'on disait être des fascistes, les obligèrent à s'agenouiller près du mur et les tuèrent à coups de fusil sans aucune forme de procès. Dans ses notes, Estoucha écrit : « Je fais l'apprentissage de la guerre. »

À Durango, qui ne fut pas la seule ville basque bombardée le 31 mars 1937, cent vingt-sept personnes non combattantes, en comptant deux prêtres et quatorze religieuses, moururent ce jour-là, et cent vingt et une autres moururent par la suite dans les hôpitaux des suites du bombardement [1].

Nous sommes aujourd'hui beaucoup mieux éduqués,

1. Hugh Thomas, *La Guerre civile espagnole*, p. 473 de l'édition en espagnol, Paris, Ruedo Iberico, 1967.

le bombardement de populations civiles nous apparaît comme un acte tout à fait ordinaire et n'appelle pas de représailles, sauf... éventuellement un autre bombardement de civils [1].

Ils quittèrent Durango, ils durent abandonner Irun, ils durent abandonner Saint-Sébastien. La Guipúzcoa était perdue, ils se replièrent sur Bilbao. Il n'y avait pas d'armée régulière et même pas d'unité de commandement, chaque parti avait ses unités de combat ; tout était improvisé. Au Pays basque, Estoucha assurait dans les premières lignes le service sanitaire du bataillon Perezagna formé par le parti communiste basque. Son aide, Felisa, était une ouvrière dans une usine de chaussures de Bilbao à qui elle avait enseigné les premiers soins à donner. Au printemps 1937, cette unité fut engagée dans la bataille de Vitoria où elle passa à l'attaque. À

1. David Diamant (*Combattants juifs dans la guerre d'Espagne 1936-1939*, Paris, éditions Renouveau, 1979, p. 86) rapporte que le 8 mai 1937 les intellectuels catholiques français François Mauriac, Jean Lacroix, Charles Dubosc, Jacques Maritain, Emmanuel Mounier, Claude Bourdet publient une protestation contre les bombardements de Guernica et Durango. Si la date de publication de cette pétition correspond à la date du premier bombardement de Durango, les notes d'Estoucha donnent l'impression d'être en décalage avec la date réelle de l'événement. Très marquée par un événement inouï pour l'époque et bien qu'elle ne fournisse pratiquement pas de repère chronologique, l'organisation de ses notes suggère qu'elle l'a vécu au début de son séjour en Espagne (où elle est arrivée début août 1936), ce qui est conforté par son évocation d'un « apprentissage de la guerre ». Elle dut pourtant, toujours en Espagne, subir bien d'autres bombardements directement dirigés contre des civils. Ce glissement chronologique n'est peut-être aussi qu'un effet de lecture, elle est restée en Espagne jusqu'à la fin, le bombardement qu'elle décrit peut donc éventuellement correspondre à celui de la pétition. Grâce à Picasso, Guernica est passé à la postérité, tandis que Durango n'est connu que des historiens et de ceux qui en furent les témoins.

vingt mètres d'Estoucha un soldat fut touché. En se précipitant pour le relever, elle sentit comme un coup de fouet au niveau du bras droit et quelques secondes plus tard constata que sa main droite était en flexion involontaire sur l'avant-bras tandis qu'un filet de sang mouillait la manche de sa veste. Elle ramena le blessé, eut le temps d'indiquer à Felisa ce qu'il fallait lui faire et perdit connaissance... Ce fut le soldat blessé qui la soutint jusqu'à l'ambulance quand elle revint à elle. Sa blessure était légère mais aurait pu être lourde de conséquences, la balle avait frôlé la gouttière radiale de l'humérus, traversé le muscle et était sortie par la face arrière du bras. Le nerf radial avait reçu le choc mais n'avait pas été sectionné. Elle en fut quitte pour une photo dans *Euzkadi Roja*, le quotidien du P.C. basque.

En son absence le bataillon prit Vitoria, c'était le premier succès militaire depuis son arrivée en Espagne. Il y eut un défilé de la victoire dans les rues de Bilbao avec Felisa qui avait toute seule repris le service des premiers soins. La direction du P.C. basque ne voulut point qu'Estoucha retourne au front, préférant qu'elle assiste Lucia, la responsable du secteur femme. En pratique Estoucha devint collaboratrice du journal *Mujeres*, de la fabrication du journal à la rédaction de certains articles, ce qui laisse rêveur puisqu'elle ne connaissait aucun mot d'espagnol avant d'arriver à Irun. Une fois le journal imprimé, restait à le diffuser à la criée : « *Mujeres* por quinze ! »

Souvent elle m'avait raconté cet épisode de journaliste de la presse féminine et je n'y croyais guère. Aux Archives officielles de la guerre civile, à Salamanque, il y a une collection de *Mujeres*, publication hebdomadaire dont la rédactrice en chef était membre des Jeunesses socialistes unifiées dirigées par Santiago Carillo, et l'administratrice membre de la Fédération anarchiste ibérique. Le premier numéro parut à Bilbao le 6 février 1937, donc avant le bombardement de Durango. L'une des deux membres de la rédaction est Juanita Lefèvre, c'est-à-dire Estoucha. Juanita Lefèvre publia son premier article le 17 avril. Sur une double page illustrée de belles photos de leur vie quotidienne, c'est une description élogieuse et précise de la condition des pêcheurs basques et de leur courage face aux croiseurs fascistes qui s'emparent de leurs bateaux et aux avions qui les prennent pour cible. Le style de Juanita est, paraît-il, de bonne tenue. La description impressionniste de la vie des êcheurs n'est pas sans rappeler le journalisme d'humeur et d'atmosphère que pratiquait avec les mêmes soucis Milena Jelanska.

Ce travail qui lui plaisait beaucoup ne dura pas. La victoire de Vitoria fut éphémère. Vitoria reprise, les troupes rebelles contournèrent le pays basque et mirent le siège devant Bilbao. Pendant quatre-vingts jours, totalement isolée du monde, Bilbao tint bon, malgré les obus meurtriers qui venaient de la mer, malgré la faim et le manque absolu de tout approvisionnement indispensable à l'économie de la ville. La coupure était totale avec le monde extérieur. Dans *Mujeres* du 22 mai, Juanita demandait aux femmes, malgré les alertes continuelles, de ne pas rester à la porte des abris car pendant ce temps la production indispensable à la lutte était arrêtée. Côté terre, l'armée rebelle était partout, tandis que du côté mer les navires de guerre sillonnaient la Cantabrique et bloquaient le port de Bilbao. La ville tout entière suintait la débâcle. Dans le dernier numéro de *Mujeres*, le numéro 19 paru le 12 juin, Juanita

Lefèvre, qui trois semaines auparavant exhortait encore les femmes de l'arrière-garde à maintenir le moral des *gudaris* (combattants en basque) en les accueillant avec joie et gaieté, n'avait plus trouvé comme dernière ressource que de rapporter les succès des expéditions polaires soviétiques.

Le 14 juin 1937, vingt-deux mille femmes, enfants et vieillards furent évacués en direction de la France, le 20 l'armée républicaine abandonnait la ville [1]. C'est donc entre ces deux dates, sans doute la dernière, qu'Estoucha évacua Bilbao et redevint médecin du front. Ils brisèrent l'encerclement en empruntant des sentiers douaniers à travers la montagne, au bord de précipices. Pour ceux qui n'étaient pas habitués aux marches de montagne, c'était très dangereux. Le comportement des soldats lui inspirait admiration et respect. Les marches se faisaient très souvent de nuit, en file indienne et en silence. Tout son matériel sanitaire tenait dans son sac à dos pour garder les mains libres, ce qui lui permettait d'éviter les chutes dans les ravins. Par moments elle s'endormait tout en marchant et ne se réveillait que parce que celui qui était derrière elle poussait son sac à dos... Au bout d'un temps dont elle avait perdu le souvenir ils arrivèrent enfin dans les environs de Santander, qui étaient encore aux mains des républicains.

La radio avait besoin de quelqu'un pour faire une émission quotidienne en français ; dans la déroute on fit appel à elle. Dans cette atmosphère démoralisante elle eut une petite satisfaction narcissique, fort inattendue pour quelqu'un qui toute sa vie a chanté plus faux qu'il n'est permis : les techniciens trouvèrent que sa voix passait très bien sur les ondes. Chaque matin elle rédigeait

1. David Diamant, *op. cit.,* p. 87.

un bulletin, le montrait aux responsables politiques et, après censure et corrections, le lisait l'après-midi à la radio.

C'est à Santander qu'elle rencontra pour la première fois des Soviétiques. Au début de la rébellion, pour ne pas être isolée diplomatiquement, l'Union soviétique s'était ralliée le 23 août 1936 à la politique de non-intervention proposée par le Royaume-Uni et la France. L'embargo sur les armes avait été décrété dès le 8 août par la France, le 15 par le Royaume-Uni, il le fut le 28 par l'Union soviétique. Toutefois, à la veille du début de l'embargo, le premier ambassadeur soviétique en Espagne était arrivé à Madrid avec toute une cohorte de spécialistes des trois armes, de membres de la police secrète et de quelques journalistes dont Ilya Ehrenbourg. Le mouvement d'engagement de volontaires internationaux, qui n'étaient pas tous des communistes, pour soutenir la république espagnole avait donc pris naissance bien avant que les Soviétiques ne se décident à intervenir en Espagne. C'est avec un mois de retard dû, entre autres, à la tenue à Moscou des grands procès politiques et des exécutions qui les conclurent que, devant l'intervention manifeste de l'Italie et de l'Allemagne, l'Union soviétique révisa sa politique.

Le Komintern se réunit à la mi-septembre 1936 et Dimitrov définit la nouvelle orientation politique qui se voulait minimaliste, mais qu'avec l'expérience de l'après-guerre en Europe centrale nous lisons différemment : « Après la victoire, l'Espagne ne deviendra pas une république démocratique à l'ancienne mode mais une démocratie populaire, pas un État de soviets mais un État antifasciste avec participation de citoyens d'obédience de gauche. Les expropriations et la collectivisation peuvent attendre. La guerre doit d'abord être gagnée. Les milices ouvrières doivent être réunies à des unités de l'armée régulière pour former une armée républicaine unique [1]. »

Fin octobre 36, les armes soviétiques commencèrent à être livrées contre paiement en or par la république. La non-intervention des puissances occidentales (à l'exception notable du Mexique) eut pour conséquence paradoxale de laisser aux Soviétiques le monopole du soutien militaire, et donc la plus large initiative pour implanter en Espagne le modèle d'organisation de l'armée rouge avec sa hiérarchie militaire très professionnelle subordonnée aux commissaires politiques, sans que ceux-ci soient responsables des défaillances ou des échecs. Les conseillers soviétiques purent aussi exporter les campagnes de répression engagées en U.R.S.S.

Au nord de l'Espagne des moniteurs soviétiques d'instruction militaire eurent besoin d'un interprète de confiance. Estoucha fut contactée. Il n'y avait qu'un petit défaut : elle ne parlait pas le russe, mais les Soviétiques s'étaient dit que devoir apprendre le russe serait plus facile à une Polonaise qu'à quelqu'un d'étranger aux langues slaves. Un professeur s'occupa d'elle et pendant dix jours elle fut déchargée de tout travail. Curieusement, elle eut énormément de difficultés avec l'alphabet cyrillique. Même plus tard, pour comprendre un texte russe, elle commençait par tout transcrire en alphabet latin. Il est vrai qu'elle eut peu d'occasions de pratiquer le russe après l'Espagne. Elle passa donc des heures à déchiffrer la *Komsomolskaia Pravda.* Au bout des dix jours elle fut jugée bonne pour le service mais cela n'alla pas sans difficultés ni incompréhensions.

1. Cité par Arno Lustiger, *op. cit.*, p. 26.

De toute façon la situation à Santander devint intenable, la ville tomba le 26 août [1]. Un sous-marin fut en mesure d'accoster pour évacuer le personnel diplomatique, pour les autres ce fut plus sommaire. Estoucha se retrouva sur une péniche surchargée d'hommes valides ou blessés, de femmes, d'enfants fuyant en masse la poussée fasciste. L'océan face à la chaîne des Cantabriques est fort agité. La petite péniche n'était pas faite pour la haute mer, ce n'était qu'une coquille que les vagues ballottaient à leur gré. Les passagers criaient, vomissaient, souffraient. Estoucha mobilisa toute sa volonté pour ne pas vomir. Il fallait soigner, courir d'un malade à l'autre... et ne pas glisser sur la couche de vomissures qui ne tarda pas à s'étaler partout. Ce transport complètement désarmé fut repéré par les navires fascistes qui s'approchèrent et ouvrirent le feu. À bord ce fut la panique, Estoucha ne put s'empêcher de s'identifier aux naufragés du radeau de la *Méduse*; heureusement, peut-être à cause de la forte houle, les tirs ratèrent leur but.

Finalement la péniche réussit à traverser le golfe de Gascogne et atteindre les eaux françaises. Dans le port de La Pallice ils furent mis en quarantaine. Sans-grade du mouvement communiste international, Estoucha n'en était pas moins devenue une auxiliaire des Soviétiques. Un haut-parleur se mit à crachouiller : « Mlle Jeanne Lefèvre, étudiante en médecine, doit se présenter tout de suite à l'embarcadère. » À l'embarcadère la camarade Maria Fortous [2] l'attendait. Dans le livre de David

1. David Diamant *op. cit.,* p. 87.
2. Dans ses notes Estoucha écrit Julia Fortous mais dans son carnet d'adresse c'est Maria Fortousse qu'elle revit en 1974, c'est la même personne.

Diamant, *Combattants juifs dans l'armée républicaine espagnole*, un encart photographique qui réunit les portraits de personnalités ayant soutenu à un titre ou à un autre les républicains espagnols la présente avec cette qualité : traductrice-interprète des conseillers soviétiques. Maria Fortous n'était pas, malgré les apparences, une subalterne soviétique. Elle survécut aux purges staliniennes qui frappèrent durement les anciens d'Espagne et fut à la fin de sa vie présidente d'honneur des komsomols. Malgré les discours sur l'égalité de l'homme et de la femme, il n'y a pas eu tellement de femmes parmi les cadres soviétiques de bon niveau. C'est donc cette « traductrice interprète » qui était intervenue pour exempter Estoucha de la quarantaine. Elle l'emmena à Paris.

C'était déjà l'automne. Le ciel était gris, il faisait froid. Estoucha était encore en tenue de campagne : jambes nues, espadrilles trempées, une jupe plissée complètement usée qu'elle avait portée alors qu'elle était encore en Pologne, enfin une chemisette Lacoste bleue toute délavée et rien d'autre. Il était difficile de circuler ainsi dans Paris sans attirer l'attention. Une tovaritch, comme on les appelait en Espagne, l'accompagna aux Galeries Lafayette avec cette consigne : « Tu peux acheter tout ce que tu veux. »

Ce fut modeste, chaussures, bas, une nouvelle jupe plissée bleu marine, une nouvelle chemise Lacoste et un imperméable.

Sa deuxième sortie fut pour l'Exposition universelle où, dès l'entrée, deux pavillons géants se faisaient face, ceux des forces qui déjà décidaient de son destin, d'un côté celui de l'Union soviétique avec au sommet ce couple dressant vers le ciel, elle une faucille et lui un marteau, et, de l'autre celui de l'Allemagne nazie avec un énorme swastika. Tout un programme, se dit-elle.

C'est tout ce que je sais de cette visite à Paris, la première que fit vraiment Estoucha si on ne tient pas compte de son passage sur la route d'Irun un peu plus d'une année auparavant. Elle conclut le récit de ce séjour automnal de manière un peu elliptique après avoir mentionné la visite à l'Exposition universelle : « Non, je n'ai rien à faire à Paris, je demande à être renvoyée en Espagne, du côté est des Pyrénées. C'est là que le programme se joue. » Ce « non » initial est singulier, comme s'il répondait à une question non rapportée... ou à une éventualité refusée. Il est évident qu'en dehors d'un peu de tourisme, elle n'avait rien à faire à Paris. Le choix était soit de retourner à Bruxelles puisque après tout c'était la reprise des cours, soit de revenir en Espagne. Le « non, je n'ai rien à faire à Paris » laisse entendre qu'il pouvait bien y avoir un troisième terme. Il est difficile de croire que Maria Fortous, qu'elle tiendra absolument à revoir quarante-sept ans plus tard, n'ait pas cherché à apprécier sa personnalité et à savoir si un autre type de mission ne l'intéressait pas. Devant sa détermination, elle n'aurait pas insisté.

Ce qui est certain c'est que quelques jours plus tard Estoucha, sans qu'elle m'ait jamais dit comment, était, comme elle l'avait voulu, de retour en Espagne sur ce que les combattants appelaient le front nord.

Là, la guerre était une affaire de professionnels, elle n'était pas subie avec ce que cela comporte d'amateurisme et d'improvisation. L'organisation était complètement militarisée, depuis les bataillons jusqu'à l'état-major. Tout en conservant son accent polonais, Estoucha eut l'occasion d'améliorer substantiellement son russe car elle était à nouveau traductrice-interprète dans l'armée de terre. Les tovaritchs qui sortaient tous de leurs académies militaires ne combattaient pas eux-mêmes mais conseillaient ou donnaient leurs instructions à l'infanterie directement sur la première ligne de front. En revanche tankistes et aviateurs soviétiques participaient totalement au combat.

Si professionnels qu'ils fussent, les militaires soviétiques ne parvenaient pas à renverser le cours de la guerre et cela influait sur le moral de tous ceux qui combattaient. Un petit matin, roulant en voiture tous feux éteints près d'un secteur du front qui devait passer à l'offensive, le chauffeur et elle entendirent tout à coup le bruit de tanks se mettant en mouvement. D'un bond, sans se dire un mot, convaincus qu'une fois de plus l'ennemi avait rompu leurs lignes, tous deux sautèrent de la voiture et, l'un derrière l'autre, essayèrent de se camoufler sur les bas-côtés. Cela dura jusqu'à ce qu'une voix s'élevât : « Davaï, davaï, haracho. »

À leur grand soulagement c'étaient des tankistes soviétiques prenant position pour une opération.

Dans cette dernière période de la guerre d'Espagne, Estoucha se trouva fréquemment exposée au danger. Sa vie était ponctuée de hasards. Un jour, en terrain découvert, sous un bombardement de mortiers, elle courut se réfugier dans un cratère d'obus quand elle entendit tout à coup crier derrière elle : « Paletko ! »

Petit manteau ! Son sobriquet au lycée de Kalisz ! Qui ici pouvait la connaître sous ce surnom ? Un mouvement de tête vers l'arrière et, surprise, elle vit Alex Szurek, un camarade du lycée, lui aussi d'une famille de sept enfants mais aisée et à l'époque militant politique charismatique de Haschomer Hazair [1], grand lecteur de Marx et Kropotkine. Alex était devenu l'adjoint d'un autre Polonais, le général Walter (Karol Swierczewski [2]), sorti de l'académie militaire soviétique.

Paletko ! Au lycée elle était toujours habillée des vêtements devenus trop petits pour ses sœurs et retaillés pour elle. Mais une fois, il y eut assez d'argent à la maison pour acheter un coupon de tissu façon pied-de-poule. Par ailleurs, son frère aîné avait apporté à la maison une peau de chevreau rouge, avec tout ça on lui fit confectionner, pour la première fois de sa vie, un manteau tout neuf ! Elle en était tellement contente qu'elle n'arrêta pas d'en parler à ses camarades de classe pour qu'ils partagent son émerveillement. Un peu fatigués de son enthousiasme, ils la baptisèrent Paletko : petit manteau.

Cette bouffée de Kalisz au milieu d'un champ de bataille espagnol, c'était pour elle la preuve que, malgré les milliers de kilomètres de distance qui la séparaient de sa ville natale, il y avait bien quelque chose de commun entre ici et là-bas qui était en jeu. Peu après le début de la guerre civile, le 5 décembre 1936, le gouvernement polonais avait fait paraître au *Monitor Polski*, le journal

1. Organisation sioniste et socialiste de gauche. Sur la vie d'Alex Szurek (Kalisz, 1907– Paris, 1978), voir Arno Lustiger, *op. cit.*, p. 295. Szurek a laissé un manuscrit de Mémoires qui a été traduit en anglais par un autre ancien d'Espagne, Jacques Grunblatt (Kolomyja, Pologne 1910-Manzanillo, Mexique 1989), et a été publié sous le titre *Shattered Dreams*, Boulder (Colorado). Le père d'Alex Szurek était un des bailleurs de fonds du lycée juif « moderne » de Kalisz dans lequel Estoucha avait fait ses études secondaires.

2. Arno Lustiger, *op. cit.*, p. 34.

officiel, un avis annonçant que les Polonais qui combattaient en Espagne perdaient leur nationalité. Aussi les volontaires polonais n'écrivaient pas directement chez eux. Après la création formelle des Brigades internationales, les lettres de combattants polonais étaient mises à la poste à Paris et on pouvait répondre à une adresse française convenue. Une lettre de la mère d'Alex montre combien ce lien symbolique entre Pologne et Espagne était fort.

*Mon cher fils,*

*J'ai rencontré notre cousin Buka. Il m'a dit avec fierté : « Que penses-tu de nos enfants ? Ils sont devenus officiers, c'est beau, hein ? »*

*J'ai pressenti depuis longtemps que tu es en Espagne. Je ne pouvais pas m'imaginer des événements aussi importants à cent lieues dans le monde comme la guerre d'Espagne, et que tu n'y participes pas. Je te connais bien, c'est pourquoi tu m'es si cher. Je suis fière de toi. Tu as bien fait de partir sur le front de la liberté. Moi-même, je l'aurais fait à ta place. Vise bien les fascistes ; vise si bien qu'il n'y ait plus de guerre. Mais je t'en prie, ménage ta vie. Je t'aime tant... Je t'en prie. Continue à vivre.*

*Ta maman* [1].

En quelques lignes tout est dit, la fierté d'une mère juive de voir son fils être officier comme les *pans* (messieurs en polonais), son approbation de la lutte antifasciste et son lien avec la défense de la paix et de la liberté.

Engagée en dehors de l'appareil des Brigades internationales, isolée des Juifs polonais qui, très nombreux,

1. David Diamant, *op. cit.*, p. 291.

en faisaient partie, pendant tout son séjour en Espagne Estoucha n'écrivit jamais à sa mère, ni n'en reçut de nouvelles, pas plus qu'elle n'écrivit à Sara et Tadek à Bruxelles. Peut-être aussi parce qu'elle était directement en contact avec les tovaritchs, pourtant elle n'avait pas reçu la consigne de ne pas écrire. Je sais seulement qu'elle en souffrit. En novembre 1990, elle revint par écrit sur cette question et affirme que personne ne le lui avait interdit, mais : « La confiance qu'on me témoignait en me faisant participer aux liaisons importantes de l'armée républicaine m'a dicté (sans que je comprenne bien pourquoi) cette attitude. »

Combattant sans arme, presque constamment présente sur le terrain des batailles, sa survie ne tenait parfois qu'à un fil. Jusqu'à la fin de sa vie elle resta marquée par ce qu'elle appelait la cabane des enlacés. Les enlacés, c'étaient les opérateurs téléphonistes qui étaient toujours casque aux oreilles, donc enlacés à leur émetteur-récepteur. Ce fut pendant une nuit froide ; rien ne cessait, ni la pluie de tomber, ni les mitrailleuses d'échanger des tirs bien nourris ; elle était trempée et se mit à frissonner. Tout à coup, sans qu'on sache pourquoi, il y eut une petite accalmie. Le conseiller soviétique avec lequel elle faisait équipe lui dit d'aller « pour dix minutes un quart d'heure » se réchauffer dans la cabane des téléphonistes où il y avait un bon feu de cheminée et sûrement quelque chose de chaud à boire.

« Una chica », s'étonna un des opérateurs en la voyant entrer dans la cabane. Galanterie oblige, il se leva de sa caisse pour lui céder sa place près du feu. Les dix minutes écoulées, il pleuvait toujours mais il fallait repartir, elle se leva sans enthousiasme et regagna son poste au bataillon. Elle serait bien restée... Le lendemain elle apprit que tout de suite après son départ un obus était tombé sur la cabane des enlacés et que celui qui avait repris sa place près de l'âtre était mort.

À peu près au moment où les rebelles réussirent à isoler Madrid du reste du pays, Estoucha fut transférée au poste de traductrice-interprète auprès des escadrilles soviétiques. Il y avait fréquemment des aviateurs qui étaient rappelés en U.R.S.S. où c'était la grande *Tchista*, la grande purge. Son dernier été, Estoucha me concéda qu'« on voyait bien que les aviateurs soviétiques n'étaient pas contents de retourner en U.R.S.S. quand on les rappelait ».

Les dangers ne diminuèrent guère. Tantôt elle travaillait pour les escadrilles de chasse, tantôt pour celles de bombardiers, les sorties étaient très fréquentes. Les chasseurs des escadrilles auxquelles elle était associée devaient assurer la protection des bombardiers tant dans la zone nord que du côté de Madrid. Dans ce dernier cas cela impliquait le survol de la zone tenue par les rebelles, ce qui se faisait de nuit, et pour ces vols l'interprète devait accompagner l'escadrille. Elle était alors accroupie au plancher de l'avion, parachute au dos, à côté du pilote. L'instruction avait été brève, on lui avait expliqué qu'en cas de nécessité absolue il lui faudrait sauter hors de la carlingue et tirer sur l'anneau métallique droit, en principe le parachute devait s'ouvrir. Il était évident pour tout le monde qu'elle n'avait jamais appris à sauter mais on n'avait plus le temps pour cela. Quant à elle, habituée à voir tomber les combattants, cette improvisation lui paraissait nécessaire et elle se consolait, combinant volontarisme et fatalisme, en pensant que sa mort n'était qu'une éventualité, pas une certitude.

En revanche, l'issue de cette guerre ne faisait plus de doute. Le 21 septembre 1938, Negrín, le président du Conseil espagnol, pour épargner la vie des volontaires étrangers qui étaient exécutés dès qu'ils étaient faits prisonniers, déclara à la tribune de la Société des Nations, à Genève, que l'Espagne était disposée à les retirer du front, espérant peut-être inciter les Allemands et les Italiens à retirer leurs troupes. Depuis 1938 le recrutement des volontaires s'était tari. Le 30 septembre, la Société des Nations nomma une commission militaire pour la surveillance du retrait des brigades de la bataille de l'Èbre qui avait commencé le 25 juillet. Fin octobre, Negrín, dans un village près du fleuve, présenta les derniers adieux du gouvernement espagnol aux brigadistes. Pour plusieurs milliers d'entre eux le retour au pays n'était plus possible, outre la Pologne, la Yougoslavie et la Bulgarie avaient aussi déchu de leur nationalité les combattants d'Espagne, et après l'Anschluss, en Autriche comme en Allemagne c'est le camp de concentration qui attendait les brigadistes. La bataille de l'Èbre s'acheva le 15 novembre par la retraite des républicains. Ces brigadistes internationaux qui ne pouvaient plus rentrer chez eux commencèrent par attendre dans un camp de démobilisation une possibilité d'émigrer. Seuls le Chili et le Mexique étaient prêts à les accueillir, mais la plupart, communistes convaincus, attendaient un signe de Moscou [1]. Un signe qui ne vint pas. Quand la situation empira au-delà de toute espérance pour les républicains, ces brigadistes, convaincus qu'ils allaient à la mort, reformèrent une unité et, après avoir envoyé

1. Arthur (Arek) Kowalski, extrait de son autobiographie en polonais, *Kochalem ja nad zycie*, San Jose, Californie, 1986, traduit en français in A. Lustiger, *op. cit.*, p. 311.

tous leurs effets et papiers personnels en France, se battirent jusqu'à avoir physiquement le dos à la frontière française. Estoucha, qui n'avait jamais fait partie des brigades, fut de ces volontaires qui restèrent jusqu'au bout.

Une nuit, réveillée à deux heures du matin, elle dut sur-le-champ traduire un ordre en provenance de l'état-major des armées de terre et de l'air en préparation d'une grande opération combinée qui associait escadrilles espagnoles et soviétiques. C'était déjà presque la fin. Côté espagnol, le général Hidalgo de Cisneros en personne, commandant en chef de l'armée de l'air, devait prendre la tête de toute la manœuvre aérienne. Deux heures plus tard, toutes ces escadrilles étaient au-dessus du terrain et cafouillèrent pendant quelques instants, échangeant des signaux avec des battements d'ailes des avions. Estoucha comprit enfin ce qui se passait : elle avait oublié dans sa traduction de préciser les positions respectives, les aviateurs espagnols et soviétiques avaient dû s'expliquer entre eux à coups de battements d'ailes.

Après cette opération, il fallut encore transmettre un message à Hidalgo de Cisneros, mais son poste de commandement était isolé de tout, très haut dans la montagne, tout près de la frontière française. Les Soviétiques jugèrent qu'une femme passerait plus facilement : Estoucha fut chargée de cette liaison. Elle remit le message et comprit que la guerre, la lutte ouverte contre le franquisme, allait finir d'un jour à l'autre.

Le 9 février 1939, toute l'escadrille soviétique à laquelle appartenait Estoucha se retrouva à pied à quelques mètres de la frontière française, face à une rangée de gardes mobiles. La rumeur courut vite dans le groupe que les gardes mobiles laissaient passer les Français mais que les étrangers étaient arrêtés et envoyés dans des camps. Ce fut pour Estoucha la conscience soudaine de la précarité de sa situation, un face à face brutal avec une réalité qu'elle n'avait pas envisagée, un retour au monde ordinaire dont elle était éloignée depuis trois ans. Elle n'avait aucune pièce d'identité, pas même au nom de Jeanne Lefèvre son pseudonyme. Les Soviétiques avaient visiblement un arrangement particulier pour passer. Ils lui donnèrent cinquante dollars, quelques conseils, et lui dirent de se débrouiller de son côté. Elle leur confia son bagage qu'ils devaient laisser à leur ambassade à Paris.

Dans le désordre de la débâcle, elle restait seule, en capote militaire ; il était six heures du soir. Elle se retourna pour un dernier regard sur ce pays où elle avait tant vécu et qu'elle avait tant aimé ; elle se retourna pour un instant de recueillement. Tout le brouhaha qui l'entourait s'évanouit. Sur un fond de ciel d'un bleu immaculé, au sommet d'une colline un amandier en fleur gravait un superbe bouquet sur le vide du ciel.

Jusqu'à son dernier jour, aux pires moments de sa vie elle n'oublia point cet amandier en fleur et chaque fois qu'elle remontait du Midi elle me disait avec une voix un peu basse : « Les amandiers étaient en fleur. »

Je savais ce que cela évoquait pour elle. D'y penser aujourd'hui me rappelle ce dernier soir, quand ensemble nous regardâmes ces deux bouquets de fleurs dans la diagonale de son séjour. Pensa-t-elle alors à ce dernier amandier d'Espagne ?

Elle se retourna vers le côté français et commençait à se donner une apparence moins martiale quand, côté espagnol, elle aperçut un groupe de jeunes filles riant, bavardant, insouciantes du désastre qui les entourait. Leur journée finie elles rentraient en France. Estoucha accéléra le dégrafage de son manteau, en recouvrit le col par un foulard, déboutonna sa tenue de service pour laisser apparaître la robe de cotonnade qu'elle s'était fait faire quelques mois auparavant lors d'une période de repos, se composa un visage avenant et se mêla aux jeunes filles. Visiblement elles étaient des habituées du poste-frontière, les gardes mobiles leur souriaient, plaisantaient avec elles, et pour finir ils leur souhaitèrent une bonne soirée et les laissèrent passer sans plus de formalité.

Parmi les conseils reçus, il y avait celui d'éviter le train tout près de la frontière, la surveillance policière très stricte s'y traduisait par de nombreux contrôles d'identité. Pour la même raison, on lui avait impérativement recommandé de prendre un billet de première ou deuxième classe, mais pas de troisième. Affichant l'air le plus gai qu'elle pût, elle prit d'un bon pas la route de Perpignan. Les dollars la tracassaient, les utiliser pour payer son train c'était se rendre immédiatement suspecte. Elle ne voyait pas comment s'en sortir et en attendant allongeait le pas car le jour baissait.

Plus tard, derrière elle, le trot d'un cheval se fit entendre. Plus vite qu'elle ne l'aurait voulu le bruit se fit de plus en plus fort, le cheval tirait énergiquement une charrette dont on distinguait mal qui la conduisait. Il n'y avait rien en vue qui justifiât qu'elle quitte la route. Elle fut encore moins rassurée quand la voiture arrivant à sa hauteur se mit à ralentir, alors elle entendit : « Janetcka, monte vite [1]. »

C'était une Soviétique qui la hissa sur la banquette,

1. Dans ses notes Estoucha a écrit Jeanne, mais quand en 1966 elle eut un échange épistolaire avec Maria Fortous, celle-ci l'appelait Janetcka.

l'amena à la gare et lui acheta son billet. Le train était déjà à quai, il n'y avait pas une minute à perdre, tout le monde criait et parmi ces cris elle distingua finalement plusieurs voix, j'imagine en russe : « Jeanne, Jeanne, viens ici. » Ses camarades de l'escadrille occupaient tout un compartiment du train. Embrassades, « on les aura quand même », tout le monde était content de se retrouver mais là Estoucha craqua et, d'émotion, se mit à pleurer, longtemps, très longtemps...

La guerre d'Espagne des brigadistes internationaux n'en avait plus que pour quelques heures. Depuis plusieurs semaines, complètement encerclés dans les parages du Tech, les brigadistes se battaient dans des conditions épouvantables. Franchissant la rivière sur des radeaux fabriqués avec des arbres abattus sur place, reculant pas à pas, ils arrivèrent finalement à Port-Bou deux jours plus tard, le 11 février 1939. De là, ils furent immédiatement emmenés dans des camps de concentration français où les conditions d'hygiène étaient épouvantables et l'alimentation dérisoire. Un grand nombre de ces hommes furent plus tard directement livrés aux nazis. Le 28 mars Madrid tombait, quatre jours plus tard la guerre civile espagnole était finie.

L'Espagne fut pour Estoucha une véritable initiation, une entrée dans la vraie vie, une vie qui ne devait plus être pendant longtemps celle de tous les jours. Dans ses notes, pour une fois un peu emphatique, Estoucha pouvait encore écrire plus de cinquante ans plus tard : « Merci, Espagne, merci, peuple des hidalgos dont le courage et la dignité m'ont marquée pour la vie et m'ont donné une base morale pour pouvoir supporter la suite des événements. »

L'expression est banale, l'expérience ni la suite des

événements ne le furent. Chaque fois que je la relis je suis surpris par le divorce entre d'un côté cette gratitude qui va à un peuple, une culture prise en bloc : l'Espagne, et de l'autre la conviction idéologique d'Estoucha que les valeurs auxquelles elle était attachée ne s'incarneraient que par de profondes modifications des rapports sociaux engendrant à la longue un homme nouveau.

# VI

À Paris, un organisme qui s'occupait des retours illégaux d'Espagne fournit à Estoucha un hébergement chez des communistes polonais anciens de Belgique, Régine et Arek (Arthur) Kowalski. Ils n'étaient guère mieux lotis qu'elle. Arek avait appartenu à la compagnie juive Botwin des Brigades internationales, qui comprenait une moitié de Juifs et de Polonais et, pour l'autre moitié, des Espagnols. Sérieusement blessé par un obus alors qu'il conduisait un transport de blessés, il avait été soigné dans un hôpital où se déclencha une épidémie de typhus. Ce fut souvent le cas du côté républicain, faute de moyens sanitaires suffisants et à cause des bombardements aériens fréquents des hôpitaux. Arek n'échappa pas au typhus, il n'était plus question qu'il retourne au combat. Fin octobre 38, à la dissolution des Brigades internationales, donc quatre mois avant qu'Estoucha n'arrive chez lui, il avait été évacué sur Perpignan où sa femme le retrouva. Il ne pesait plus alors que trente-neuf kilos.

C'est de Paris qu'Estoucha, pour la première fois, écrivit à sa famille en Pologne qui l'avait crue morte. La réponse ne tarda point, c'était une longue lettre de sa mère qui lui donnait l'adresse d'un de ses cousins, Maurice Selver, 5, rue Censier à Paris. Maurice Selver avait pris part à la révolution de 1905, arrêté par la police du tsar il avait dû s'expatrier. En août 14, quand la guerre éclata, il s'engagea dans l'armée française. Naturalisé en tant qu'ancien combattant, il vivait modestement comme fourreur à façon avec l'aide de sa femme. Quand Estoucha se présenta rue Censier, Selver et sa femme l'attendaient car ils avaient déjà reçu une lettre de Mathilda. L'accueil fut chaleureux, Selver était membre du parti depuis le congrès de Tours et particulièrement fier de voir que dans sa famille quelqu'un avait repris le chemin des aînés. Ils proposèrent une chambre à Estoucha qui s'installa chez eux.

Dans le même temps, Estoucha avait contacté l'Université libre de Bruxelles (libre parce qu'elle se réclame du libre examen) pour savoir si elle pouvait reprendre ses études pendant l'année scolaire en cours bien que les enseignements aient débuté à l'automne précédent. Non seulement la réponse fut favorable mais les autorités universitaires lui offrirent une bourse d'étude. Elle retourna donc bien vite à Bruxelles. À l'U.L.B. elle n'avait pas été la seule à soutenir l'Espagne républicaine. Le fils de Jules Bordet était allé se battre en Espagne. Jules Bordet avait reçu le prix Nobel de médecine pour la réaction de détection de la syphilis (réaction B.W. pour Bordet-Wassermann). Un autre professeur, Neumann, avait organisé une importante antenne chirurgicale avec médecins, infirmières et matériel adéquat qui avait permis d'opérer sur-le-champ des blessés de l'armée républicaine. La bourse était modeste mais en surveillant ses dépenses Estoucha pouvait pour la première fois se consacrer entièrement à ses études. Pas pour longtemps.

Le 1er septembre 1939, Varsovie se réveilla sous les bombes de la Luftwaffe. L'armée allemande venait d'envahir la Pologne. C'était une des conséquences du pacte Molotov-Ribbentrop signé une semaine plus tôt, le 23 août 1939. Le pacte troubla bien des consciences communistes, y compris celles de militants qui s'engagèrent ensuite dans la Résistance ; il n'ébranla pas Estoucha un seul instant. Sortant d'Espagne, elle avait la conviction intime que ce qu'elle venait de vivre n'était que le prélude à un autre affrontement contre l'hitlérisme. Son choix de vie communiste passait par l'adoption du mode d'organisation que propageaient les Soviétiques et les représentants de l'Internationale. C'était pour elle une condition indispensable pour être prête aux combats où discipline militaire et discipline du parti ne devaient faire qu'un. Quand le 20 septembre ce fut au tour de Staline, en application des clauses secrètes du pacte, de prendre sa part du dépeçage de la Pologne en occupant sa partie orientale, je ne sais pas ce qu'elle ressentit. Elle mentionne dans ses notes une forte activité des cercles marxistes, vraisemblablement pour tenter de vaincre l'isolement dans lequel les communistes se trouvaient, tout en rejetant ceux qui ne pensaient pas comme eux. L'U.R.S.S. n'incarnait-elle pas une toute-puissance ? N'avait-elle pas été en contact avec cette couche sociale des spécialistes et des militaires d'élite, prototypes vivants de la modernité dont il était impensable que dans une vie normale de petite Juive polonaise elle ait jamais pu les rencontrer ? Quand elle eut à s'exprimer, je ne doute pas un seul instant qu'elle forgea en toute bonne foi une explication qui ne s'écartait pas de la ligne, si tant est qu'il y eût à ce moment-là un cap bien défini. Après ce qu'avait signifié la non-intervention des démocraties occidentales en Espagne, même si elle avait pu être choquée par l'annonce du pacte entre Staline et Hitler, il n'y a rien d'extraordinaire à voir un combattant communiste d'Espagne accepter la thèse que l'Angleterre et la France ne cherchaient pas fondamentalement à combattre l'hitlérisme et s'accommoderaient aisément d'une guerre de l'Allemagne contre l'U.R.S.S. Il ne manquait pas d'arguments tirés de l'histoire espagnole qui confortaient ce point de vue.

Des étudiants de l'université de Varsovie avaient réussi à quitter la Pologne ; une étudiante de ce groupe se présenta chez Estoucha qui, sans la connaître, partagea avec elle sa chambre garnie pendant toute la durée de son séjour à Bruxelles. Cette étudiante, traumatisée par les bombardements, ne cessait de pleurer et chaque nuit était en proie à des cauchemars.

La France entra en guerre ; malgré cela, à l'U.L.B. les cours reprirent normalement car la Belgique restait provisoirement à l'écart du conflit. L'activité des cercles marxistes occupait une grande part du temps d'Estoucha. La petite étudiante, devenue un peu moins boulotte et plus âgée que ses camarades d'étude, était maintenant une ancienne combattante d'Espagne. Cela lui donnait un tout autre statut dans ces cercles. On écoutait ce qu'elle disait et malgré sa silhouette ingrate les garçons faisaient attention à elle. Elle avait gardé ce teint hâlé et son visage s'était un peu aminci, ses cheveux tombaient en boucles souples jusqu'aux épaules et lui donnaient une allure altière malgré sa petite taille.

La paix en Belgique ne fut qu'un répit, le 10 mai 1940 les troupes allemandes franchirent la frontière entre l'Allemagne et la Belgique entre Eupen et Malmédy. Karola, son amie de Kalisz qui entre-temps s'était mariée et installée à Liège, vint vivre chez Estoucha. Dans le branle-bas général, aguerrie par l'Espagne et en même temps manquant curieusement du sens des réalités politiques élémentaires, celle-ci continuait d'assurer son internat en dermatologie à l'hôpital Saint-Pierre. Non seulement le 10 mais aussi le 11, le 12 et le 13 mai. Finalement, Jourdain, le patron du service qui savait qui elle était, la prit à part pour la sermonner et lui dit tout de go qu'elle était imprudente et qu'elle devrait partir. Ramenée sur terre, Estoucha en discuta avec Sara et Tadek qui n'avaient apparemment eux non plus pas compris qu'il fallait partir, à moins qu'ils n'aient attendu des consignes [1]. Le bon sens finalement l'emporta. Ils décidèrent tous de se mettre en route dès le lendemain, la bande des copains d'Estoucha, dont Karola et son mari, se joignant à eux. Pour empaqueter ses affaires, Sara se mit à confectionner un sac à dos en utilisant un gros drap en métis. Ce dernier produit du design viennois ne passait pas inaperçu.

Juifs ou pas, ils n'étaient pas les seuls à fuir vers le sud. Bien qu'habitant tous du côté de Saint-Gilles, et donc pas très loin de la gare du Midi d'où partent à Bruxelles les trains pour la France, le 14 mai ils ne purent que constater qu'il n'y avait plus moyen de prendre un train depuis cette gare. La chance leur sourit sous la forme d'un trolleybus qui allait jusqu'à Halle, à une quinzaine de kilomètres de Bruxelles. De là ils espé-

1. Cet aveuglement sur certains aspects matériels de la réalité du nazisme semble avoir été partagé par des dirigeants communistes belges qui conseillèrent froidement aux militants juifs le port de l'étoile jaune en prenant argument du pacte germano-soviétique. (Entretien avec Sonia Leit à Saint-Gilles, le 9 décembre 1994.)

raient qu'il serait plus facile de trouver un train. Cela n'alla pas sans difficulté. Déjà, dans le trolleybus, Sara qui était une belle blonde assez plantureuse attira les regards, d'autant qu'elle était harnachée de ce bizarre sac à dos et que, pour le Bruxellois moyen, tout ce groupe parlait une langue encore plus bizarre que le sac à dos.

Cette description de Sara, incidente dans le récit d'Estoucha, est la seule que je possède. Jamais je n'ai vu Sara et par ailleurs je n'ai pas eu accès aux archives de la police des étrangers en Belgique. Évidemment, je n'ai retrouvé personne qui l'ait connue. C'est comme si j'étais le dernier à savoir qu'elle et Tadek ont existé. C'est « naturel », c'est-à-dire logique « après tout ce qui s'est passé », mais en même temps ça me paraît invraisemblable. J'ai repris les quelques photos de cette époque qui, comme on dit, « me sont parvenues ». Sara et Tadek devraient s'y trouver, mais aucune femme sur ces photos ne semble être à la fois belle, blonde et plantureuse.

À la descente du trolley à Halle, le cordon de son sac à dos se défit et se mit à pendre derrière elle. Il n'en fallut pas plus pour que, l'espionnite aidant, on la prît pour une Allemande de la cinquième colonne qui avait encore son parachute. Elle fut tout de suite entourée, la colère monta, des passagers voulurent la frapper. Le groupe fit cercle autour d'elle pour la défendre et tout ce petit monde se retrouva bientôt au commissariat voisin. Là, le malentendu fut dissipé, Sara était parfaitement en règle, le commissaire présenta ses excuses et leur demanda d'être indulgents pour ses compatriotes. Ils arrivèrent juste à temps à la gare pour prendre le train pour la France.

Le voyage vers le sud de la France dura plusieurs jours, ils ne furent jamais bombardés. Les convois militaires avaient la priorité, les attentes sur les voies de dégagement étaient très longues. Il y avait dans ce train des voyageurs qui étaient déjà souffrants au départ, d'autres qui le devenaient. Le groupe d'Estoucha se transforma rapidement en équipe de secouristes. Finalement ils arrivèrent en Haute-Garonne et furent dirigés vers une petite localité, Montoulieu, près de Saint-Martory sur la Garonne et pas très loin de Saint-Gaudens.

Estoucha n'avait pas gardé un souvenir précis de la durée du voyage car au fil de leur exode, elle et Mouni, un membre du groupe qu'elle connaissait depuis longtemps et qui faisait des études de chimie alimentaire à Bruxelles, s'étaient découvert comme elle l'a écrit après avoir sans doute mûrement réfléchi à la formule, « une affectueuse affinité. On était content de voir ce qui nous arrive ».

C'était un Juif polonais plus jeune qu'elle, son enfance avait été sans histoire dans une grande ville de province de l'Ouest, Torun. Sans rouler sur l'or, il avait pu faire des études, son père était relieur à son compte. Il était tout le contraire d'Estoucha, charmeur, épicurien, capable de nouer des contacts en quelques minutes, ce qui le rendait populaire, et en plus il était assez bon musicien.

Ils furent tous accueillis à Montoulieu avec une très grande gentillesse. Une photo de juin 40 montre Mouni naturellement au milieu de plusieurs dizaines de personnes sur cinq ou six rangées, où sont mêlés dans la bonne humeur réfugiés et habitants. Estoucha conservait un souvenir ému de ce petit village. Beaucoup d'enfants de Montoulieu avaient été fauchés à la guerre de 14. Il n'y avait presque pas de jeunes de leur âge et les villageois leur expliquèrent qu'après ce qu'ils avaient connu ils n'avaient pas voulu fournir de la chair à canon. De ce fait, beaucoup de maisons étaient inhabitées bien qu'en bon état. Montoulieu manquait de bras, les garçons du groupe participèrent aux travaux des champs.

Cette vie précaire et son organisation collective pas trop pesante ne leur déplaisait pas. À Saint-Martory, le bourg voisin, il y avait un cabinet médical mais le médecin avait été mobilisé, plus personne dans le pays n'assurait les soins. On demanda à Estoucha de pallier ce manque, bien qu'elle ait clairement indiqué qu'elle n'était qu'interne et non médecin diplômé. Elle créa un petit dispensaire où étaient assurés les vaccinations des enfants, les premiers soins aux blessés civils, les piqûres et la petite chirurgic.

Le local du dispensaire improvisé était juste à côté d'un café qui avait un récepteur de radio. Quand la radio annonça que le maréchal Pétain parlerait vers midi, tout le monde s'y précipita.

« Dans le café le silence s'établit d'un coup. Au fur et à mesure que les paroles du maréchal se déversaient, les têtes se baissaient et sur beaucoup de joues les larmes coulaient, tandis que d'autres restaient dents serrées, regard fixe, traits tirés. »

Les Belgo-Polonais se réunirent, ils ne voulaient pas rester inactifs. Cela voulait dire retrouver des gens qu'on connaissait et renouer des contacts avec des communistes. Estoucha fut désignée pour aller à Toulouse, ce qu'elle fit dès le lendemain. Il y avait pour elle des évidences. Laissant de côté ce qu'il y avait de radicalement différent entre les deux situations, la France de 1940 était occupée comme la Pologne d'avant 1914. Il allait donc falloir résister comme sa mère et Sara lui avaient raconté qu'on résistait, en prenant soin de ne pas se confier à n'importe qui, en ne parlant que quand c'était nécessaire et à bon escient. Elle connaissait l'existence de camps en Allemagne, mais n'en imaginait pas la réalité.

À Toulouse, qui avait été le terminus des trains d'évacués, il suffisait de se promener en ville pour rencontrer des connaissances de Belgique. C'est ainsi qu'Estoucha revit Jourdain, son ancien patron de dermatologie à Saint-Pierre, qui avait quitté Bruxelles deux jours plus tard. Elle retrouva aussi des communistes, et comme toute la région était pleine de réfugiés politiques espagnols, elle finit par recevoir la mission d'assurer la liaison avec les camps de Gurs, Argelès et Saint-Cyprien puisqu'elle était une ancienne d'Espagne. Elle combina des voyages réguliers à Toulouse avec son travail au « dispensaire » de Saint-Martory.

Ses rendez-vous avec les anciens d'Espagne détenus dans les camps avaient lieu à Toulouse car ils avaient droit de temps à autre à une permission. L'autorisation de quitter le camp leur était accordée si, par écrit, ils s'engageaient sur l'honneur à revenir. Cet engagement, conforme à une directive du parti communiste français, était scrupuleusement respecté par tous ceux qu'elle rencontrait.

Depuis leur défaite, les communistes espagnols en France étaient sans relation directe avec leurs dirigeants qui étaient à Moscou ou en Amérique latine. Il n'y avait plus aucun membre du Comité central ou du Bureau politique espagnols en France. Les communistes espagnols en France, reprenant contact les uns avec les autres, se réorganisèrent pour leur propre compte. Fin octobre 1940, ils tinrent même une réunion à l'intérieur du camp d'Argelès pour adopter une résolution où ils déclaraient vouloir « combattre le nazisme aux côtés du peuple français [1] ». C'était très différent de ce qu'ils auraient écrit s'ils avaient été en contact avec le Komintern à ce moment-là. Il fut aussi décidé de faire évader certains militants puisqu'il était si facile de sortir du camp. Les contacts toulousains d'Estoucha la confortèrent donc dans l'idée de lutter contre l'occupant, mais dans un cadre défini par le Parti puisque de toute façon c'était une lutte à l'échelle internationale. N'ayant pas à faire de propagande ou à diffuser des mots d'ordre venus d'en haut, les virages politiques de cette période lui restèrent étrangers, d'ailleurs elle était amoureuse et cela devait bien occuper une partie de son temps.

Des dirigeants communistes belges avaient été déportés à Saint-Cyprien mais Estoucha ne dit pas qui elle rencontrait. Ce qui est certain en revanche c'est que s'y trouvaient jusqu'en juillet Andor Berei, délégué de l'Internationale à Bruxelles, et Paul Nothomb [2], aviateur aristocrate belge devenu responsable communiste et qui avait fait partie de l'escadrille Malraux en Espagne. Tous deux, parmi d'autres, soulevèrent un jour de juillet les barbelés du camp et regagnèrent la Belgique.

Au fil des semaines la chaîne des contacts s'allongeait, le groupe de Montoulieu, probablement vers la fin septembre, eut finalement des nouvelles de Paris. Il leur

1. David Wingeate Pike, *In the Service of Stalin, the Spanish Communists in Exile, 1939-1945*, Oxford (Royaume-Uni), Clarendon Press, 1993, p. 31.

2. Pour Nothomb, voir ci-dessus, p. 43, note 2.

était recommandé de mettre un terme à leur exode et de retourner d'où ils étaient partis, puisque c'était là qu'ils connaissaient des gens en qui ils pouvaient avoir confiance « pour voir ce qu'on peut faire », comme l'a écrit Estoucha dans ses notes. En d'autres termes, en dehors du conseil de rentrer chez soi qui, pour tout le monde, sauf les immigrés, n'engageait à rien, il n'y avait pas de consigne précise d'orientation ou d'action.

L'idylle entre Estoucha et Mouni se poursuivait... et compliqua passablement la situation. Courant septembre, Mouni emprunta un vélo pour aller voir Estoucha à Saint-Martory. La région est vallonnée et, malheureusement pour lui, il s'aperçut trop tard dans une descente apparemment un peu longue que son vélo n'avait pas de frein. La chute était, paraît-il, inévitable. C'est Estoucha qui l'écrit, mais ce n'est pas un avis d'expert, malgré les efforts de Mouni elle n'a jamais su aller à vélo. Quoi qu'il en soit la chute eut bien lieu. Mouni couvrit son visage de son bras droit pour le protéger et en arrivant au sol se fractura l'humérus. Ainsi se retrouva-t-il à l'hôpital de Saint-Gaudens au lieu du dispensaire de Saint-Martory. Du coup ce fut à Estoucha de lui rendre visite. Il avait un plâtre qui maintenait son bras à l'horizontale « en aile d'avion ». Elle avait quelque chose d'important à lui dire : elle était enceinte. Il en parut très heureux, elle osa alors une question que cinquante ans après elle transcrivit à la belge, sans doute comme elle l'avait dite : « On se le garde, dis ?

– Mais bien sûr, contre vents et marées. »

Le retour fut quand même maintenu. De toute façon, malgré l'hospitalité des habitants du village, rester à Montoulieu présentait des risques. Une loi promulguée par le gouvernement de Vichy le 4 octobre

1940 donnait pouvoir aux préfets d'assigner à résidence ou d'interner dans des camps spéciaux les Juifs étrangers [1]. En même temps on parlait dans le village d'un camp qu'on installait à proximité.

Des dizaines de fois, Estoucha, qui n'avait pas pour habitude de se complaire dans le récit des persécutions antisémites, me raconta qu'elle se rendit à ce camp pour voir de quoi il s'agissait. Sur un grand terrain plat on avait installé une clôture sommaire, des fils de fer tendus entre des poteaux. À chaque extrémité du terrain il y avait une ouverture large d'une dizaine de mètres, c'étaient l'entrée et la sortie du camp, chacune gardée par une sentinelle. Au moment de sa visite, l'entrée et la sortie étaient totalement libres. À l'intérieur de l'enceinte il n'y avait strictement rien, sauf deux tentes où des gens s'étaient déjà installés.

Tous les réfugiés belges ne demandaient pas mieux que de rentrer chez eux. Sara et Tadek préparaient déjà leurs bagages, seuls Karola et son mari ne voulaient absolument pas retourner à Liège. La vue du camp d'assignation à résidence avait vivement inquiété Estoucha. Comme elle me l'a souvent répété, elle expliqua sur tous les tons à Karola et à son mari qu'il suffirait d'un petit quart d'heure pour tendre des barbelés aux deux

1. C'est la seule mesure antijuive que rapporte Estoucha, il est vrai que c'était celle qui les touchait très directement. Voir Robert O. Paxton, *La France de Vichy, 1940-1944,* Paris, Seuil, coll. Points, 1973, p. 171. Il est intéressant de comparer avec un témoin oculaire, le journaliste de *La Croix* Pierre Limagne qui, écrivant au jour le jour ses éphémérides, mentionna la perte du bénéfice du décret Crémieux pour les Juifs d'Algérie le 8 et le statut des Juifs le 17, mais pas cette loi sur les étrangers. *Cf.* Pierre Limagne, *Éphémérides,* t. I, *De Bordeaux à Bir-Hakeim,* Éditions du Candide, La Villedieu (07170 Ardèche), 1987.

extrémités du camp et piéger ainsi tous ceux qui se trouvaient dedans. Mais Karola et son époux ne voulurent rien entendre. Ils avaient déjà arrêté leur décision, ils allaient acheter une tente, s'installer dans un lieu de rassemblement et, en se serrant la ceinture, ils se contenteraient de l'allocation qu'on versait aux réfugiés et attendraient ainsi la fin de la guerre. Pour conclure son récit, Estoucha ajoute une remarque qu'elle ne m'avait jamais faite : « Je connaissais Karola depuis l'enfance, je savais que quand elle avait décidé quelque chose c'était du roc. »

Comme pour une dernière fois s'excuser de n'avoir pas su convaincre son amie.

Elle ne devait plus jamais la revoir. Sara et Tadek repartirent pour Bruxelles, mais eux non plus ne revinrent pas des camps. Ces deux phrases, Estoucha ne les a pas écrites, elle savait que je savais.

# VII

Le départ pour la Belgique approchait. Depuis cette loi contre les Juifs étrangers [1], il ne pouvait être que clandestin, de plus on leur avait confié un gros rouleau de feuilles manuscrites. En clandestine bien disciplinée, même cinquante ans plus tard, Estoucha ne dit pas de quoi il s'agissait. Pourtant elle eut largement le temps de s'en souvenir. Le rouleau était vraiment trop gros pour un transport clandestin, aussi demanda-t-elle l'autorisation de le recopier pour en faire un volume beaucoup plus petit. Une tournée de débits de tabac lui permit d'acheter à chaque comptoir quelques paquets de feuilles à cigarettes sur les feuillets desquels elle recopia avec une graphie minuscule les textes du rouleau. Avec une loupe on pouvait les déchiffrer ; le tout pouvait

1. Estoucha s'était fait établir le 1er juillet 1940 un passeport, n° 729/40, au consulat polonais de Toulouse. C'est un formulaire qui tient sur une double feuille 21 x 27 cm dont seule la première page est imprimée. Ce passeport valable pour tous les pays d'Europe et hors d'Europe expirait un an plus tard. Il contient en français et en polonais cette formule, lourde d'ironie avec le recul du temps : *Les autorités des États étrangers sont priées et les autorités polonaises sont requises de prêter au porteur aide et assistance en cas de nécessité.*

tenir entre les deux couches de coton hydrophile d'une serviette hygiénique. Mouni et elle avaient reçu des instructions détaillées. Ils devaient d'abord aller à Bordeaux, puis rejoindre la ligne de démarcation vers Vierzon. Pour la franchir il y avait un bosquet à traverser, de l'autre côté on était en zone occupée, il ne restait alors qu'à prendre le train pour Paris où les documents devaient être remis.

Le maire de Montoulieu, en guise de cadeau d'adieu, leur avait délivré un laissez-passer. Ils se mirent gaiement en route, sans autre bagage qu'un petit panier plein de légumes que portait Estoucha. Au fond du panier se trouvait la fameuse serviette hygiénique. Mouni avait toujours son plâtre. L'arrière-saison était superbe et, malgré tout, ils voulaient croire à leur joie et à leur bonheur en faisant semblant d'être en vacances. Le moteur d'une voiture se fit entendre au loin. Emportée par cette euphorie, sans réfléchir, presque pour jouer, Estoucha leva le doigt pour faire de l'autostop, et à leur grand étonnement la voiture se mit à freiner et s'arrêta quelques mètres plus loin. Ils revinrent alors à la réalité de leur situation mais, la voiture s'étant complètement immobilisée, ils coururent vers elle. Le passager était en civil ; il demanda avec courtoisie s'ils allaient à Bordeaux. Leur réponse fut positive, il les pria de prendre place, indiquant à Mouni qu'il serait plus à son aise sur la banquette arrière tandis qu'Estoucha prenait place à côté du chauffeur. Tous deux étaient franchement interloqués, mais ce n'était pas le moment de le montrer. L'étonnement fit place à l'anxiété lorsqu'ils virent qu'à chaque poste de contrôle la sentinelle se mettait d'abord au garde-à-vous puis faisait signe au véhicule de poursuivre sa route sans s'arrêter. À l'intérieur le conducteur entama une conversation qui avait tout l'air d'un interrogatoire. Mouni était-il blessé de guerre ? Pourquoi voulaient-ils aller à Bordeaux ? Avaient-ils un laissez-passer ? Estoucha prit l'initiative des réponses tandis que Mouni faisait semblant de ne pas être concerné.

Pourquoi était-ce elle qui répondait ? Je sais que Mouni parlait bien français, qu'il aimait chanter, qu'il avait une oreille très musicale. Avait-il un accent qui aurait pu le trahir, l'accent banal d'un Juif polonais ? Je n'y avais jamais pensé, elle ne m'en avait jamais parlé et personne ne m'a jamais dit ça de lui. Si c'était le cas, qu'est-ce que ça change à la suite ? Quelle importance, de toute façon c'est une histoire qui se termine mal, mais pas à ce moment-là. Je sais quand et comment cette vie a été arrêtée. Il n'y a rien à changer, il n'y a pas grand-chose que je sache, il y a seulement peu à oublier.

« Oui, monsieur est blessé de guerre... Nous sommes des réfugiés et nous en avons assez, nous voulons retourner chez nous et travailler.

– Vous avez raison, le III^e^ Reich a besoin des jeunes qui veulent travailler, et votre laissez-passer ? »

Estoucha exhiba le certificat du maire de Montolieu, parfaitement en règle avec tampon et signature.

« Oui, c'est bien, mais pour la zone nord il faut un laissez-passer établi par la Kommandantur, il faut que vous le fassiez faire au plus vite.

– Ah, nous ne le savions pas. Je vous remercie de ce renseignement, nous le ferons sans faute. »

Malgré le français impeccable de celui qui les avait pris à son bord, Estoucha, qui elle n'avait pas du tout l'oreille musicale, finit par s'aviser que le passager de la voiture avait une légère pointe d'accent allemand. Heureusement il n'avait pas été intrigué par le panier de légumes. Arrivés à Bordeaux, ils descendirent avec leur panier, non sans que le chauffeur leur rappelle d'aller se faire faire un sauf-conduit à la Kommandantur ! La voiture disparue, ils s'affalèrent sur un banc, plus fatigués que s'ils avaient fait la route à pied. Juste en face il y avait une pâtisserie, ils y achetèrent un grand saint-honoré qu'ils engloutirent avec délice.

La suite du voyage, en train, se passa sans problème. Un peu avant d'arriver, Estoucha passa aux toilettes pour s'équiper de la serviette hygiénique. À Vierzon, conformément aux indications reçues à Toulouse, ils descendirent du train et trouvèrent facilement le bosquet. Une sentinelle allemande en gardait l'accès. C'était le premier soldat allemand qu'Estoucha voyait. Mouni fut peut-être moins surpris, il avait pendant l'été 38 obtenu un visa de transit, valable trois jours, pour traverser l'Allemagne afin de rendre visite à sa famille. La sentinelle leur demanda s'ils avaient un laissez-passer, ils répondirent que oui et que d'ailleurs ils habitaient un peu plus loin. Le soldat jeta un coup d'œil aux légumes, qui confortaient leur histoire, et les laissa passer.

À Paris, la remise des documents devait se faire place de la République à une heure précise, valable plusieurs jours de suite. On avait prévenu Estoucha que la personne à qui elle devait remettre les documents ne lui était pas inconnue. Mouni, protecteur, voulut l'accompagner, malgré son plâtre qui ne passait pas inaperçu. Il se tint à distance. Estoucha reconnut un ancien étudiant de Bruxelles, quelques minutes suffirent pour que les documents changent de main. Ce relais bruxellois suggère que les documents sont remontés jusqu'à Bruxelles, quel que soit le parti qu'ils concernaient.

À Bruxelles, des groupes informels, qui devinrent par la suite des réseaux, commençaient à s'organiser, ne fût-ce que par des réunions assez régulières ; Mouni et Estoucha s'affilièrent à l'un d'eux. En Belgique, à cette époque, la distinction entre activité légale et illégale était très floue. À la différence du P.C. français, le P.C. belge n'avait pas été interdit, mais une partie de son activité était déjà clandestine. Pour Estoucha, matériellement, il n'était plus question de bourse puisqu'il était hors de propos qu'elle retourne à l'hôpital. Grâce aux Dwolaïtski, surtout grâce à Sara, Estoucha trouva du travail dans un atelier de bonneterie à la coupe et à la confection de pull-overs. Un collègue qui était un ami lui proposa, si elle le voulait, d'avorter à l'hôpital, elle refusa. Mouni, à qui il restait un ou deux examens pour avoir son diplôme d'ingénieur, était au chômage. Ils avaient faim, un peu plus que les autres Bruxellois. Dans leur groupe d'immigrés personne n'avait de contacts avec des gens de la campagne.

Pour se remonter le moral, puisque la plupart étaient communistes ou sympathisants communistes (il ne pouvait guère en aller autrement à cette époque, à cause du pacte germano-soviétique les communistes étaient isolés même au sein de la gauche), ils décidèrent de fêter l'anniversaire de la révolution d'Octobre, c'est-à-dire le 7 novembre, calendrier tsariste oblige. Les parents de l'une d'entre eux avaient un atelier de maroquinerie. Ils s'y retrouvèrent à une vingtaine pour passer la soirée autour d'une table garnie. De toute la journée Estoucha n'avait rien mangé, leur garde-manger était vide. Pour commencer la soirée, devant une table assez bien garnie, un camarade se lança dans un discours qui, mœurs communistes obligent, n'en finissait point. De surcroît, compte tenu du contexte, il lui aurait été difficile d'être bref tant la ligne du Parti avait connu d'inflexions dans la période récente. Soudain, il y eut un grand bruit de chute. Estoucha, qui en était à son troisième mois de grossesse, avait eu un voile devant les yeux et, perdant connaissance, avait basculé sous le banc où elle était assise. En reprenant ses esprits elle s'aperçut que Mouni, anxieux, était devenu aussi pâle qu'elle. Il y a tout lieu de croire que le discours du camarade en resta là.

À l'évidence la question alimentaire devenait urgente. Mouni, qui vivait d'expédients et de quelques secours [1], prit donc la décision d'aller chercher du travail en dehors de Bruxelles, si possible dans une région agricole pour pouvoir se nourrir. Il dénicha un emploi d'électricien conducteur des travaux pour équiper un terrain d'aviation en construction dans le Cambrésis. C'était en France, mais depuis le début de l'occupation les départements du Nord et du Pas-de-Calais avaient été rattachés à la Feldkommandantur de Bruxelles et cela permettait les aller-retour Cambrai-Bruxelles [2]. Mouni faisait ce voyage toutes les fins de semaine. L'accouche-

1. Notamment 50 marks allemands envoyés de Paris le 7 mars 1941 par quelqu'un nommé Haberman, 34, rue Richer à Paris.

2. Le 15 juin 1940, l'Oberfeldkommandantur 670 (OFK 670) est installée à Lille avec juridiction sur les départements du Nord et du Pas-de-Calais. Le 17 juin, cette OFK 670 est intégrée au haut-commandement militaire installé à Bruxelles. L'armistice ne changera rien à ces dispositions. Le 7 juillet, en prenant pour argument la poursuite de la guerre contre le Royaume-Uni, la région délimitée au nord par la frontière belge et au sud par la Somme, c'est-à-dire les départements du Nord, du Pas-de-Calais, et une partie de la Somme et de l'Aisne, est coupée du reste de la France. Voir Jacques Estager, *Ami entends-tu, la Résistance populaire dans le Nord-Pas-de-Calais*, Paris, Messidor-Éditions sociales, 1986, p. 23.

ment approchant, ils eurent l'idée surréaliste de se marier, réunirent les papiers requis et firent publier les bans à la mairie de Forest, une banlieue de Bruxelles, le 9 mars 1941, un dimanche. Ils avaient tous les deux indiqué leur domiciliation en Pologne à leurs lieux de naissance – Torun pour lui, Kalisz pour elle –, mais pour ses parents Estoucha avait indiqué Cracovie comme domicile, ils avaient donc déjà quitté Kalisz à cette date. Quant à leur résidence en Belgique, ils avaient tous les deux indiqué Forest. Une fois de plus leurs copains se chargèrent de leur remettre les pieds sur terre ; ça n'était pas le moment le mieux choisi pour se signaler à l'attention de l'administration. Ils ne se marièrent donc pas et, pour brouiller les pistes, déménagèrent à Anderlecht dans une maison où ils pouvaient résider illégalement.

C'était un appartement au deuxième étage, assez grand, clair, ensoleillé pour l'enfant à venir. Au premier il y avait déjà une jeune femme très sympathique et sa fillette de deux ans et demi. Son mari était à Londres.

La grossesse arrivait à son terme, Estoucha ne pesait que 42 kilos. Mouni était à Cambrai quand elle mit au monde, le 30 avril, dans le service d'obstétrique de l'hôpital Saint-Pierre à Bruxelles, un garçon rondouillard et bien chevelu de trois kilos sept cent cinquante grammes qu'il fallut bien vite nourrir au biberon. Malgré des apparences contraires, Estoucha, qui était toujours très respectueuse des autorités légitimes, indique dans ses notes le nom du responsable du service, le professeur Snoock. Ancienne interne de l'hôpital, elle avait eu droit à une chambre individuelle très spacieuse avec le berceau de son bébé à côté du lit. Le lendemain, 1er mai, ce fut un défilé ininterrompu. Amis et camarades étaient venus si nombreux que le bébé se déshydrata et qu'il fallut lui faire une injection de sérum. Dans ce climat de débâcle de la civilisation, la naissance de cet enfant apparut à ce groupe d'émigrés aux conditions de vie de plus en plus précaires un véritable défi. Quelques photos prises dans cette chambre d'accouchée, photos qui restèrent cachées pendant toute la guerre, reflètent ce rayon de soleil dans un printemps qui s'annonçait de plus en plus menaçant. Ils sont presque une douzaine autour de son lit, quasiment au-dessus du berceau, femmes en chapeau et hommes en manteau, Estoucha tendant vers l'objectif un portrait de Mouni qui tirait la photo.

J'ai montré cette photo à l'historien belge déjà évoqué. Il reconnaissait les visages, savait mettre les noms sur eux. Gêné, mal à l'aise, il a refusé de me les dire, prétextant un engagement pris auprès de l'administration qui a succédé à la police des étrangers de ne rien révéler des dossiers qui lui étaient communiqués. Nous avons le droit de payer pour des photos qui ont appartenu à des proches de nos parents, nous n'avons pas le droit de savoir ce qui nous permettrait de nous souvenir. Ainsi nous est laissé le bénéfice de ne pas craindre d'oublier puisqu'on nous refuse d'avoir accès à notre passé. L'historien a fini par bredouiller que ce visage émacié avec des lunettes rondes sur ce corps très grand, longiligne, mal éclairé à l'arrière-plan, c'était celui qui avait tué le premier collaborateur juif à Bruxelles. En baissant encore un peu plus la voix, et en faisant semblant de mettre de l'ordre sur son bureau, il a ajouté que d'autres sur cette photo étaient partis sur ordre aux États-Unis où ils furent soupçonnés d'y avoir fait de l'espionnage. Valait-il mieux qu'ils restent en Belgique et fassent confiance à Léopold pour ne pas aller à Auschwitz plutôt que d'aller espionner les Américains ? Il n'y a pas tellement eu d'affidavits pour les Juifs qui voulaient entrer aux États-Unis au début de la guerre. Personne n'est responsable des fées qui se penchent sur votre berceau mais dans les contes on finit par vous dire qui était là.

Le séjour d'Estoucha à la maternité touchait à son terme quand elle reçut la visite de Snook, le patron du service, en personne. Profitant d'une absence de visiteurs, il était venu seul, l'air très sérieux et embarrassé. L'objet de sa visite n'était pas agréable : quelles étaient les intentions d'Estoucha vis-à-vis de l'enfant ? Elle ne comprit pas le sens de la question. Décidément, rien n'était simple avec cette Polonaise communiste. Il fut obligé de lui expliquer qu'en droit belge, si une mère célibataire veut garder un nouveau-né, elle doit, tout comme le père, le reconnaître, faute de quoi il fallait ouvrir une procédure d'abandon puisque le père ne l'avait pas lui non plus reconnu. Bien sûr, compte tenu des circonstances, Snook comprenait... Le malentendu fut dissipé et Estoucha, qui n'avait pas beaucoup de goût pour les formalités administratives, le rassura, elle irait le reconnaître. Le premier à le faire fut quand même Mouni, qui se heurta à une difficulté. Puisque c'était un garçon, ils avaient décidé de l'appeler Gricha à cause de je ne sais plus quel roman. L'employé de l'état civil ne trouva pas très heureux ce choix d'un prénom qui non seulement n'était ni wallon ni flamand, mais qui en plus sonnait plutôt russe. Dans les circonstances du moment cela risquait d'attirer des ennuis. Même si ces jeunes parents n'y prêtaient pas trop attention, l'enfant pourrait en être affecté.

Il demanda au père l'équivalent français : « Grégoire ! »

L'employé eut une moue dubitative, même en 1941 Grégoire ça ne faisait pas très moderne. Et puis ce jeune papa polonais aurait quand même pu se dire qu'un prénom de pape pour un petit Juif ça n'était peut-être pas cacher. Il fallait trouver un compromis. L'employé suggéra Georges, pensant au roi d'Angleterre, et Mouni accepta, connaissant l'admiration d'Estoucha pour Dimitrov. Elle alla faire la même démarche le 29 mai.

Un bébé, si le temps le permet, ça doit prendre l'air. À Bruxelles il y a un endroit très bien pour ça : le bois de la Cambre, un genre de Buttes-Chaumont, aplaties puisqu'on est en Belgique. Fin juin, il y fait souvent beau avec en prime une petite brise qui vient de la mer du Nord, sauf qu'à Bruxelles, qui n'est pourtant pas si loin de la côte, le vent ne sent plus la mer. Cette année-là le 22 juin tombait un dimanche. La Belgique avait beau être occupée, il y avait bien du monde au bois pour profiter de cette première journée d'été, beaucoup d'enfants. Estoucha avait installé son bébé dans un couffin au pied d'un arbre tandis qu'avec sa bande de copains elle jouait au handball. Mouni, supposé faire la navette tous les week-ends, était encore une fois absent. Peut-être Estoucha passait-elle le ballon à celui qui tuera le collabo, peut-être à ceux qui partiront pour les États-Unis, peut-être à d'autres qui ne sont pas sur la photo. Tous essayaient de vivre.

« Édition spéciale ! édition spéciale ! »

Le vendeur de journaux courait au travers des pelouses et clairières avec son paquet d'exemplaires sous le bras, au bois de la Cambre, le 22 juin 1941. Les gens achetaient le journal, y jetaient un coup d'œil puis se dépêchaient vers les leurs, rassemblaient en hâte leurs affaires et se pressaient vers le tramway. Le journal annonçait que l'armée allemande avait franchi la frontière soviétique et s'y était engouffrée sur des kilomètres de profondeur. Le front russe, qui grâce à Staline n'en était pas un, était rompu. Le pacte aussi.

Le lendemain le bébé fut confié à la voisine du dessous. Estoucha, se sentant directement concernée par l'invasion de l'U.R.S.S., partit voir Mouni. Ils convinrent qu'elle allait immédiatement reprendre le bébé et venir s'installer à Cambrai. Était-ce plus sûr ? Les lois de Vichy ne plaidaient pas en ce sens, mais en venant avec son bébé rejoindre son « mari » là où il travaillait, elle donnait l'apparence d'une petite vie tranquille. Était-ce plus facile économiquement ? Pour le ravitaillement sûrement, mais elle perdait son travail et surtout desserrait ses liens avec Sara et Tadek qui avaient été des substituts à ses parents. Bien qu'ils semblent ne pas avoir considéré ce choix plus tôt, cette décision soudaine de s'établir en France et de s'intégrer à sa population au pire moment a finalement déterminé tout le reste de leurs vies.

Dans les papiers d'Estoucha, je suis tombé par hasard sur la copie carbone d'un formulaire du ministère belge des Finances que devaient remplir les rapatriés. Estoucha satisfit à cette obligation le 6 septembre 1945, à la rubrique « date à laquelle le rapatrié avait quitté la Belgique » elle a indiqué 1er août 1941 qui est donc celle de son arrivée à Cambrai. Si cette date est la bonne, son déménagement ne fut pas immédiat contrairement à ce qu'elle a écrit dans ses notes, à moins qu'en remplissant le questionnaire elle n'ait commis une erreur, ce qui est possible.

À Cambrai, la vie normale était fragile. Elle dura quand même encore quelques mois malgré les activités extraprofessionnelles de Mouni qui commencèrent vers octobre 41 [1]. Cela ne veut pas dire qu'il n'ait rien fait avant. Avec la chaleur qu'il savait mettre dans ses relations à autrui et son goût pour la convivialité, Mouni s'était déjà fait des amis sur son lieu de travail. Une photo de son album le montre avec quelques-uns de ses copains d'alors, jeunes prolos, coiffés d'une casquette ou d'un béret, habillés de bleus et de pull-overs tricotés main. Petit à petit Mouni brancha leurs conversations sur l'idée de résistance à l'occupant. Tous ses amis de fraîche date furent réceptifs sauf un : son meilleur ami, qui y gagna le sobriquet de Jeannot la frousse.

S'il est encore en vie, ce qui est possible puisqu'il est né en 1922, il est la dernière personne qui les ait longuement connus tous les deux. Estoucha ne fit pas le moindre geste pour le retrouver après la guerre. Je n'ai jamais su son nom de famille. J'ai de lui une photo en pied, l'air gauche et timide dans un costume sombre à rayures blanches très cintré à la taille, la main gauche dans la poche du pantalon, la main droite serrant une paire de gants. Il a une cravate à larges rayures, une pochette blanche et l'agrafe d'un stylo dépasse de la poche du veston : l'élégance du dandy telle qu'un jeune homme se la représentait à Cambrai en 1942. Au dos cette dédicace : *À l'occasion de mes 20 ans, À mon ami Mouni, Jeannot.* Je connaissais cette photo depuis des années, mais ce n'est que maintenant en relisant la dédicace que d'un seul coup s'impose l'évidence que c'est la seule personne qui ait connu Mouni et qui l'appelait

1. Attestation du capitaine Thième au D.C.I de Versailles, faite à Fresnes-sur-Escault le 16 avril 1954.

par le même diminutif qu'Estoucha. Je ne l'avais jamais utilisé avant d'écrire ce texte. Elle ne se mit à employer ce diminutif avec moi que dans les dernières années. J'étais adulte, le héros n'avait plus besoin d'être figé sur son piédestal, elle pouvait se laisser aller à évoquer l'affection et la sensualité qu'ils avaient partagées. Devant mes silences, par pudeur, elle se contentait d'évocations rapides au hasard de la conversation, scandant ses phrases de ce mot qui me gênait. Je n'ai jamais su dire « Mouni » comme elle qui traînait un tout petit peu la voix avec beaucoup de douceur en prononçant le « ou ».

Dans le nord de la France, les Allemands avaient constaté depuis le début de l'Occupation tout un éventail d'actes de résistance, depuis les remarques désobligeantes à leur égard jusqu'à l'aide à l'évasion des prisonniers et des blessés anglais, la coupure de fils téléphoniques, les renseignements pour les Britanniques et les tentatives d'incendie d'usines [1]. Ils étaient le fait de petits groupes ou d'individus, nul besoin d'un état-major clandestin pour tout cela. En dépit de l'inanité des discours politiques tenus alors, il y avait une poignée d'individus pour dire non. Surtout il venait d'y avoir, en mai-juin 41, donc avant l'invasion de l'U.R.S.S., une formidable grève de plusieurs dizaines de milliers de mineurs sur des revendications purement économiques – mais personne n'était semble-t-il vraiment dupe, ni les grévistes ni les occupants. Pendant trois semaines la production de charbon dans tout le bassin avait été bloquée. Cette grève était d'une tout autre ampleur que les actions des petits groupes, même

1. Comme à Roubaix (témoignage de L. Hespel recueilli par AnneQuérien, 7 janvier 1997).

si elle procédait de ceux-ci. Cette fois il avait fallu combiner l'initiative locale et une coordination sur toute la région. Le coût était énorme pour les Allemands qui avaient déjà essuyé des mouvements semblables début 41 à Amsterdam ainsi que dans les puits du centre de la Belgique et à Liège [1]. À l'issue de la grève dans le bassin du Nord-Pas-de-Calais, l'ingénieur en chef des mines reconnut la perte de 385 862 journées de travail au fond et 85 281 au jour, représentant une perte d'exploitation d'un demi-million de tonnes de charbon [2]. La répression qui s'ensuivit fut féroce. Les patrons des houillères furent souvent les premiers à dénoncer les militants aux Allemands. Cette grande grève des mineurs devait énormément à l'initiative et l'inventivité des militants communistes et socialistes, parmi lesquels une forte proportion d'anciens d'Espagne, mais ils n'en avaient pas le monopole. Il n'est donc pas surprenant que quelques mois plus tard de jeunes ouvriers en contact avec un homme comme Mouni, qui ne semblait pas dénué de charisme, aient envisagé eux aussi de freiner les activités de l'occupant, d'autant qu'à ce stade ils n'envisageaient pas d'attentats contre les personnes. La première initiative qui venait à l'esprit était évidemment la moins risquée, c'était de manifester une conscience professionnelle hors pair pour retarder le plus possible l'installation électrique de ce nouveau terrain d'aviation qui n'était évidemment pas destiné à l'aviation civile. Le seul original d'une lettre de Mouni en ma possession est une lettre qu'il n'a peut-être jamais envoyée car dans le contexte elle se lisait à double sens.

1. José Gotovitch, *op. cit.,* p. 107.
2. Jean-Marie Fossier, *op. cit.,* p. 85.

*J. Waysand*
*Ing. T. A. R*
*9, rue B. Milcent*
*Cambrai (Nord)*
*Cambrai, le 11.VI.42.*
*À la*
*Société « L'Aluminium français »*
*23* bis, *rue de Balzac*

*Messieurs,*

*Par la présente je vous demande de bien vouloir m'envoyer votre documentation sur l'emploi de l'aluminium dans les lignes H.T.*

*Je m'intéresse spécialement aux lignes aériennes au-delà de 50 kW en aluminium-acier.*

*En vous remerciant, je vous prie, Messieurs, d'agréer les expressions de mes salutations distinguées;*

*Signé : Waissand* (sic) [1]

Quand le zèle se fut révélé insuffisant pour freiner l'avance des travaux, ils passèrent à des sabotages insidieux qui n'étaient pas immédiatement détectables. Cela nécessitait des réunions et des petits cours tech-

1. Mouni avait apparemment bien des problèmes à stabiliser l'orthographe de son nom et ce, dès la Pologne. Il semble qu'il essayait à chaque fois de le transcrire phonétiquement selon les règles de prononciation de son lecteur. En décembre 1995 au centre de documentation de Yad Vashem à Jérusalem, je me suis aperçu que le problème était général, au point qu'avant toute recherche on vous fournit un petit lexique des racines des noms; pour trouver les patronymes qui commencent par Waj il faut consulter les fiches en Weiss.

niques qui auraient difficilement trouvé leur place sur le chantier. Elles eurent lieu chez Estoucha et Mouni.

Il avait trouvé un appartement, deux pièces cuisine plus une buanderie au rez-de-chaussée d'une petite maison. Pendant les réunions Estoucha s'occupait du bébé ou lisait des traités de médecine. Tout cela se passait à la bonne franquette, occupait une grande partie de leur temps libre et dans une atmosphère joyeuse où la prudence n'était pas le premier souci.

L'épicerie de Cambrai où Estoucha avait l'habitude de faire ses achats avait une petite cour qui était bien commode pour y laisser le landau du bébé. Un jour, sortant de l'épicerie, elle se mit à chantonner (sûrement très faux comme d'habitude) en rangeant ses emplettes dans le landau qu'elle avait laissé près d'une fenêtre. Son répertoire était des plus limités, essentiellement les chansons des jeunesses communistes plus quelques couplets de Charles Trenet qui étaient largement au-dessus de ses talents vocaux. Elle se rabattit donc sans s'en rendre compte sur cette chanson qui dit à peu près (je n'ai pas le même souvenir qu'elle des paroles que j'ai aussi chantées pendant des années) :

*Marchons au pas, camarades,*
*Marchons au feu hardiment, har-di-men-ent*
*Au-delà des fusilla-a-des*
*La liberté nous attend, nous attend.*

Comme elle terminait ce couplet dialectique qui arrive, en quatre vers, à associer la marche au pas et la liberté, elle se sentit observée. Au travers de la vitre, une femme qui la regardait en souriant sortit dans la cour, c'était une parente de l'épicière.

« Vous êtes une camarade. Je suis contente de le savoir mais si quelqu'un de malintentionné vous avait entendue, vous auriez pu avoir des ennuis. Faites attention ! À bientôt. » C'était pour Estoucha comme un signal de bienvenue.

Le petit groupe envisagea de compléter ses activités au terrain d'aviation par des exercices plus détonants dans la région. Cela réclamait quelques travaux pratiques préliminaires de chimie qui furent entrepris dans l'arrière-cour de leur maisonnette, face à la buanderie, contre un mur mitoyen au pied duquel Mouni déposait à chaque fois un petit creuset contenant les mélanges qu'il cherchait à mettre au point. Ces jeux interdits eurent la suite qu'on devine, il y eut un jour une explosion spontanée accompagnée d'un bruit bien caractéristique. Instinctivement Mouni suivit des yeux le nuage de fumée... et rencontra le regard de Mme Bourgeois, la voisine du dessus. Elle lui demanda si elle pouvait descendre leur parler ; dans le contexte, il était difficile de refuser. Mme Bourgeois leur apprit qu'elle était une veuve de la guerre 14-18. Son fils, bien que pupille de la nation, était un militaire de carrière, officier à Londres avec de Gaulle. Elle était donc loin de désapprouver ce qu'ils faisaient, au contraire, elle leur souhaitait bon courage et leur conseilla seulement d'être plus prudents.

Cette conversation avec Mme Bourgeois fit une très forte impression à Estoucha. Elle n'aimait pas beaucoup se pencher sur son passé, pourtant elle chercha plusieurs fois à avoir des nouvelles de cette femme très tôt après la guerre. Elle avait été la première Française en dehors du monde des camarades à lui faire part d'un rejet purement patriotique de l'occupant comme cela avait été le cas dans la Pologne d'avant la Grande Guerre.

Mme Bourgeois était pour Estoucha la Française non communiste qui leur avait en quelque sorte donné son assentiment patriotique. C'était aussi la seule qui les avait vus vivre tous les deux comme un jeune couple normal avec un nourrisson. Dès les années 50, quand je fus en âge d'entendre ces histoires, Estoucha ajoutait toujours d'une voix rêveuse : « Mais Mme Bourgeois était déjà âgée, je crois qu'elle a quitté Cambrai, elle doit être morte maintenant. »

Sara, qui adorait Mouni et voulait voir l'enfant, vint leur rendre visite [1]. N'ayant jamais été mère, elle ne se lassait pas de tenir le poupon entre ses bras et envisagea de rester plusieurs jours avec eux. Il n'y avait pas deux ou trois jours qu'elle était arrivée quand elle leur annonça que les Allemands venaient de publier un décret ordonnant aux Juifs de regagner leur domicile dans les vingt-quatre heures. Passé ce délai il leur était interdit de prendre le train. Sara paniquait, elle voulut rentrer tout de suite et leur fit ses adieux. Estoucha et Mouni étaient tellement engagés dans leurs actions de résistance qu'ils eurent du mal à saisir qu'on puisse obéir et se soumettre volontairement à des ordres, des décrets ou des lois allemands. Sara les quitta. Ce fut pour toujours. Ils ne devaient plus jamais se revoir.

Leur petit groupe commençait à se structurer, il y avait maintenant à organiser des transports de plastic. Estoucha avait repéré qu'à la sortie de la grand-messe du dimanche matin les rues de Cambrai s'animaient. Tout un cortège de bourgeoises entraient dans la pâtisserie face à la cathédrale pour y acheter le gâteau du repas

1. Estoucha écrit : « avait hâte de connaître notre enfant... », ce qui suggère qu'elle ne l'avait pas vu à l'hôpital Saint-Pierre malgré le flot de visiteurs.

dominical. Elle en fit autant, récupérant soigneusement l'emballage et le ruban. Le dimanche suivant, peu avant la sortie de la messe, elle sortit de chez elle, poussant d'une main son landau avec le bébé tandis que de l'autre, bras plié et paume vers le haut, elle portait un magnifique carton bien enrubanné qui au lieu du gâteau contenait un pain de plastic et son détonateur. C'était astucieux mais pas très commode. Le pain était beaucoup plus lourd qu'un gâteau, donner une impression de légèreté crispait Estoucha. C'est au cours d'un de ces transports qu'elle vit sortir de la fameuse pâtisserie une famille dont chaque membre portait l'étoile jaune. De surprise, elle faillit baisser les bras et laisser tomber l'explosif. Quand les ordres d'enregistrement des Juifs étaient parus, Mouni et elle avaient bien lu l'affiche mais il ne leur était pas venu un seul instant à l'esprit que cela les concernait. Voir ces gens marqués à l'étoile jaune la bouleversa.

Les adjectifs que j'ai utilisés sont presque tous ceux d'Estoucha quand, pour la première et la dernière fois, elle fit le point par écrit sur tout cela. L'étonnement devant la panique de Sara ne lui inspire qu'un jugement de morale politique qui lui permet de rejeter à l'arrière-plan la condition juive. Sara était de son monde, de son bord. Que celle qui était pour elle une figure de la modernité s'identifie à la condition juive et obéisse à un ordre des nazis, voilà qui dépassait l'entendement et appelait finalement ce jugement de morale politique : quelle idée d'obéir à ceux qu'on combat ! En revanche, quand si peu de temps après Estoucha voit une famille marquée à l'étoile jaune, alors la persécution, dont pourtant elle savait déjà ce qu'elle avait coûté à sa famille, revêt une épaisseur physique qui étouffe tout.

Mouni, devenu quand même plus discret depuis les remarques de Mme Bourgeois, mettait au point des détonateurs à retardement à partir de matériels qu'on pouvait se procurer facilement. Son choix s'arrêta sur l'utilisation de réveils Jazz, fabriqués par Lip et en vente chez presque tous les horlogers. Son système devint bientôt opérationnel, ils purent envisager de s'en servir pour un sabotage. En 1942, les péniches militaires allemandes empruntaient de plus en plus souvent le canal de l'Escaut ; ils furent contactés pour saboter une écluse, ce qui pour un temps arrêterait le trafic fluvial. Mouni et un de ses copains se portèrent volontaires, étant entendu que c'était Estoucha qui se chargerait une fois encore des liaisons, du transport du plastic avec son carton à pâtisserie et, enfin, d'effacer les traces de sa manipulation.

Au jour J tout était prêt, la charge de plastic était suffisante, le réveil-détonateur fonctionnait sans problème, enfin il faisait très beau. Mouni et son copain partirent se baigner à l'écluse choisie. Le réveil était réglé sur midi. Arrivés sur place ils s'aperçurent que, comme ils le savaient, l'écluse était gardée, mais que, profitant du beau temps, quantité de nageurs prenaient leur bain à proximité. Il n'était pas question de faire des victimes civiles, l'engin fut désarmé et la sonnerie du réveil décalée pour déclencher l'explosion bien après le coucher du soleil. Finalement ils se jetèrent à l'eau et, malgré la surveillance, parvinrent à placer le tout sur l'écluse.

Pendant ce temps Estoucha, en dépit du beau temps, faisait un feu d'enfer sous prétexte de faire bouillir son linge mais en vérité pour brûler tous les papiers paraffinés qui emballaient initialement le plastic. Mouni rentra bientôt. À l'heure dite, rien du tout ne se produisit.

En revanche, le lendemain matin des « avis » étaient placardés sur les murs de Cambrai, faisant état d'un sabotage de l'écluse du canal de l'Escaut évité de justesse et offrant une prime à toute personne qui permettrait d'en arrêter le ou les auteurs. Mouni et ses copains, groupe d'amateurs, étaient pris au sérieux. En lisant cet avis, il en déduisit qu'il avait dû oublier de réarmer son mécanisme. L'échec n'était que relatif, le trafic fluvial fut quand même arrêté plusieurs jours.

Estoucha ne donne pas les dates mais cette baignade n'a pu avoir eu lieu qu'à la fin du printemps ou au tout début de l'été 42. Ces semaines-là, les Allemands donnaient de formidables coups de boutoir pour essayer de prendre Stalingrad, la police de Vichy et la gendarmerie française traquaient les Juifs dans toute la France, les Anglo-Saxons préparaient un débarquement dans la région de Dieppe, autant d'événements brassant, séparant, blessant, tuant, exterminant des dizaines de milliers d'hommes. La mise en branle de ces grandes masses avait son rythme propre qui, contrairement aux espoirs de beaucoup, mettra encore trois ans pour atteindre son but. Au milieu de tout cela, des hommes et des femmes croyant aux vertus de l'action collective, convaincus que ce sont les masses qui font l'histoire, paradoxalement s'engageaient un à un, forts de cette conviction, dans des initiatives bricolées, risquées, dérisoires mais qui participaient de ce combat contre la barbarie et contribuaient à en rappeler le sens. Pour ceux-là, tout maintenant allait très vite basculer.

## VIII

Ils avaient été prévenus de la venue d'un camarade de Paris. Dans les notes d'Estoucha, comme dans ces récits, celui-là comme tant d'autres n'a ni nom, ni prénom, ni âge ou apparence physique, sauf cette qualité d'être un camarade de Paris. Rien de plus quand il faut en savoir le moins possible et quand c'est l'organisation qui prime. Mais cinquante ans après, alors que c'était un rendez-vous pas comme les autres puisqu'on avait jugé utile de leur faire sentir que ce ne serait pas une rencontre ordinaire, ce messager est resté dans les notes d'Estoucha un homme incolore, comme si demain matin il fallait reprendre l'action clandestine et laisser derrière soi le moins de traces possible. Il venait de Paris, donc l'organisation apparemment reprenait les rênes, Paris était synonyme de direction du Parti.

Les conditions du rendez-vous leur avaient été communiquées dans un second temps et maintenant ils étaient là tous les trois, l'envoyé de Paris, Mouni et Estoucha. Cinquante ans après, pour une décision qui fut si lourde de conséquences, Estoucha s'interrogeait encore. Cet émissaire avait-il des consignes strictes pour leur communiquer une proposition que du coup ils n'auraient pas pu refuser ? Ou bien disposait-il d'une marge d'appréciation pour choisir de se taire ?

« C'était surtout (je crois) pour nous connaître mieux. »

Prenant son temps, il les fit parler de leur situation familiale et du bébé. Enfin il leur posa la question pour laquelle il était venu : que pensaient-ils d'un engagement total, c'est-à-dire d'une vie complètement clandestine dans les formations de F.T.P. pour la guérilla urbaine [1] ? Ils étaient quasiment acquis par avance à cette idée, mais le problème essentiel était le sort du bébé, ce bébé qu'ils avaient voulu garder. Leur interlocuteur les assura qu'il pourrait être pris en charge par des amis, dans un lieu sûr, mais que tout cela devait être préparé. Il fallut une quinzaine de jours ; on les prévint que tout était prêt. Leur passage dans l'illégalité se fit en juin 42 selon une attestation de 1954.

« Notre bébé, il fallait s'en séparer. Mouni et moi, nous n'étions pas ignorants de ce qui guettait des Juifs et des communistes et que c'était peut-être le seul moyen de sauver notre enfant. »

C'était à eux maintenant d'agir. L'enfant, son lit, son matelas, son linge et ses affaires furent laissés chez une jeune femme de Boussois, près de la frontière belge. Son mari était prisonnier. Avec deux enfants en bas âge, elle avait besoin d'augmenter ses ressources, la pension pour la garde d'un bébé était bienvenue. Eux-mêmes liquidèrent discrètement leur appartement de Cambrai et

1. « Ce n'est qu'au début de 1942 que l'appellation définitive " Francs-Tireurs " et " Partisans français " s'appliqua à toute l'organisation. » Charles Tillon, *Les F.T.P., témoignage pour servir à l'histoire de la Résistance*, Paris, Julliard, 1962, p. 131.

confièrent certaines de leurs affaires à un copain de travail de Mouni, Marcel Martin, à Walincourt. Pour Estoucha c'était une carte d'étudiante à Liège et une autre de chercheur libre à l'U.L.B. plus peut-être quelques livres de médecine. Pour Mouni l'inventaire est connu car ce sont les seules affaires qui restent de lui : une guitare, quelques partitions de musique, une copie de ses diplômes belges, deux carnets de notes de cours en français, microbiologie en meunerie et physique, une copie de son diplôme polonais, quelques lettres à propos d'un examen de fin d'études auquel il ne s'était pas présenté, une carte de résident étranger à Bruxelles, un certificat de recensement des étrangers en Belgique datant de 1939, une carte de groupe sanguin (A), établie en français et en flamand par le service de transfusion de Bruxelles le 7 septembre 1939, un carnet d'aide sociale en tant que chômeur à Bruxelles délivré le 7 novembre 1940, l'avis d'arrivée d'un secours de cinquante marks en provenance de Paris le 7 mars 1941, enfin un album de photos qui renferme une centaine de clichés pris entre 1934 et 1942, les premiers sont bleuâtres et ne font que 2 x 2 cm. Sur la couverture de l'album, un dessin au trait appliqué mais contrarié par la trame de la toile encollée reproduit fidèlement Mickey dans sa première mouture, plus proche d'un Pinocchio que du bonhomme élastique et bien nourri qu'il est devenu après la guerre.

Se séparer de leur enfant ne dut pas être facile. Savoir que c'était pour mieux s'engager dans un combat leur a peut-être rendu cette séparation moins pénible que pour ceux qui ne le faisaient que pour échapper à la traque nazie. L'entrée dans la clandestinité signifiait aussi la fin de leur vie commune. Aucune disposition n'avait été prise pour leur donner de faux papiers. Ce fut Mouni qui trafiqua grossièrement une carte d'identité française, celle qui avait été Juanita ou Janetka ou Jeanne Lefèvre en Espagne devenait Jeanne Dubois. Mouni fut tout de suite affecté aux problèmes techniques de la région Nord. Si on suit Charles Tillon, cela correspondait à l'ensemble des services nécessaires pour monter des opérations (armement, renseignement, santé) [1]mais Mouni ne s'occupa que des deux premiers aspects qui étaient de sa compétence.

À Estoucha on demanda de mettre sur pied un service de santé, c'est-à-dire une structure qui puisse prendre en charge les blessés. Ce n'était pas superflu, il arrivait parfois que des médecins dénoncent des blessés qu'ils avaient été appelés à soigner [2]. Tout était à inventer, quelques contacts utiles pour discuter de cette question lui furent indiqués. Le résultat de ces consultations fut qu'il fallait organiser des cours d'infirmière et que Jeanne (Estoucha) en serait l'enseignante. Les élèves de ces cours seraient des femmes déjà proches de la Résistance. Sitôt lancée l'initiative rencontra un vif succès car bien des femmes voulaient apprendre à donner les premiers soins, à transporter un blessé, etc. Les élèves déjà associées à la Résistance cohabitèrent bientôt avec d'autres qui ne l'étaient pas du tout. Le contenu des cours comprenait d'abord une partie purement technique concernant les soins à donner aux blessés en général, puis il devenait progressivement plus politisé quand on abordait les soins à donner aux blessés de la lutte clandestinc. Fallait-il, faisait semblant de se demander

1. Charles Tillon, *op. cit.*, p. 175.
2. Madeleine Riffaud, *Les Carnets de Charles Debarge*, Éditions sociales, Paris, 1951, p. 64.

Jeanne, laisser ces blessés sans soin au prétexte qu'ils ne pouvaient pas aller à l'hôpital ? Des voix répondaient qu'il n'en était pas question, alors Jeanne repartait : les soigner d'accord, mais il faut aussi les mettre à l'abri, les nourrir, et évidemment les femmes disaient que ça aussi elles pouvaient s'en occuper. Peut-être les cours se déroulaient-ils un peu différemment que ne le donne à penser ce schéma qu'en a laissé Estoucha. Mais je la reconnais bien dans cette maïeutique sans nuance, cherchant à donner l'impression d'une discussion possible sur les choix offerts, quand en réalité il n'y avait qu'une seule solution raisonnable, celle évidemment qu'elle avait arrêtée et qui, ici, dans son cours aux infirmières, est au-dessus de toute critique.

En d'autres termes, tout en fournissant réellement des notions de secourisme, Estoucha entrait en contact avec des cercles plus larges que ceux des illégaux, ce que les F.T.P. dans leurs brochures appelaient « projeter en avant ses antennes ».

*Jetez vos antennes en avant ; liez-vous avec les paysans, ouvriers, artisans, petits commerçants. Ils seront vos yeux et vos oreilles... L'ennemi pourra envoyer des forces contre vous, vous serez toujours avertis à temps...* [1].

Bientôt il y eut des groupes d'infirmières dans tout le département : La Bassée, Provins, Fives-Lille, Maubeuge, Houplines, Armentières, Waziers, Frais-Marais, Roubaix, Tourcoing... Je lis cette liste, je prononce avec gourmandise les noms de ces localités qui sont ceux que j'entendrai des années plus tard, mettant un patronyme et un visage sur chacune d'entre elles, sachant qu'il y avait un fil entre toutes où la résistance et l'amitié

1. Brochure F.T.P.F., *Comment combattre*, citée par Charles Tillon, *op. cit.*, p. 169.

étaient emmêlées jusqu'à ce que, la mort faisant son œuvre, il n'en restât plus rien. Chacune de ces femmes n'avait rien d'autre à donner que sa générosité. La mise en commun de ces bonnes volontés les maintenait plus unies que n'importe quelle orientation politique, pourvu qu'elle respectât ce mode d'être ensemble, ce qui fut loin d'être toujours le cas après la guerre. En Belgique, bien que militante, hormis son essai malheureux avec le groupe yiddish, Estoucha avait été cantonnée aux milieux étudiants ; les obstacles liés aux barrières de l'éducation s'additionnaient à la méfiance du Parti à l'égard des imprévisibles intellectuels. Ici, à cause de la Résistance et de sa condition de nouvelle venue, ses cours d'infirmière la plongeaient directement dans les milieux populaires.

Elle et Mouni, respectant les règles de la clandestinité, se voyaient très rarement. Dans leurs planques il ne devait y avoir qu'un clandestin à la fois. Ayant des responsabilités différentes, leurs tâches clandestines ne leur fournissaient aucun motif pour se voir. Quand ils se rencontraient, Mouni était plein d'histoires sur la mise au point de petits engins pour saboter les trains. Avec les moyens du bord il avait réussi à mettre au point un détonateur de 8 x 5 x 3 cm, ce n'était pas trop mal, vu le volume qu'avaient alors les interrupteurs électriques. Son détonateur pouvait être placé sous la bande de roulement des rails sans qu'il déborde de celle-ci, ce qui le rendait peu visible ; évidemment le contact était établi quand le train arrivait dessus.

Et puis il y avait l'enfant. Les premières semaines tout eut l'air de bien se passer pour le bébé. C'était pour aller le voir ensemble qu'ils se rencontraient. Ils faisaient alors une entorse aux consignes, une famille de résistants dont l'homme était souffleur aux verreries de Boussois les hébergeait pour la nuit. Assez vite ces gens leur dirent que la jeune femme qui gardait l'enfant n'était pas « sérieuse » ; elle avait reçu quelquefois des soldats allemands. Ils eurent l'impression que l'enfant était en danger.

Mouni et Estoucha, pris de court, ne virent pas d'autre issue que de s'occuper eux-mêmes grâce à leurs contacts d'une solution de rechange, mais évidemment il n'était pas question d'en parler à droite et à gauche aux gens qu'ils rencontraient. Finalement ils décidèrent de s'en ouvrir à un couple de résistants de la première heure, Jeanne et Fernand Deroubaix, qui leur inspiraient une grande confiance. Jeanne, qui avait été la cheville ouvrière du cours aux infirmières de La Bassée, pensa alors à Germaine, une amie très proche et bonne catholique qui habitait à l'autre bout de la ville. Sans enfant, mariée à Désiré, un ouvrier briquetier, Germaine fut tout de suite d'accord mais elle était en train de finir la récolte de pommes de terre. Il fallait donc que Jeanne garde l'enfant pendant quelques semaines. Échaudés par l'expérience précédente, Mouni et Estoucha voulurent en savoir plus. Mouni dormit une nuit chez Germaine et Désiré. La Bassée avait été complètement rasée par les bombardements de la Première Guerre mondiale. Germaine et Désiré habitaient un de ces baraquements construits après 1918 qu'on appelait alors provisoires, mais qui à force d'entretien et d'améliorations devint définitif et avait pris l'allure d'une vraie maisonnette. Bien qu'inhabité depuis de nombreuses années il est encore debout. Ce baraquement est perpendiculaire à la route et on y entrait en suivant une petite allée ouverte aux regards des passants. Au matin à son réveil, en bon Polonais, Mouni entreprit de faire sa toilette à grande eau, torse nu avec un seau d'eau sur le trottoir de cette allée, dos à la route. Peu de maisons à La Bassée avaient l'eau courante. Germaine n'oublia jamais qu'en jetant un coup d'œil elle s'aperçut qu'il avait dans le dos la crosse d'un revolver dont le canon était glissé sous la ceinture de son pantalon. La gendarmerie était à deux pas ! Mouni, rassuré sur le sérieux de cette nouvelle nourrice, convainquit Estoucha d'accepter ce nouvel arrangement.

Restait l'essentiel : récupérer le bébé et ses affaires. Ils décidèrent d'arriver très tôt un matin à Boussois pour jouer de l'effet de surprise au cas où la nourrice se serait avisée de leur résister et pour que tout soit réglé avant midi. Cette femme avait elle aussi des enfants à nourrir, ils avaient pensé qu'elle ne ferait pas trop d'embarras si elle avait encore à préparer son déjeuner. Estoucha étant toujours réfractaire au vélo, ils prirent un train pour Boussois au petit matin. Mouni avait quand même mis sa bicyclette au fourgon à bagages. Arrivés sur place, ils avancèrent un prétexte quelconque pour reprendre l'enfant, la jeune femme ne fit aucune difficulté. Restait maintenant à gagner La Bassée, à une quarantaine de kilomètres, sans être arrêtés. Depuis plusieurs semaines tous deux se déplaçaient sans trop s'inquiéter. D'être avec l'enfant les tendit à l'extrême. Estoucha, les nerfs à fleur de peau, tenait le bébé sur sa poitrine et, une fois de plus essayait de donner le change en affichant son meilleur sourire. Mouni à ses côtés poussait la bicyclette, au cadre de laquelle il avait amarré la literie et toutes les affaires du bébé. À force de l'entendre j'ai toujours eu l'impression d'avoir vu toute cette scène en noir et blanc comme dans un film néo-réaliste italien : une image suffit pour savoir d'emblée qu'il s'agit de cette période-là. Heureusement, c'était en août, il faisait beau. Tout se passa sans encombre, Jeanne les attendait à La Bassée, elle tendit les bras à l'enfant qui répondit en se projetant vers elle mains en avant et se retrouva sans protestation dans ses bras.

Mouni n'eut guère l'occasion de voir encore son fils. Son activité avait pris un rythme beaucoup plus intense. Les sabotages contre les moyens de transport et les voies navigables se multipliaient. Il fallait aussi réaliser des hold-up dans les mairies pour voler les cartes et les tickets de ravitaillement destinés aux clandestins. Dans le Nord, l'année 42 fut très dure pour la résistance communiste. Quelles que fussent ses qualités, il ne s'écoulait guère que quelques mois entre le moment ou un résistant devenait clandestin et celui où il tombait ou était arrêté. Même Charles Debarge, l'organisateur des premiers groupes de résistants, meneur d'hommes déterminé à lutter contre l'occupant, « responsable des patriotes du Nord et du Pas-de-Calais [1] » depuis mars 42, ne tint que dix-huit mois, un record pour l'époque, il fut plusieurs fois repéré, interpellé, poursuivi, tout en organisant quantités d'action et en maintenant jusqu'à la fin le contact avec Paris. Entré dans la clandestinité le 6 avril 1941, il fut tué le 23 septembre 1942. Ce fut aussi l'époque où les consignes de la direction se durcirent, Charles Debarge revenant de Paris note le 11 avril 1942 : « De nouveau, je suis allé à Paris, où j'ai reçu des ordres précis. Nous devons nous attaquer directement aux Allemands [2]. »

1. L'expression est de Charles Debarge, notant le 11 mars 1942 dans son carnet le résultat d'un voyage à Paris, reprise dans Madeleine Riffaud, *op. cit.*, p. 60.

2. Repris dans Madeleine Riffaud, *op. cit.*, p. 62.

Estoucha l'appelait Charlie Debarge. Avant Charlie, Euzebio Ferrari avait été un autre insaisissable. C'était un immigré italien arrivé à quatre ans dans les corons du Nord. Tous les témoignages sur cette époque le citent. Estoucha et moi n'en parlâmes que dans les derniers temps parce que j'avais cité son nom. Elle ne l'avait pas connu mais dans beaucoup d'endroits où elle allait les gens l'évoquaient comme un Robin des bois local. Il n'y eut en fait que quelques mois d'intervalle entre la mort de Ferrari et l'entrée d'Estoucha dans la clandestinité totale, mais ce simple écart suffisait à placer ce fils d'immigrés italiens, qui était bien plus jeune qu'elle, dans un panthéon populaire.

Mouni n'échappait pas aux aléas au combat clandestin. Déjà il s'était tiré de justesse d'un mauvais pas. La question du ravitaillement était un souci permanent ; sans les tickets mensuels délivrés par les mairies il n'était pas possible de se procurer de la nourriture, chaque fin de mois il fallait donc entrer dans une mairie, neutraliser le concierge et les gardiens... et enfin mettre la main sur les feuilles de tickets. Avec un jeune homme de vingt ans, Roger Crépinge, clandestin depuis la fin 41, Mouni avait été chargé de prendre les tickets au centre de distribution de Thun-l'Évêque. D'habitude ces hold-up se passaient assez facilement, ce jour-là l'affaire se termina mal. Il y eut une courte bataille, un coup de feu partit et un employé fut tué. Tous deux réussirent à s'échapper mais Crépinge avait été reconnu.

Peu de jours après l'arrivée de l'enfant à La Bassée eut lieu à Dieppe une tentative réduite de débarquement des Anglo-Saxons (en majorité des Canadiens). Malgré son échec programmé, puisque c'était un test [1], cette tentative convainquit les résistants qu'un vrai débarquement aurait lieu bientôt. Même pour les plus attentistes d'entre eux ce devait être au printemps 43 [2]. Les F.T.P. en conclurent qu'il fallait intensifier leur activité et profiter de la date hautement symbolique du 150e anniversaire de Valmy pour organiser simultanément toute une série d'actions. Dans le même esprit d'autres voulurent faire apparaître au grand jour le refus de l'occupation et du pétainisme, ainsi Pierre Limagne, jeune journaliste à *La Croix*. « Le 20 septembre prochain, à l'occasion du 150e anniversaire de la bataille de Valmy, les " Groupes de résistance " organiseront de grands rassemblements dans toute la France. Ce sera l'occasion de " coups durs " car Laval, au lendemain du 14 juillet, a annoncé qu'il réprimerait brutalement les manifestations de ce genre. Pourtant le jeu en vaut la chandelle et c'est bien le moins que nous acceptions un peu de casse quand nos alliés en acceptent beaucoup ; cette casse devra d'ail-

1. C'est du moins ainsi que la B.B.C. le présenta à ses auditeurs (*cf.* Limagne, *Éphémérides de quatre années tragiques, 1940-1944*, t. II, *De Stalingrad à Messine*, Éditions de Candide, p. 721, entrée du mercredi 19 août 1942). Était-ce aussi le discours tenu aux combattants qui débarquèrent ? L'affaire fut particulièrement sanglante, quelques milliers de soldats y laissèrent leur vie.

2. Ainsi le colonel Rémi (Gilbert Renault) rapporte dans ses *Mémoires secrets d'un agent de la France libre* (Éditions des Trois Couleurs, Paris, 1945) un entretien quelques mois auparavant, en avril 42, avec un ancien dirigeant du syndicat des instituteurs : « Il m'apparaît que nous abordons, dans le cours de la guerre, une phase où il est temps de préparer l'insurrection pour que celle-ci éclate au jour du débarquement. (Nous situons généralement celui-ci au printemps 1943.) » Cité par Charles Tillon, *op. cit.*, p. 158.

leurs venir largement en déduction de notre note le jour du règlement final [1]. »

Le 8 septembre, Churchill, dans un discours aux Communes, présenta l'affaire de Dieppe comme un préambule nécessaire, tandis que des déclarations simultanées à Londres et Washington évoquaient l'ouverture prochaine du second front [2].

Dans le Nord-Pas-de-Calais, les F.T.P. crurent, d'après Estoucha, à un débarquement le 20 septembre, de nombreuses actions furent donc programmées pour le 19. Mouni, comme bien d'autres, était évidemment de la partie. La version finale d'Estoucha de ce qui se passa ce jour-là tient en quatre lignes, elle ne diffère en rien de ce que j'ai toujours entendu de sa bouche : « Mouni se trouve ce jour à Somain. Son groupe armé prend part dans cette activité [3]. Encerclé par des gendarmes français, ils se défendent armes à la main.

« Mouni est arrêté et livré aussitôt aux Allemands. »

Je ne sais pas comment Estoucha avait réuni les éléments de cette version, en tout cas sûrement pas auprès des membres du groupe : tous furent arrêtés. Je sais en revanche qu'elle eut l'occasion de rencontrer un témoin qui, dans sa cellule, avait entendu Mouni lui raconter son histoire. Ce témoin a aussi laissé après la guerre un récit des confidences de Mouni. Au-delà des conventions d'écriture et d'un effort pour recréer des dialogues, tous les détails vérifiables qu'il

1. Pierre Limagne, écrit le dimanche 6 septembre 1942, reproduit dans ses *Éphémérides...*, t. II, *De Stalingrad à Messine*, *op. cit.*, p. 759.
2. *Id. ibid.*, 8 septembre 1942.
3. C'est-à-dire aux actions de la journée du 19.

fournit sur Mouni sont exacts, sauf sa date d'embauche à Cambrai qui eut lieu un an plus tôt [1]. Je ne pense pas qu'il y ait eu des variantes considérables entre ce qu'il eut l'occasion de dire à Estoucha qui le rencontra en 1945 et son témoignage écrit publié la même année. La version de ce témoin est différente : un mouchard était infiltré dans le groupe. Mouni avait une planque ou un logement connu de ce mouchard. Les Allemands l'y cernèrent, il avait sur lui un browning chargé de 6,35 mm et au cours de la perquisition une mitrailleuse et deux chargeurs furent trouvés.

Estoucha apprit bien vite l'arrestation de Mouni (comment ? je ne lui ai jamais demandé) et c'est peut-être alors qu'on lui fit un récit de celle-ci. L'écart entre les deux récits est symbolique : chez elle il y a combat et ce sont les gendarmes français qui le livrent aux Allemands, chez l'autre, qui a significativement intitulé son témoignage *Dans les geôles allemandes* alors qu'il s'agissait de la centrale de Loos, ce sont les Allemands qui l'arrêtent sans échange de coups de feu. J'avais lu ce récit plusieurs fois et bien entendu Estoucha racontait de temps à autre l'arrestation de Mouni, mais comme elle n'avait rien écrit, il ne m'était jamais apparu qu'il y avait des contradictions entre les deux versions, dont chaque auteur est maintenant disparu.

En novembre 1995, à la bibliothèque municipale de Lille, j'ai trouvé ceci à la cinquième colonne de la deuxième page du *Grand Écho du Nord* du 21 septembre 1942 :

1. Dr Denis Cordonnier, *Dans les geôles allemandes à Loos, 1942-1943*, Avesnes, 1945, p. 81.

**PLUSIEURS DANGEREUX MALFAITEURS ARRÊTÉS**
**dans la région de Somain**

À la suite d'une enquête de grande envergure menée dans la région de Somain plusieurs malfaiteurs viennent d'être arrêtés.

Il s'agit de Georges Bouhour, 22 ans, mineur, rue de Douai 40, à Somain ; Bernard Nigra, 23 ans, de Thivencelles ; Alexandre Bisiaux, 28 ans, demeurant hameau de Sassevalle, cité D n° 46, à Bruille-lez-Marchiennes. J. B. Fievet, 37 ans, demeurant marais-des-onze-villes à Somain ; Émile Bouhour, 32 ans, rue camille Desmoulins n° 6, à Villers-Campeau ; Lucien Dubois, 39 ans, rue d'Aniche à Somain ; Jean-Baptiste Mollet, 40 ans, de Bruille-lez-Marchiennes ; Henry Wysand dit Maurice, 26 ans, sans domicile fixe.

Certains d'entre eux ont pris part à des actes de sabotage, à des vols à main armée, notamment à l'agression contre la mairie de Montigny-en-Ostrevent et à l'attentat contre celle de Thun l'Évêque.

En outre ils n'ont pas été étrangers à des incendies volontaires qui éclatèrent il y a quelque temps dans la région.

Plusieurs de ces dangereux affiliés détenaient des armes et des munitions.

Nigra et Wysand étaient les plus agissants de cette bande parmi lesquels se trouvaient des néophytes qui, on en a acquis la conviction, ne devaient pas tarder à entrer en action.

# IX

Au cours du deuxième semestre de 1942, morts et arrestations multiples dépeuplèrent la direction régionale des F.T.P. du Nord. Ceux qui étaient tombés étaient remplacés par d'autres qui, à l'inverse du lyrisme du *Chant des partisans*, ne sortaient pas l'ombre et prenaient leur place. Estoucha fut ainsi chargée du recrutement en plus de la responsabilité du secteur santé. Ce n'était pas une position combattante mais les risques n'étaient pas moindres puisqu'elle obligeait à entrer en contact avec des nouveaux venus. Passer à la hâte des consignes ou les coordonnées d'un rendez-vous ne suffisait plus, dans de longues conversations au cours desquelles, à visage découvert, il s'agissait de « projeter ses antennes » ; ça ne pouvait guère se faire qu'en annonçant la couleur. En même temps il fallait rester sur ses gardes, analyser les réponses, ne pas en dire trop. Avec les cours aux infirmières elle avait plusieurs fois exploré des possibilités de recrutement. Ce qui avait été occasionnel devenait systématique. L'essentiel était de tisser des relations de confiance avec des mineurs et leur famille, des ouvriers de Fives-Lille (fabrique de locomotives) ou de Disticoke (distillation du coke), des instituteurs et aussi des médecins pour le service de santé. Comme toujours dans le Nord, malgré la pénurie, cela se faisait autour « d'eune p'tiote tasse ed café » qui était au mieux de l'orge grillée mêlée à de la chicorée. Cela pouvait durer des heures, comme duraient des heures dans les familles qui leur donnaient refuge les discussions le soir autour de la table de la cuisine. Pendant tout ce temps on parlait, discutait, renseignait, enregistrait sans jamais se trahir, sans jamais raconter une anecdote qui révélerait qui vous étiez, d'où vous veniez. L'usure du clandestin c'était aussi ce contrôle permanent de soi, plus aigu encore pour Estoucha qui, nouvelle venue dans la région, devait souvent faire confiance à des gens qu'elle n'avait jamais eu l'occasion de connaître, ne fût-ce que par réputation, avant son entrée dans la clandestinité. Il y avait aussi l'attente des trains, des heures de trajet et d'ennui qu'elle combattait en faisant systématiquement toutes les grilles de mots croisés qu'elle pouvait trouver, la seule activité intellectuelle qu'elle pouvait mener sans attirer l'attention. Dans cette région ouvrière, même le titre d'un livre pouvait permettre de la repérer. Il lui arriva un soir de prendre tellement de plaisir à ses mots croisés qu'elle manqua la gare où elle devait descendre pour venir voir son enfant et dut, après le couvre-feu, faire plusieurs kilomètres à pied pour rejoindre La Bassée.

Aux yeux d'Estoucha, forte de son expérience espagnole, les femmes et les hommes qu'elle recrutait ne remplaçaient pas des militaires professionnels. Paradoxalement le Nord n'en manquait pas.

« Nous autres, les résistants de cette époque, nous étions pour la plupart des civils qui, vu les circonstances, devaient se transformer en soldats... dans le

Nord il y avait beaucoup de prisonniers soviétiques de l'armée rouge que les Allemands faisaient travailler dans les mines de charbon. »

Il devait bien y avoir parmi ces soldats et ces officiers des antifascistes convaincus qui, une fois évadés, pourraient renforcer les F.T.P. Ses contacts furent donc élargis dans cette direction. Les conversations autour d'une tasse de café lui furent utiles. À Frais-Marais, Mauricette, une jeune mariée de 1939 devenue veuve tout de suite après son mariage, lui apprit que les prisonniers soviétiques pouvaient avoir une permission de quelques heures à condition de la prendre un jour férié et d'être invités par une famille de la localité où se trouvait la mine. Accompagnée de Mauricette et d'autres femmes, Estoucha prit donc l'habitude d'aller sur le carreau de la mine à l'heure du changement de poste et d'engager la conversation avec des Soviétiques.

« J'ai compris que certains parmi eux attendaient un appel de notre part. »

Noël 42 approchait. Mauricette invita officiellement pour le réveillon un Soviétique qui ne lui déplaisait pas. Estoucha se lança pour l'occasion dans un exercice de sémiologie pâtissière militante. Avec zéro % de farine elle prépara une tarte qui valait sûrement plus par sa décoration que par son goût. C'était une étoile rouge en purée de betterave entourée d'un marteau et d'une faucille découpés dans un navet. L'emblème de l'armée rouge fit son petit effet, le Soviétique était un capitaine. Dans son langage d'organisatrice Estoucha ajoute : « Son passage vers les rangs de F.T.P. fut décidé. »

C'est-à-dire qu'il fut d'accord pour s'évader. Il fut convenu qu'il serait prévenu en temps utile. Tout fut organisé en quelques jours et, pour une fois, Estoucha fournit une date. Le 9 janvier 1943, elle et le beau capitaine s'apprêtaient à descendre d'un train en gare de Lille quand, avant même que les wagons s'immobilisent, ils aperçurent une foule d'uniformes allemands sur les quais. Faisant semblant de ne pas s'en formaliser, ils réussirent à sortir de la gare. Là, c'était pire encore, la place était littéralement bourrée de dizaines de feldgendarmes et, ce qui n'arrangeait rien, le pavé de la place était complètement verglacé. Estoucha murmura alors en russe à son compagnon qu'il fallait qu'il l'entoure de son bras pour qu'ils aient l'air d'un couple d'amoureux. À cause du verglas leur couple n'avançait pas vite et avait l'air un peu gauche alors que ce n'était pas le moment d'attirer l'attention. Ils franchirent quand même sans encombre pavés bosselés et rails de tramway pour se retrouver à la brasserie du *Coq hardi*, juste en face de la gare. La suite de la manœuvre était classique : observer l'arrivée du tramway, laisser tout le monde monter pour, si le verglas le permettait, sauter dedans au dernier moment, juste avant qu'il redémarre. Dans la brasserie tout le monde parlait très fort : il venait d'y avoir un attentat contre des soldats allemands. Un peu rassurés, ils prirent le tram comme prévu. Tout se passa bien, pendant quelque temps le capitaine se fit oublier, il passa dans les F.T.P. où il resta jusqu'à la fin de la guerre [1]. Entre Mauricette et Estoucha, malgré l'écart culturel, il y eut très vite une amitié profonde, peut-être parce que Estoucha se souvenait de ce garçon avec lequel elle était partie pour l'Espagne et qui, comme le mari de Mauricette à la

1. Habituellement les Soviétiques évadés rejoignaient les groupes de la Main-d'œuvre immigrée (MOI ; le groupe Manouchian, celui de l'Affiche rouge, faisait partie de la MOI).

drôle de guerre, y fut tout de suite tué, peut-être plutôt parce que malgré l'action qu'elles menaient ensemble, elles avaient toutes les deux une volonté de vivre pleinement. Mauricette et le capitaine « ch'russe », comme après la guerre on disait à La Bassée, eurent une idylle de laquelle naquit un garçon. À la Libération, le capitaine rentra en U.R.S.S. et plus personne n'eut de ses nouvelles. Mauricette, comme Estoucha se retrouva avec un garçonnet.

Dans ses notes Estoucha explique les attroupements inhabituels de soldats allemands et de feldgendarmes par l'attentat contre la *Taverne lilloise*, café exclusivement réservé aux Allemands. L'attentat qui fit trente morts parmi eux eut lieu en réalité le 21 octobre 1942 – la date est avérée car il eut un grand retentissement. Les attroupements de militaires allemands du 9 janvier 1943, s'ils ont existé, avaient une autre cause, un autre attentat ou une alerte, car il y a plusieurs arguments qui rendent peu crédible une erreur sur les dates. Le plus simple est climatique, il n'est pas fréquent qu'il y ait en ville du verglas si tôt dans l'année, vers le 20 octobre, même à Lille. En outre, la fabrication du gâteau de Noël rend peu probable que l'évasion du capitaine se soit passée avant la fin décembre. Enfin, il y a un argument subjectif; contrairement à son habitude, Estoucha indique une date. Dans toutes ses notes elle ne le fait que pour des événements qui la concernèrent directement, soit qu'ils fussent historiques (le coup de tonnerre que fut pour elle l'invasion de l'U.R.S.S.), soit d'ordre plus individuel (sa sortie d'Espagne). La date qu'elle a indiquée peut être erronée de quelques jours mais pas de plusieurs semaines car le 9 janvier 1943 précède de peu l'annonce publique du sort de Mouni.

C'est aussi une période où elle ne dit pas un mot de ses réactions à la nouvelle de l'arrestation de Mouni. Vers Noël 42, cela faisait déjà trois mois qu'il était en prison, elle avait fini par savoir, j'imagine par les copains de la Résistance, qu'il était à Loos, la centrale pénitentiaire de Lille. Ce qu'elle n'a pas écrit dans ses notes, ce qu'elle n'avait pas dit au responsable de son réseau, ce qu'elle ne m'a raconté que deux fois plus de cinquante ans après, c'est que quelques jours avant ce Noël 42, n'y tenant plus, elle était allée seule, pleine d'angoisse, à la porte de la prison de Loos pour demander de ses nouvelles. Effaré, le fonctionnaire à qui elle eut affaire, soit qu'il ait compris qui était cette jeune femme désemparée, soit pour toute autre raison, peut-être simplement parce qu'il ne supportait pas d'être témoin de son angoisse, la pria instamment de partir.

Elle était allée plus loin dans sa faiblesse que Charles Debarge. Faute de mettre, vif ou mort, la main sur lui, les occupants avaient arrêté sa femme, la torturèrent et enfin la condamnèrent à trois ans de prison, condamnation que Debarge apprit par une affiche le 28 août 1941. Dix mois plus tard, à la date du 19 juin 1942, il écrit dans son carnet : « Je rends visite à la prison de Loos mais, bien sûr, de loin, car je n'ai aucune envie d'y entrer [1]. »

Estoucha a toujours tu sa visite mais elle ne s'est pas trompée sur la date du 9 janvier 1943. Tout de suite après son récit d'évasion du capitaine soviétique, elle ajoute : « Un ou deux jours plus tard, je me trouve à une entrevue-contact (toujours trois personnes et pas plus) à Houplines, près d'Armentières, dans une maisonnette très coquette d'une cité de cheminots. Avant

1. Madeleine Riffaud, *op. cit.*, p. 73.

d'aborder des problèmes courants, la camarade nous dit :

« “ Vous avez vu *L'Écho du Nord*? Il y a de nombreux camarades fusillés. ”

« Elle nous montre ce journal, expression même des collabos du Nord, où figure à la première page un de ces fameux AVIS entourés de traits noirs. Je lis :

“ Suite à l'attentat contre *La Taverne lilloise* ont dû être fusillés les terroristes suivants... ”

« Dans la liste je trouve le nom de Waysand Jean. Tout devient noir devant mes yeux, je me ressaisis, il ne faut surtout pas que les camarades s'aperçoivent qu'un de ces noms me touche tout particulièrement, la clandestinité est à ce prix. Je demande si je peux aller aux toilettes. Là, je ne retiens plus les larmes, mais il ne faut pas que je pleure, il ne faut pas qu'on s'aperçoive de quoi que ce soit. Très peu de larmes, quatre ou cinq, mais elles sont comme de l'acide sulfurique. Elles brûlent littéralement mes paupières. Le lendemain des orgelets les ont couvertes. »

Encore une fois pour continuer cette lutte à laquelle elle s'était consacrée, elle avait dû se taire.

Ses lignes sont d'avril 1992, pour les écrire elle n'eut pas besoin de la moindre documentation, ces larmes-là ne s'oublient pas. Chaque fois que dans sa vie elle se retrouva dans des situations de conflit ces orgelets revinrent ourler ses paupières. À force de se taire, sa mémoire des faits était cependant si curieusement déformée que cette altération nous en dit plus long sur elle qu'elle ne le pensait elle-même.

L'AVIS de l'Oberfeldkommandantur (V) 670 émis par l'Oberfeldkommandant avant la liste des condamnés commence en fait par ces mots :

L'Oberfeldkommandantur (V)
670
Der Oberfeldkommandant
**AVIS**
Pour menées communistes et
possession d'armes prohibées, le Conseil
de guerre
a condamné
À LA PEINE DE MORT :

Nulle part on ne parle d'otages. Le troisième nom sur la liste qui suit est l'électricien Waysand Jean, de De Sessenalle – c'était une fosse de Somain, il m'a fallu longtemps pour le savoir, personne ne me l'avait jamais expliqué. Il y a douze noms. Puis on lit :

Les jugements ont été exécutés.
Lille, le 12 janvier 1943.

Signé : DASER
Generalmajor

Signé du 12, cet avis a sans doute paru le 13, il faudrait là aussi vérifier. À La Bassée cet AVIS avait été découpé et mis de côté sans noter la date. Le capitaine s'est bien évadé début janvier, l'annonce de la condamnation à mort de Jean Waysand (il n'avait donc que changé de prénom) date bien de quelques jours après le 9 janvier, mais tout cela n'est pas relié à l'attentat de la *Taverne*. Quand les Allemands exécutaient des otages leurs avis le disaient clairement, Estoucha n'a donc pas lu ce qu'elle dit avoir lu. Elle a mis en relation deux événements distincts, l'annonce de l'exécution de Mouni et de l'attentat de la *Taverne*, parce que cette histoire vraie s'est nourrie de trop de silences. Elle avait tu si longtemps sa tentative de visite à la prison qu'elle en était arrivée à contracter le temps depuis l'attaque de la Taverne jusqu'à l'annonce de l'exécution vers le 13.

Après une courte période pendant laquelle, en réponse aux actes de sabotage, les Allemands se contentèrent de taxer les localités où ces actes avaient lieu, ils répondirent bien vite par des exécutions d'otages. Bien des résistants, même parmi les plus déterminés, souffraient au plus profond d'eux-mêmes de l'acuité du chantage. Debarge, qui en avril 42 fut chargé dans le Nord de passer directement à des attaques de soldats allemands et donc à des morts d'hommes, a décrit sur le vif, en termes directs, combien ce changement qualitatif du combat était difficile.

« Il faut que j'entraîne mes camarades à cette forme de lutte directe. Je donnerai l'exemple et prendrai moi-même la tête des équipes autant que je le pourrai. Car ce sera très dur au début, cela se comprend.

« Je devrai vaincre l'inquiétude des camarades qui se disent : “ Chaque fois que nous tuons des Allemands, des otages le paient de leur vie ” [1]. »

Personne n'échappait à cette conséquence terrible, mais pour continuer à se battre il fallait étouffer ce scrupule, le faire taire. Bien que n'étant pas directement combattante, Estoucha s'était sûrement posé ce dilemme. Qu'elle ait assimilé l'exécution de Mouni et

1. Dans son carnet le 11 avril 1942, peu de temps donc avant que Mouni et Estoucha passent à la clandestinité, cité par Madeleine Riffaud, *op. cit.*, p. 62. Du côté des dirigeants F.T.P. la difficulté morale de tuer des Allemands était contournée par des arguments relativistes : même si on imputait aux partisans les otages exécutés, cela représentait moins de victimes civiles que les bombardements aériens dont l'efficacité était parfois douteuse.

de ses camarades à une action de représailles sur des otages en est l'indice.

En même temps, pour ne pas donner prise à la suspicion de ses camarades, elle passa sous silence sa visite à l'entrée de la prison de Loos. Au milieu des clandestins, malgré leur solidarité, elle était isolée, et elle n'était sûrement pas la seule. À la différence de Debarge, même à un carnet intime, terrible imprudence, elle n'avait pas confié sa faiblesse. Ces deux silences se sont tressés. Ce que personne n'acceptait d'un cœur joyeux, à moins d'être un tueur dans l'âme, elle l'a déplacé vers la perte de cet homme qui ne fut jamais comblée. Ces silences qu'à force de se taire elle avait condensés au point de n'avoir plus un souvenir exact de ce qu'elle taisait, étaient un nœud qui n'avait plus qu'à être tranché. Elle m'en donna juste le moyen en me racontant son passage, folle d'angoisse, à l'entrée de la prison de Loos, plus de deux ans après avoir cessé d'écrire ses petites histoires en marge de la grande. Elle ne m'en avait jamais rien dit avant, elle n'en écrivit point le récit.

En vérité, mais Estoucha ne l'apprit que plus de trente mois plus tard, et cela elle n'a pas manqué de l'écrire, les douze condamnés de l'AVIS du 12 janvier 1943 avaient été fusillés presque un mois plus tôt, le 15 décembre. Cette remarque est un ajout à ses notes, dans un renvoi vertical, en marge. Ce qu'elle n'a pas écrit, c'est que le 15 décembre était le jour où elle s'était présentée à l'entrée de la prison. Et c'est pourquoi, frappée par cette coïncidence qu'elle avait si longtemps tue, elle finit par rompre son silence.

Sauf à imaginer qu'il y eut deux attentats de la *Taverne*, l'un en octobre l'autre en janvier, il y a eu douze crimes le 15 décembre, mais l'AVIS du 12 janvier ne mentait pas sur un point : les fusillés étaient bien des communistes armés. La formule utilisée pour annoncer leur exécution – « pour menées communistes » – reprend les termes des lois prises par Vichy en 1941 contre les menées communistes et anarchistes [1].

En même temps que je termine ce démêlage, je tombe sur ce membre de phrase que Harry Mathews écrivit en 1983, moins d'un an après la mort de son ami Georges Perec, dans *20 lignes par jour*, acheté d'occasion pour trente francs l'autre samedi à Uzès avec le dernier livre de Sarah Kaufman : « Ce qui ne va pas ici c'est uniquement ma propre obsession à trouver la faille, à trouver une signification [2]. »

Dans sept semaines il y aura un an qu'Estoucha est morte, l'année dernière à la même époque, elle passait ses journées allongée dans le lit juste derrière la chaise où je suis aujourd'hui assis, un lit métallique pliant peint en kaki comme s'il sortait d'un stock militaire. Est-ce que ce qui ne va pas c'est mon obsession à trouver la faille, à trouver une signification ? (21 août 1995.)

1. J.O. des 12 et 16 août 1941, respectivement aux pp. 3364 à 3367 le 12 août, 3438 et 3450 le 16 août. Voir aussi Robert O. Paxton, *La France de Vichy*, Paris, Seuil, coll. Points-histoire, 1982, pp. 217-220 ; la traduction de Claude Bertrand est celle de la première édition française en 1973.

2. Harry Mathews, *20 lignes par jour*, traduit par Marie Chaix, Paris, P.O.L., 1994, p. 14.

# X

Arrêté à Somain, Mouni fut d'abord transféré à la maison d'arrêt de Douai sous le numéro d'écrou 94. C'est de là que treize jours après son arrestation il put envoyer une lettre à son copain Marcel Martin (il n'était pas question que ce fût à Estoucha) sur le formulaire de 13,5 x 21 cm qu'on lui donna à cet effet. Cette lettre datée du 22 septembre 1942, dont il ne reste qu'un photostat, contient deux anomalies : le village de Marcel Martin n'était pas Wa*t*incourt, qui n'existe pas, mais Wa*l*incourt ; il y a aussi une phrase parfaitement lisible mais incompréhensible. En dehors de cela c'est l'ordinaire du prisonnier.

*À M. Marcel Martin*
*Watincourt (Nord)*

*Mon cher Marcel !*

*Comme tu as sans doute appris par les journaux, je suis arrêté. Je me porte bien et ne manque de rien pour le moment. Je te prie de t'occuper un peu de mes affaires. Chez la voisine d'en haut un vélo et un pneu neuf deux lampes de table et un réveille-matin. Chez Jeannot, ma guitare mandoline, appareil photo, etc. Arrange-toi avec lui pour qu'il te remette l'argent qu'il me doit encore sur le poste de T.S.F. Dis-lui que je lui donne soit encore aujourd'hui* (sic). *Compliments pour ta famille, les copains à Navignies. Embrasse de ma part ta petite cousine noire au nez tordu, Jeanette. Bonjour vieux. Jean W. Prends mes affaires chez toi, bonjour à Frochly.*

Le point d'exclamation après l'adresse trahit l'Europe centrale. La Jeannette (curieusement avec un seul *n*) petite cousine noire au nez tordu était une plaisanterie entre eux trois concernant Estoucha avec son nez en trompette. Navignies, je reconsulte le Minitel, pas plus que Watincourt n'existe. En revanche le terrain d'aviation près de Cambrai est sur la commune de Niergnies. Écrire correctement le nom de cette localité aurait été se trahir, les Allemands croyaient qu'il était de De Sessevalle et la mention du nom d'un terrain d'aviation leur aurait mis la puce à l'oreille.

L'altération de l'orthographe de Walincourt que j'avais d'abord prise pour un indice d'émotion ou de difficulté à écrire était volontaire. Elle indiquait à Marcel qu'il fallait faire la même correction sur Navignies. Pour que cela ne lui échappe pas, Jean (Mouni) avait souligné Watincourt, et là aussi il a redoublé son message en remplaçant le bloc des trois lettres *ier* de Niergnies par *avi*, abréviation d'aviation bien sûr. C'est bien à Niergnies qu'il avait connu Marcel Martin. Celui-ci devait prévenir les copains. Jeannot est Jeannot la frousse, Marcel le revit puisque nous avons eu la guitare et aussi le réveille-matin. Frochly est un nom que je crois avoir entendu enfant mais je ne sais pas qui c'était.

La lettre est écrite avec la graphie très soignée qui lui était coutumière. Il y a quatre mots où il a plus appuyé sur la mine du crayon : « ne manque de rien », et de temps à autre dans le reste du texte une paire de lettres ou une syllabe qui sont elles aussi plus grasses, mais je n'y vois aucun sens précis. La combinaison de ces lettres ne m'éclaire pas plus. Le *h* de haut puis le *o* de poste sont soulignés intentionnellement semble-t-il. Le *o* souligné est juste au-dessus du mot *soit* qui rend incompréhensible la phrase concernant le remboursement du poste de T.S.F. Peut-être y a-t-il plus à comprendre dans cette lettre, le jeu pourrait continuer. Car c'est d'un jeu qu'il s'agit, comme au labo quand fatigué de la paperasse je bricole avec des résultats bruts d'expériences. Ici l'émotion n'est pas absente, mais cinquante-trois ans plus tard l'attention que je porte à la découverte d'un sous-texte et le plaisir que j'y prends ne me dupent pas. Je traîne sur cette lettre parce qu'elle fait diversion. Je n'y cherche ni faille ni symbole. Le sens que j'y trouve est tout juste celui d'une consigne que plus personne n'attend. De toute façon, Marcel Martin, que j'ai connu plus tard, n'a guère dû aller plus loin, même s'il avait pour lui de connaître le contexte. Il n'était pas versé dans ce genre d'exercices. Je ne suis même pas sûr qu'il avait saisi le ou les messages. À partir du moment où il avait reçu la lettre, il savait ce qu'il avait à faire.

Je sais logiquement ce que j'ai à écrire maintenant mais j'aurais voulu pouvoir retarder ce moment, avoir encore d'autres choses à dire avant d'en arriver là. Il n'y a rien d'autre que je sache, ne reste qu'à le faire mourir encore une fois.

Mouni a dû rester plus longtemps à la prison de Douai qu'Estoucha et moi ne le pensions puisqu'il n'arrive à celle de Loos qu'un mardi de décembre. Il n'y a que deux mardis de possibles, le 1er ou le 8 du mois. Le seul élément qui permette de trancher entre ces deux dates, faute d'accès aux archives de Loos, c'est le récit publié après la guerre par un de ses compagnons de cellule, Denis Cordonnier. Notable de la république défunte, il était médecin, socialiste, résistant, et je crois que c'est à ce titre qu'il resta emprisonné pendant une année ; il n'était plus tout jeune puisqu'il avait fait la guerre de 14. Son récit est romancé, Cordonnier se présente seulement comme médecin et sous le nom de Georges Duval, mais au-delà des contraintes de ce genre, du style trop correct pour n'être pas daté, du D majuscule mis à docteur, et d'un excès, à mon goût, de points d'exclamation, il n'est pas très difficile de séparer ce qui est de l'ordre du respect des conventions de ce qui relève de l'expérience vécue.

> Un bruit plus important que d'habitude dans le grand hall. Des portes qui claquent et l'infernal bruit des serrures. Brusquement deux hommes s'engouffrent dans la cellule 13. Ils portent deux modestes couvertures et tiennent une petite boîte en carton contenant quelques biscuits.
> – Je suis Waysand, dit le premier, trois fois condamné à mort !
> – Je suis Fondu, de Marly-lès-Valenciennes, innocent, condamné à mort.
> Le Docteur sentit un frisson d'effroi le parcourir tout entier. Caulier devint blême.
> – C'est tout ce que vous avez comme colis ? interroge-t-il en montrant les deux modestes petites boîtes de carton.
> – Oui, pour celui qui va mourir, c'est encore de trop, répondit Waysand.

– Et toi qui es-tu ? demanda-t-il en s'adressant au Docteur.

– Je suis médecin à Lille, emprisonné depuis quatre mois et Caulier, mon camarade que voici, est à Loos depuis à peu près trois mois.

– Excusez-moi, Docteur, je ne vous tutoierai plus. Je ne savais pas...

– Ça n'a aucune importance, mon cher.

– Permettez que je vous raconte notre histoire à Fondu et à moi. Je suis d'origine polonaise. Mes parents sont encore dans une petite ville, au sud de Varsovie [1]. Je n'ai plus aucune nouvelle d'eux depuis le début de la guerre. Je suis communiste et j'ai toujours milité avec mon parti. Nous sommes membres d'un groupe de patriotes qui se livrent au sabotage. Au début de la guerre, j'étais étudiant à Bruxelles à la Faculté des Sciences. Jc prćparais le diplôme de chimie

1. Torun, la ville où vivait ses parents et où il avait fait ses études, est en fait au nord-ouest de Varsovie, à égale distance de Varsovie et de Gdansk. À la veille de la guerre, il y avait un millier de Juifs dans cette ville avec le système habituel d'institutions, notamment une synagogue et des écoles. Fin 42, il était très peu probable que ses parents aient encore résidé à Torun. Les Juifs de cette partie de la Pologne furent exterminés à Chelmno (Kulmhof en allemand et non Cumhof comme l'écrit Joram Kagan). Chelmno fut ouvert le 8 décembre 1941 et fonctionna jusqu'en janvier 1945, après une interruption, en tant que Sonderkommando Kulmhof. Ce fut le premier camp d'extermination créé par les Allemands en Pologne. 340 000 Juifs polonais y périrent, 20 000 d'autres pays, de nombreux prisonniers de guerre soviétiques et 88 enfants de la ville martyre de Lidice en Tchécoslovaquie. Le 17 janvier 45, une révolte éclata dans le camp (Joram Kagan, *op. cit.*, pp. 33 et 57). C'est une carte de Martin Gilbert, *Atlas of Jewish History*, qui permet d'avancer que les Juifs de Torun périrent à Chelmno.

industrielle et alimentaire. J'aurais voulu, après la guerre, retourner en Pologne et installer une affaire de conserves alimentaires. Je crois qu'il y a de l'avenir dans cette branche-là, chez nous. Je suis marié et j'ai un enfant, mais je n'ai dit à personne où se trouvent ma femme et mon fils parce que la Gestapo les recherche.

– Mais pourquoi avez-vous été condamné à mort ?

– Voilà ! je m'étais embauché comme électricien au champ d'aviation de Cambrai il y a environ trois mois. C'était une manière à moi d'avoir un laissez-passer assez facilement et ça me permettait de voyager. Notre groupe a « fait » deux mairies ! On n'a pas fait ça pour tuer les maires ou les gardes champêtres. Il faut bien nourrir les clandestins et les réfractaires. Ça nous a rapporté un grand nombre de cartes. On avait la « police Pétain » à nos trousses mais ils ne nous ont pas eus ! J'ai fait sauter une écluse à X... et à Y... j'ai brûlé deux batteuses ! Ça aurait marché tout seul si un de nos camarades ne nous avait pas dénoncés et le malheur a voulu qu'à la perquisition, les boches trouvent chez moi une mitrailleuse au complet avec deux boîtes de cartouches. Quand j'ai été arrêté, j'avais sur moi un browning chargé de 6,35, ce n'était pourtant pas dangereux !

Dans cette affreuse détresse, Waysand souriait, plaisantait et ce Polonais qui s'exprimait dans le plus pur français donnait l'impression gouailleuse du titi parisien.

– Si ça s'arrêtait là, ça ne ferait que deux cas de peine de mort, dit-il. Mais le pire c'est que la Gestapo a mis la main sur toute la bande et que nous avons de plus été inculpés de constitution de corps de francs-tireurs ! Une inculpation de plus ! À cela près une de plus ou de moins. Ils ne me fusilleront pas trois fois !

– Et vous, Fondu ? interroge le Docteur.

– Oh ! moi c'est beaucoup plus simple, je n'ai rien fait et je ne comprends rien à cette affaire.

– Ils ne t'ont quand même pas condamné à mort pour des prunes, lui lance Caulier.

– Si, mon vieux. Le procureur allemand n'avait pas demandé ma tête. Il avait demandé trois ans de travaux et ces vaches-là m'ont condamné à mort !

– C'est abominable, constate le Docteur.

– Mais tout de même, t'avais fait quelque chose ? interroge Caulier.

– Non, je te dis que non ! J'ai cotisé trois fois à la Société qu'on avait faite pour l'aide aux femmes des prisonniers communistes à Marly-lès-Valenciennes. Tous les mois on mettait dix francs, en tout j'ai mis trente francs. C'est tout ce que j'ai fait !

– Et c'est pour ça que tu es condamné à mort ?

– Oui, mon vieux. Le magistrat instructeur m'a interrogé sur un bout de papier qu'un copain m'avait remis la dernière fois où il est venu chercher ses dix francs de cotisation ; mais je n'ai rien compris ! Je ne sais pas ce que ça voulait dire !

Et ce brave Fondu, victime innocente, continue.

– Le boche m'a demandé ce que j'aurais fait

> si, ayant un fusil entre les mains, j'avais rencontré une troupe allemande. J'ai répondu que, bien sûr, j'aurais tiré dessus !
> – C'est bien, a dit l'Allemand, c'est tout ce que je voulais savoir [1] !

Fondu était chaudronnier, père de deux enfants, mais, même à cette extrémité il s'astreignait encore aux règles de la clandestinité [2]. Cordonnier et Caulier partageaient donc désormais leur cellule avec deux condamnés à mort. Leurs conditions de détention s'en trouvèrent affectées, comme dans le film de Robert Bresson.

> Lorsqu'un prévenu est condamné à mort, il est indispensable de le surveiller étroitement. Tandis que les cellules ordinaires sont, dès la tombée du jour, plongées dans les ténèbres, celles des futurs fusillés sont illuminées toute la nuit. Le « mouchard » reste constamment ouvert et les surveillants sont chaussés d'espadrilles pour rendre les contrôles silencieux. La lampe électrique éclaire crûment le plafond convexe qui sert de réflecteur et la lumière brutale donne aux regards un aspect blafard. Qui décrira un jour ce regard fixe, lointain qui semble traverser la muraille blanche, ces yeux immobiles, ces yeux de statues ! On croirait que la mort les a déjà figés. Combien de

1. Denis Cordonnier, *op. cit.*, p. 81. Il y avait à Douai une section spéciale où vraisemblablement eurent lieu les interrogatoires, l'instruction et le « procès » sans avocat.

2. Selon Jean-Marie Fossier, *op. cit.*, p. 226, Fondu avait participé à la création de groupes de résistants, et les faits rapportés par Jean Waysand étaient connus des Allemands et figuraient à l'acte d'accusation. Les sources ne sont pas indiquées.

fois les malheureux sacrifiés, allongés sur la paillasse poudreuse, le dos appuyé contre le mur rugueux, ont-ils ainsi, dans le silence sépulcral des cachots, évoqué la minute sacrée de leur anéantissement.

– À votre avis, Docteur, interrogeait Waysand, quelle peut être la durée de la souffrance lorsque les balles vous traversent le cœur ? Ils doivent tous tirer à peu près en même temps et, si une balle à elle seule ne tue pas fatalement, sur douze il y en a certainement quelques-unes qui portent au cœur même ?

À cette douloureuse question Georges Duval répondit :

– Je n'ai vu moi-même qu'une seule exécution capitale et je vous affirme que la mort est instantanée. J'ai le souvenir, pendant la guerre de 1914 à 1918, d'avoir vu fusiller un Français. C'était à Ypres, au début de 1915. Ce pauvre bougre, un père de deux enfants, avait déserté la tranchée pendant une demi-journée. Pris d'un « cafard » indicible, il s'était, par les boyaux d'intercommunication, dirigé vers l'arrière et s'était soûlé dans les quelques petits cafés restés debout dans Ypres. Pendant son absence un coup de main allemand avait eu lieu et notre déserteur avait été découvert par le capitaine de sa compagnie. Jugé un peu sommairement, défendu par un avocat sergent désigné d'office par le Conseil de guerre, il avait été condamné à mort après deux heures d'un débat pénible. Le Conseil de guerre siégeait dans la salle d'un petit café ! Deux jours après, cette épave, attachée à un poteau contre le mur de briques rouges d'une ferme près de Hooghe et en présence du premier bataillon de son régiment formant le carré, avait été passé par les armes. J'ai vu de très près cette fusillade et j'ai pu palper le corps quelques secondes après le tir. Je vous assure, Waysand, que c'est immédiat et j'affirme qu'il ne doit pas y avoir deux secondes de souffrance !

Apaisés, dans une certaine mesure, Waysand et Fondu se replongeaient dans le brouillard opaque de cette affreuse douleur morale.

Malgré l'insomnie tenace qui les rongeait, les deux héros respectaient le plus possible le sommeil calme des compagnons de cellule et le matin c'était par des chansons polonaises que Waysand donnait le signal du réveil. D'une voix bien timbrée et chaude que l'étroitesse de la cellule rendait plus intime, il détaillait harmonieusement le riche album de ces lieds polonais délicats et émouvants.

– Puisque vous n'avez rien compris dans cette chanson polonaise, disait-il, je vais vous la répéter en français.

Et, sans la moindre difficulté, il traduisait en chantant toutes les chansons de son pays natal [1].

(...)

Le seize décembre vers neuf heures du matin, le feldwebel Muller apparut dans la cellule :

– Après-midi, vous, Raus, dit-il en désignant Waysand et Fondu. Et, sans autres explications, il referma la porte. Quelques secondes se passèrent pendant lesquelles les malheureux échangèrent un regard inquiet.

1. Denis Cordonnier, *op. cit.*, p. 87.

– J'ai compris ! dit Waysand. C'est fini, nous serons fusillés ce soir, mon cher !
Fondu devient pâle et livide. Cette façon bien allemande d'avertir les condamnés à mort de leurs derniers instants est la signature d'une grossièreté des mœurs de cette maudite race. Un effroyable malaise règne. Les quatre hommes se regardent, s'interrogent ; aucun n'a le courage de dire une parole. Les grandes frayeurs comme les grandes douleurs sont muettes. Brusquement Waysand déchire ce silence :
– Docteur, vous êtes le dernier intellectuel français à qui je pourrai parler avant de mourir, faites-moi le grand plaisir de m'autoriser à vous tutoyer. Laissez-moi vous dire combien j'aime la France et pour cela permettez que je prenne pendant quelques minutes un ton familier !
Abasourdi, ému jusqu'aux larmes, Georges Duval répondit :
– C'est entendu, mon cher ami, fais tout ce qu'il te plaira.
– La mort n'est triste que par réputation, dit Waysand. Chantons ensemble ou, si vous le préférez, permettez-moi d'évoquer mes souvenirs d'enfance en Pologne et laissez-moi chanter !
Et, dans l'antichambre de la mort, ce jeune héros pendant deux heures sans trembler, sans angoisse, réfugié dans ses souvenirs de jeunesse, absent certainement du monde réel et comme grisé par toutes ses harmonieuses réminiscences, chanta d'une voix ferme des airs populaires polonais. Fondu, effondré, ne l'écoutait pas et le regard vague fixait les bar-

reaux de la cellule. Caulier et le Docteur observaient ce drame en silence. Vers midi, Fondu, sortant de son rêve, confia au médecin, tout bas, dans un angle de la cellule, ses secrets familiaux et lui fit promettre, si sa libération pouvait arriver, de voir son épouse et de lui raconter avec exactitude ce qui s'était passé depuis l'arrestation.
Deux heures. La porte s'ouvre toute grande. L'adjudant Muller planté au garde-à-vous devant elle appelle :
– Waysand, Fondu !
– Présent ! répondent les deux hommes.
Un seul geste indique la sortie. Dans le grand hall une douzaine de gendarmes, casqués et armés, la plaquette en sautoir, attendent. La porte se referme.
Aux armes citoyens,
Formez vos bataillons

À travers les portes ce chant arrive, adouci, aux oreilles des patriotes... De toutes parts on frappe aux portes des cellules, quelques secondes plus tard, un silence de tombeau. C'est fini [1].

Le docteur ne parle pas du moment où ils ont écrit leur dernière lettre. On peut supposer qu'au sortir de la cellule ils purent s'isoler avec une feuille et un crayon. Estoucha n'eut cette lettre qu'après la guerre, elle commit l'imprudence d'en confier l'original à la fin des années 50 à un historien communiste polonais qui ne la retourna jamais. Ce ne fut pour elle qu'un motif supplémentaire de se méfier des historiens.

1. Denis Cordonnier, *op. cit.*, p. 91.

Je l'avais recopiée sur un carnet et je croyais que c'était la seule source de ce texte, au demeurant très simple. Mais en retrouvant le dossier d'une affaire administrative qui fut particulièrement pénible pour Estoucha, je vis apparaître deux de ces photocopies à l'ancienne où ce qui est écrit apparaît en lettres blanches sur fond noir, comme si c'était un négatif. Le premier de ces clichés était la lettre de la maison d'arrêt, le second sa dernière lettre, écrite sur une feuille de papier 21 × 27 cm libre de toute formule, elle aussi adressée à Marcel Martin.

*Loos, le 15.XII.1942*
*Mon très cher Marcel!*
*Comme tu le sais sans doute, j'étais arrêté. Puis j'ai été condamné à mort et je viens de recevoir la confirmation de mon jugement. Je tiens à adresser à toi mes derniers mots. Tu en feras part dans le cas où quelqu'un s'intéresserait à mon sort.*

*Je n'ai pas peur de passer l'arme à gauche. Tant d'autres l'ont fait et le feront encore. Je regrette seulement de n'avoir rien fait de positif dans ma vie. Enfin. Je te fais parvenir, mon vieux, tout ce dont je dispose ici. Si jamais tu devais avoir l'occasion de revoir ma femme et mon gosse, embrasse-les cordialement de ma part. Je voudrais bien que mon fils devienne un homme. Je t'envoie dans cette lettre une photo de moi. Tu la conserveras, si tu veux. J'ai aussi mon vélo à la gendarmerie de Somain. Je te le donne. N'aie pas peur de le réclamer.*

*Je te souhaite, mon vieux, tout ce que je peux souhaiter de meilleur à un bon copain. De même à ta famille.*

*Je prie bien le bonjour à tous les copains. L'exécution doit avoir lieu aujourd'hui à 1630. Je serai probablement enterré au cimetière militaire de Lille.*

*Je t'embrasse cordialement*
*Jeannot*

Elle est datée du 15 décembre. Le docteur a pu se tromper d'un jour dans son récit. Tous les documents après-guerre indiquent le 15, mais c'est sur la base du témoignage d'Estoucha qui possédait cette lettre. Si le jour où elle était allée au guichet de la prison était bien celui de l'exécution, le trouble du gardien à l'entrée est alors parfaitement compréhensible : dès le matin, la nouvelle qu'il y aurait une exécution avait dû se répandre, et Jean Waysand était un condamné à mort.

L'exécution eut lieu au fort du Vert-Galant, près d'un terrain d'aviation à Wambrechies. « Dans la cour intérieure, contre un talus de terre », m'a dit quelqu'un dont je ne sais pas d'où il tenait ce renseignement [1]. Les condamnés avaient les mains liées derrière le dos. Leurs corps furent enterrés dans une fosse commune. La moitié d'entre eux au moins s'étaient connus dans l'action. René Gaby, arrêté le même jour que Mouni, n'avait que vingt-deux ans, il avait écrit à ses parents quelques jours plus tôt.

*Je viens d'avoir vingt-deux ans et bientôt ma vie est faite. J'en ai encore pour une quinzaine de jours et je mourrai, mais vous pouvez tous passer partout car je n'ai pas trahi mon Parti.*

*J'ai été battu bien longtemps pour que je livre mon groupe, mais j'ai toujours su résister à ces bandits qui ne connaissent aucune loi humaine.*

1. Quand, en 1992, on mit enfin une plaque à l'entrée des ruines de ce fort où il y eut quand même plus de cinquante exécutions. Cette plaque fut brisée quelques semaines plus tard et remplacée par celle qu'on voit aujourd'hui. Les exécutions avaient lieu contre une butte de terre face aux souterrains éventrés, à l'intérieur du fort.

*Vous pourrez leur dire à mes camarades, que j'ai souffert pour eux et qu'ils doivent s'en rappeler.*

*Je ne leur demande qu'une chose, s'ils veulent prouver qu'ils ont du sang dans les veines, qu'ils me vengent.*

*Sachez aussi, mes très chers père et mère et très chère femme, que je saurai leur montrer comment meurt un communiste.*

Roger Crépine qui, de concert avec Mouni, avait attaqué le centre de distribution des tickets de Thun-l'Évêque, avait été reconnu. Il fut arrêté début 43, affreusement torturé, condamné à mort par la même section spéciale de Douai et guillotiné dans la prison de Cuincy le 6 juillet 1943 [1].

L'avocat général de la Section spéciale de la cour de Douai, qui avait requis leur peine de mort et celle tant d'autres, fut muté à la Libération et devint procureur de la République [2]. C'est ce qu'on appelle une belle carrière dans la magistrature.

1. Jean-Marie Fossier, *op. cit.*, p. 331. Jean-Marie Fossier, responsable des détenus communistes dans cette prison, avait tissé avec Crépinge des liens de profonde amitié qui allaient au-delà de leur communauté d'engagement politique. Il put lui parler dans ses dernières heures.

2. Henri Noguères, *Histoire de la Résistance*, t. IV, p. 22.

## XI

Estoucha n'en pouvait plus de se taire, de garder pour elle seule l'annonce de l'exécution de Mouni. Elle finit quand même par mettre les Tribout au courant, alors que jusqu'alors ils ignoraient son identité véritable. C'était une famille ouvrière de Fives qu'elle avait connue par l'intermédiaire de leur fille unique Fleuriza qui fréquentait les cours de secourisme. De père en fils, les Tribout étaient chaudronniers ou forgerons dans la fabrication de locomotives, la grande affaire de Fives. Les usines de Fives-Lille étaient flanquées de quartiers d'habitation constitués de pavillons qui appartenaient à la compagnie. Les Tribout à cette époque ne faisaient pas exception, ils habitaient l'un des pavillons de cette citadelle ouvrière. Leur maison était un dépôt de matériels sensibles pour les dirigeants communistes de la Résistance, notamment Julien Hapiot, commandant des F.T.P. du Nord et du Pas-de-Calais fusillé le 3 septembre 1943, et Charles Debarge. Estoucha avait aussi pris l'habitude d'y passer une nuit de temps à autre. Comme à La Bassée, c'était un endroit où on était toujours sûr de manger convenablement, ce qui n'était pas partout le cas.

Fleury Tribout, le père de Fleuriza, grande silhouette fragile et décharnée, avait été gazé à l'ypérite dans les tranchées de la guerre de 14. Il en avait rapporté une toux très impressionnante et des crachats continuels ; malgré cela il avait repris son travail à l'usine dès sa démobilisation. Quand il rentrait chez lui, le souffle toujours un peu court, il s'asseyait le dos raide et droit dans son fauteuil, les avant-bras bien à plat sur les accoudoirs pour essayer de retarder le plus possible la prochaine toux ou le prochain crachat. C'était la statue du Commandeur, conscience morale au milieu d'un monde qui lui avait chamboulé sa jeunesse. Angèle sa femme était d'une famille si pauvre et si nombreuse qu'elle n'avait jamais pu aller à l'école car elle avait la charge de ses frères et sœurs. Au moment de son mariage elle était analphabète, c'est Fleury qui lui avait appris à déchiffrer le journal et un peu à écrire. Au grand effroi de Fleury, Angèle avait failli mourir en mettant au monde Fleuriza, aussi se jurèrent-ils de n'avoir que cette enfant. Angèle était une femme très vive, généreuse et au sourire malicieux ; l'entendre parler le patois lillois était un régal. On rit encore gentiment d'elle à La Bassée. Dans les années 50, déjà bien âgée, avec sa fille et son gendre elle était venue en visite pour la journée. Repas, café, recafé et discussions aidant, ils avaient raté le dernier train. Son gendre avait alors avancé que ce n'était pas grave et qu'ils rentreraient en auto-stop, ce qui motiva, dans le plus pur lillois, cette question d'Angèle : « Et dukché qu'elle passe l'autostop min garchon ? (Et où passe l'auto-stop, mon garçon ?) » Il y avait bien des autorails, pourquoi n'y avait-il pas d'autostop ?

Fleuriza et Estoucha avaient à peu près le même âge.

Voyant leur bonne entente, Angèle essayait de l'aider encore un peu plus dans sa vie clandestine. Estoucha y gagna le sobriquet de marchande de pommes de terre pour avoir marché une bonne trentaine de kilomètres afin ne pas rater un rendez-vous avec un des fameux Soviétiques. Le train sur lequel elle comptait ne roulait pas le dimanche. Arrivée le soir à Fives au terme de son marathon, ses socquettes étaient complètement trouées et Angèle s'appliqua à raccommoder « les pommes de terre », c'est-à-dire les trous de ses socquettes.

Quand Estoucha apprit aux Tribout l'exécution de Mouni, Fleury se racla la gorge et, d'un ton encore un peu plus solennel que d'habitude, avec cette diction sourde et lente que ses poumons et sa gorge brûlés l'avaient forcé d'adopter lui dit : « Nous t'adoptons moralement, tu seras notre fille et Fleuriza aura une sœur. »

Angèle ajouta qu'elle devait considérer leur maison comme la sienne et venir chez eux quand elle voulait et quand elle pouvait.

Ils s'y tinrent tous trois, pendant comme après la guerre.

Ces paroles firent une profonde impression sur Estoucha. En 1992, elle écrira : « Dans le vide affectif dans lequel je vivais, ces mots étaient comme un baume. Quelle délicatesse ! Quelle compréhension psychique ! Oui, l'amitié en ces temps cruels n'était pas un mot vain. »

Ces phrases reflètent de si près sa façon de s'exprimer que j'ai d'abord voulu la paraphraser. En fait, la faire taire, honteux de ce français emphatique comme ont honte de leurs parents les enfants d'immigrés, la même honte que celle des enfants des classes populaires qui s'en sont sortis, celle de l'Antoine Bloyé de Nizan. Quel était son monde pour dire « psychique » au lieu de psychologique ? Oui, ces temps étaient cruels, si le dire ainsi ne passe plus, est-ce notre faute ? Ce que fut cette catastrophe a aussi tué une certaine façon de s'exprimer. Et pourtant ce simple adjectif « cruel », ni moralisant ni politique, est, cinquante ans plus tard, le seul qualificatif qu'elle s'est autorisé. Quand elle parlait de cette époque, entre elle et moi, dans nos silences réciproques, tout était immédiatement là devant nous. Elle, qui était assaillie par ses souvenirs et devait refouler une grande partie de ce qui l'assaillait encore. Moi, qui ressentais confusément ce combat. La seule chose que je pouvais inscrire en moi, fût-ce par la nausée ou le dégoût physique, c'était cette réactualisation. Tout le reste ne m'était que mensonge, même si de temps à autre elle faisait allusion à des personnes ou des lieux que j'avais très bien connus, mais évidemment après. Dans ce lien qui m'unissait à elle, l'Histoire est trop suspecte, elle ne servait de rien. Pis, elle était affabulation téléologique, le point de vue de celui qui n'a pas eu à affronter cette réalité. En essayant de laisser une trace écrite, de condenser en quelques lignes ces angoisses et ces haut-le-cœur qui me faisaient serrer les dents en silence pendant des minutes après qu'elle eut terminé son histoire, je trahis. En essayant d'en parler, je trahis alors que je devrais servir de relais. Je trahis parce que personne ne peut décalquer ce qui s'est passé.

Quand Estoucha racontait, les tiers, s'il y en avait, devaient essayer de trouver leurs repères dans les petits récits qu'elle faisait et qui étaient toujours centrés sur un épisode précis sans que jamais il y eût un jugement d'ensemble. Sauf ce timide et conventionnel « temps cruels », unique prise de distance comme si en y pensant la mort l'envahissait.

Si profonde qu'ait été sa douleur, il n'y avait pas place pour un temps de recueillement. Dans la logique de la clandestinité il n'y avait qu'une fidélité possible, poursuivre son activité. Les F.T.P. avaient maintenant des blessés sérieux auxquels les premiers soins ne pouvaient plus suffire, il fallait des médecins. Deux d'entre eux l'aidèrent particulièrement, Laurent Baron, qu'enfant j'ai connu, 333, rue Pierre-Legrand, à Fives près de l'ancien octroi, pas très loin de chez les Tribout, et Pic, qui en plus fournissait les produits chimiques employés dans la fabrication des explosifs.

Le sabotage des infrastructures de transport n'avait pas perdu de son importance ; de surcroît, quand il s'agissait des chemins de fer c'était l'occasion d'étendre les contacts avec les cheminots. Les responsables directs d'Estoucha apprirent ainsi qu'un groupe de cheminots de Wawrin, un nœud ferroviaire, cherchaient le contact avec la résistance. Un rendez-vous fut décidé à Provins, chez un camarade. Ils s'y retrouvèrent à trois : l'hôte, celui qui connaissait les cheminots de Wawrin et Estoucha. Après avoir discuté de choses et d'autres, le contact de Wawrin demanda comment ils pourraient se procurer des armes. La question était devenue un classique pour Estoucha, elle y répondit sans hésitation aucune : « Les armes, on les a uniquement au moment nécessaire pour l'action. »

Emportée par son zèle pédagogique, elle ajouta même que c'était mieux ainsi car on limitait les risques.

« Un jour j'avais rendez-vous avec un responsable qui devait me donner un revolver à fournir à quelqu'un. Nous avons parlé de différents problèmes et nous nous sommes séparés. J'ai pris le tramway B. Arrivé place de la République, il y avait un barrage de policiers en civil.

Ils firent descendre tous les voyageurs pour la fouille. Là, j'ai réalisé que j'avais, heureusement, oublié de prendre le revolver. »

Après cette anecdote, il fut finalement convenu qu'elle rencontrerait directement les cheminots à l'occasion d'un rendez-vous à Wawrin dont ils décidèrent en commun la date. L'objectif fixé était atteint mais deux imprudences avaient été commises. Le rendez-vous avait été pris pour elle chez un camarade et elle-même avait enfreint une règle de sécurité en racontant un épisode où elle avait été impliquée, allant jusqu'à fournir une indication de lieu et le nom d'une ligne de tram, celle d'ailleurs qui menait à Fives.

C'est à partir de chez les Tribout qu'Estoucha se rendit au rendez-vous de Wawrin. Elle portait une robe en coton bleu ciel rehaussée au col et aux manchettes d'une étroite bande rose saumon, aux pieds elle avait les fameuses socquettes qu'Angèle s'était appliquée à repriser. Une fois encore elle prit le tram B pour rejoindre la gare. Elle y arriva beaucoup trop tôt pour le train de six heures du soir. Il ne lui restait plus qu'à faire du lèche-vitrines dans la rue de Béthune, passe-temps un peu déprimant car les magasins n'avaient pas grand-chose à exposer. Il n'y avait guère qu'un marchand de jouets qui, malgré la pénurie, avait trouvé des artisans qui d'un rien arrivaient à fabriquer un joujou. Évidemment cela lui fit penser à son bébé. Très vite, elle décida de faire un saut à La Bassée puisqu'elle était libre après son rendez-vous de Wawrin, entra dans la boutique et fit l'achat d'un petit lapin en bois ingénieusement articulé. Quand on appuyait sur une baguette il se mettait à sauter et à remuer des deux oreilles. Elle le mit dans son panier de ménagère, il était maintenant temps d'aller prendre son train.

Ni elle ni le lapin n'arrivèrent à destination. À peine avait-elle fait une vingtaine de pas sur le quai que deux hommes s'approchèrent : « Feldgendarmerie. »

Deux autres les rejoignirent aussitôt et lui mirent les menottes aux poignets après lui avoir pris son panier. Ses mains bien haut levées, pour que les gens voient qu'elle était arrêtée, elle fut entraînée vers la sortie. Ils l'emmenèrent au siège de la Feldgendarmerie de Lille, boulevard de la Liberté ! C'était le siège social, pas très fonctionnel, d'une ancienne brasserie, bien dans la tradition du patronat nordiste, une espèce de grande maison de maître entourée d'un petit parc lui-même ceinturé d'un haut mur. Sitôt arrivée, après une fouille et l'inspection de ses vêtements par une femme, les coups commencèrent à pleuvoir. C'était le 6 février 1943, presque quatre ans jour pour jour après sa sortie d'Espagne.

« D'où venez-vous ? Où dormez-vous ? Votre adresse ? Où habitez-vous ?

– Je n'ai pas de domicile.

– Où dormez-vous ?

– N'importe où, souvent dans des granges.

– Vous êtes trop propre pour avoir dormi dans une grange. »

Les papiers qu'elle avait sur elle, fabriqués par Mouni, étaient si manifestement faux qu'il ne servait à rien de prétendre s'appeler Jeanne Dubois. Leurs questions étaient banales, mais il n'était pas question pour elle d'y répondre autrement que par le silence.

Ils continuaient de frapper pour la faire céder et, comme elle se taisait, ils se trahirent : « Et ce revolver que vous avez oublié de prendre ? Qui était celui qui devait vous le donner ? À qui était-il destiné ? »

C'était assez pour que sous les coups elle eût le sentiment de marquer un point. À Provins, ils n'étaient que trois, elle était sûre de celui chez qui la rencontre avait eu lieu, c'était donc le prétendu contact des cheminots qui était le mouchard. D'autres eussent peut-être été abattus, cette déduction lui redonna des forces, la force de se taire et d'affronter le pire. Les coups étaient maintenant devenus torture, cela dura selon ses estimations jusqu'à deux ou trois heures du matin [1]. Dès le matin ils recommencèrent ; coups, pendaison par les poignets, casque électrique jusque tard dans la soirée. Le troisième jour ils continuèrent.

« Le troisième jour l'organisme était déjà très épuisé. La torture s'est prolongée jusqu'à, je crois, quatre heures du matin. De toute manière je ne m'attendais pas de *(sic)* sortir vivante. Dans un moment de lucidité j'ai vu dans la glace qui occupait tout un pan du mur quelqu'un qu'on traînait par les pieds, tête basse, boursouflée et pleine de sang. J'ai eu du mal à me reconnaître, cela n'avait pas d'importance. J'ai compris à cet instant ce que Picasso a voulu exprimer dans son *Guernica* que j'ai pu voir à l'Exposition internationale à Paris en 1937 entre les deux séjours en Espagne républicaine. »

Elle fut mise au secret. La *kalfakt*, la prisonnière qui était chargée de la soupe, malgré la surveillance de l'Allemand qui l'accompagnait put lui dire que, voyant l'état dans lequel les hommes de la Gestapo l'avaient ramenée, le directeur de la prison de Loos leur avait fait

1. Récit d'Estoucha enregistré par Marianne Waysand, une de ses petites-filles, qui l'interrogeait pour participer au « concours de la Résistance des lycées et collèges de France ». Dans ses « petites histoires », Estoucha parle de tard dans la nuit.

signer une décharge, de peur qu'elle ne meure pendant le reste de la nuit. En plus de toutes ses plaies elle avait les tympans crevés, un fémur enfoncé dans l'os iliaque, elle urina du sang.

Pendant les trois jours de torture, le petit lapin en bois ne cessa d'intriguer ses interrogateurs car ils l'avaient pris pour une machine infernale, il fut donc envoyé pour expertise dans un laboratoire spécialisé.

Il y a aussi cet épisode qu'elle n'a pas mis par écrit et dont je ne sais plus quand il a pris place. Étant encore en Belgique, elle avait reçu une carte postale de sa famille en route vers un ghetto ou un camp d'extermination, puisque dès le premier jour de l'invasion de la Pologne les Allemands avaient atteint la région de Kalisz [1]. Apparemment les nazis avaient encouragé ces correspondances pour donner le change. C'était une de ses sœurs qui l'avait écrite, elle lui annonçait que leurs deux parents étaient morts du typhus, le père d'abord, puis la mère qui n'avait pas voulu le laisser sans soin. Estoucha savait que toute sa famille était déjà aux mains des Allemands. Dans l'espoir d'un répit elle finit donc par dire à ses tortionnaires qu'elle était juive, ce qui lui valut des coups supplémentaires. Déclinant son identité véritable, elle précisa aussi tous les noms de ses frères et sœurs. Les gestapistes vérifièrent et ne furent pas convaincus. Tous ses dires étaient exacts sauf sur un point : il n'y avait pas d'Estera Zilberberg à Kalisz. S'ils se sont fondés sur un recensement effectué avant-guerre,

1. Entretien de Théo Richmond avec Henry (Heniek) Kaplan dans *Konin, a Quest*, par Théo Richmond, Jonathan Cape éditeur à Londres, 1995, p. 61. Henry Kaplan est le fils d'un riche propriétaire terrien qui a fait des études de chimie industrielle à Lyon de 1935 à 1939.

c'était cohérent. Cette Jeanne Dubois était vraiment très forte ! Qu'elle ait pu mémoriser toute cette liste était vraiment la preuve qu'elle n'était pas un simple agent de liaison. Estoucha gagna ainsi une petite semaine.

Dans les jours qui suivirent, toujours au secret, elle fut extraite de sa cellule à plusieurs reprises pour des confrontations avec un bon nombre de personnes. Elle répondit toujours qu'elle ne les connaissait pas et ses camarades disaient la même chose. Ils ne se connaissaient absolument pas. Les gestapistes enrageaient mais ne la frappaient plus, à la fin de chaque interrogatoire elle était ramenée dans sa cellule solitaire. C'est elle qui emploie l'expression gestapiste, mais parmi ses interrogateurs il y avait aussi Dubois, un commissaire de police français, comme elle s'en apercevra après la guerre. Sa solitude n'était rompue un bref instant que pour les interrogatoires et le passage de la soupe au guichet. La cellule était en fait un cachot, elle resta privée de promenade pendant les trois premiers mois. À la fin du troisième mois elle fut autorisée à se promener, seule, dans une petite cour entourée de hauts murs.

Quand les douleurs et les névralgies provoquées par ses tortures devinrent moins fortes, son souci fut de ne pas perdre la tête dans cet isolement permanent. Avec je ne sais plus quelle bestiole elle entretint un commerce. Il y eut aussi le traditionnel recours au morse par tuyaux de radiateurs mais les échanges étaient limités. Pour donner le change elle se fit appeler [1], ou on l'appela, *señorita* ; n'avait-elle pas la peau mate ? Finalement, elle eut le droit de lire un ou deux livres de la prison. Dans

1. Selon Marcelle Fossier, qui était alors également à Loos (entretien avec Jean-Marie et Marcelle Fossier le 19 mai 1995 à leur domicile).

les circonstances où elle se trouvait, des Mémoires du chevalier Bayard lui firent grande impression : voilà quelqu'un qui savait monter des embuscades et résister !

Quatre mois plus tard, toujours au secret, elle fut appelée encore une fois pour un interrogatoire dans la prison. Cette fois il y avait une belle table garnie d'un beau plateau de fruits et, tranquillement attablé, celui que cinquante après elle appelle le camarade Germain, le responsable interrégional pour le Nord et le Pas-de-Calais, qui lui assena d'entrée : « Jeanne, c'est fini, il n'y a plus rien à faire. »

Estoucha-Jeanne ne se départit pas de sa ligne de conduite habituelle et se tourna vers le type de la Gestapo.

« Je ne sais pas ce que ce monsieur veut dire, je ne le connais pas, ce doit être une erreur. »

Germain insista pour qu'elle dise tout ce qu'ils faisaient et se mit à citer des noms de camarades. Dans le même temps le gestapiste la colla face contre le mur, le canon de son revolver contre la nuque. Germain continuait son énumération, donnant pour chacun nom, adresse et pseudo de guerre. Estoucha ne pensait qu'à une chose, Germain savait où se trouvait l'enfant, c'est même lui qui chaque mois était chargé de verser la pension à Jeanne et Fernand [1]. Allait-il donner aussi l'enfant ?

Il ne le fit pas. Cette séance inattendue fait partie des deux ou trois épisodes où Estoucha toucha le fond de la détresse. De ses innombrables tortures elle dit seulement qu'elle s'était persuadée qu'elle y laisserait sa peau ;

1. 500 francs par mois d'après Jeanne (conversation téléphonique, août 1995) qui, évidemment, n'étaient déjà plus versés à ce moment-là.

de la trahison de Germain qui épargna l'enfant, elle n'eut jusqu'à la fin de sa vie que ce commentaire qui s'appliquait aussi à un autre épisode où elle n'arrivait pas à discerner le mobile d'un S.S. qui, volontairement ou non – c'était toute la question –, lui sauva la vie.

« Faut-il croire que pour si ignoble que puisse être un homme, il y reste peut-être une toute petite gouttelette d'humanisme ? Je ne sais pas. »

Après la guerre elle apprit le véritable nom de Germain. C'était un pupille de la nation, son père était mort à la guerre de 14. Connaissant l'existence de l'enfant, il est fort probable que Germain ait su qui était son père. Si tel était le cas il ne pouvait manquer d'avoir appris son exécution. Estoucha pensait que c'était ce passé d'orphelin qui avait retenu Germain de donner Jeanne et Fernand qui abritaient un autre orphelin. Plutôt que cette hypothèse qu'elle évoqua souvent pour savoir ce que j'en pensais, c'est son interrogation morale qu'elle a préféré coucher par écrit.

Remise au secret dans sa cellule, au bout de six mois elle eut enfin une consolation, un colis lui fut remis. On l'informa que dorénavant elle avait droit à un colis tous les quinze jours et qu'elle était autorisée à en profiter pour faire laver son linge sale à l'extérieur, qui lui serait rendu la fois suivante. Au contenu du colis, elle comprit qu'il venait de chez les Tribout. À cette bonne nouvelle s'ajouta une trouvaille. À force de fouiner dans tous les interstices de sa cellule, Estoucha avait fini par en extraire une aiguille. Ayant tiré un bout de fil de son drap de couchage, elle broda sur un mouchoir C.V., et sur un deuxième P.G. Les deux mouchoirs partirent dans le colis de linge sale. La quinzaine écoulée elle reçut de retour son linge propre, il y avait toujours P.G. sur un mouchoir et sur l'autre V.B. : Petit Georges Va Bien ! C'était la première fois qu'elle avait des nouvelles de son enfant depuis sept ou huit mois.

Le 30 novembre 1943 au soir, elle fut extraite de sa cellule et conduite dans une autre où se trouvaient déjà deux femmes. Son isolement avait duré deux cent quatre-vingt-dix-sept jours, elle avait subi vingt-six interrogatoires. Comme elle disait : « Ce n'était pas facile, et en plus j'étais toujours au secret. »

Ses trois compagnes de cellule étaient elles aussi des camarades et, comme toutes les prisonnières, étaient inquiètes quand Jeanne Dubois était appelée pour interrogatoire. Elle sentit un besoin irrépressible de leur parler, de les mettre au courant, pour une fois de ne pas se taire.

« Et j'ai parlé, j'ai parlé et à un moment donné j'ai entendu un ronflement discret des deux personnes. Il y avait déjà bonne lurette qu'elles devaient dormir. Il faut dire que pendant dix mois je n'avais pas à qui parler. Le lendemain j'étais complètement aphone. »

Le lendemain, 1er décembre, c'était le départ pour l'Allemagne, la raison pour laquelle, *in extremis*, son isolement avait été rompu. Tôt le matin, elles étaient une trentaine alignées cinq par cinq dans le hall de la prison. Elles entonnèrent *Ce n'est qu'un au revoir*, *La Marseillaise* et *L'Internationale*. Les coups commencèrent à pleuvoir dru quand l'ordre de marche retentit. Il y avait un tram qui les attendait devant la prison. Un rang d'hommes est également sorti de celle-ci. Germain était parmi eux.

Dans le tram, près de l'entrée, à gauche, il y avait un siège à une place, c'est Germain qui l'occupa. Personne ne le regarda, personne ne lui parla tandis que pour tous les autres ce n'étaient que rires et larmes de joie de se retrouver vivants. Pour Germain, la solitude commençait. Il ne revint pas d'Allemagne. Je crois qu'il mourut au camp.

# XII

Pendant l'année qui suivit leur départ de Loos, elles furent déplacées de prison en prison. La première fut celle de Saint-Gilles, banlieue bruxelloise où Estoucha et Mouni avaient voulu se marier. La prison de Saint-Gilles est comme un énorme citadelle au sommet d'une colline. Plus d'une année auparavant, le 28 septembre 1942, une amie qu'Estoucha avait connue au lycée à Kalisz et qui était restée en Belgique, Sophia Poznanska, s'y était pendue pour échapper à de nouvelles tortures. Sophia était « pianiste », c'est-à-dire opératrice-radio de l'Orchestre rouge, le réseau d'espionnage antifasciste au profit de l'Union soviétique.

Leur deuxième halte fut la prison d'Essen, qui fut prise sous un bombardement pendant leur passage. La rumeur courut que, profitant des dégâts, des hommes réussirent à s'échapper. Dans la cellule d'Estoucha aucun mur ne fut percé, seuls des éclats de verre tapissaient le sol. Le lendemain matin elles furent évacuées par autocar. En longeant les usines elles constatèrent que les aciéries Krupp n'avaient apparemment pas souffert de ce bombardement, les hauts fourneaux étaient intacts.

Leurs conditions d'emprisonnement avaient jusque-là été correctes, ce fut tout autre chose à la prison suivante, celle de Mesum, qui ressemblait à un petit camp. Elles y furent enfermées dans un vaste dortoir qui comprenait dix lits à deux niveaux. Il y avait de l'espace car elles n'étaient que dix-huit ou vingt. La couchette assignée à Estoucha n'avait pas de matelas, on alla lui en chercher un. C'était, comme pour les autres, un sac de paille. Sitôt couchée, elle sentit une odeur étrange et une humidité tenace monter du matelas mais, très fatiguée, elle s'endormit. À son réveil elle se découvrit une très forte fièvre et des poux grouillaient dans ses cheveux. Le règlement voulait que chacune se tînt au garde-à-vous quand la gardienne-chef, surnommée « trois étoiles » à cause de son uniforme, entrait dans la cellule. « Trois étoiles » remarqua dès le seuil qu'une des détenues était alitée. Elle exigea qu'elle se lève. Les copines d'Estoucha se mirent à protester, disant qu'elle avait beaucoup de fièvre et qu'elle ne tiendrait pas debout. Cela ne fit guère d'effet. Estoucha se mit alors à parler.

« Je suis étudiante en médecine, interne des hôpitaux. Dans l'intérêt même de cet établissement pénitentiaire je conseille de brûler tout de suite ce matelas qui est pourri et plein de poux. Deuxièmement je demande qu'on nous apporte un peigne fin pour enlever le gros des poux. Troisièmement je demande à être isolée pendant sept jours pour ne pas contaminer les autres tout en ayant la possibilité d'avoir une lotion antipoux pour tuer poux et lentes. »

Tout cela débité en allemand, avec la demande d'isolement volontaire stupéfia la gardienne-chef qui écouta en silence. « Trois étoiles » se retira et satisfit aux demandes. Le matelas fut retiré, avec le peigne fin une copine d'Estoucha récupéra cinq ou six dizaines de poux mais il y en avait encore. Elle fut, comme elle l'avait demandé, isolée. On la mit dans un cachot mais elle ne fut pas maltraitée et reçut la même nourriture que les autres détenues. La semaine écoulée, on lui fournit un bon savon avec lequel elle put se laver les cheveux, et elle retourna dans le dortoir où un matelas sec et propre l'attendait.

Ce ne fut qu'un répit, de Mesum elles furent transférées à Gross-Strehlitz. Dans cette nouvelle prison, les gardiens ne les appelaient que *schmutzige Franzosen* (sales Françaises), colportant une injure que les Françaises apprirent à recevoir, même parfois de la part de codétenues. À Mesum, tous les lits étaient envahis de poux et de punaises. Elles protestèrent et obtinrent de l'eau javellisée très chaude avec laquelle elles lavèrent et brossèrent tous les recoins de leurs cellules.

« Les *schmutzige Franzosen* voulaient montrer qu'elles pouvaient encore donner des leçons d'entretien et d'hygiène aux femmes de seigneurs de la " race supérieure ". »

Le séjour à Gross-Strehlitz fut court, en mars 1944 elles furent transférées à Kreuzbourg.

Kreuzbourg, comparé à tout le reste, n'était pas si mal. On y mangeait bien mieux qu'à Loos. Deux semaines avant sa mort, Estoucha, qui sentait sa fin proche, rompait de temps à autre notre silence fusionnel pour, une dernière fois, faire le point.

« La nourriture était meilleure qu'à Loos, on avait affaire à l'administration pénitentiaire traditionnelle, ce n'étaient pas tous des nazis. »

La directrice était jeune, elle ne portait pas d'uniforme, elle avait fait des études aux États-Unis, ce qu'Estoucha ignorait [1], elle affichait un comportement libéral. Le groupe des francophones, depuis les communistes jusqu'aux membres des réseaux anglais et gaullistes, recouvrait un large éventail social. Beaucoup de femmes de mineurs du Nord et du Pas-de-Calais, mais aussi des employés, pas mal d'étudiantes, au moins un professeur de lycée, trois Belges de la noblesse dont deux étaient très proches de la cour royale, une comtesse française et une cantatrice de la Monnaie de Bruxelles. Les journées étaient occupées à des travaux extérieurs, souvent des travaux agricoles. C'était l'occasion pour Estoucha de faire l'éducation politique des jeunes femmes qui étaient avec elle [2]. La plantation des carottes fut menée sans excès de zèle. Les oignons plantés étaient soit mangés, ce qui faisait pleurer les détenues une bonne partie du temps, soit enterrés tête en bas. Ces menus gestes de sabotage entretenaient leur moral, mais les détenues n'imaginaient pas qu'elles resteraient suffisamment longtemps pour avoir à faire aussi la récolte de ce qu'elles avaient semé. Le soir, la directrice, mélomane, organisait parfois des concerts et accompagnait elle-même la cantatrice au piano. Les détenues pouvaient y assister, elles avaient également le droit de recevoir des livres de la bibliothèque de la prison. C'est là qu'Estoucha lut pour la première fois les *Chroniques italiennes* de Stendhal dans une traduction allemande.

Un jour du printemps 44 elles furent envoyées à des travaux de terrassement sur un terrain assez étendu. Au retour elles croisèrent une colonne de prisonniers

1. Entretiens avec Cécile Dupont-Hermey le 10 février à son domicile et le 6 septembre 1995 par téléphone.

2. Cécile Dupont-Hermey, qui a passé de longues années dans

anglais qui les informèrent qu'on les faisait travailler à l'édification d'un terrain d'aviation et qu'elles devaient refuser ce travail. Elles en discutèrent le soir, les communistes proposaient de déclarer la grève, les autres étaient d'accord.

Le lendemain matin quand elles furent mises en rangs pour la sortie, Michaud [1], une dirigeante des jeunesses communistes du Nord et du Pas-de-Calais, prit la parole pour refuser au nom de toutes les travaux de terrassement. Une deuxième femme s'avança, une étudiante belge qu'elles appelaient le Titi bruxellois, pour dire la même chose, la troisième fut Estoucha.

Leur argumentation était simple : la Convention internationale de La Haye interdit aux belligérants de faire travailler les prisonniers de guerre à des fins militaires. Elles étaient des prisonnières de guerre, la loi leur interdisait de faire ce travail. Voulait-on qu'on leur fasse préparer un terrain d'où s'envoleraient des avions qui iraient tuer leurs compatriotes ? Elles refusaient et on pouvait poser la question à chacune, toutes étaient d'accord pour le refus catégorique.

Devant ce vent de révolte inattendu, la panique s'empara de la directrice et des gardiennes. Elles furent repoussées dans leurs cellules et fouillées minutieusement. Perdant son contrôle, une gardienne dévoila la raison de cette panique : « Si vous vous êtes mises en grève c'est parce que vous savez que les alliés ont débarqué très tôt ce matin. »

La nouvelle fit le tour de la prison et les fortifia dans leur détermination. C'était en effet le 6 juin 1944.

un couvent, dit avec malice : « Elle était tout le temps en train de les catéchiser dans les voies qui étaient les siennes. »

1. C'était le pseudonyme de Madeleine Vincent.

Toutes furent mises au régime du cachot, mais comme il n'y avait que deux vrais cachots, elles furent consignées dans leurs cellules. Seules Madeleine Vincent et la Titi bruxelloise occupèrent les cachots. Quinze jours plus tard, quand elles sortirent, ce fut le tour d'Estoucha d'y aller deux semaines.

On y accédait par un souterrain. Le cachot était fermé par une lourde porte en bois massif, doublée un mètre plus loin par une grille en fer forgé très épais. La porte et la grille avaient chacune des serrures de sécurité. Derrière cette double porte, c'était le cachot proprement dit que n'éclairait qu'une mince fente fenêtrée, tout en haut près du plafond. Pendant la promenade quotidienne des autres prisonnières Estoucha n'apercevait que le déplacement de leurs pieds. Sa nourriture était réduite à une tranche de pain noir et un demi-litre d'eau, chaque goutte devenait précieuse.

Comme à Loos, en inspectant sa cellule elle eut à nouveau la chance de trouver une toute petite épingle à tête. Il lui revint alors en mémoire que dans la vitrine à bibelots des Dwolaïtski à Bruxelles il y avait de minuscules sculptures faites par des détenus politiques des prisons de Pilsudski, en réalité des modelages en mie de pain mâchée. Pas grosse mangeuse de pain, elle en mit un peu de côté et se consacra tout entière à cette besogne. À la fin de la quinzaine elle en avait toute une collection, elle avait aussi une avitaminose des paupières. Elle fit cadeau d'une partie de ses sculptures à ses amies, en gardant quelques-unes pour elle avec, en prime, son avitaminose. Aucune des détenues n'était retournée au terrain d'aviation, on les employait uniquement aux travaux agricoles. Pendant son séjour au cachot, Michaud avait été jugée sans qu'elle soit appelée à comparaître. Elle avait été, leur avait-on dit, « libérée » et emmenée dans un endroit où il y avait des prisonnières de différentes nationalités. Le nom de cet endroit ne leur disait rien, elles allaient bientôt le connaître. Quand elles s'étaient mises en grève, la directrice avait à un moment lâché : « Vous ne savez pas ce que vous faites, vous ne savez pas où on va vous envoyer. »

Sur ce dernier point elle avait raison, le 1er décembre 1944 elles arrivèrent devant le portail de l'endroit. Il s'appelait Ravensbrück.

# XIII

Ravensbrück. Quand elle s'était définitivement arrêtée de travailler, je lui avais naïvement conseillé de mettre ses souvenirs par écrit.

Ravensbrück. Ce furent les dernières pages qu'elle rédigea, d'une traite, en caractères bien formés pour que nous ne nous méprenions point sur les noms. Elles furent écrites en deux jours, les 2 et 3 mai 1992, sans relecture ni souci d'expression, n'était-ce pas seulement pour quelques proches ? Presque un demi-siècle après y être arrivée.

Les dernières années, c'est en mai qu'elle avait pris l'habitude de s'apprêter à quitter Paris pour aller dans le Jura retrouver Roland, son ami. Après quelques jours passés là-bas, ils partaient pour le Midi. Sachant que nous n'allions pas nous voir dans les mois qui venaient, je passais donc chez elle plus souvent pendant la paire de semaines qui précédait son départ. C'est ainsi que fin avril, début mai 92, tandis qu'elle mettait par écrit ses bribes de souvenirs, je ne pouvais m'empêcher d'un jour à l'autre de la trouver plus fatiguée, plus déprimée aussi, sans que me vienne à l'esprit que c'était peut-être la conséquence de ce à quoi elle s'employait. Lâchement, dans nos conversations, je mettais cela sur le compte d'un hiver difficile, pas si mauvais que cela en vérité. Déjà, de temps à autre, j'essayais de me faire à l'idée que dans quelques années elle ne serait plus là, sans être pour autant capable d'imaginer ce qui se passerait alors.

Ce qui se passe ? Tous les jours j'ai pensé à Ravensbrück où je n'ai jamais mis les pieds. Plus précisément, pas un jour sans évoquer ce mot,

Ravensbrück,

et rester frappé de stupeur ou d'hypnose, comme on voudra, mais exactement le contraire de penser. Écrire un seul mot à ce propos fut impossible des mois durant. Un soir je compris que ce blocage durait depuis aussi longtemps qu'elle était restée au camp et que je pouvais peut-être maintenant essayer de m'y remettre, sans être sûr pourtant d'en avoir le droit. D'avoir fait ce parallèle, une honte immédiate m'envahit. Comme si la seule chose que je pouvais faire c'était de continuer son silence, comme si d'écrire pour essayer de maintenir la trace de cette expérience, c'était tricher, puisque la monstruosité de ce qui s'y est accompli interdit la parole.

Un autre soir l'idée me vint qu'une partie de mes difficultés à aller plus loin, c'est-à-dire à parler de Ravensbrück, tenait à sa dernière joie que je n'oublierai jamais, l'arrivée d'une lettre quelques jours avant sa mort. Cécile Dupont-Hermey, une déportée dont elle ne se souvenait pas, y donnait des nouvelles d'une compagne du camp, Dédé de Jongh qui, en revanche, lui avait laissé un vif souvenir. Que cette lettre, si chaleureuse, fût la dernière est un hasard ; qu'Estoucha qui était si secrète ait tenu à m'en parler aussitôt, n'en est pas un. Cette volonté de m'apprendre encore, avant de partir, quelque chose à propos du camp, m'émeut plus que la simultanéité inattendue de cette lettre-écho de Ravensbrück avec sa mort. Sa joie avait été d'apprendre que cette Dédé de Jongh, dès son retour du camp, était partie en Afrique se consacrer aux lépreux et y était restée trente ans.

« De Dédé ça ne m'étonne pas, c'était vraiment quelqu'un de bien. » Dédé, dont elle ne m'avait rien dit jusque-là, devait donc prendre place dans ce que j'avais à retenir du camp. J'ai su depuis que c'est Dédé et elle qui s'ingéniaient, quand c'était possible, à organiser des causeries pour lutter contre l'abêtissement.

Ceci aussi qui, malgré les apparences, n'est pas sans rapport : l'interdit de représenter Dieu ; un des rares dogmes qui m'ait toujours paru digne d'intérêt. Un dogme pas trop difficile à satisfaire pour un athée puisque son respect laisse logiquement en suspens la question de l'existence de Dieu. Charme de l'ignorance d'un autodidacte en matière religieuse, je suis incapable de dire si je connaissais cet interdit quand j'ai lu pour la première fois, je ne sais plus en quelle langue, le fameux développement d'Adorno sur l'impossibilité de l'art après Auschwitz. Le résultat de cette confusion c'est l'intériorisation de la proposition d'Adorno comme un dogme parallèle à l'interdit de représenter Dieu : ni dieu ni camp. Pendant longtemps, sans autre effort de réflexion que la stupeur d'être tombé sur ce jugement radical, je tins cette maxime pour acquise... et j'y trouvais une raison supplémentaire de ne pas penser l'impensable et l'irreprésentable. Ce pharisaïsme drapé d'intransigeance m'était confortable. Pas un seul instant je n'ai songé à le lui faire partager ; au contraire je lui ai conseillé d'écrire. Commerce douteux de notre génération : aux aînés le témoignage, à nous le jugement.

J'avais complètement sous-estimé la difficulté que pouvait représenter pour elle ce travail de retour sur soi qui lui avait rendu encore un peu plus aiguë la conscience du caractère extraordinaire de sa survie. Maintenant, je devine un peu ce que cela lui a coûté et je suis sûrement loin du compte.

À Ravensbrück, quatre-vingt-douze mille femmes perdirent la vie sur les cent dix-sept mille environ qui y furent envoyées. Pourtant, Ravensbrück n'est pas Auschwitz-Birkenau. Aurais-je tenté ce travail d'écriture avec elle, je n'aurais pas pu ignorer ce que représentait de douleurs renouvelées ce retour pour aller chercher très loin et très profond ce qu'elle avait volontairement laissé derrière elle. Toutes choses que je n'ai mesurées que depuis, et seulement à mon aune, pas à la sienne. Écrire avec elle aurait peut-être rendu sa tâche plus facile, mais cette écriture en commun, dont j'avais caressé l'idée des années auparavant, m'était apparue impossible. Outre tout ce qui nous séparait en nous unissant, Estoucha maniait une ironie un peu lourde pour tenir tout ça à distance. Je ne me sentais ni la capacité ni le droit de faire de l'esprit à ce propos ; son ton me faisait mal, même si je comprenais pourquoi elle y avait recours. Ainsi, à un médecin, collègue de travail qui, il y a bien longtemps, lui apprenait qu'il avait un lien de parenté avec Marie-Claude Vaillant-Couturier, avait-elle répondu : « Nous avons été dans le même hôtel en Allemagne. »

À ses camarades de block qui pendant des dizaines d'années s'étonnèrent de ne pas la voir participer aux activités de l'amicale de Ravensbrück, elle répondait qu'elle avait trop de travail, mais elle me répétait à l'occasion : « Je ne veux pas être une ancienne combattante. » Et à Colette Cieslak, qu'elle avait connue au camp, elle disait encore plus crûment à chacune de leurs rencontres : « Je ne veux surtout pas radoter comme les anciens combattants [1]. »

Venant d'elle, il fallait le prendre dans un tout autre sens qu'au pied de la lettre. La camaraderie des anciens d'Espagne, presque tous des hommes d'ailleurs puisqu'elle était restée peu de temps dans les services sanitaires, lui était précieuse et elle l'entretenait. En les retrouvant chaque année, elle ne se sentait nullement gênée de partager un repas avec des anciens combattants. S'agissant du camp c'était différent. Pendant une dizaine d'années elle s'abstint même de cotiser à l'Amicale des anciennes de Ravensbrück. Tout en maintenant individuellement des contacts étroits avec d'anciennes déportées, elle faisait tout pour ne pas être identifiée à cette seule condition. Ce ne fut pas le cas pour certaines de ses amies qui ne se sortirent jamais de ce qu'avec d'autres elle appelait, d'une étiquette médicale un peu méprisante, « la sinistrose du déporté ».

Elle avait tout fait pour s'en éloigner, pour m'en éloigner, pour m'en protéger. Combien de fois, exemples à l'appui, elle insistait : « Tu sais, il nous arrivait de rire au camp. »

Tant qu'elle vivait, tout cela a tenu, mais déjà, si peu de temps après sa mort, je ne me souviens même plus d'une seule de ces anecdotes où « elles avaient ri au camp ».

De toutes ses forces elle avait refusé la condition de victime. Défiler en tenue de déportée, comme cela se faisait encore au début des années 60, était pour elle

1. Colette (Séverine) Cieslak (Guénégou), entretien le 25 janvier 1995 à Sarcelles.

hors de question. D'ailleurs, quand elles arrivèrent à Ravensbrück, il y avait belle lurette qu'on ne distribuait plus d'uniformes rayés, que les plates-bandes qui entouraient les baraquements à la création du camp avaient disparu sous le piétinement de dizaines de milliers de femmes qui, en moyenne, n'y survivaient que quelques mois.

En même temps qu'elle voulait m'en protéger, elle savait bien qu'entre nous « le camp », comme elle disait, avait toujours été là. Cet article défini, après la guerre, vous mettait à l'écart du monde. C'était l'époque où on disait « le parti » et tout le monde comprenait de quoi il s'agissait. Dire « le camp » quand les autres disaient « les camps » établissait une barrière invisible. Cette barrière ne s'est jamais affaiblie. Pour les camps soviétiques nous avons tous dit « le goulag ». Pour une minorité, le camp, lui, est resté le camp. Il n'a jamais été le KZ alors que les témoignages des déportées sont pleins de mots allemands qui ont presque tous un équivalent évident en français. Jamais le camp n'y est appelé le KZ, pourtant le KZ c'est le camp.

KZ, c'est au début des années 80 que, pour la première fois, j'ai entendu ce sigle. Ayant atterri à Munich, j'avais pris un taxi pour gagner le laboratoire où j'étais attendu. À un carrefour, le taxi a ralenti. Sans que j'y prisse garde, mon attention, flottante jusque-là, se fixa sur un panneau indicateur. En noir sur un fond jaune, il y avait six lettres : Dachau. Ce retour du passé dans ce moment d'entre-deux m'a sorti de ma torpeur. Personne ne m'avait dit que Dachau était une banlieue de Munich, je me sentis agressé. Le paysage d'hiver n'avait plus d'importance, il n'y avait plus qu'une seule question : que voulais-je, au juste ? Il me fallut pas mal de temps pour formuler une réponse. J'avais du mal à admettre que je voulais deux choses à la fois : que cette grande banlieue garde son nom mais que rien n'indique sur un mode neutre et innocent qu'elle existe.

À l'occasion d'un autre séjour à Munich, le physicien qui m'avait invité et sa femme, deux Juifs américains qui y vivent à demeure, me dirent comment aller par le train au camp de Dachau. Dachau, avant Hitler, était à Munich ce que Barbizon fut à Paris, un refuge d'artistes.

« Quand tu arrives au bout du passage souterrain qui passe sous les quais de la gare, suis les flèches KZ, elles te conduisent à la ligne régulière d'autobus qui passe près du camp. »

Dans le bus, à côté du chauffeur, dans le coin droit du pare-brise, la direction était aussi indiquée sur un petit volet de bois pivotant autour d'un axe horizontal. Dès qu'il eut démarré, le chauffeur a rabattu d'un coup sec la petite planchette sur laquelle était écrit « KZ Dachau », comme il le fait une dizaine de fois par jour pour remplacer l'indication KZ par celle du terminus de la ligne qui est bien au-delà. Ce geste anodin, je ne l'ai pas oublié. Pour les passagers d'aujourd'hui, Dachau n'est pas le terminus, n'y descendent que ceux qui le veulent.

De Ravensbrück il ne reste, paraît-il, rien. Dès 1945, les Soviétiques, pour établir un casernement, rasèrent tout ce qui s'y trouvait sauf le mur extérieur, le bunker et le crématoire au bord du lac. Après la chute du mur de Berlin ils partirent, il s'en est alors fallu de peu qu'un supermarché s'y installe.

De Ravensbrück il ne reste rien, mais les maladies soudaines qui pendant des années la ravagèrent et la mettaient dans l'incapacité de se lever, les cauchemars qui durèrent jusqu'à la fin, même s'ils étaient plus espacés, je savais que c'était à cause du camp. Autour de nous, dans le monde étroit où nous avons longtemps vécu, avoir été au camp était presque une banalité. Ce n'était pas la même pour chacun, il fallait donc bien qu'elle m'en parle. Un peu, mais pas trop. Le camp était entre nous un silence partagé. Est-ce pour continuer encore à le partager que je ne voulais pas écrire tout en repensant si souvent au camp ?

En dehors de ce qu'elle me disait, il n'y eut pendant longtemps rien d'autre à quoi je puisse me raccrocher, juste de temps à autre quelques clichés, des brochures. L'exaltation du courage, de la solidarité et de l'héroïsme y étaient mis au premier plan ; mais c'étaient les mêmes mots qu'on employait à propos de la Résistance. Sans savoir vraiment ce que c'était, je savais bien que le camp c'était autre chose. J'avais vite compris que, partout, le camp était, sinon une parole interdite, au moins une parole socialement malvenue, écartée. Même aujourd'hui il n'est pas difficile de constater qu'évoquer le camp en dehors de figures convenues dérange, est mal élevé. À l'école, puis au lycée, les leçons d'histoire s'arrêtaient aux lendemains de la guerre de 14 ; entre élèves quand nous parlions de la guerre, c'était pour qu'ils me racontent combien leurs parents avaient eu faim. Je me taisais sans que cela me crée de problème, leur monde n'était pas le mien. J'en avais tellement pris mon parti que je fus tout surpris, voici une vingtaine d'années, de voir qu'une amie partie en Israël avait assez systématiquement collecté tout ce qui se publiait sur l'extermination et se consacrait entièrement à l'étude du cinéma nazi. Finalement, du camp je ne sais presque rien, mais je crois en avoir toujours eu une conscience diffuse, obscure, noire.

Noire, dans les deux sens de l'adjectif. Noire comme ces régions de l'univers où tout ce qui y parvient est englouti pour n'en jamais plus sortir sous quelque forme que ce soit ; noire aussi comme la matière noire, celle qui est manquante, celle qu'on n'a pas su détecter alors qu'on sait, indirectement, qu'elle existe. Le camp, c'est noir dans ces deux sens-là, tout y fut englouti et c'est toute une humanité manquante.

De temps à autre Estoucha parlait du camp, un peu plus dans les dernières années, mais elle le faisait aussi quand elle travaillait encore. Je ne me souviens pas d'avoir pris souvent l'initiative d'en parler avec elle. Même quand je fus en âge de poser des questions plus substantielles, je ne m'en sentis pas le droit. La moindre question, le fait même de demander « pourquoi ? » ou « comment ? » m'était obscène parce que toute interrogation semblait lui reprocher d'être la messagère, porteuse de mauvaises nouvelles, d'y avoir, contre toute logique, survécu. Antonina Nikiforova, médecin comme elle, détenue soviétique travaillant au Revier de Ravensbrück [1] y fut le témoin de nombreuses sélections pour la chambre à gaz. « L'idée de notre faute involontaire nous opprime : elles sont mortes et toi tu vis [2]. »

Elle ajoute aussitôt comme le faisait sans cesse Estoucha : « Il faut chasser ces pensées, il faut vivre, il faut lutter. »

1. « Infirmerie » du camp, en fait mouroir.

2. Antonina Nikiforova, *Plus jamais, Ravensbrück. Une Soviétique à Ravensbrück,* préface de Marie-Claude Vaillant-Couturier de 1957, traduction du russe par Stella Ajzenberg de *Eto nie doljno povtoritsia,* Éditions en langues étrangères (Moscou), pas d'indication de date, p. 143. Dans ce court texte de souvenirs, Mlle Koury

Vivre et lutter ? Pourquoi pas ? Pour nous qui venons après, ces injonctions n'ont de sens que si nous savons rester au plus près de cette idée monstrueuse de la faute involontaire. Saurons-nous nous tenir sur le fil étroit entre l'impossibilité de la parole et l'intériorisation de ces crimes que nous n'avons pas commis pour reculer le moment où ils ne seront plus qu'un pur objet d'interprétation ? Rien n'est moins sûr, ce qui est certain c'est que dans peu d'années, les survivantes de Ravensbrück auront toutes disparu. Il n'y aura plus de témoin aux souvenirs imparfaits ; la honte d'avoir à leur poser des questions disparaîtra avec elles. Nous devrions savoir, nous savons rarement, et ce que nous savons n'est pas le plus important. C'est leur expérience qui compte ; elle ne se partage pas, elle ne se transmet pas ; nous n'aurons plus que la mémoire de la mémoire et ces exercices transitoires que sont l'interprétation historico-sociale et l'interprétation tout court [1]. Nous aurons des réminiscences quand il faut maintenir une reviviscence [2].

Le crime contre l'humanité est propre à celle-ci, pas au règne animal. La systématique de la barbarie des camps n'a pas besoin de bestialité individuelle, ce qui permet à des gens ordinaires qui se contentent d'obéir

désigne Germaine Tillion dont la mère mourut à Ravensbrück. Christian Bernadac, *Le Camp des femmes Ravensbrück (Les Mannequins nus,* t. II), Paris, éditions France-Empire, 1972, p. 193, cite Nikiforova et donne 1958 comme date de publication.

1. Dans son entretien avec Anna Bravo et Federico Cereja, Primo Levi dit lui aussi son agacement devant la substitution de l'interprétation au témoignage à propos des ouvrages de Charles Bettelheim. Primo Levi, *Le Devoir de mémoire,* traduit de l'italien par Joël Gayraud, Paris, éditions Mille et Une Nuits, 1995, pp. 50 et 51.

2. Selon la belle expression de Nicole Lapierre, *Le Silence de la mémoire,* Paris, Plon, 1989.

aux ordres de devenir les rouages de l'extermination. Ce dont les déportées furent victimes a été reproduit. Le « Plus jamais ça » qu'après les survivants des tranchées de 14, celles et ceux qui sont revenus des camps avaient cru pouvoir reprendre et faire leur, ne peut plus être prononcé, malgré elles, malgré eux. Trop de crimes commis depuis, trop de nouveaux crimes qui effacent l'ancien pour ceux qui ne veulent pas savoir.

En décembre 1944, les abords de Ravensbrück, à quatre-vingts kilomètres de Berlin, étaient encore avenants : « grandes allées goudronnées, bois de sapins, agréables constructions – brusquement on tourne à gauche et on descend vers une cuvette noirâtre qui n'a plus rien d'attrayant – on pressent de nombreux baraquements appelé blocks. Nous franchissons la barrière sous le feu des regards hostiles des S.S., nous sommes parquées sur le boulevard de la Morgue en attendant de passer à la désinfection [1]. »

Dès cet instant Estoucha put mesurer l'écart entre l'interprétation socio-historique, le savoir objectif et l'expérience concrète. Depuis dix ans, dans les cercles d'étudiants, au parti belge, elle avait entendu parler des camps. Ce qu'elle vit dès les premiers moments dépassait de loin tout ce qu'elle imaginait. Sa stupéfaction fut totale mais son expérience ne fut pas singulière, tous les antifascistes qui arrivèrent dans un camp firent la même.

« C'est parce qu'un être humain ne pouvait pas

1. Cécile Hermey, aujourd'hui Dupont-Hermey, témoignage écrit en juin 1945 pour être lu devant ses élèves de philosophie dans une institution catholique de Roubaix, avec quelques corrections manuscrites portant sur quelques dates faites en 1995 sur la photocopie dont je dispose. Cécile avait fait la connaissance d'Estoucha à Kreuzburg.

s'imaginer que ses semblables avaient pu organiser de telles horreurs.

« Nous traversons le portail du camp surveillé par des sentinelles. On voit des femmes aux cheveux coupés au ras du crâne, aux yeux hagards, au regard très particulier. Certaines portent des vêtements à rayures, d'autres une sorte de haillon avec une croix en X en peinture blanche qui occupe toute la longueur du dos. On nous aligne devant un bâtiment où nous resterons à attendre (quoi ? nous ne savons pas) des heures et des heures. Nous avons encore nos vêtements et balluchons avec nos affaires personnelles. J'ai encore mes chefs-d'œuvre de sculpture du cachot de Kreuzburg. Une prisonnière du camp s'approche de moi et me fait comprendre que mon foulard lui plaît et qu'elle me donnera du pain si je le cède. Je la regarde avec des yeux tellement étonnés qu'elle n'insiste pas, elle doit saisir que je suis encore une bleue et elle s'en va en lançant : " De toute manière on te prendra tout. "

« De loin on aperçoit venir un chariot tiré par une femme. Quand il s'approche de nous on voit s'échapper de la voiture tantôt un bras, une jambe, tantôt une tête ! Le chariot est plein de cadavres de corps humains. Dans les rangs de notre groupe des cris d'épouvante, des femmes tombent évanouies, on croit vivre un cauchemar. Non ! ce n'est pas vrai, ce n'est qu'un horrible rêve qui disparaîtra une fois réveillées. Mais cela doit être la réalité quotidienne de cet endroit car les prisonnières du camp paraissent passer indifférentes à cette apparition ou tournent la tête pour ne pas la voir. »

Je reproduis ces lignes tout en sachant qu'elles soulèvent aujourd'hui plus de curiosité que d'horreur. Qui n'a pas regardé ces photos où une voiture à bras est pleine de cadavres ? De les avoir tant vues et d'avoir vu peut-être plus souvent encore celles de gosses africains souffrant de malnutrition, nous nous sommes accoutumés à l'apparence des corps humains mourant de dénutrition. Les images, comme les travaux des historiens, sont objectivantes et réductrices. Les savoirs disponibles rabotent le dégoût qui devrait s'en dégager, la représentation renouvelée des crimes engendre notre indifférence.

« Nos premières visions du camp : les cadavres qu'on amène au crématoire, la scène de désespoir d'une mère devant le cadavre de sa fille, le défilé interminable des femmes, rangées cinq par cinq, qui se rendent au travail – leur costume invraisemblable me fait penser aux représentations qu'on se fait ordinairement des lépreux au Moyen Âge. Leurs visages abrutis nous en disent long [1]. »

Elles restèrent douze heures debout sur le boulevard de la Morgue. Plus tard elles apprirent qu'elles avaient eu de la chance, c'était peu comparé à d'autres convois.

Finalement, on les laissa entrer pour la désinfection qui commençait par la coupe des cheveux. Dans le groupe d'Estoucha, des femmes du Nord reconnurent alors immédiatement celle qui faisait la coupe : Martha Desrumeaux, pasionaria des corons qu'on donnait pour morte [2]. Dans ce désastre c'était un réconfort. Martha, tout en demandant des nouvelles du pays, les prévint de faire semblant de ne pas se connaître. Leur conseillant

1. *Idem.*

2. Martha Desrumeaux avait été secrétaire départementale pour le Nord de la C.G.T., elle assura les liaisons entre le P.C.F. et la représentation du Komintern à Bruxelles. Arrivée environ trente mois avant, elle avait un numéro dans les 9 000. Elles reçurent des numéros dans les 89 000.

de ne pas paniquer, elle les avertit de ce qui les attendait. Elles allaient être dépouillées de leurs vêtements, mais dans la nuit qui venait la « solidarité » leur ferait parvenir des vêtements chauds avant l'appel du lendemain matin. Estoucha hérita d'une petite robe décolletée à manches courtes s'arrêtant au-dessus des genoux. Il faisait, écrit-elle, moins 28 degrés. D'où tenait-elle cette précision ? Je n'en sais rien, mais elles sont nombreuses à rapporter des températures de cet ordre cet hiver-là [1]. Elle avait les cheveux courts, Martha n'eut pas à les lui couper. Au pas de course, elles furent dirigées vers le block de quarantaine, le block 26 [2].

Dans la nuit, comme l'avait annoncé Martha, des vêtements plus chauds marqués d'une croix blanche dans le dos arrivèrent.

Combien de temps restèrent-elles en quarantaine ? Je ne le savais pas, d'ailleurs elle avait oublié cet épisode. Ce que j'ai toujours su, c'était le numéro du block qui, à la sortie, leur fut assigné. En revanche, jamais elle ne m'indiqua son numéro de matricule [3].

Quand, après sa mort, pour la première fois j'en ai

1. Éliane Le Rolland-Lenoir, qui fut aussi au block 32, dans ses souvenirs d'internement et de déportation évoque « un énorme thermomètre de pharmacie que les S.S. avaient placé sur leur baraque » qui marquait – 35 certains jours de l'hiver 1944, dans *Les Cerises de la liberté*, A.D.I. F F.N.DI. R. 14, rue Agricol-Perdiguier, 84800 Avignon, 1995, p. 60.

2. Estoucha parle du block 32, celui dans lequel elle séjourna. Cécile, qui est arrivée avec elle de Kreuzburg, parle, dans son texte de 1945, du block 26 et elle est sûre d'y avoir été avec Estoucha « parce qu'elle m'avait fait des remarques sur la capacité des Polonaises de lancer des malédictions quasi bibliques : “ Je voudrais avoir des chiens enragés pour les lancer à vos trousses. ” » (Lettre de Cécile du 15 mars 1996.)

3. C'est par Colette Cieslak (matricule 86 813), qui était arri-

entendu parler, la quarantaine m'a paru invraisemblable. Mettre en quarantaine des gens promis à la mort ? Encore une fois c'est moi qui n'y comprenais rien en voulant rationaliser à tout propos. La quarantaine, c'était pour protéger les geôliers, pas les prisonnières. En août 41, les S.S. avaient craint pour leur vie à cause d'une épidémie de paralysie infantile qui s'était répandue dans le camp [1]. Mais en décembre 44, le surpeuplement engendré par la débâcle était tel que leur quarantaine ne dura que quelques jours ; ça n'était plus qu'un passage pour compléter la mise en condition. Elles étaient au block 26, celui qui se trouvait juste à côté de « la tente », en fait un chapiteau installé l'été précédent à l'emplacement d'un block qu'on n'avait pas pu construire, tant le sol était marécageux – Ravensbrück se trouve juste sur la berge d'un lac.

Aucune de celles qui l'ont vue et que j'ai interrogées n'a oublié la tente. Estoucha ne m'en a jamais dit un mot, comme de bien d'autres horreurs concernant le camp. « La tente » connut ses heures les plus atroces au début de leur séjour au camp. À peu près en même temps que celles de Kreuzbourg était arrivé un convoi de Juives hongroises qui furent parquées sous cette tente, nu-pieds et sans aucune loque pour leur servir de sous-vêtement. Une forme particulière de choléra s'y déclencha, chaque nuit une cinquantaine de ces femmes en mourait. Leurs cadavres répandirent à travers tout le

vée un peu avant elle au camp, que j'ai appris que celui d'Estoucha était dans les quatre-vingt-dix mille. Colette (Séverine) Cieslak-Guénégou, entretien du 25 janvier 1995 à Sarcelles.

1. Germaine Tillion (Kouri au camp), *Ravensbrück*, Paris, Seuil, 1988, pp. 13 et 444.

camp une odeur encore plus effroyable que celle qui y régnait déjà.

« Lorsque nous étions couchées le soir sur notre demi-couchette, que nous entendions les hurlements qui, toute la nuit, sortaient de la tente, nous étions envahies par une indicible honte à la pensée que nous ne pouvions venir en aide à ces malheureuses, vivant, si l'on peut dire, tout près de nous, dans un dénuement et une misère auprès desquels notre block, notre lit, nos couvertures étaient un suprême luxe [1]. »

À la fin de la quarantaine, elles furent envoyées au block 32, juste derrière le 26. Il y eut alors tous les jours, dès cinq heures du matin – certaines disent même plus tôt –, le branle-bas pour l'appel. C'était matin et soir une rude épreuve qui durait, chaque fois, entre deux à cinq heures. Quand le block était puni, l'appel était beaucoup plus long et pouvait durer toute une journée.

« On nous aligne cinq par cinq, on doit rester au garde-à-vous. On n'a pas le droit de piétiner ni de bouger la tête, sinon c'est la schlague. Ainsi rangées, on nous compte. Il faut croire que les S.S. n'étaient pas très forts en maths car ils n'arrivaient jamais à avoir le compte qu'il fallait. Alors ils allaient au dortoir avec la

1. Denise Dufournier, *La Maison des mortes, Ravensbrück*, Julliard, 1992, p. 54. Il s'agit de la réédition, augmentée d'un avant-propos de l'auteur, d'un ouvrage publié en 1945 chez Hachette, dont parut une traduction en anglais par miss M.W. McPherson sous le titre de *Ravensbrück, The Women's Camp of Death*, chez George Allen & Unwin Limited, en 1948. La citation précédente se trouve p. 117 de l'édition de 1992. Denise Dufournier pendant son séjour au camp se trouvait au block 15 puis tantôt au 26, tantôt au block 31. Les schémas du camp de l'édition anglaise sont repris dans l'édition française de 1992.

schlague et les chiens pour faire sortir les absentes, s'il y en avait. Des malades qui n'étaient pas en état de se lever voyaient les chiens se précipiter sur elles et la schlague en plus.

« Les S.S. revenaient, recommençaient à compter, et les prisonnières devaient toujours rester immobiles, debout. Le froid, la faim, l'épuisement extrême, faisaient qu'après chaque appel on ramenait des cadavres. »

L'appel, elle en parlait souvent, c'était lui qui rythmait les jours. Risque inévitable et programmé, il n'est donc pas très surprenant que, renonçant à une chronologie impossible, ce soit lui qu'elle évoque en premier. Dure pour elle-même, elle a tu les jambes qui gonflaient, le froid qui, de bas en haut, gagnait tout le corps et déclenchait coliques et dysenteries. Elle n'a pas oublié de s'essayer quand même à l'ironie, parce qu'il ne faut rien céder aux S.S., même cinquante ans après, et parce que c'était pour nous montrer comment, même là, résister.

Le block 32, j'ai mis longtemps à comprendre que c'était un block singulier. Il m'a fallu encore plus de temps pour saisir que les quelques bribes qu'Estoucha me livrait de la vie au camp résultaient, pour certaines d'entre elles, des conditions particulières faites aux détenues de ce baraquement.

Le block 32 c'était celui des N.N. Nacht und Nebel, Nuit et Brouillard. Les noms de celles qui s'y trouvèrent avec elles et qui en sont revenues, communistes ou pas, sont ceux de femmes qui ne sont pas restées des anonymes. Devant tant d'aussi fortes personnalités j'en avais déduit que c'était le block des fortes têtes. Bien que connaissant abstraitement la signification de N.N., je ne pouvais m'empêcher de m'étonner que les nazis aient choisi de toutes les rassembler, au risque de créer un noyau de résistance dans le camp. Paradoxalement, le film éponyme d'Alain Resnais, lui aussi à cause de sa pudeur, me conforta dans l'idée que N.N. était le symbole général de la déportation, pas une catégorie particulière de détenues dont les dossiers portaient cette abréviation. À Ravensbrück, depuis février 1944, dix mois avant l'arrivée du groupe de Kreuzburg, c'était le cas de toutes celles qui furent mises au block 32, celles qui devaient devenir invisibles [1].

« Nacht und Nebel, niemand gleich... », dit Alberich dans *L'Or du Rhin*, et « Do you wish Wagner ? » demande en écho, quelque quarante ans après la défaite du nazisme, un disquaire new-yorkais à un client juif épouvanté, dans un film de Woody Allen.

N.N., celles qui ne devenaient jamais revenir. Simple à dire mais difficile à intérioriser, même pour celui qui vient après. C'étaient parce qu'elles ne devaient pas revenir que toutes ces résistantes avaient été mises ensemble. C'était cette volonté bureaucratique de les exterminer que je m'étais si longtemps refusé à concrètement reconnaître en privilégiant ce qu'avait d'extraordinaire leur regroupement dans le même block. Quatre mois après la libération de Paris, leur survie dépendait d'une compétition entre leur assassinat programmé par une machine et l'avancée des Alliés qui enrayait cette machine d'extermination, lentement, très lentement, car arrêter cette machine n'était pas un objectif pour eux. Chacune n'avait que son réservoir de forces, sa volonté de survivre et le peu de solidarité qui pouvait être maintenu.

1. Germaine Tillion, *op. cit.*, p. 162.

Estoucha n'arrivait pas à croire, contre l'évidence historique, que Nacht und Nebel était une dénomination officielle : « Le block 32 était le block des N.N. Nicht Nembar (ceux dont le nom ne doit plus être cité) ou si l'on veut Nacht und Nebel (Nuit et Brouillard). Les N.N. ne devaient jamais être envoyées en dehors du camp, c'est sur place qu'on devait les employer. »

Au pied des deux lettres N, son interprétation explicite la métaphore. Peut-être a-t-elle ainsi mis le doigt sur le mécanisme du choix de cet acronyme par Himmler ? Les N.N. n'avaient pas le droit de recevoir des colis, ni d'envoyer ou de recevoir des lettres [1], de ce fait, à l'exception des Juives, elles étaient les plus démunies du camp. Pour Estoucha c'était une évidence qu'elle n'a même jamais pensé à mentionner. Du coup, j'avais pris le sort des N.N. pour le lot commun des déportés. Or, à Ravensbrück, à partir de l'automne 1942, conséquence d'une visite d'Himmler, les colis avaient été autorisés. « De la part des S.S. c'était un coup de génie : ce serait dorénavant les familles qui contribueraient à nourrir les esclaves du camp ; du coup leurs maîtres pourraient d'autant plus et mieux les exploiter [2]. » En même temps Himmler avait autorisé les punitions corporelles et les flagellations [3]. C'est aussi vers cette époque que la durée quotidienne du travail passa à onze heures pour les postes de jour comme pour les postes de nuit, appels non compris. Les déportées devenaient un facteur de l'économie de guerre [4]. Mais fin 44, dans la débâcle

1. Margarete Buber-Neumann, *Déportée à Ravensbrück (Prisonnière de Staline et d'Hitler*, t. 2 ), traduit de l'allemand par Alain Brossat, Paris, Seuil, 1988, p. 198.
2. M. Buber-Neumann, *op. cit.*, p. 105.
3. Germaine Tillion, *op. cit.*, p. 97.
4. « C'est aussi le rendement qui explique l'autorisation de

nazie, simultanément à l'esclavage, l'extermination était menée à un rythme encore plus démentiel. Un deuxième four crématoire avait été construit. La fumée de ses deux larges cheminées devint partie intégrante du paysage [1]. En effet, le nombre des détenues arrivées à Ravensbrück, qui s'accroissait exponentiellement depuis l'ouverture en 1939, s'accéléra encore plus en 1944. Pendant cette seule année, trois fois plus de détenues furent amenées au camp que pendant les quatre années précédentes.

Au fond du camp, les blocks 27 à 32 constituaient le nouveau camp. Ils étaient isolés des autres par une clôture de barbelés. C'était une série de baraquements de plain-pied, tous identiques, avec un toit à double pente qui courait sur une trentaine de mètres. L'entrée se trouvait exactement au milieu de la longueur, à main droite il y avait un W.-C., à main gauche, un bureau. Toute cette entrée n'occupait que la demi-largeur avant du bâtiment. L'autre moitié du centre du baraquement était une salle d'eau avec des lavabos collectifs : de grandes vasques circulaires avec au centre l'arrivée d'eau. L'entrée et cette salle d'eau coupaient ainsi le block en deux, de part en part. À droite et à gauche de cet ensemble, symétriquement, il y avait de chaque côté, d'abord une salle occupant toute la largeur du bâtiment qui initialement devait être un réfectoire, puis, en avançant, le dortoir. Estoucha ne prit jamais conscience que la pièce qui précédait le dortoir avait initialement été prévue pour être un réfectoire. « Entre les deux dortoirs

recevoir des colis, accordée à toutes les détenues qui n'étaient pas N.N. » Germaine Tillion, *op. cit.*, p. 175. (Au camp, Germaine Tillion tissa un lien d'amitié avec Buber-Neumann.)

1. Margarete Buber-Neumann, *op. cit.*, p. 194.

il y avait une pièce-passage dont une partie été réservée pour les tricoteuses. »

En somme c'étaient des baraquements très ordinaires. Sauf qu'à l'exception de deux ou trois grandes tables, tout cela était occupé par des châlits qui ne laissaient entre eux que de minces espaces.

Même s'il n'y avait pas eu les appels, le froid, la faim, les coups, les cris et les hurlements, les mauvais traitements et l'extermination, la concentration avait là son sens immédiat. Sur trois niveaux, avec moins de trois mètres de hauteur du sol au toit, des centaines de femmes y étaient entassées avec pour seule limite celle du volume physique de leurs corps décharnés. Une simple estimation montre qu'elles étaient jusqu'à quatre ou cinq par mètre carré de plancher pour circuler, manger, se laver et dormir.

« Les blocks au début avaient été faits pour 400 personnes, en dernier on se trouvait à 1 200 dans un block. On était à trois à un moment donné dans un lit... Après avec Estoucha on a réussi à être à deux, on était toutes les deux... [1]. »

Il y avait là des femmes-soldats russes qui s'étaient assuré le monopole d'une corvée importante : le transport des bidons de soupe. Il y avait aussi celles qu'on appelait des *canichen*, soixante-quinze Polonaises environ qui avaient été utilisées commes cobayes pour des interventions chirurgicales aux jambes, accompagnées d'infections délibérées. Il s'agissait en effet de démontrer l'inefficacité des sulfamides pour juguler les infections des plaies, notamment la gangrène gazeuse qui avait fait des ravages dans les troupes allemandes pen-

1. Colette (Séverine) Cieslak (Guénégou), entretien à Sarcelles le 25 janvier 1995.

dant la campagne de Russie de 41-42. C'est de la gangrène gazeuse qu'était mort Heydrich à la suite de l'attentat de Prague. Gebhart, le médecin chargé de le soigner, n'avait pas utilisé de sulfamides. Le médecin de Hitler, qui en avait lancé la production à son profit en Slovaquie lui en avait fait reproche. Gebhart, ami d'enfance d'Himmler, avait obtenu de celui-ci de pouvoir utiliser des cobayes humains pour réaliser des expériences qui *devaient* donc montrer que les sulfamides n'étaient pas capables de guérir les plaies [1]. Des jeunes lycéennes polonaises de Lublin, de familles aisées, avaient donc été sélectionnées à cette fin pour leur bon état général. Les expériences eurent lieu entre la fin juillet 42 et août 43. Estoucha n'en connaissait ni l'arrière-plan ni les protocoles exacts, mais comme bien des détenues de Ravensbrück elle en connaissait le résultat. « La plupart mouraient rapidement. Il y a surtout celles sur les jambes desquelles on a provoqué des plaies et entretenu l'infection avec du verre pilé, donc il y en a très peu qui résistèrent. Ce sont celles-ci qu'ont appelait les lapins. »

Enfin, il y avait aussi au block 32 des Hollandaises, des Belges et des Françaises, pour la plupart engagées dans divers réseaux de résistance. Toutes les N.N. étaient condamnées à disparaître, mais dans leur grande majorité ces femmes issues des différents réseaux de résistance se trouvaient mieux armées psychologiquement pour, chacune à sa façon, résister, c'est-à-dire lutter pour survivre et refuser l'animalité. Chacune à sa façon, car elles étaient loin de constituer un groupe uni.

1. François Bayle, *Croix gammée contre Caducée, les expériences humaines en Allemagne pendant la Deuxième Guerre mondiale.* Imprimerie nationale (1950). Consultable au Centre de documentation juive contemporaine à Paris.

Aux différences politiques entre gaullistes et communistes s'ajoutaient les différences sociales. Si les femmes du Nord étaient pour la plupart de familles ouvrières, celles de la région parisienne et les Belges couvraient tout l'éventail social jusqu'à l'aristocratie et la grande bourgeoisie. Certaines maintinrent le refus intransigeant d'effectuer le moindre travail. Il leur fallait alors grimper pour se cacher dans les soupentes des blocks, ou contrefaire la vieille et se glisser parmi les tricoteuses, au risque d'être sélectionnée pour un de ces transports noirs d'où personne n'était revenu mais dont on avait fini par savoir qu'ils signifiaient la chambre à gaz. Il y eut celles pour qui chaque jour devait avoir son acte de dévouement. Il y eut celles qui n'avaient plus de force et qui craquaient moralement ou qui, d'un coup, au milieu d'un geste banal, tout soudain, mouraient. Il y eut aussi celles qu'on appelait les musulmanes. J'ai su très jeune que cela voulait dire celles qui, à bout dc tout, n'avaient plus la force de se lever. Le mépris implicite de l'emploi métaphorique du substantif « musulman » me trouble toujours.

Tard venues à Ravensbrück, peu des Françaises du block 32 purent accéder aux tâches qui apportaient à celles qui les assumaient un peu moins de détresse et, parfois, la possibilité d'aider leurs compagnes. Du coup, même s'il y eut des velléités de contrôle politique, elles n'allèrent jamais bien loin.

« Dans le block où j'habitais, le block des N.N. françaises, la tenue morale de nous toutes était assez élevée du fait certain que nous étions les plus déshéritées du camp et que nous ne recevions aucun colis de nourriture. Nous avons donc été en partie libérées de cette manie des échanges et du troc. »

Ces lignes qu'Estoucha aurait pu écrire, surtout

l'expression « tenue morale », sont en fait d'un autre médecin, Paulette Don Zimmel-Gazel, dont je ne sais rien d'autre [1]. Le jour où je les ai lues, la similitude de langage me frappa tellement qu'elle m'amena à supposer, sans aucun fondement, que cette consœur et compagne d'infortune, était peut-être elle aussi née en Europe centrale. C'était des mois après avoir enregistré mes conversations avec les compagnes de block d'Estoucha. J'ai alors compris qu'une fois encore je m'évertuais à lire tout ce qu'il était possible de lire sur Ravensbrück pour, en allant au général, ne pas avoir à singulariser ce qu'une seule d'entre elles avait vécu là-bas, de peur de parler d'elle, de peur en parlant d'elle d'oublier les autres et donc de l'oublier déjà, elle aussi.

Pour revenir vers elle, une fois de plus, j'ai relu ses six dernières pages avec leurs anecdotes pleines de réserves. Pour dépasser la simple mémorisation des thèmes abordés, j'ai vraiment réécouté les quelques enregistrements

1. Dr Paulette Don Zimmel-Gazel, *Les Conditions d'existence et l'état sanitaire dans les camps de concentration de femmes déportées en Allemagne*, Ambilly-Annemasse, Imprimerie franco-suisse, 1947, cité sans indication de page par Christian Bernadac, *Le Camp des femmes Ravensbrück (Les Mannequins nus*, t. II), *op. cit.*, p. 114. D'après Cécile Dupont-Hermey son pseudo était Bérangère, elle était peut-être suisse et cet ouvrage est en fait sa thèse de médecine (lettre du 15 mars 96).

Je connaissais l'existence des livres de Christian Bernadac qu'on trouvait facilement dans les librairies de gare. Leurs couvertures criardes et leurs titres racoleurs *Les Mannequins nus*, *Les Médecins maudits* me semblaient aller à l'encontre de ce dont on pouvait deviner pourquoi ils étaient écrits. En fait celui consacré à Ravensbrück est particulièrement pudique puisque Bernadac s'est effacé devant toutes celles qui ont témoigné par écrit de leur séjour au camp. Estoucha avait acheté cet ouvrage et c'est en trouvant un signet qu'elle avait laissé à cette page, en vérité, comme d'habitude, un morceau d'enveloppe déchiré à la hâte, que j'ai trouvé des conversations que j'avais maladroitement conduites avec celles de ses compagnes de camp qui avaient bien voulu me recevoir pendant l'année qui suivit son décès. Une fois encore, j'y retrouvai les réserves à dire, la pudeur à nommer, l'abolition de tout repère temporel à l'exception des quelques échos qui venaient de l'extérieur, et, de l'une à l'autre, les expressions identiques pour parler de leur situation individuelle : « Ce que j'appelle l'hébétude parce qu'on était tellement prises par la lutte quotidienne qu'on n'était même plus capables de penser à sa propre famille [1]. » « On était tellement préoccupées au jour le jour qu'on ne pensait pas à sa famille [2]. »

Et, aussi, le souvenir aigu du désarroi qui, sans crier gare, a frappé au plus profond l'une d'elles un matin, au Revier (l'« infirmerie ») quand elle fut incapable de retrouver les traits de sa mère.

C'était Colette, une des plus jeunes Françaises du camp. En la réécoutant presque un an après l'avoir rencontrée, j'ai alors entendu ce qu'elle m'avait dit d'Estoucha. Je n'y avais pas assez prêté attention car j'avais reçu cette partie de notre conversation pour de simples condoléances. Pourtant, il y avait une correspondance presque terme à terme entre les épisodes dont Colette m'avait parlé et ceux qu'Estoucha avait évoqués par écrit ces deux jours de mai 92. Chez Estoucha, la condensation est telle qu'il n'y a presque aucune place pour un commentaire. À force d'autocensure ces épi-

cette citation d'une collègue qui s'est exprimée comme elle, pas seulement à cause de leur commune profession.

1. Cécile Dupont-Hermey, 24 novembre 1995, notes d'une conversation non enregistrée.

2. Colette (Séverine) Cieslak (Guénégou), enregistrement du 25 janvier 1995.

sodes sont ramassés jusqu'à ne plus être que des témoignages bruts qui ne font signe qu'à moi. Colette, comme dans un puzzle, m'en avait restitué les parties manquantes.

Ses parents venaient de Pologne mais Colette est née en France. Mineur à Avion dans le Pas-de-Calais, son père fut tué en septembre 1941 dans un accident à la mine. Colette n'avait que seize ans quand elle commença à travailler, d'abord au triage du charbon sur le carreau de la fosse, puis au bout de six semaines dans les bureaux. Malgré son jeune âge, comme toutes les résistantes du block 32, à partir du moment où elle avait voulu faire quelque chose, il ne lui avait pas été difficile de trouver comment se rendre utile. Profitant de son emploi, elle réalisa qu'en allant travailler avec un petit cabas elle pouvait faire entrer des tracts à la mine alors que, depuis la grève de 1941, les mineurs étaient extrêmement surveillés. De fil en aiguille elle devint agent de liaison des F.T.P. Arrêtée à Lille à la Noël 1943, elle fut envoyée à Gross-Strehlitz (aujourd'hui Gojtseliec ? pas très loin de Wroclaw) et arriva à Ravensbrück quelques semaines avant Estoucha. Colette avait beaucoup entendu parler de Kalisz par sa mère, ce fut d'abord ce qui la rapprocha d'Estoucha. Au block 32, elles partagèrent la même paillasse. « Le grabat que je partageais avec Colette Cieslak, une jeune fille d'origine polonaise, se trouvait au troisième niveau et c'était le troisième de la rangée. Le premier était occupé par Marie-Claude Vaillant-Couturier et Simone Loche, le deuxième par Madeleine Vincent et Simone Djian. »

Elles découvrirent aussi qu'à Loos elles s'étaient succédé dans le même cachot. Estoucha ne baissa point pour autant sa garde, Colette n'apprit que bien plus tard qu'Estoucha avait un enfant. En revanche, pour tout ce qui dans leur survie quotidienne toucha spécifiquement Estoucha, elle fut sa confidente.

Colette complétait ce que je ne connaissais que vaguement, l'histoire de mémère par exemple. Toutes avaient vite pris l'habitude d'appeler ainsi Jeanne Desmarais. Maman Jeanne pour Estoucha. Elle habitait Houplines, un faubourg d'Armentières, et avait été membre du même réseau F.T.P. qu'Estoucha. Arrêtée par la Gestapo, emprisonnée à Loos, elle n'avait pas parlé. Lors d'une confrontation, elle nia connaître Estoucha qui eut le temps de constater « qu'elle avait été bien malmenée par les gestapistes ». Ce n'est qu'à Ravensbrück qu'elles se retrouvèrent et se virent très souvent. Maman Jeanne, très fatiguée, avait pris place parmi les tricoteuses [1], celles qui en dehors des appels venaient tricoter à l'entrée du block, car elles étaient trop vieilles pour quoi que ce soit d'autre. Bientôt, la dysenterie l'épuisa à l'extrême, même couchée elle ne connut pas de répit, enfin elle n'eut plus la force d'aller à l'appel. C'est à ce moment-là que les Allemands se mirent à parler du Jugends Lager, un ancien camp pour mineures allemandes à quinze cents mètres environ du camp. Là, firent-ils miroiter, celles qui étaient trop fatiguées ne seraient pas obligées d'aller à l'appel. Maman Jeanne décida d'y aller, Estoucha voulut prendre de ses nouvelles. « Quand le lendemain je suis allée la voir, elle n'y était plus. Alors j'ai compris que le Jugends Lager c'était la cheminée. »

D'autres l'apprirent autrement. « Enfin le premier

1. Au nombre desquelles il y avait l'épouse de Thaelman, le leader communiste allemand, et celle du général Wagner – un des auteurs de l'attentat du 27 juillet 1944 contre Hitler. Estoucha ne

convoi “ monta ” au camp des jeunes. Il était accompagné d’un Revier ambulant, à la tête duquel se trouvait une femme médecin française, assistée d’une infirmière également française, ce qui nous inspira une certaine confiance. Mais, après quelques jours, nous vîmes “ redescendre ” tout le personnel sanitaire. Les visages de ces femmes, bien qu’impassibles, dénotaient une terrible anxiété. Aux questions que nous posions elles répondaient d’une manière évasive. Il était évident qu’elles ne “ pouvaient ” rien dire. L’expérience était à mon avis concluante [1]. »

Jeanne Desmarais, celle qu’on appelait la mémère, n’avait que cinquante-cinq ans. Pour Cécile, mais elle n’était pas la seule à la considérer ainsi, c’était une vieille. Les « vieilles » et les très jeunes étaient particulièrement vulnérables. Les conditions de la mort de Maman Jeanne faisaient partie de ce que je savais sur le camp, y compris l’expression « j’ai compris que c’était la cheminée », rappelant celle utilisée au camp, « partir par la cheminée ». Métonymie rigoureuse puisque celles qui entraient dans la chambre à gaz sortaient par la cheminée du four, et non confusion entre le four et la chambre à gaz comme, sans penser à l’expérience vécue, se contentent de le faire remarquer des commentateurs et des historiens, pourtant bien intentionnés.

De ce récit souvent entendu où tout ce qui était de l’ordre de l’émotion était gommé sans que j’y prisse garde, j’avais déduit qu’Estoucha voulait transmettre comment, dans une situation aussi extrême que celle-là,

m’avait jamais parlé d’elles. Source : Cécile Dupont-Hermey (lettre du 15 mars 1996).

1. Denise Dufournier, *La Maison des mortes, Ravensbrück*, Julliard, 1992, p. 126.

on pouvait comprendre le mécanisme de l'assassinat systématique. Un malentendu de plus.

Certes, ce constat sec et glacé mettait en œuvre sa pédagogie par l'exemple au-cas-où-vous-seriez-vous-mêmes-un-jour-dans-la-même-situation, tout en espérant quand même que cela ne se produirait jamais. Le récit des derniers jours de Jeanne Desmarais était bien pour Estoucha l'occasion de montrer comment elle s'était rendu compte par elle-même de ce qu'était le Jugends Lager, si tant est qu'elle ne l'ait pas su avant. Elle voulait faire savoir que faire, mais ce n'était pas tout. Ce récit avait aussi pour elle une fonction rituelle que je n'ai finalement saisie qu'après avoir réécouté plusieurs fois ce que m'avait dit Colette. Enfin j'ai entendu qu'Estoucha, au camp, avait été pendant très longtemps très vivement ébranlée par la disparition de cette femme qu'elle avait elle-même recrutée et qui avait l'âge d'être sa mère. Peut-être, à cause de tout cela, se considérait-elle directement impliquée dans cette mort. Cela, je ne l'avais jamais deviné, et bien sûr il n'était pas question pour elle d'évoquer avec moi le côté personnel de cet épisode. À moins que je n'aie pas su l'entendre puisqu'il m'a fallu si longtemps pour me formuler cela.

« Elle avait cinquante-cinq ans, pour moi c'était une vieille... Estoucha a été très touchée par cette perte, elle l'aimait vraiment bien [1]. » De surcroît, l'assassinat de Jeanne Desmarais eut lieu au moment de la contre-offensive de Von Rundstedt dans les Ardennes. Il n'y avait pas de haut-parleur à Ravensbrück, mais les Allemands ne se firent pas faute de faire connaître aux déportées ce revers des armées alliées.

1. Colette (Séverine) Cieslak (Guénégou), enregistrement du 25 janvier 1995.

Pour appeler une femme Maman – et pas mémère – il faut évidemment beaucoup d'affection. Comment avais-je pu ne pas la soupçonner ? Renouvelant le récit de la mort de Maman Jeanne, Estoucha manifestait sa fidélité à la mémoire de cette femme. C'était aussi raviver ce qui dans cet assassinat l'avait personnellement affectée, mais que tant de choses dans sa vie, enfance, éducation, formation, l'empêchèrent toujours de dire explicitement. Peut-être aussi pour m'épargner, nous ne parlions que rarement et en termes assez neutres de ses parents. Du coup, ce récit renouvelé restait une invocation qui, secrètement, individualisait la mort d'une femme à Ravensbrück parmi les dizaines de milliers qui y connurent un destin comparable. Il y avait de l'imbécillité à le recevoir tel quel au pied de la lettre. C'est pourtant ce que je fis, des dizaines d'années durant.

Un autre épisode dont, grâce à Colette aussi, je compris mieux la signification est celui du poste au Revier. Marie-Claude Vaillant-Couturier, grâce à son travail au secrétariat du camp, avait appris que l'Oberschwesber, l'infirmière-chef, cherchait du personnel pour le Revier. Elle conseilla à Estoucha de postuler.

« Les deux comtesses belges Caro et Sarah se sont jointes à moi, et nous voilà devant l'Oberschwesber. Elle me regarde, jette un coup d'œil sur son bureau et avec un ton plein de mépris lance : " Nein ! " Caro et Sarah sont acceptées. L'étudiante en médecine, interne des hôpitaux, méritait un " Nein ". [Pour] les deux braves filles qui ne connaissaient absolument rien, non seulement aux soins à donner mais d'une ignorance totale comment se comporter elles-mêmes devant un banal bobo cutané, c'était " Oui ".

« Contaminée la première, Caro mourut sept jours

plus tard. Sarah quinze jours après, une simple lésion cutanée s'était transformée en une plaie gangreneuse, la peau et les muscles partaient en lambeaux.

« Ces deux filles qui faisaient partie de notre groupe depuis Mesum étaient très chic, très scoutes et la B.A. quotidienne n'était pas pour elles un mot vain. Proches de la cour royale belge, elles n'avaient jamais eu l'occasion de côtoyer un communiste et se le représentaient selon l'image qu'on leur donnait. Caro a accouché en prison en Belgique, je crois, sa famille a pu reprendre l'enfant, mais la mère fut déportée. Sarah était une Alcantara, comtesse de la lignée espagnole de la cour belge. Elle a pris le pseudo " Sarah " pour bien faire comprendre son hostilité à l'antisémitisme des hitlériens. »

Je connaissais le respect qu'avait Estoucha pour l'attitude des « comtesses », dont l'une, au moins, ne l'était pas, mais qui étaient effectivement toutes deux proches de la cour royale. Estoucha, revenant sur cet épisode, évoquait toujours l'humiliation qu'avait été pour elle la dénégation de sa compétence professionnelle. Dans cette situation extrême, cela me paraissait secondaire. Le rappel de cette humiliation était toujours étrangement mêlé à sa révolte devant les assassinats différés de Caro d'Ursel et de Sarah d'Alcantara. Ces morts, elle savait qu'elle les aurait évitées si c'était elle qui avait été acceptée comme infirmière au Revier. Là encore, sans y prendre garde, c'est Colette qui m'ouvrit les yeux sur un autre aspect de cette mise à l'écart : « Elle a beaucoup regretté de ne pas avoir été prise au Revier... c'est vrai que là-bas elle nous aurait rendu des services. »

Du coup, Estoucha fut affectée au commando de récupération. Colette et Jacquotte, une autre communiste, firent équipe avec elle. La récupération c'était le triage des wagons remplis de marchandises de toute nature pillées par les Allemands dans leur retraite à l'est, notamment lors du sac de Varsovie. Les jouets de bébé étaient mélangés à des couronnes mortuaires en perles de verre, la vaisselle à des draps souillés qu'on devinait avoir été arrachés de leur lit, des manteaux de fourrure à du linge de table. Des dames de l'aristocratie polonaise purent ainsi reconnaître, au passage, des nappes brodées à leur chiffre. À la récupération on pouvait saboter les marchandises triées. Par exemple en mettant des chiffons humides dans le tas des manteaux de fourrure pour les faire pourrir. On pouvait aussi « organiser ». Organiser – de l'allemand *organisieren* – c'était chaparder, voler, au risque de se faire prendre, des vêtements chauds pour les copines ou pour les bébés, ou des lunettes pour Jacquotte à qui on les avait cassées [1].

« Dans “ ce monde morne et sauvage ” [2] – la “ Solidarité ” devenait un symbole de la Résistance, une lutte pour la dignité humaine. J'y ai adhéré. Cela consistait à partager certaines choses (si peu !) avec ceux qui étaient encore plus malheureux, des malades.

« Notre nourriture quotidienne c'était la soupe faite avec les épluchures de pommes de terre non lavées, souvent déjà fermentées, et surtout du rutabaga. Elle était infecte et il valait peut-être mieux ne pas la manger. Parfois on nous donnait des plaquettes de margarine de 3 centimètres de largeur et 0,5 cm d'épaisseur. Celles qui faisaient partie de “ Solidarité ” donnaient la

1. Colette (Séverine) Cieslak (Guénégou), enregistrement du 25 janvier 1995.

2. Allusion au *Chant des marais*, Ravensbrück est au bord d'un lac où étaient jetées les cendres du four crématoire.

moitié de la plaquette pour les malades. On avait également droit à une tranche de pain par jour (il y avait des jours “ sans ”). »

Ces phrases suivent le récit de la mort de Caro et de Sarah, où Estoucha remarque qu'elles se représentaient les communistes comme on les leur avait décrits puisque jamais elles n'en avaient rencontré. La proposition est parfaitement réversible, la communiste ne se représentait sûrement pas qu'il puisse y avoir des aristocrates comme Caro et Sarah. Son court récit contient sa morale implicite de l'engagement : il faut être fidèle à ses convictions politiques, cependant ce n'est pas à leur aune, mais aux actes accomplis, qu'il faut juger les gens. Une morale jamais dite, juste suggérée, comme dans son récit. D'où la courte phrase de quatre mots à propos de la solidarité, phrase si singulière dans son contexte qu'elle me sauta aux yeux quand je l'ai lue pour la première fois : « J'y ai adhéré. » Comme si, en dernière analyse, cinquante ans plus tard, avoir été solidaire au camp était une chose tandis qu'être communiste, ce qu'elle ne reniait absolument pas, en était une autre, certes pas contradictoire. Mais au camp, et finalement partout ailleurs, pour elle, c'était la première qui primait.

Rien n'était jamais acquis. Elles reçurent un soir du miel extrêmement liquide et décidèrent d'en mettre de côté pour les enfants. Tout ce qui avait été collecté dans une boîte de conserve fut caché dans la soupente. Au matin presque tout s'était évaporé. Le liquide était un ersatz de miel. Elles furent partagées entre le soulagement de ne pas en avoir donné aux enfants, car ce pseudo-miel n'était peut-être pas très sain, et le sentiment que leur sacrifice avait été inutile.

La cohabitation avec des femmes d'autres nationalités était difficile, mais pour Estoucha, comme pour Colette, les relations avec les Polonaises étaient les plus pénibles. Les neuf dixièmes des Lagerpolizei du camp étaient polonaises ou ukrainiennes. Elles croyaient que la barrière de la langue les mettait à l'abri des Françaises qu'elles tenaient en médiocre estime. Colette, révoltée, interpella un jour des Lagerpolizei qui complotaient le vol du pain d'une Française, trop malade pour se défendre.

« Il y avait des prisonnières qui allaient jusqu'à vendre à leurs camarades des vêtements rapportés du Betrieb. En hiver un pull-over s'échangeait contre quatre rations de pain. Nous fîmes campagne pour que cessât cet infâme commerce entre Françaises ; fallait-il donc crever de faim pour ne pas avoir froid ? Ces souffrances nous rendaient méchantes et nous dressaient les unes contre les autres ; les " resquilleuses " étaient l'objet de haines mortelles. Nous qui nous faisions un devoir de ne léser personne, nous éprouvions à l'égard des plus favorisées une jalousie tenace ; c'est tout juste si nous n'en voulions pas à notre compagne pour avoir reçu, un jour par hasard, une part de pain plus grosse que la nôtre.

« ... Faim envahissante, faim avilissante, faim qui abêtit : les femmes ne parlaient plus que de menus et trompaient leurs affres en copiant des recettes de cuisine. Je fis serment de ne jamais me laisser aller à en copier et tins bon jusqu'au bout. J'essayais en vain de penser à autre chose : l'idée de la faim revenait sans cesse [1]. »

1. Violette Maurice, *N.N.*, p. 45, Saint-Étienne, éditions Encre marine, 1991. L'édition originale a paru en 1946 à la SPER, Saint-Étienne.

La cohue où la plupart du temps elles étaient plongées s'ajoutait au dénuement extrême, à la faim permanente, à la dysenterie et à la crainte des coups. L'univers de chacune s'en trouvait restreint à un nombre très limité de compagnes et encore aujourd'hui, malgré la concordance des témoignages qui montre qu'elles étaient ensemble employées aux mêmes tâches, elles ont du mal à admettre qu'elles ont été côte à côte sans se connaître ou, inversement, que des épisodes qui ont l'air identiques ne correspondent pas aux mêmes faits.

C'est dans ces conditions qu'Estoucha retrouva Charlie, une des femmes qui, pour elle, comptèrent énormément. « Un jour, je me trouve nez à nez avec une des tricoteuses, c'était Charlie Jeantet (Olasso). Nous nous sommes connues en Espagne. Elle travaillait dans le secteur des coopérants soviétiques au niveau national. Au premier abord – stupéfaction – très vite surmontée ; nous croisons nos regards qui imposent le silence complet là-dessus. Depuis nous nous retrouvons aux appels. »

Elle n'en a pas écrit plus, mais s'agissant de Charlie elle était intarissable et ne manquait jamais de me signaler, au cas où je l'aurais oublié, ce que sa personnalité avait d'extraordinaire. L'étendue de la culture de Charlie était si vaste qu'Estoucha était inébranlablement convaincue qu'elle était juive ! Ce qui, incidemment, montre la complexité des rapports d'Estoucha avec sa judéité.

En vérité, Charlie s'appelait Carlotta Garcia, c'était une Basque qui avait suivi des études permettant d'accéder au corps du personnel diplomatique espagnol, elle fut notamment en poste à l'ambassade espagnole au Chili. La guerre venue, elle avait été rappelée en

Espagne et affectée aux contacts avec les Soviétiques. Dans ces deux emplois, tous ceux qui l'ont connue, Estoucha comprise, ne doutèrent jamais que ses activités débordaient celles requises par sa fonction officielle. Son mariage avec « Kim » Olasso, responsable de la police politique à Barcelone et qui, même dans les rangs républicains, avait hérité du sobriquet d'« œil de Moscou [1] », n'était donc pas fortuit. Ils formèrent quand même un couple un peu étrange, bien qu'il fût évident qu'elle adorait son mari. Lui, pour des raisons pas trop difficiles à comprendre, resta jusqu'au bout un homme taciturne, tandis qu'elle était la vie personnifiée. Après la défaite des républicains, Carlotta était passée en France et se fit appeler Charlotte Jeantet. Son français devait être excellent car, ni les Allemands ni ses compagnes de camp n'avaient détecté sa véritable nationalité. Elle avait été arrêtée en tentant de franchir la ligne de démarcation. Son matricule était dans les 27 000, il y avait donc longtemps qu'elle était au camp. Elle avait pris sous sa protection, un peu comme des petites sœurs, deux jeunes Espagnoles communistes nées en France, Angèle Martinez, qui lui doit d'avoir survécu, et Éléonore Rubiano. Au camp, déjà en mauvaise santé, Angèle se vit infliger une condamnation au cachot pour avoir refusé de travailler pour l'armée allemande quand elle était en prison. Ce retard dans l'exécution de la peine était catastrophique, le cachot au camp étant bien plus dur que dans les prisons.

1. David Wingeate Pike, *In the Service of Stalin, the Spanish Communists in Exile 1939-1945*, Oxford (Royaume-Uni), Clarendon Press, 1993, p. 319. Pike appelle Charlie Dolorès Garcia. Elle était Carlotta pour Angelita Martinez-Koulikof.

« Il n'y avait à manger qu'un jour sur quatre, les autres jours ce n'était que de l'eau et un morceau de pain. Charlie m'a dit : " Il faut que tu en ressortes, tu vas chanter, tu vas chanter sans arrêt. " J'étais déjà une chanteuse. »

Grâce à ce conseil, inattendu en cet endroit, mais bien dans la manière de Charlie, Angèle ressortit vivante du cachot.

Il fallut longtemps avant qu'Angèle lui demande pourquoi elle parlait un si bon espagnol. À ce moment, la confiance entre elles était suffisante pour que Charlie lui avoue que, comme les parents d'Angèle, elle était du Pays basque.

Estoucha avait mis un certain temps avant de rencontrer Charlie car elle était de l'autre côté du block, avec les *canichen* qui manifestaient un dédain aristocratique pour celles de leurs compagnes qui n'avaient pas reçu leur éducation. Évidemment elles étaient farouchement anticommunistes. La cohabitation n'était pas facile. C'est presque en larmes qu'Estoucha rapporta un jour à Angèle que, malgré ce qu'elles avaient subi, des *canichen* préféraient que les Allemands gagnent la guerre plutôt que les Russes. Ayant souvent l'occasion de s'entretenir avec celles d'entre elles qui parlaient français, Angèle se souvient aussi de leurs remarques antisémites. Elle y était d'autant plus sensibilisée qu'avant d'arriver au camp elle avait, pendant de nombreux mois jusqu'à l'exécution de celle-ci, partagé sa cellule avec Maria Diamant [1], une résistante juive polonaise vivant

1. Il s'agit de la sœur de David Diamant, l'auteur de *Combattants juifs dans la guerre d'Espagne, 1936-1939*, Paris, éditions Renouveau, 1979, qu'Estoucha connaissait.

en France. Maria l'avait affranchie sur la condition des Juifs en Pologne [1].

Dans les conditions du camp, avec ses cheveux soigneusement tressés en nattes, Charlie apparaissait toujours plus propre que les autres. Estoucha prit l'habitude d'aller aux appels avec elle. La présence à ses côtés de quelqu'un qu'elle avait connu en Espagne, et qui, comme elle, ne devait jamais avouer son identité, lui fut d'une grande aide. C'était vraiment continuer le combat commencé au Pays basque. L'Espagne restait un soleil. Elles évoquèrent ces paysages fantastiquement lumineux que l'une et l'autre connurent quand elles franchirent la frontière française dans les pas de l'armée républicaine en déroute. Quand l'une parlait des amandiers en fleur, l'autre comprenait que c'est ce moment-là qu'elle évoquait. Ce fut à Charlie, et à elle seule, qu'Estoucha confia le secret qui lui tenait le plus à cœur : elle avait un enfant caché dans le Nord, en France.

Si, beaucoup plus tard, elle insistait tant pour me parler de Charlie que je crois n'avoir jamais connue, c'était, encore et toujours, pour me convaincre, où qu'on soit et quelles que soient les conditions, qu'on pouvait lutter, y compris au camp. Ce camp qui l'habitait tant et dont elle parlait peu, avec ces appels interminables à la fin desquels on ramassait des cadavres, avec ce commando de récupération où on « s'organisait » pour la solidarité et où un jour elle crut bien y rester.

« Quand un transport de bébés soviétiques et polonais est arrivé au camp on a décidé de faire quelque chose. Nous allions souvent au commando de triage des

1. Angèle Martinez (Koulikof), entretien du 27 septembre 1995.

objets hétéroclites, résultat du pillage de Varsovie. Il y avait là une des montagnes de vêtements parmi lesquels on a trouvé des tas de ventrières toutes neuves en belle laine écrue. Elles venaient d'une usine varsovienne et étaient destinées aux soldats de l'armée allemande combattant en Russie. Ces ventrières nous intéressaient, on pouvait y tailler des brassières pour les bébés. Il fallait en amener au block. Dans le commando on a fait notre commando. J'étais désignée pour les prendre et les camoufler, les autres devaient faire le guet et avertir en cas de danger. »

Colette, qui allait souvent en commando avec elle, ne se souvient pas de cet épisode, mais elle m'a donné un détail technique : pour « s'organiser » on partait au commando sans rien mettre sous ses loques. Estoucha réussit à mettre de côté des ventrières.

« Maintenant il fallait les camoufler. Je me suis mise derrière un monticule de vêtements et je me suis déshabillée. J'étais déjà complètement nue dans ce hall glacial quand j'ai entendu une chanson où le 22 se répétait souvent. Une inspection de personnalités de la Gestapo approchait. Je me suis bien rendu compte que je ne devais pas bouger car un mouvement de ma part pouvait faire tomber des objets du tas qui me protégeait des regards peu souhaitables. Je restais là comme une momie. Je sentais que mon foie gonflait à vue d'œil à cause du froid ambiant. C'était long ! Pourvu qu'ils ne pensent pas à aller voir derrière le tas. Non, ils sont passés et la chanson sans le 22 a retenti. »

Cette fois, l'anecdote n'est pas exemplaire, car elle n'est pas finie.

« J'ai mis quatre ventrières sur le ventre, deux sur chaque cuisse, une sur chaque bras. Là-dessus j'ai remis mes haillons, en serrant bien la corde qui serrait le “ manteau ”. Le soir au lieu de nous diriger vers le block, on nous mène vers un hall et on nous annonce qu'il y aura une fouille. Je me suis dit, ma petite, tu es bonne pour la corde. Les S.S. appelaient voleurs ceux qui rapportaient quelque chose au block, nous on appelait cela “ organiser ”. Les “ voleurs ” étaient pendus publiquement. La fouille se faisait près de la sortie du hall, au-delà de laquelle il y avait six ou huit marches. Mon tour est arrivé et là je me suis sentie brusquement attrapée par la peau du cou et lancée en bas des marches. C'est la sentinelle allemande qui a précipité les choses. Pourquoi ? Encore aujourd'hui je ne trouve pas de réponse. »

Ce sont les dernières phases écrites par Estoucha sur son expérience concentrationnaire. C'est bien tard dans sa vie qu'elle commença à me parler de cet épisode qui la tarauda jusqu'à la fin. Elle n'était sûre que d'une chose, c'est qu'en cette occasion, grâce à un soldat allemand (un S.S. ?), elle avait échappé à la mort.

« Pourquoi ? »

Cette interrogation finale rejoignait les préceptes qu'elle m'avait distillés peu à peu concernant les camps. Ils arrivaient dans sa conversation comme des remarques incidentes, si éloignées par leur scepticisme radical de ses positions idéologiques qu'il n'y avait pas de risque que je les oublie. Des coups reçus au camp elle ne me parlait pratiquement jamais, de la faim qui était omniprésente souvent, même si c'était pour m'expliquer qu'elles avaient des festivals de recettes de cuisine dans lesquels elle ne pouvait sûrement pas entrer en compétition avec des Françaises.

L'essentiel, me disait-elle, était d'avoir des convictions, peu importait lesquelles. Au camp, pour survivre, il fallait croire en quelque chose. Dieu ou Parti, peu importait, il fallait s'y tenir. Après, il y avait les critères de survie, tantôt sous forme de constats : « Il ne fallait pas être gros, ni trop jeune ni trop vieux », tantôt sous forme de conseils comme s'il fallait que j'y sois préparé : « Il vaut mieux vivre dans sa crasse que de se laver dans des eaux polluées par on ne sait qui. »

Enfin, et jusqu'à la fin, il y eut ce dernier « pourquoi ? » concernant la fouille à laquelle elle échappa. Elle aurait bien voulu y apporter une réponse optimiste ; oralement c'est cet espoir qu'elle évoquait dans les dernières semaines. Comme si, avant de partir, elle voulait se rassurer, me rassurer sur le fait que, peut-être, là-bas aussi, dans toute cette noirceur, il avait pu y avoir une étincelle, une très faible étoile de la rédemption.

Pas plus qu'elle, je ne le sais, mais si fut le cas, c'est bien la seule dont elle fît état.

# XIV

Les échos de la guerre arrivaient aux déportées. Les Soviétiques étaient maintenant arrêtés sur les berges orientales de l'Oder, à quatre-vingts kilomètres du camp. Les conditions de vie empirèrent, le ravitaillement devint encore plus insignifiant, l'électricité et l'eau étaient maintenant très souvent coupées.

Les arrivées s'accroissaient toujours à un rythme exponentiel, mais les effectifs du camp [1] finirent quand même par plafonner à partir de janvier 1945, comme si une limite physique à l'entassement avait été atteinte. En réalité, trois séries de mesures étaient mises en œuvre. Les détenues allemandes non politiques furent libérées. Le camp des jeunes devint un lieu d'éliminations accélérées et systématiques comme celle pendant laquelle Jeanne Desmarais avait disparu. De même, après une ultime sélection, la « tente » fut complètement rasée en février, le terrain nettoyé et aplani.

1. In Denise Dufournier, *op. cit.*, p. 51 de l'édition de 1992, on trouve tracée la courbe du nombre des prisonnières présentes au fil des ans. Les sources de documentation ne sont pas indiquées. On peut cependant obtenir un grahique similaire avec les matricules des déportées.

Himmler avait commencé de négocier avec la Croix-Rouge [1], il aurait été difficile de deviner que des milliers de femmes y étaient mortes. Enfin, il y eut des envois massifs en transport.

Le 1er mars 1945, dans l'après-midi, ce fut le tour des N.N. Les S.S. envahirent le block 32. « Toutes les N.N. dehors, tout de suite [2]. »

Le mot transport ne conserve une banalité innocente et trompeuse que pour nous qui n'avons pas connu les camps. Les N.N. savaient à quoi s'en tenir, qu'elles fussent directement arrivées au camp, comprimées dans des wagons de la mort pendant des jours et des jours, ou qu'elles y aient été transférées depuis des forteresses disséminées un peu partout dans l'empire nazi. Un transport était en soi un moyen d'élimination.

Peu de jours auparavant, environ deux mille femmes et enfants, notamment ceux du block 32, furent dirigés sur Bergen-Belsen. On les avait aperçus à Fürstemberg réclamant de l'eau. Vingt-cinq enfants moururent pendant le voyage. Les mères durent laisser les corps sur le quai de la gare, les S.S. les enterrèrent rapidement. Très peu d'enfants survécurent à Bergen-Belsen [3].

Les déportées étaient sûres que certains transports, ceux qu'elles appelaient transports noirs et que l'administration S.S. notait « transfert à Mittwerda [4] », se terminaient par une extermination dès l'arrivée. Les loques de transportées étaient réapparues quelques jours plus

1. Germaine Tillion, *Ravensbrück*, *op. cit.*, p. 89.

2. Témoignage de Cécile Hermey écrit en juin 1945 pour être lu devant ses élèves. Les précisions de date sont des ajouts ultérieurs.

3. *Les Françaises à Ravensbrück*, *op. cit.*, p. 209.

4. Germaine Tillion, *Ravensbrück*, *op. cit.*, p. 13.

tard au camp, en les triant il arriva même qu'elles y trouvent un message sur la destination finale.

C'était maintenant leur tour, elles furent parquées au block 27 [1]. Celles qui avaient des noms à particule, enregistrées dans l'« Adel-list », furent mises à part, dans les négociations en cours elles serviraient de monnaie d'échange. Les pires pressentiments assaillirent les autres. Saisie par l'effroi, chacune n'eut que peu de temps pour décider de la conduite à adopter. Sous le grabat d'Estoucha, à l'étage inférieur, Simone Loche, atteinte d'une double pleurésie était à la merci d'une sélection, Marie-Claude se cacha dans le plafond de la baraque pour continuer à lui venir en aide. En sens contraire, des femmes qui avaient échappé à l'encerclement se joignirent volontairement au transport pour ne pas être séparées de leurs amies, elles en connaissaient, semble-t-il, la destination : Mauthausen. La nuit et toute la journée qui suivit elles restèrent parquées au Srafblock sans même avoir la possibilité de s'asseoir. C'est là qu'Elvire, qui travaillait au Revier, vint volontairement se joindre à elles. Cécile était son amie la plus proche [2]. Des femmes

1. Témoignage d'Angèle Martinez (Koulikof), entretien du 27 septembre 1995.

2. Elvire Morelle (1908-1991) entra dans le réseau Comète grâce à son frère, Charles. À sa seconde tentative celui-ci réussit à s'évader. Arrivé en Belgique, après des marches de nuit, il fut aidé par Dédé de Jongh et entra dans le réseau. Arrêté le 6 mai 1942, il devait décéder à Dachau le 20 mai 1945. Elvire sera arrêtée quelques mois plus tard, le 20 novembre 1942. Le réseau Comète, créé *ex-nihilo* au début de la guerre, perdit plusieurs centaines de membres et sauva plus d'une centaine d'aviateurs anglais qui reprirent le combat. Elvire rentra d'extrême justesse en France avec un œdème très prononcé. La femme de son frère Charles avait elle aussi péri, elle adopta leurs enfants (lettre de Cécile Dupont-Hermey, 25 mars 1996).

tsiganes enceintes furent aussi ramassées pour ce transport [1]. Au bout de ces vingt-quatre heures, sous la conduite de S.S., N.N. et Tsiganes sortirent du camp munies d'un pain. Ravensbrück est au nord de Berlin, Mauthausen à l'ouest de Vienne, ce long trajet devint un cauchemar dans les conditions de la retraite allemande.

« Le froid est vif et nous attendons longtemps notre train. Il arrive à la nuit tombante et nous sommes expédiées à raison de soixante-dix environ par wagon à bestiaux (sept chevaux en long – quarante hommes). Pendant cinq jours et cinq nuits, nous allons vivre là-dedans sans en sortir avec pour tout breuvage quelques gorgées d'eau ou une poignée de neige, car il neige sans discontinuer. Nous traversons l'Allemagne dans toute sa hauteur puis la Tchécoslovaquie et nous entrons en Autriche – c'est un voyage empreint de gravité, nous savons que Mauthausen fut un camp d'extermination du genre d'Auschwitz [2]. »

En juin 45, quand ce témoignage fut écrit, l'ampleur des massacres d'Auschwitz-Birkenau n'était pas encore connue, même de celles qui avaient rencontré à Ravensbrück les femmes venant d'Auschwitz ; en revanche, à Mauthausen comme au château d'Hartheim, sur l'autre rive du Danube, il y avait bien des chambres à gaz. Au château, il n'y avait même que cela : une chambre et un four où, estime-t-on, 30 000 hommes et femmes périrent. L'installation avait été testée sur les enfants aliénés, pensionnaires des lieux avant leur transformation en centre d'extermination. Tout cela fut accompli par

1. *Les Françaises à Ravensbrück*, *op. cit.*, p. 209.
2. Témoignage de Cécile Hermey écrit en juin 1945 pour être lu devant ses élèves. Les précisions de date sont des ajouts ultérieurs.

soixante-dix civils, certes nazis pour la plupart, mais qui se contentèrent, sans aucun sadisme, d'obéir, parfois avec réticence, aux ordres d'un capitaine S.S. et de deux médecins. Les hommes les plus sensibles buvaient du schnaps quand l'odeur de chair brûlée, charriée par une fumée très noire, leur mettait le cœur aux lèvres [1].

Tout au long de leur voyage de la gare de Ravensbrück à celle de Mauthausen, leur convoi croisa d'autres transports. Les déportés y étaient amoncelés sur des wagons plates-formes sans aucune protection contre la neige et le froid. Il y avait des arrêts interminables, à l'un d'entre eux le convoi avait été dirigé, comme souvent, sur une voie de garage. Au moment de repartir un S.S., s'apercevant qu'il y avait eu une évasion, tira une salve d'alarme. Les autres S.S., ouvrant violemment les portes des wagons, sautèrent sur la voie et se mirent tous à tirer comme à l'exercice, une jambe tendue et le

1. Serge Choumoff, « Les exterminations par gaz à Hartheim », annexe 2 du *Ravensbrück* de Germaine Tillion, *op. cit.*, pp. 361 à 367, et aussi pour l'histoire du château : *Mauthausen, des pierres qui parlent,* sous la responsabilité d'une commission présidée par Jean Laffitte, Amicale des déportés et des familles de Mauthausen, Paris, 1995, pp. 69 à 71. Le château d'Hartheim avec sa chambre avait été un des théâtres de l'euthanasie des aliénés (« opération T4 »). La cheminée du four, haute de 26 mètres, avait été construite à l'intérieur de la cour et ne pouvait être vue de l'extérieur. Les chambres à gaz de Dachau furent construites sur le modèle de celle d'Hartheim, comme en témoigne une lettre du Dr Rascher à Himmler (reprise partiellement dans l'annexe 6 du *Ravensbrück* de Germaine Tillion, p. 439). Les chambres à gaz de Mauthausen font l'objet, toujours par Serge Choumoff, de l'annexe 3 du même livre pp. 363 à 422. Pour le rôle des civils à Hartheim, lire *Mauthausen, ville d'Autriche, 1938-1945*, de Gordon J. Horwitz, traduction par André Charpentier, Paris, Seuil, 1992, pp. 93 à 133.

pied sur le remblai, l'autre repliée avec talon bloqué sur le seuil du wagon. Deux Polonaises furent reprises [1].

Pendant le voyage, aidée par une déportée médecin, une des Tsiganes accoucha à la lueur d'une bougie dans un des wagons du transport. Son bébé ne fut jamais vu dans les blocks [2].

Quatre ou cinq jours et quatre ou cinq nuits. Cinquante ans après, elles ne sont pas unanimes sur la durée. L'oubli ronge, je ne sais plus combien de nuits et combien de jours dénombrait Estoucha. Faut-il compter la nuit du Strafblock ? Faut-il compter l'appel à l'arrivée ? De l'une à l'autre la durée varie, aucune n'a oublié ce transport. D'en avoir tant entendu parler j'ai l'impression, fausse évidemment, d'avoir toujours connu l'existence de ce calvaire. Que toutes l'évoquent spontanément était dans l'ordre des choses. Qu'aucune ne fût surprise que je sois au courant de cet épisode l'était aussi. Estoucha m'ayant parlé du camp, elles ne doutaient pas qu'elle avait évoqué le transport. Au camp, chaque drame était noyé dans des milliers d'autres, au point de ne plus être qu'un petit halo dans un tout mal discernable. Pour toutes cependant, le transport à Mauthausen a transcendé la monstruosité ordinaire du camp. Pourtant, là aussi, que faire du souvenir de cette horreur qui restera pour nous désincarné, malgré les témoignages ? La seule fidélité c'est de continuer à s'interroger, même quand il n'y aura plus personne pour donner les réponses.

De la gare au camp, situé sur une hauteur qui surplombe le Danube, il y a quatre kilomètres. La gare est

1. Lettre de Cécile Dupont-Hermey du 29 février 1996 et conversation téléphonique du 10 mars 1996 (non enregistrée).
2. *Les Françaises à Ravensbrück*, *op. cit.*, p. 210.

encore debout, avec ses planches grossières, brunies, mal équarries et clouées verticalement. C'est un modeste bâtiment, presque un hangar installé le long d'un quai guère plus large qu'un trottoir ; elle est tout au bord du village, de charmantes maisons crépies de couleur vives avec des décorations peintes de çà de là sur les façades. Pour aller au camp elles traversèrent ce petit village et, comme des dizaines de milliers d'autres l'avaient fait avant elles, vers la fin du village elles tournèrent à droite pour emprunter un raidillon [1] qui presque chaque fois était mortel.

> Quand nous avons été évacuées de Ravensbrück fin février 1945 sur Mauthausen, nous avons voyagé 4 jours et 5 nuits dans des wagons à bestiaux. Estoucha se trouvait dans le même wagon que moi. Là encore j'ai pu voir que pendant tout ce long voyage elle n'a cessé de s'occuper des plus malades, des plus affaiblies. Nous sommes arrivées en gare de Mauthausen en pleine nuit, par un froid glacial. Beaucoup parmi nous avaient les pieds gelés. Nous avons dû faire encore un très long chemin à pied à travers la montagne, le camp se trouvant à 6 km du pays, sur une hauteur. Il fallait grimper dans la neige. Beaucoup de nos camarades sont tombées d'épuisement et ont été achevées à la mitraillette par les S.S. qui nous escortaient. Je ne sais si c'est la fatigue ou l'émotion d'entendre achever ainsi mes camarades : j'ai eu moi aussi une faiblesse

1. Témoignages de Pierre Saint-Macary et Mariano Constante à Mauthausen le 3 avril 1996, lors d'une visite organisée par l'Amicale de Mauthausen pour des professeurs d'histoire et géographie.

> et je suis tombée. Plusieurs camarades, dont Estoucha, se sont portées à mon secours. Estoucha m'a frictionné la figure avec de la neige, a desserré le cache-nez qui m'enveloppait le cou et, au moment où un S.S. s'est approché, elle lui a dit : « Non, non, ce n'est rien, c'est un petit malaise. » On m'a remise debout ; je n'étais pas tout à fait revenue à moi ; le S.S. s'est éloigné, j'étais sauvée. J'estime que c'est Estoucha qui m'a sauvé la vie par sa présence d'esprit, les S.S. n'étaient pas particulièrement complaisants : ils étaient restés eux aussi dans nos wagons pendant quatre jours et leur humeur s'en ressentait beaucoup et ils nous le faisaient sentir. Estoucha a risqué sa vie, car elle pouvait être achevée en même temps que moi pour m'avoir porté secours : comme cela s'est produit bien souvent sous nos yeux.

Ce récit d'Élise Bousquet [1], disparue dans les années 80, est daté du 18 septembre 1954. C'était un témoignage à des fins judiciaires, d'où sa construction démonstrative et la conclusion élogieuse en des termes un peu convenus qu'on devine suggérés par l'avocat. Dans le réflexe de frotter le visage avec de la neige après avoir desserré le cache-nez je reconnais Estoucha, qui n'avait pas évidemment l'exclusivité de ce geste simple. Tout comme sonne juste l'étonnante remarque sur

1. Reproduit par Estoucha au début de ses notes, au retour d'un des rares congrès de l'Amicale de Ravensbrück auquel elle ait assisté, à Nantes. Ce fut, me dit-elle, la première fois qu'elles furent invitées par le maire de la ville où se tenait le congrès à une réception donnée en leur honneur.

l'humeur des S.S. qui « étaient restés eux aussi dans nos wagons pendant quatre jours ». Pourtant, la date est fausse, elles arrivèrent début mars. Estoucha avait tout oublié d'Élise et de cet épisode, avant de la retrouver dans les années 50, au milieu d'un défilé.

Pour Cécile Dupont-Hermey cet oubli n'a rien d'extraordinaire. Relever une amie prise d'un accès de faiblesse fut le lot de toutes celles qui se sentaient assez vaillantes pour le faire. En témoignant devant ses élèves dès son retour du camp, elle a aussi donné le chiffre de ces exécutions sommaires qui les secouèrent toutes.

> À la nuit tombée, nous quittons nos wagons et nous nous mettons en formation de cinq pour gagner notre nouveau camp situé à six kilomètres et 650 mètres d'altitude. Escortés de S.S. fusils à la main nous nous ébranlons. Devant nous une femme tombe évanouie. On la met sur le côté, le S.S. la pousse du pied et d'un coup de fusil l'achève. Nous entendrons six coups de fusil dans la nuit. Une de nos compagnes tombe, nous lui frappons le visage, la frottons avec de la neige – après une minute interminable elle revient à elle et soutenue par nous peut continuer quand même.

Six coups de fusil, Cécile les avait comptés [1]. L'histoire est la même mais cette fois il ne s'agissait pas

1. Éliane Le Rolland-Lenoir (Chounette), dès son retour en France (mai 1945), fit de mémoire des dessins représentant des scènes de Ravensbrück et Mauthausen. Un de ces dessins représente la montée au camp. En rang par cinq elles traversent le village, sur le trottoir est représenté un cadavre dans la neige avec du sang qui coule de sa tête. Ce dessin dont elle m'a fourni une copie est accompagné d'une légende manuscrite : « Février 1945 –

d'Élise puisque Cécile ne sait pas où Estoucha se trouvait à ce moment-là.

C'est Colette, la petite jeune qu'Estoucha avait prise en amitié qui, m'ayant entendu évoquer cet épisode, remit en cause le témoignage d'Élise, tout en veillant à ne pas me froisser.

« Entre la gare de Mauthausen et le camp, cette fameuse personne qu'elle a traînée... c'est moi. J'étais dans un piteux état, je venais de sortir du Revier, j'étais patraque... D'ailleurs ce n'étaient pas des rafales de mitraillette mais seulement une balle dans la nuque... Estoucha, qui était petite, me traînait avec de plus en plus de mal. Au moment où j'arrivai, ça commençait à ralentir, il y avait Dédé de Jongh – je l'ai su après – qui venait de déposer une copine, Suzy, qui était superbe, elle était évanouie. Le S.S. l'avait fait sortir et avec son pied a retourné le corps directement. Vous savez ils avaient le coup... Et à bout portant, la balle dans la nuque, le corps s'est soulevé et ce tressaut-là m'a donné le coup de fouet pour monter au camp. Arrivée au camp, mes nerfs ont lâché, elle m'a confiée à Simone Lampe et à d'autres copines qui étaient déjà arrivées avant et qui se rendaient aux douches...[1]. »

Pour mieux me convaincre, Colette ajouta qu'il n'était pas possible qu'Estoucha se soit opposée au S.S.

Convoi venant de Ravensbrück – montée vers le camp de Mauthausen – traversée du village – 7 femmes abattues. » Le même dessin est reproduit dans son livre *Les Cerises de la liberté*, p. 97, avec la même légende imprimée, mais la date a été corrigée : mars 1945.

1. Colette (Séverine) Cieslak (Guénégou), enregistrement du 25 janvier 1995. Dans ses notes Estoucha ne dit rien de cette version de Colette puisqu'elle rapporte seulement celle d'Élise qu'elle

« Il aurait tiré sur elle, elle a dû mettre ça dans sa pensée comme ça mais elle n'aurait rien pu faire. Elle aurait été obligée de me laisser sur le côté, comme a fait Dédé avec Suzy. Il n'y avait pas d'humanité dans ces cas-là [1]. »

Cécile, qui était avec Dédé de Jongh, dit que cette Suzy qui fut exécutée n'était pas avec elles, que d'ailleurs il y avait d'autres Dédé dans le convoi. Pourtant Colette, pour toujours sans doute, vivra avec le souvenir de Suzy. La chaîne des souvenirs renvoie de l'une à l'autre cet excès de malheur. En revanche Cécile et Dédé ont bien, elles aussi, relevé une femme à deux doigts de se faire exécuter. « Celle que nous avons aidée, qui à l'origine était plutôt arrogante, a perdu après cette épreuve toute sa combativité [2]. »

Colette avait eu bien de la chance d'être directement conduite aux douches. Avoir réussi à la faire passer relevait de l'exploit. Pour les autres, il était déjà trop tard, elles restèrent douze heures, quatorze heures peut-être, parquées debout sous la neige « rêvant, dormant puis chantant pour nous donner du courage... [3] ».

Enfin elles furent admises à la désinfection où, une fois de plus, elles laissèrent leurs loques. Mauthausen étant un camp d'hommes, droits communs du Reich et détenus espagnols assumaient la besogne. Chaque femme montait sur un tabouret pour qu'un coup de projecteur éclaire son bas-ventre, l'homme passait un crayon dans les poils pubiens, et donnait un coup de tondeuse si la touffe était trop forte. Il y avait aussi le

n'avait jamais revue après son témoignage de 1954, ce qu'elle se reproche.

1. Colette (Séverine) Cieslak (Guénégou), enregistrement du 25 janvier 1995.

2. Cécile Dupont-Hermey, lettre du 29 février 1996.

3. Témoignage de Cécile Hermey écrit en juin 1945.

« coup de pinceau » dans l'entrejambe. Donné avec la même brosse pour toutes il était censé désinfecter parce qu'elle était trempée dans un genre de grésil. Les plus malades furent marquées d'un grand K au travers de la poitrine [1]. Fort prudes, les politiques espagnols effectuaient tout cela avec la plus grande gêne et souffraient d'être les agents de l'humiliation de ces femmes. Après la douche, vêtues d'un caleçon long et d'un maillot de corps, elles traversèrent tout le camp pour gagner les blocks de quarantaine. Elles y reçurent un bol de soupe, le premier depuis une semaine, depuis qu'à Ravensbrück elles avaient été rassemblées pour le transport.

Pendant tout ce temps Estoucha était restée avec Charlie. Avant de passer à la douche, elles virent s'approcher d'elles un très jeune détenu, requis ce soir-là comme interprète pour accueillir les arrivantes. Il était passé près des femmes, expliquant en espagnol qu'il était un républicain rouge et demandant si certaines parmi elles comprenaient l'espagnol. Angèle répondit oui et lui indiqua Charlie... qu'il reconnut immédiatement [2]. Il leur donna à boire un ersatz de café, Angèle en but des litres. Comme tous les Espagnols de Mauthausen, ce jeune homme était passé en France à la fin de la guerre civile. Dans les derniers jours de la débâcle de 1940, il faisait partie de ceux qui avaient enfin obtenu des militaires français une arme pour se battre contre les Allemands. Faits prisonniers de guerre en juin

1. Cécile Dupont-Hermey, lettre du 29 février 1996. Ce K pouvait signifier *krank*, malade. La scène de l'épouillage a aussi été dessinée de mémoire en 1945 par Éliane Le Rolland-Lenoir et reproduite dans *op. cit.*, p. 103.

2. Entretien téléphonique avec Mariano Constante (non enregistré) le 29 janvier 1996.

40, sur la ligne Maginot, ces Espagnols, peu à peu séparés des prisonniers de guerre français, avaient été transférés à Mauthausen. Ils y furent rejoints plus tard par des survivants du groupe Manouchian et, plus tard encore, par des chefs de maquis du sud-ouest de la France. Depuis août 40, ils avaient bâti en granit l'ensemble des infrastructures de ce camp qui ressemble à une forteresse. Seuls les blocks étaient en préfabriqué. Le granit était extrait d'une carrière d'où remonte un escalier de 186 marches qu'ils devaient emprunter chargés de pierres pouvant atteindre quarante, cinquante et peut-être soixante kilos, beaucoup périrent dans le *Todesstiege*, l'escalier de la mort.

Le jeune interprète, Mariano Constante, avait connu Charlie à Barcelone en 1938 au Comité central du parti communiste. Très vite il avait sympathisé avec elle et revenait la voir à chacun de ses passages dans la ville. Ils s'étaient revus au camp de Saint-Fons, en décembre 39, quand elle était venue lui rendre visite pendant une tournée pour transmettre les consignes du P.C. espagnol clandestin à ses adhérents.

Leur rencontre à Mauthausen était le fruit imprévu d'un enchaînement de circonstances. Pour le mettre à l'abri de la vengeance d'un S.S., le comité international, qui à cette époque avait pris le pas sur les droits communs, avait procuré à Mariano ce poste d'interprète. Il présentait l'avantage de devoir travailler la nuit puisque c'était toujours à la nuit que les convois arrivaient, Constante avait ainsi le droit de dormir le jour et donc d'échapper à son S.S. Sans cela il est peu probable qu'il aurait rencontré Charlie.

Mariano apprit en quelques mots à Charlie que son mari, Olasso, était au camp. Charlie lui recommanda Angèle : « Il faut sauver Angélinès. »

Le lendemain, profitant du fait qu'il avait peu de temps auparavant servi d'homme de ménage pour le S.S. qui y montait la garde, il réussit à entrer dans le périmètre de quarantaine et à reprendre contact. Charlie fut ainsi informée que, comme elle en avait transmis la consigne en 39 à Saint-Fons, une organisation clandestine du P.C.E. existait dans le camp ; en plus, il y avait aussi une organisation internationale des détenus. Mais Constante ne lui dit pas que pesait sur son mari le soupçon d'avoir parlé après avoir été arrêté, qu'il était très abattu, taciturne, et que, sans être en quarantaine, Olasso, l'ancien chef de la police politique à Barcelone, était tenu à l'écart de toute responsabilité [1]. Les républicains espagnols avaient pris la décision de s'organiser clandestinement à la faveur d'une désinfection générale du camp, occasion unique pendant laquelle tous les détenus s'étaient retrouvés complètement nus dans la cour d'entrée.

« Au terme de cette prétendue désinfection qui se prolongea de trois heures du matin jusqu'à minuit, 140 cadavres jonchaient le sol de la cour. Et les survivants apprenaient qu'ils devaient de n'avoir pas été couchés au sol sous le feu des mitrailleuses au fait que la journée avait été jugée " bonne pour le Grand Reich " [2]. »

C'était le 21 juin 1941, le jour où les Allemands atta-

1. Entretien téléphonique avec Mariano Constante (non enregistré) le 10 mars 1996. Voir aussi David Wingeate Pike, *op. cit.*, p. 102 et note 85 p. 319. Contrairement à S. Courtois auquel Pike se réfère, Constante maintient qu'aucune preuve ne fut trouvée pour soutenir qu'Olasso avait donné des camarades lors de son arrestation.

2. Émile Valley, *Mauthausen*, guide de l'ancien camp de concentration de Mauthausen, édité par l'Amicale de Mauthausen, 31, bd Saint-Germain, 75005, Paris, 1971, p. 24.

quèrent l'Union soviétique, le jour où Estoucha avait promené son bébé au bois de la Cambre. Il y avait déjà plus de trois ans et, malgré les milliers de morts, ce comité avait survécu. Charlie présenta Estoucha à Mariano. « Tu peux lui faire confiance comme à moi, elle est allée en Espagne. »

Pour Mariano le séjour en Espagne faisait d'Estoucha une personne à part. Pour l'amie de Charlie il eut une amitié presque aussi vive que celle qu'il portait à Charlie. C'est dans les mots de Mariano que j'ai retrouvé l'écho de la force de l'amitié qu'il y eut entre ces deux femmes.

« En plus de ça elles étaient tellement copines, elle et Charlie, qu'on aurait dit deux sœurs en tout, du point de vue politique, du point de vue de ce qu'il faut faire, aider celle-ci ou cette autre par là, incroyable [1] ! »

De ce jour, Estoucha fut, pour tout ce qui concernait la « solidarité », assimilée aux Espagnoles. Cinquante ans plus tard, quand Mariano m'avait dit : « Elle faisait partie des dix-huit », je n'y avais pas prêté attention.

Ce n'est qu'en réécoutant l'enregistrement de cette conversation que cette phrase me frappa bien que je ne comprisse point de quoi il s'agissait. Un comité clandestin ? Dix-huit, c'était vraiment énorme et contraire aux règles de la clandestinité. Je téléphonai à Mariano pour lui demander des éclaircissements sur ce dix-huit. Il resta un moment perplexe puis je l'entendis me dire : « Mais c'était le nombre de femmes espagnoles dans le convoi. » De fait, même pour ses camarades, il était évident qu'à Mauthausen, « Estoucha était partie avec les Espagnoles ».

1. Entretien avec Mariano Constante à La Paillade le 24 décembre 1994.

Dès le transport elle était restée avec Charlie et quelques-unes d'entre elles. Toutes l'appelaient Juanita, comme en Espagne, et à l'occasion s'entretenaient avec elle en espagnol.

Les dix-huit n'étaient d'ailleurs pas toutes espagnoles. Angèle était de Saint-Denis, une autre femme était dans la situation d'Estoucha. Un frère d'Angèle avait fait l'Espagne ; ça valait plus qu'un certificat de nationalité ou même qu'une carte du Parti. Alfonsina Bueno Vela, la femme d'un leader anarchiste catalan, Josep Ester, faisait aussi partie des dix-huit [1]. Membre de la direction de la C.N.T. en Espagne, Ester avait participé à la création aux confins ibéro-français du réseau Pat O'Leary, assurant le passage en Espagne d'aviateurs anglais. À Mauthausen il était, avec les communistes, un des dirigeants du « comité national », bien sûr clandestin, des républicains.

Parties de Ravensbrück à 1 981, enfants compris, on n'en dénombra plus que 1 799 le 10 mars, quand les opérations d'enregistrement furent achevées. Parmi les 182 morts il y aurait eu tous les enfants car, selon un historien, ceux qui avaient survécu au transport avaient été tués à l'arrivée [2].

1. Montserrat Roig, *Els Catalans als camps nazis* (en catalan), pp. 81, 82, 270, 305, Edicions 62, Barcelone, 1977), suivant le témoignage de Josep Bailina, indique les noms de sept des femmes de ce groupe : Charlie Jeantet c'est-à-dire Carlotta Garcia (elle écrit Janet), Angelina Martinez (c'est la petite Angèle), Feliciana Bierge, Herminia Martorell, Carmen Zapater, Rosita di Salva et enfin Alfonsina Bueno Vela. La liste est incomplète, mais que les noms de Charlie et Angèle soient côte à côte n'est pas fortuit. David W. Pike, *op. cit.*, p. 259, indique qu'il y avait officiellement quatre Espagnoles seulement parmi les survivantes du transport, mais évidemment il y en avait parmi les 579 Françaises.

2. David W. Pike *In the Service of Stalin, the Spanish Commu-*

Il y avait des enfants à Ravensbrück, il est donc possible qu'il y en ait eu dans ce convoi. Pourtant, ni Estoucha ni aucune de celles que j'ai rencontrées après sa mort n'a mentionné leur présence. Encore une fois, saisi par un doute honteux, je me suis arrêté d'écrire, bloqué par ce crime supplémentaire dont ni elle ni ses compagnes ne m'avaient parlé. Encore une fois ce n'était pas vers les criminels que se portait mon soupçon. Ceux-là étaient capables de tout. Mais elle ? Se pouvait-il qu'elle ait tu ce meurtre des enfants ? Si elle avait été en vie, sans doute aurais-je une fois de plus ravalé ma question. Maintenant qu'elle n'était plus là je voulais savoir.

J'avais rencontré cet historien presque un an auparavant. Son travail sur les communistes espagnols après la défaite des républicains m'avait apporté une foule de renseignements sur des femmes et des hommes qui avaient côtoyé Estoucha. C'est un des premiers livres que j'avais lus après la mort de celle-ci. Par une coïncidence qui n'est peut-être pas fortuite, je lui avais demandé d'où il tenait le chiffre de 1 981 femmes du convoi, chiffre que, contrairement à sa rigueur, il citait sans indication de source documentaire. C'était la fin de notre entretien, il avait déjà mis son manteau. Il s'arrêta, un peu surpris ; après un court silence il m'assura que c'était un chiffre que tout le monde connaissait. J'avais posé la question parce que sa précision comptable m'avait surpris. Elle semblait indiquer qu'il y avait une source écrite concernant ce convoi. Sur l'ordre de grandeur du nombre de transportées de Ravensbrück à Mauthausen, je n'avais pas de doute

*nists in Exile, 1939-1945*, *op. cit.*, p. 259. Je n'avais jamais entendu évoquer ce crime avant de lire Pike.

puisque les survivantes ont toujours parlé d'un convoi de deux mille personnes, ce qui est l'effectif de beaucoup d'autres. En revanche, je ne me souviens pas avoir retenu l'évocation du massacre des enfants qui, dans son livre, est faite cinq lignes plus bas.

Un an plus tard, ayant rendu compte de ce que je savais de Ravensbrück, je m'imaginais pouvoir écrire beaucoup plus rapidement ce chapitre sur leur séjour de quelques semaines à Mauthausen. N'est-ce pas ce que toutes avaient fait dans les récits que j'avais enregistrés, comme si, la libération étant proche, l'exaltation de ce qui avait suivi permettait de mettre entre parenthèses ce qui s'était passé dans ce camp-là. Mais ces enfants que j'avais ignorés un an plus tôt s'étaient dressés, comme si j'avais à décider de leur destin. Je suis resté seul quelques jours avec leur sort, incapable d'avancer. Puis j'ai encore une fois relu le passage les concernant. Décrivant l'arrivée du convoi des femmes de Ravensbrück l'historien ajoute : « Beaucoup passèrent leur première nuit debout, dans la neige, enchaînées au mur. »

Il y eut effectivement des femmes qui restèrent dehors toute la nuit debout dans la neige ; je n'ai jamais entendu dire qu'elles étaient enchaînées, encore moins enchaînées au mur. Dans l'état où elles étaient, parquées à l'intérieur du camp, il n'y avait aucun danger qu'elles s'enfuient. Ces chaînes improbables, elles aussi sans indication de source, me sortirent de ma torpeur. J'ai alors appelé Cécile comme chaque fois que sur ce sujet je m'étais heurté à une difficulté. Savait-elle s'il y avait eu avec elles des enfants ? Nous avions déjà parlé plusieurs fois du transport, elle n'avait jamais évoqué la présence d'enfants. Ce jour-là elle me dit d'abord qu'il n'y avait jamais eu d'enfants puis, devant mon insistance, y réfléchissant à nouveau elle ajouta : « Peut-être y en avait-il avec les Gitanes, c'est d'ailleurs parce que les Gitanes étaient avec nous que nous avions la conviction que c'était un transport noir... »

Je téléphonai une fois de plus à Mariano. Il m'apprit qu'à l'arrivée d'un convoi, ceux ou celles qui étaient immédiatement destinés à la chambre à gaz n'allaient pas à la douche, n'étaient pas enregistrés et qu'alors, n'ayant rien à faire, les interprètes étaient renvoyés dans leurs baraques. Il me confirma qu'il y avait des Gitanes dans le convoi, qui avaient été enregistrées. Une amie sociologue qui s'occupe des Tsiganes me fournit alors l'adresse d'un polyglotte qui étudie leur langue. Je l'avais justement rencontré à Budapest lors d'un colloque organisé pour le cinquantième anniversaire de la capitulation nazie par une organisation rom, puisque c'est ainsi que s'appellent eux-mêmes les Tsiganes. Grâce à lui j'obtins l'adresse, au Texas, d'un historien spécialiste de l'extermination des Tsiganes dans les camps nazis. Le fax de l'historien texan ne répondait pas, une lettre est partie, savait-il quelque chose sur ce convoi-là ? Pas de réponse, d'ailleurs qui, au Texas, se soucie aujourd'hui d'une simple lettre ? Quelques semaines plus tard je me suis procuré à l'amicale de Mauthausen une brochure publiée par ses soins pour le cinquantième anniversaire de la libération du camp, mot pour mot j'y ai retrouvé les phrases de l'historien et l'évocation des 182 disparus, avec l'indication « selon les statistiques S.S. », « tout le monde » c'était donc les registres S.S., mais, m'avait-on dit, dans les registres mère et enfant(s) avaient le même numéro... Finalement, comme après un deuil de plus, je me remis à ce travail. Je n'ai pas sauvé les enfants, je ne sais pas faire le deuil de l'Histoire.

Tous les convois de femmes qui étaient arrivés à Mauthausen avant celui de Ravensbrück avaient été exterminés. Dans la logique du crime il aurait dû en être de même pour celui-là, si, paraît-il, les négociateurs de la Croix-Rouge n'avaient pas été prévenus qu'un convoi de Ravensbrück était parti pour Mauthausen [1]. Les femmes de Mauthausen savaient ce qui les attendait, n'étaient-elles pas N.N. ? Mais elles savaient aussi que la guerre était entrée dans sa phase finale. Leur fin était programmée, celle de la guerre aussi, c'était une course entre la vie et la mort. Ici, pour la première fois depuis longtemps, elles avaient retrouvé des hommes qui n'étaient pas des ennemis et qui, de plus, partageaient leur condition. Cécile entendit un jour, portées par le vent, les cloches d'une église et, avec le printemps qui approchait, il n'y avait plus quatorze heures d'obscurité comme à Ravensbrück. C'est peut-être aussi à cause de cela qu'une fois dite l'horreur du transport et de la montée au camp, leurs récits ne s'attardent pas sur Mauthausen.

Pourtant tout y empira. Les restrictions sur la nourriture s'aggravèrent, le pain d'un kilo fut partagé en dix puis en vingt. L'odeur des fumées du four crématoire ne les quittait pas puisqu'il était à quelques dizaines de mètres de leur block, juste de l'autre côté de l'allée cen-

1. C'est du moins l'hypothèse avancée dans *Les Françaises à Ravensbrück* qui, parlant du transport des femmes tsiganes de Mauthausen à Bergen-Belsen, dit : « Ce fait est plus vraisemblablement dû à ce que le convoi N.N. devait être liquidé à l'arrivée, si l'intervention de Bernadotte (le délégué de la Croix-Rouge) n'avait pas eu lieu », *op. cit.*, p. 210. Dans le même ouvrage, p. 273, on lit, toujours à propos du départ de ce transport : « Le bruit circulait à Ravensbrück qu'il s'agissait d'un transport destiné à l'extermination. »

trale. Jamais elles n'avaient connu un tel entassement, il n'y avait aucun châlit, toutes dormaient tête-bêche par terre, si serrées que pour changer de position il leur fallait se retourner toutes ensemble [1]. Pour celles qui souffraient de dysenterie, aller vers les toilettes c'était marcher sur des corps. Cécile se souvient de cette voix bruxelloise qui perça la nuit : « Mais, ma parole, vous vous prenez pour la reine des Belges ainsi étalée sur le dos [2] ! »

Le 19 mars alors qu'elles étaient encore en quarantaine les Tsiganes et toutes celles qui avaient été marquées d'un K furent emmenées pour Bergen-Belsen. Un transport encore plus atroce que celui depuis Ravensbrück. Il n'arriva à destination que le 31, douze jours plus tard. Des trois femmes qui se portèrent volontaires pour accompagner leurs camarades dans ce voyage sans espoir, celle qui était médecin, Anne Nouri, n'est pas revenue, la deuxième eut les deux jambes amputées, la troisième seule revint entière.

Un ou deux jours plus tard, la rumeur se répandit dans le block de quarantaine où se trouvait Estoucha qu'on demandait des volontaires pour un commando agricole. Faute de candidates, un autre block fut désigné d'office. Le lendemain, le ciel était bleu, il faisait très beau. Celles qui étaient restées au camp entendirent, pendant des heures, des avions qui passaient par vagues

1. Cela aussi m'était apparu invraisemblable, pourtant, en avril 1996, au musée de Mauthausen, on pouvait voir la reproduction d'un dessin du caricaturiste français Aldebert qu'il exécuta peu de temps après sa libération et qui montre une couche d'hommes littéralement coincés dans cette position et des kapos qui marchent sur leurs corps pour mieux les encastrer en distribuant des coups de matraque en caoutchouc, les gummis.

2. Cécile Dupont-Hermey, témoignage écrit du 26 juin 1995.

et les bruits sourds de bombardements répercutés sans fin par l'écho des montagnes. Enfin, les alliés étaient vraiment proches. La grandeur sauvage de ce vacarme mécanique exalta Cécile qui souhaita mourir dans un tel bombardement plutôt que de continuer à croupir sans fin dans la vermine et sous les volutes du crématoire. Quand vint le soir, elles ne virent revenir aucune de celles qui étaient parties.

Le prétendu commando agricole avait été envoyé déblayer les voies bombardées par l'aviation alliée à Amstetten, une importante gare de triage à l'ouest de Linz. Elles furent prises sous les bombardements, il y eut trente-quatre mortes. De retour au camp, les survivantes furent isolées de leurs camarades.

« Nous étions sept amies dont le sort semblait être lié. La fin de la guerre paraissait imminente. Nous voulions croire à notre retour et avions déjà échangé nos adresses.

« Mais le sort en décida autrement : avant l'arrivée sur le lieu de travail, Miarka et moi fûmes, contre notre gré, séparées de nos compagnes....

« Ce jour-là, les raids de l'aviation alliée déchargèrent sur nous leurs tonnes de bombes. Durant cinq heures la tempête d'acier fit rage : la terre secouée de vibrations continues était comme un volcan en fusion.

« Allongées l'une à côté de l'autre, dans l'herbe qui sentait déjà le printemps, nous tâchions Miarka et moi de garder bonne contenance : il faisait trop beau pour mourir et notre libération approchait. Pourtant chaque instant pouvait être décisif. Je pensais au héros de Giono dans *Que ma joie demeure* et à la phrase admirable : “ La foudre lui planta un arbre d'or dans les épaules. ” J'imaginais le choc puis... plus rien, la perte de conscience.

« Entre deux accalmies nous échangions nos impressions : nous voulions rentrer pour porter témoignage.

« Le petit bois voisin, qui semblait, quelques heures auparavant, si paisiblement installé sur sa butte, fut littéralement laminé par les bombes. C'est là que nos cinq amies furent anéanties. Il y avait Frédérique et Mag, la vaillante du réseau Marco-Polo, toutes deux si brûlées d'idéal, la petite Hélène aux joues rondes, Micheline à l'accent lyonnais, et tant et tant ! Nous seules pouvions, dans notre cœur, en faire le décompte.

« De retour à la forteresse de Mauthausen où les camions nous avaient devancées avec leur sinistre cargaison de cadavres désordonnés, nous nous sentîmes, Miarka et moi, comme deux orphelines.

« Le lendemain il y eut un appel interminable où le mot " TOD " tombait sèchement comme un couperet. Le même jour près du four crématoire, je trouvai, parmi un amas de vêtements souillés de sang, l'écharpe rouge et bleu que j'avais donnée à Mag au précédent Noël.

« La question qui nous revenait sans cesse à l'esprit était la suivante : " Pourquoi sommes-nous là et pas elles ? "

« Mais c'est l'éternel " Pourquoi " [1]. »

1. Violette Maurice, *Les Murs éclatés*, préface de Lucien Neuwirth, Action graphique éditeur, Saint-Étienne, 1990, pp. 100 et 101. Violette Maurice avait dès son retour du camp évoqué le souvenir de Mag dans le dernier texte en prose de *N.N.* paru en 1946 réédité par Encre marine à Fougères, F42220 La Versanne, avec une préface de Marcel Conche, 1991, pp. 79 à 83. Dans ce premier texte, l'écharpe dont Violette Maurice lui avait fait cadeau est rouge. En revanche la référence au Boby de Giono est déjà présente en 1946. Parmi les sept amies de Violette Maurice se trouvait Mila (Marianne) Racine, qui faisait partie d'un réseau faisant passer en Suisse des enfants juifs ; elle avait été arrêtée en cours de mission.

Avant que le bois ne soit bombardé, Violette Maurice, auteur de ces lignes, avait, comme Cécile, été saisie par l'idée de mourir : « L'idée d'être broyée parmi les herbes et les racines dont le petit goût acre me vient à la bouche, sous ce grand ciel bleu triomphal, n'est pas faite pour me déplaire [1]. »

Maintenant c'était au tour de celles qui étaient restées au camp d'aller à Amstetten. Estoucha en faisait partie. À l'exception de leur première montée au camp, la seule chose qu'elle m'avait racontée c'était Amstetten. Au courant de ce qui s'était passé, mais craignant que les femmes ne soient victimes d'une sélection, les Espagnols leur conseillèrent d'y aller toutes ensemble. Ils ajoutèrent qu'en cas d'alerte il fallait s'éloigner le plus possible des S.S. et aller s'abriter dans le bois, celui qui avait été bombardé la veille. Angèle était trop mal-en-point, les Espagnols se chargèrent de la cacher une fois de plus au Revier. Au moment du rassemblement pour le départ, Dédé de Jongh interpella le commandant et demanda où étaient passées leurs compagnes. Elle y gagna d'être mise au cachot. Par un raffinement de fonctionnalisme, il se trouvait au-dessus du four crématoire. Dédé et Angèle furent probablement les seules à n'avoir pas connu Amstetten.

Les autres revirent de nuit la gare de Mauthausen, d'où elles furent emmenées en train à Amstetten. Elles allaient risquer leur vie mais, insistait Estoucha, pour la première fois elles virent de leurs propres yeux la débâcle de l'Allemagne et de l'Autriche nazies. Partout il y avait du monde, dans la gare et sur les quais, attendant ne sachant quoi. Quantité de soldats qui parlaient un français excellent, prisonniers de guerre de toutes les

1. Violette Maurice *N.N.*, *op. cit.*, p. 68.

nationalités, enfin des civils dont certains les regardèrent avec effarement. Sur les voies de triage, un cantonnier au travail leur lança subrepticement un quignon de pain. Tout devant elles était labouré par les bombes, des rails se dressaient tordus en V renversés, des fragments de locomotives étaient retombés sur un toit. Le sol était jonché de pommes de terre qu'on leur défendit de ramasser car elles étaient saupoudrées du phosphore d'un wagon soufflé par une bombe. Une fois n'est pas coutume, les S.S. protégeaient leur main-d'œuvre, eux aussi leur dirent de gagner le petit bois dès que l'alerte retentirait. Le déblayage venait à peine de débuter que les sirènes se mirent à hurler. Toutes coururent vers le bois mais les plus faibles, celles dont les jambes avaient des œdèmes, ne pouvaient suivre et restaient en arrière; les fouaillant de leur arme, les S.S. les obligèrent à forcer le pas. C'était quand même le printemps, malgré les horreurs de la veille qu'elles ignoraient, elles furent sensibles à l'eau claire d'un ruisseau, aux pousses de jeunes plantes, aux escargots et aux limaces qui furent vite dévorés sous le prétexte que c'était bon pour les poumons. L'alerte dura longtemps; quand elles retournèrent au déblaiement les sirènes hurlèrent à nouveau. La journée s'écoula ainsi en aller-retour entre les voies ferrées et le bois, où elles firent de longues pauses sans qu'aucun travail soit possible. Le soir, elles reprirent le train pour Mauthausen.

À l'arrivée, les S.S. les transférèrent en bas du camp où elles retrouvèrent les survivantes du commando précédent qui leur apprirent ce qui s'était passé la veille. C'était au bas des 186 marches, au bord d'un ruisseau, sous un hangar ouvert à tous vents, sans aucun éclairage, ni aucune autre installation sanitaire que d'énormes pyramides tronquées renversées, en bois, débordant de matières fécales entre hall et ruisseau.

« Est-ce un grand hall pour la vente des fruits et des légumes ? Une immense bergerie ou bien encore une gare de marchandises avec ses remises vides attendant des trains en panne ? Le décor est simple, les yeux ne savent où se fixer, tout se passe au ras du sol, dans la poussière de terre et de paille, de loques, de bras qui s'étalent pour accrocher le plus d'espace possible. Deux mille femmes sont ainsi parquées, avec tout ce qui doit les faire vivre jusqu'à la fin. Pour joindre un quart de mètre carré de vide qu'une compagne charitable a essayé de vous garder, il faut marcher sur le tout rapidement pour faire mal le moins longtemps possible [1]. »

Les nuits étaient traversées de cris et de hurlements ; pour aller faire ses besoins dans l'obscurité on finissait par marcher lourdement sur l'une ou l'autre qui, arrachée à sa torpeur, répondait en griffant, parfois même en mordant [2].

« Entassées à même le sol, entassées les unes sur les autres, ces centaines de femmes luttent contre la folie, le vol, le sommeil, la faim et la vermine [3]. »

1. Miarka (Denise Viernay), bulletin de l'ADIR, octobre (?) 1988, p. 6. En fait, selon Mariano Constante (conversation téléphonique du 2 janvier 1997, non enregistrée), c'était un atelier où on avait fait fabriquer par des détenus des pièces détachées pour les avions Messerschmidt. On aperçoit ce bâtiment dans une vue générale de la carrière publiée dans le magazine *Regards*, 14e année, n° 12, nouvelle série, 1er juillet (194 ?), en bas à gauche des 186 marches. Ces bâtiments n'existent plus.

2. Colette (Séverine) Cieslak (Guénégou), enregistrement du 25 janvier 1995.

3. Miarka (Denise Viernay), *op. cit*, p. 6.

« Je me demande comment nous aurions fait s'il avait fallu rester tout l'été [1]. »

De toute cette période Estoucha ne me dit jamais mot. De l'humiliation et de la misère, des épidémies, de la déchéance où les S.S. voulaient les enfoncer avant qu'elles meurent, elle n'a rien ajouté à ce que, à petites doses, elle m'avait dit à propos de Ravensbrück. Le camp c'était le camp.

Certaines étaient employées à des travaux de couture, les machines étaient descendues chaque matin par les hommes qui les avaient utilisées la nuit précédente et qui venaient les récupérer à la fin de la journée. C'est ainsi qu'en levant les yeux elles virent un jour sur le chemin de ronde du camp des jeunes gens qui avançaient dignement les mains liées derrière le dos pour être systématiquement fauchés par les rafales de mitraillettes d'un S.S. Chacun reçut le coup de grâce et peu après leurs corps furent chargés sur un chariot pour aller au crématoire. C'étaient des Alsaciens qui avaient refusé d'être incorporés dans les S.S. [2].

Une partie des femmes était aussi employée dehors. C'était le cas pour Charlie et Estoucha le jour où toutes furent rassemblées sans explication. Elles aperçurent alors, sur la route qui surplombait la carrière, des camions ornés d'une croix rouge. Toutes deux, et elles ne furent pas les seules [3], crurent qu'elles allaient être exterminées. Ces camions ne pouvaient être que des chambres à gaz mobiles pour liquider les N.N. mainte-

1. Colette (Séverine) Cieslak (Guénégou), enregistrement du 25 janvier 1995.

2. Cécile Dupont-Hermey, témoignage écrit du 17 juillet 1995.

3. *Les Françaises à Ravensbrück*, *op. cit.*, p. 273.

nant que la fin de la guerre approchait. Effectivement, il en avait circulé entre Mauthausen et Gusen, une de ses annexes les plus sinistres [1]. Parce que rien n'était jamais sûr, une dernière fois elles échangèrent leurs adresses au cas où l'une s'en tirerait. Estoucha donna celle de son garçonnet à La Bassée.

1. Serge Choumoff in Tillion, *op. cit.*, pp. 400-411. Au printemps 42, un panier à salade « grüne Minna » avait circulé. Il fut utilisé une vingtainc de fois (p. 406). Un autre fut remis en service de mars à octobre 1943 (p. 409). Les gazages furent effectués tantôt au zyklon B tantôt aux gaz d'échappement (monoxyde de carbone CO). Choumoff estime qu'il y eut au minimum 900 victimes.

# XV

C'était un vrai convoi de la Croix-Rouge, avec de vrais Canadiens au volant de chaque camion. Ils venaient les rapatrier dans le cadre d'un échange de prisonniers qui aurait dû être la première phase d'un ensemble d'opérations de ce genre. Fin mars 45, dans une lettre au Pr Buckhardt, président du Comité international de la Croix-Rouge, le S.S.-Obergrüppenführer, General der Waffen-S.S. und der Polizei, Ernst Kaltenbrunner, bras droit d'Himmler, en avait défini les termes.

L'échange, en principe, ne présentait aucune difficulté, mais Kaltenbrunner faisait valoir qu'il y avait une inégalité : 62 000 internés civils français contre seulement 15 000 militaires allemands détenus par les Alliés. Il réclamait des compensations. Les Alsaciens-Lorrains de nationalité française qui avaient « assuré le développement de notre grand Reich » ne devaient pas être poursuivis mais être inclus dans cet échange ; il avait aussi demandé que les collaborateurs français soient amnistiés. Sous ces conditions, l'échange des civils pourrait alors commencer par les malades, les enfants et les femmes. Le sort des détenus de la France libre, que Kaltenbrunner qualifiait de membres des groupes gaullistes, et celui des

Français « requis à Sigmaringen », périphrase pour pétainistes, ne relevant d'aucune convention interprétée à la lettre devaient être encore discutés. Les Polonais faits prisonniers pendant l'insurrection de 1944 à Varsovie étaient quant à eux mis en balance avec les auxiliaires féminines de l'armée allemande aux mains des Anglo-Saxons. Enfin restaient les détenus civils juifs, Kaltenbrunner voyait une difficulté à leur convoiement vers la Suisse puisqu'on ne pouvait pas parler d'échange à leur propos, néanmoins : « J'ai pu constater également une certaine réceptivité pour le transfert de civils juifs internés vers la Suisse. Mais à mon avis on ne devrait pas parler, pour ce problème, d'échange ou de compensations ; par contre il devrait être possible de voir par quels moyens et dans quels domaines le Reich allemand pourrait en attendre quelque geste en retour [1]. »

La guerre n'était pas finie, les camps exterminaient encore. Le même jour où le convoi du C.I.C.R. arriva à Mauthausen, le 21 avril 1945, une centaine d'hommes, épuisés, furent gazés et à peu près quatre cents de plus les deux jours suivants [2].

1. Ernst Kaltenbrunner au Pr Buckhardt, président du Comité international de la Croix-Rouge, Berlin, 29 mars 1945, archives du C.I.C.R.

2. Serge Choumoff, in Tillion *op. cit.*, pp. 385 et 386, ainsi que son témoignage personnel, p. 386-387. Choumoff était alors à Gusen-1, à quelques kilomètres du camp de Mauthausen. Il y eut encore plus de gazés à Gusen pendant ces jours-là. Dans son rapport du 30.4.45 sur son voyage d'inspection à Saint-Gall, Mme R.M. Fritz-Cramer, du C.I.C.R., rapporte des témoignages faisant état de 1 300 personnes gazées le même dimanche 21 avril et 700 désignées pour le lendemain (document : RMF/JS 30.4.45 boîte G44/02 archives du C.I.C.R. Genève). Pour Amstetten les mêmes témoignages parlent de 80 morts. « Tous ces récits m'ont été faits avec une mesure, une précision qui donnent l'impression de la plus absolue

Les femmes furent parquées dans des baraquements abandonnés puis conduites au dépôt de vêtements pour avoir l'air plus présentables. À nouveau isolées, ce n'est

véracité. J'ai été profondément impressionnée de la force de caractère, de l'énergie qu'ont dû déployer pour subsister tous ces êtres affaiblis physiquement et qui, pendant deux et trois ans, ont pu se croire abandonnés sans espoir, livrés à des brutes ayant perdu tout sens de l'humain » (p. 6).

La chambre à gaz de Mauthausen, déguisée en salle de douches, est parfaitement visible encore aujourd'hui, avec un détail de construction qui traduit bien sa fonction : la porte de la douche telle que j'ai pu la voir le 3 avril 1996 est non seulement blindée mais aussi munie sur tout son pourtour d'un joint d'étanchéité plat, du même type que ceux qu'on utilise encore aujourd'hui pour les caissons hyperbares. Ce détail me frappa car, pour une expérience de laboratoire, je venais de commander un caisson de ce type. Zeireis le commandant du camp, fut grièvement blessé lorsqu'il fut reconnu par des détenus espagnols alors qu'il se cachait aux environs du camp après la libération de celui-ci. Pendant son agonie il passa aux aveux sur tous les sévices et massacres qui eurent lieu à Mauthausen. Ces aveux obtenus, vu les circonstances, dans des conditions fort éloignées de l'exercice d'une justice sereine sont confirmés par des aveux antérieurs faits spontanément. Dans les archives du C.I.C.R., sous la référence G44/13, on trouve le rapport remis en juin 45 par le Dr Louis Haefliger qui fut délégué du C.I.C.R., responsable des convois de ravitaillement qui arrivèrent à Mauthausen le 27 avril 1945. Entre le 30 avril et le 5 mai, le rapport ne permet pas de mieux préciser la date, Zeireis, qui s'était montré intraitable, se confie tout à coup à Haefliger : « J'ai gâché ma vie. Je suis père, ma femme m'a mis en garde contre ces cruautés. Pendant six ans j'ai obéi aux ordres d'un Himmler, d'un Kaltenbrunner, j'ai reçu de son " Gruppenführer " Gluck l'ordre de brûler les détenus. Himmler m'a montré comment je devais anéantir les Juifs. Moi-même j'ai tué plus de 4 000 êtres humains d'une balle dans la nuque. Déjà en 1940, le Gruppenführer Heydrich m'a forcé à des exécutions. Gluck m'a ordonné d'employer des armes de petit calibre. Les docteurs Lohnauer et Recult ont donné l'ordre d'envoyer des criminels professionnels non amendables comme aliénés à Hartheim près de Linz pour être supprimés par le système du Haupsturmführer Kresbach... » (traduction française du C.I.C.R., p. 6).

que le lendemain qu'elles furent menées au terrain de sport des S.S. Charlie et Estoucha, en voyant de près les Canadiens, baissèrent enfin leur garde. Elles rentreraient. Sauf celles qui, à bout de forces, allaient mourir en route. À voix basse, Charlie lui glissa alors cette phrase lucide et désespérée, si contraire à l'image forte de la militante qu'elle s'efforçait de projeter en toutes circonstances : « Tu sais, nous allons rentrer, mais personne ne nous attend. »

Cette phrase, Estoucha attendit des dizaines d'années avant de me la répéter. Mais depuis la levée du tabou de la transmission de ce souvenir amer, elle me la rappelait volontiers. Au terme de sa vie, tandis que nous regardions à la télévision le spectacle un peu dérisoire conçu pour les cérémonies du cinquantième anniversaire de la libération de Paris, évoquant une fois de plus cette phrase, elle me redit qu'elle y voyait l'acuité de l'intelligence de Charlie et le résumé de ce qu'elles avaient vécu dès la sortie du camp.

Le responsable de la Croix-Rouge fit du zèle, protestant que le pain donné pour le voyage n'était pas de qualité suffisante [1]. C'était bien la dernière chose dont les déportées se souciaient. À cause de ce pain, elles furent ramenées au camp jusqu'à ce que du meilleur soit fourni. Cela prit du temps. Enfin, à partir de neuf heures du matin, répartis en trois colonnes, les camions s'ébranlèrent de trois heures en trois heures. Il y eut des bousculades pour être dans le premier convoi. Charlie, Angèle, Colette et Estoucha se retrouvèrent dans le dernier qui fut complété par quelques hommes, pour l'essentiel ceux qui avaient retrouvé leur épouse parmi

1. Témoignage de Cécile Dupont-Hermey et d'Éliane Le Rolland-Lenoir, *op. cit.*, p. 118.

les femmes de Ravensbrück [1]. Une fois en route, s'étant ressaisie, Charlie, pour faire bonne figure, leur dit en se frottant les mains comme elle en avait l'habitude : « Mes enfants, j'ai une bonne nouvelle à vous annoncer : on ne mourra pas par le gaz... », c'était une évidence bonne à dire. À cause de ce qui arriva à Charlie et Kim quelques années plus tard, Angelita n'a pas oublié cette lapalissade qui fut démentie.

Si un horaire avait jamais été prévu pour ce convoi, il était maintenant bouleversé. La route n'était pas à l'abri de bombardements. Pour pallier la désorganisation du pays, chaque camion transportait son essence dans des nourrices calées au milieu de son plateau arrière, parmi les déportées. De temps à autre, les chauffeurs faisaient une halte pour se reposer et faire le plein. Rongées par la crainte d'être encore une fois ramenées au camp, les femmes les pressaient de reprendre la route. À la nuit, elles arrivèrent dans un petit camp aux environs de Salzbourg et dormirent dans un hangar, sur de la paille jetée par terre. Au mur il y avait un portrait de Hitler. Fin avril 45, c'était un peu saugrenu mais n'étaient-elles pas encore en Autriche ? De toute façon, c'était beaucoup mieux qu'au camp : la paille était bien propre. Dans leur petit groupe, toutes s'en contentèrent, sauf une. Colette, qui en avait été surprise, se souvient très bien de la colère d'Estoucha devant ces conditions d'hébergement. Je n'ai pas eu besoin qu'elle entre dans les détails pour deviner immédiatement que cette paille jetée à terre, si propre qu'elle fût, avait été pour Estoucha une négation supplémentaire de leur qualité d'êtres humains alors qu'elles étaient libérées, une humiliation de trop.

1. Colette (Séverine) Cieslak (Guénégou), enregistrement du 25 janvier 1995.

Avait-elle déjà ces colères d'écorchée avant le camp ? Je sais seulement qu'elles éclataient quand, à tort ou à raison, elle avait l'impression d'être considérée comme inférieure.

Le lendemain matin, cela ne surprit personne, quelques déportées de plus étaient mortes, d'autres étaient en très mauvais état. On n'était plus au camp, aussi ne reprirent-elles la route qu'après avoir soigné celles qui en avaient besoin et enterré les mortes. Après Rozenheim, Tolz, Murnau, Kempten, ce fut la frontière suisse. Là, leur crainte se matérialisa. Il y avait eu paraît-il un attentat, de jeunes hitlériens en armes prétendaient leur interdire de reprendre la route tant que les hommes qui étaient avec elles ne descendraient pas. La tension monta. Les chauffeurs canadiens et les gens de la Croix-Rouge leur recommandaient sans cesse : « Ne chantez pas *La Marseillaise* avant d'avoir franchi la frontière. » Finalement tous les camions passèrent.

Estoucha se souvenait des difficultés du convoi. Elle racontait qu'un contrordre avait été donné par Himmler sitôt après leur départ, qu'elles avaient été prises en chasse et n'avaient franchi que de justesse la frontière austro-suisse. J'ai très souvent entendu cette histoire sans me poser la moindre question. N'était-ce pas un des épisodes de sa vie qui, une fois de plus, avait été rythmée par l'Histoire ? Avec sa mort, plus pour pallier son absence que pour toute autre raison, j'ai voulu vérifier.

C'est bien à cette époque, exactement au cours de la nuit du 23 au 24 avril, qu'Himmler osa enfin demander au comte Bernadotte, avec qui il avait négocié la libération des femmes déportées, de remettre au gouvernement suédois, à l'intention des alliés occidentaux, sa demande de capitulation [1]. Depuis plusieurs semaines les responsables du C.I.C.R. avaient acquis la conviction qu'Himmler agissait de son propre chef [2]. Cette demande était secrète, ce n'est que le 28 qu'Hitler apprit qu'une négociation se déroulait dans son dos. Il est donc peu probable qu'il y ait eu un contrordre immédiatement après leur départ du camp. Il n'aurait pu y en avoir qu'à partir du 28. À cette date, les convois de la Croix-Rouge partis de Mauthausen étaient déjà tous en Suisse. Comme pour l'annonce de l'exécution de Mouni, Estoucha, dans ses souvenirs, depuis longtemps, avait contracté cette période capitale. L'arrêt du convoi à la frontière est l'objet de nombreux témoignages concordants [3], une note interne du C.I.C.R. datée du 24 avril 1945 confirme que trois colonnes, 35, 36 et 37, sont parties de Mauthausen mais qu'ils sont sans nouvelles de la colonne 37, la dernière justement [4].

1. Germaine Tillion, *op. cit.*, pp. 92 et 93.

2. « Par un télégramme daté du 17.3.45, M. Berber a demandé une réponse du gouvernement allemand. Il n'a pas été donné suite à ce télégramme. M. Berber croit qu'on se trouve en présence de difficultés qui ne sont pas seulement d'ordre technique. Le Dr Marti aurait fait connaître au président Buckhardt que les difficultés semblent provenir du Chancelier lui-même que du chef de l'Ersatzheer.... Le Dr Marti répète que (...) le principal obstacle semble résider dans la personne du Chancelier lui-même et non pas chez Himmler. » *Entretien en date du 30.3.1945 entre MM. Pradervant et Marti et M. Berber, concernant le rapatriement des prisonniers civils français et belges.* Tous les participants à cet entretien étaient délégués du C.I.C.R. Le Dr Marti était son représentant à Berlin. Ce document est daté du 6 avril 1945. Archives du C.I.C.R. Genève.

3. Outre Estoucha, Angèle, Éliane Le Rolland-Lenoir, Colette et Cécile.

4. Note réf. PK/ALG., « Renseignements concernant le rapatriement des déportées de Mauthausen et démarches à entre-

Elles avaient naturellement commencé à échanger leurs adresses. Estoucha avait récupéré une carte-lettre affranchie. Le timbre imprimé représente Hitler et dans le coin opposé il y a ce slogan en allemand :

*Le Führer ne connaît que le combat,*
*le travail et les soucis.*
*Nous voulons alléger sa charge*
*de la charge que nous pouvons porter.*

Au crayon noir, elle a mis une croix sur le profil d'Hitler et au verso inscrit les adresses :

Oudin Germaine Chatou (S.-et-O.), Monjauel Renée (Lucie) Paris XIII, Mme Vallet (pour Pierrette) Paris XV, Simone Chaudet (Hélène) Paris XV, Mme Delmée Gilberte à Boussu-lez-Mons, Thérèse Vannan (peu lisible) Monté... Liège.

À leur arrivée en Suisse, deux écoles de Saint-Gall les accueillirent. À la Hadwigschule ce fut le premier de ces rituels conjuratoires qu'elles allaient connaître à chaque étape : aspersion au D.D.T. qui provoquait des troubles pulmonaires, douche qui les refroidissait, désinfection avec, comme au camp, l'humiliant coup du pinceau [1]. Je n'ai jamais su dans quel ordre tout cela se passait, d'ailleurs du pinceau, par pudeur, elle ne m'avait jamais parlé.

Estoucha revenait toujours avec une colère froide sur cet hygiénisme obligatoire et meurtrier. Tout cela brûlait leurs dernières forces, alors qu'elles effectuaient un travail psychique formidable pour remettre en branle ce qui de leur conscience et de leur mémoire avait été

prendre », signée P. Kuhne, Genève, le 24 avril 1945. Archives du C.I.C.R.

1. Rapport de Mlle Jung sur son voyage à Saint-Gall du 27 avril au 2 mai 1945. Cote G44/02, archives du C.I.C.R. Genève.

étouffé au camp. En plus, il y avait quand même une vraie visite médicale. N'ayant qu'une idée fort vague de ce qu'elles avaient vécu, les médecins posaient des questions qui paraissaient saugrenues aux déportées. Ils étaient plus prompts à deviner les dangers dont ces femmes décharnées et à bout de forces étaient porteuses pour les gens normaux qu'à leur offrir un secours éclairé, ne fût-ce qu'en les gardant de se jeter sur la nourriture au péril de leur vie [1]. Dans la Bürglischulhaus, de l'autre côté de la rue, juste en face du centre de désinfection, les salles de classe avaient été vidées pour, encore une fois, y étaler de la paille au sol. Elles étaient en quarantaine et n'avaient le droit de sortir que dans la cour de l'école. Les Suisses venaient les voir en foule comme si elles étaient des bêtes curieuses et leur passaient des cigarettes dont les plus jeunes s'étourdissaient.

De Saint-Gall, le retour se poursuivit en train, dans des voitures pour voyageurs, et entrèrent en France à

1. Vingt jours après leur accueil en Suisse se tint à Berne, le 16 mai 1945, une réunion entre les délégués du C.I.C.R de la division des Affaires spéciales (créée en 1943 pour s'occuper des « prisonniers civils », c'est-à-dire des déportés qui n'étaient pas couverts par les conventions internationales de la Croix-Rouge) et les représentants de division de police du département fédéral de la Justice pour faire le point de la situation. Un des délégués du C.I.C.R., le Dr Rubli, souligna à deux reprises que les mesures prises par le Grenz-sanitätsdienst afin d'éviter une épidémie de typhus exanthématique en Suisse étaient hors de proportion avec les risques réels (parce que l'état sanitaire des Suisses n'avait rien à voir avec celui des déportés). Il signala en revanche l'insuffisance des précautions qui avaient été prises lors de l'arrivée des premiers convois pour lutter contre la dysenterie infectieuse qui risquait alors de se répandre réellement parmi la population suisse. De fait, les médecins parlaient dans leur compte rendu d'entérite, alors que les déportées savaient bien qu'elles avaient de la dysenterie

Annemasse, le gouvernement français ayant exigé que tous les rapatriements se fissent par cette ville. Les enfants des écoles avaient été amenés sur le quai de la gare pour fêter leur retour. Les voitures des déportées étaient en queue d'un long convoi, celles de tête étaient occupées par d'anciens prisonniers de guerre ou du S.T.O. Ces hommes monopolisèrent souhaits de bienvenue, fleurs et cadeaux. Quand ce fut au tour des femmes d'arriver à quai, il ne restait plus grand-chose de tout cela. En revanche, pour tous, il y avait la gendarmerie à la recherche de collabos... et de prostituées qui furent arrêtées. Estoucha reçut une « carte de rapatrié » à en-tête du ministère des Prisonniers, Déportés et Réfugiés.

C'est une demi-feuille de papier 13,5 x 20,5 cm, formulaire qu'un fonctionnaire qui se servait d'un crayon mal taillé avait hâtivement rempli par copie carbone. Pliée en deux, la demi-feuillc fait un petit livret de quatre pages. Les orthographes sont inexactes, Zilverberg pour le nom, Kalis pour le lieu de naissance. Curieusement Estoucha qui, contrairement à Mouni, écrivit toujours son nom de la même manière, laissera pendant quelques mois les employés d'administration l'écrire avec un V, Zil*v*erberg au lieu de Zil*b*erberg. Ses réponses aux rubriques du questionnaire trahissent aussi ses souhaits. Nationalité d'origine ? Elle a répondu polonaise, mais à nationalité actuelle, française. Dernière résidence en France ? Cambrai, 9, rue Bertrand-Milcent, le seul endroit où elle vécut avec Mouni et son bébé. Nom et adresse de la personne chcz qui vous vous rendez ? M. Fleury Tribout, 7, rue Anatole-de-La-Forge,

(pp. 1 et 3, document PK/ALG du 17.5.45 qui est le compte rendu de cette réunion).

Lille-Fives (Nord), sa planque pendant la clandestinité. Elle arrivera bien à Lille dans les jours qui suivirent, mais elle ne deviendra française, avec bien des difficultés, que neuf ans plus tard. Cette demi-feuille si mince et dont elle allait devoir faire usage si souvent était son seul papier d'identité. La date de délivrance est perforée : IT 27 4 45 et IT 29 4 45. Au recto, la demi-feuille est numérotée 0177020 en bas à droite, tandis qu'en bas à gauche un carré de 4 x 4 cm était prévu pour une photo qui n'y fut jamais agrafée. En revanche, au verso, à la dernière page du petit livret si la demi-feuille était pliée en deux, il y a les empreintes, incroyablement petites, de ses deux index.

Le train repartit pour Annecy. Un service de contact avec les familles y était organisé, la plupart envoyaient un télégramme à leurs parents. Estoucha, sans famille, obtint qu'on essaie de joindre La Bassée par téléphone.

La Bassée a beau être chef-lieu du canton, elle a tout d'un gros village assoupi en bordure du pays minier et de ses corons monotones. L'opératrice ne trouva qu'un seul numéro de téléphone dans la rue où habitaient Jeanne et Fernand, celui du distributeur des journaux. La rue Lestarquit descend vers un canal, elle n'est pas très longue, une vingtaine de numéros. Lefebvre, le marchand de journaux, habitait au débouché sur la route de Lille, Jeanne et Fernand sur le même trottoir mais en bas, à l'autre bout. Tous se connaissaient, le petit salon de coiffure de Jeanne était le seul commerce de la rue et tous les enfants jouaient ensemble. Le téléphone sonna, la qualité de la ligne laissait à désirer, Lefebvre crut comprendre que ça venait de Suisse et que c'était pour Jeanne. Il l'envoya chercher. Elle n'était pas là. C'était un dimanche d'élections, pour la première fois en France les femmes avaient le droit de vote, Jeanne était partie voter. Quand elle revint ils rappelèrent, Estoucha annonça qu'elle rentrait et Jeanne, tout aussi émue et sans comprendre d'où Estoucha sortait, alla à ce qui lui paraissait l'essentiel : « Le petit va bien, il est en bonne santé, on a récupéré le corps de Maurice, il est dans notre caveau. » Estoucha fut tétanisée. Dans les prisons, les vieilles l'avaient confortée dans l'espoir que Mouni vivait encore. En 1918 n'avait-on pas vu revenir des hommes dont l'exécution avait été annoncée ? Tout ce qu'elle avait vu aux camps ne lui laissait aucune illusion, pourtant elle n'avait pas pu s'empêcher d'entretenir l'espoir irrationnel qu'il vivait peut-être encore. En quelques mots crachés par le téléphone cet espoir venait d'être anéanti. C'était la victoire en pleurant. Ses relations avec Jeanne se ressentirent longtemps de ces quelques mots au téléphone.

Leur lent retour continuait. Lyon, où pour la première fois un lit et des draps les attendaient, Paris enfin avec le centre de triage installé à l'hôtel *Lutétia*. Une plaque sur sa façade rappelle le souvenir du retour des déportés ; bien avant qu'elle fût y apposée, le *Lutétia* faisait partie de ma mémoire. Son comité d'accueil n'était pas seulement constitué par ces femmes rebondies, les cheveux soigneusement frisés et portant un uniforme comme on le voit sur les photos prises à l'époque [1]. Il y avait aussi des agents de police parmi lesquels des

1. *La Libération des camps et le retour des déportés*, sous la direction de Marie-Anne Matard-Bonucci et Édouard Lynch, Paris, éditions Complexe, 1995, p. 124. Le même ouvrage présente p. 100 la reproduction d'un instantané pris à l'arrivée d'un convoi de rapatriés en gare d'Annecy vers le mois de mai puisqu'on y voit sur le marchepied d'un wagon un homme en tenue rayée de déporté tenant un brin de muguet à la main.

déportées communistes parisiennes reconnurent ceux-là mêmes qui les avaient arrêtées et qui, sans gêne aucune, étaient de service au *Lutétia*, comme si de rien n'était. Estoucha ajoutait aussi qu'on n'avait rien trouvé de mieux pour les nourrir que des haricots rouges qui rendirent plus d'une malade. C'était le 1 er mai, celles qui en eurent la force allèrent défiler, Colette en faisait partie, je ne sais pas ce que fit Estoucha. Le lendemain elles se retrouvèrent dans le même train. Colette descendit à Arras, inquiète pour ses parents, parce qu'un voyageur lui avait appris que dans les derniers jours de la guerre il y avait eu à Avion, où ils habitaient, un gros bombardement. Charlie et Jacquotte étaient restées à Paris.

Dernière de son petit groupe, Estoucha descendit à Lille, dans la gare même où elle avait été arrêtée vingt-sept mois plus tôt, le 6 février 1943. Dehors, elle se retrouva devant le grand terre-plein pavé où avec le capitaine soviétique évadé elle avait joué aux amoureux pour donner le change. De l'autre côté de la place il y avait la brasserie du *Coq hardi* et l'arrêt du tram B qui menait à Fives chez les Tribout. Très tôt j'ai connu ces lieux, la brasserie avec son odeur de frites et ses murs carrelés jusqu'au-dessus des banquettes. La boucle était bouclée, elle était revenue au point de départ, seule, parmi les camarades et avec le petit. Sa vraie liberté commençait.

# XVI

Il n'y a plus de témoin direct des quelques heures qui suivirent, reste le vraisemblable. Elle n'était sûrement pas l'unique déportée dans ce train. Y eut-il une réception ou des formalités pour celles qui revenaient si longtemps après la Libération ? Les gens croyaient savoir ce qu'elles avaient vécu à partir de quelques articles très imprécis dans la presse régionale. Au milieu de leurs propres difficultés, ils ne prêtaient plus une grande attention au retour des déportés, même celui de militants connus ne faisait l'objet que de brefs articles dans *Liberté*, le quotidien communiste.

C'est à Lille, sans doute le jour même, que Jeanne et Fernand retrouvèrent Estoucha. Ils étaient bien sûr venus avec le petit et Renée. Celle-ci, qui avait alors douze ans, se souvient l'avoir vue descendre d'un camion. « Elle a sauté en bas, je l'ai tout de suite reconnue, pour moi c'était Estoucha comme toujours. » Sauf qu'à cette époque elle l'appelait Jeanne, comme sa mère. Il lui faudra bien du temps pour s'habituer à dire Estoucha quand les vrais papiers qui, pour elle, arrivaient à La Bassée portaient encore Estera ; d'ailleurs, Jeanne et Fernand l'appelèrent toujours plus volontiers

Jeanne. Le père du petit, dont ils gardaient un souvenir chaleureux, resta pour eux Maurice bien qu'il s'appelât Jean dans la clandestinité.

De ces jours-là, de ce qu'elle a ressenti, Estoucha n'a jamais parlé. Jeanne et Fernand lui racontèrent les deux dernières années de la guerre vues de La Bassée. Ils avaient plein d'anecdotes sur l'arrestation d'un groupe gaulliste qui s'était vanté d'avoir des armes et ne s'en servait pas, ils lui dirent les craintes qu'ils avaient eues pour l'enfant quand, au cours d'une perquisition, un des Allemands avait demandé ses papiers. D'autres craintes encore quand Mauricette, « Tu sais bien celle qui a eu un enfant avec le Soviétique », avait reconnu l'enfant parce que le pull-over qu'il portait était justement celui qu'elle avait donné à Estoucha pour son garçonnet. Et puis il y avait aussi les vitres qui avaient failli tomber sur la tête du gosse quand les Allemands, avant de partir, avaient fait sauter le pont. « Heureusement que comme d'habitude il était à quatre pattes sous la table avec le chien. »

Estoucha écoutait, fatiguée, étourdie.

Ils lui racontèrent aussi ce qui était arrivé à Maurice. Eux aussi avaient vu l'avis d'exécution de janvier 43. À la Libération, un fossoyeur qui travaillait pour les Allemands avait été abattu ; dans sa veste on avait retrouvé le calepin où il notait les lieux d'inhumation des exécutés. Le journal en avait parlé. Sur la berge d'un canal, au bord d'une fosse commune qu'on venait de rouvrir, ils étaient alors allés reconnaître le corps de Maurice-Jean. Ça n'avait pas été difficile, il avait autour du cou un foulard qu'ils lui connaissaient. En remuant le corps, la tête s'était détachée, ils avaient alors vu que la corde qui lui liait les mains dans le dos passait aussi autour de son cou. Après des démarches ils avaient obtenu de l'inhumer à La Bassée. Ils l'avaient solennellement enterré sous le nom de Jean Waysand dans le caveau de famille du premier mari de Jeanne après qu'un cortège funèbre, de chez eux au cimetière, eut traversé tout le bourg. Pour l'enfant qui ne comprenait rien de ce qui se passait autour de lui, ça avait été comme une fête. Dans le salon de coiffure de Jeanne débarrassé de tout son matériel, une longue boîte en bois tout neuf et bien verni avait été montée sur des tréteaux, il y avait sans doute eu des fleurs – mais elles ne sont pas vraiment présentes dans son souvenir –, on l'avait habillé comme pour un dimanche et tout le monde faisait attention à lui. C'était vraiment une fête.

À peu près en même temps, le Dr Cordonnier, qui était maintenant maire de Lille, avait fait publier dans les journaux un avis demandant aux personnes qui avaient des nouvelles de la femme de Jean Waysand et de son fils de se mettre en contact avec lui. En compagnie du petit, ils avaient pris le train des mines avec ses compartiments tout en bois dont chacun avait une portière. C'était son premier voyage. Arrivés à Lille ils avaient rendu visite à Cordonnier dans son bureau à la mairie. L'enfant s'était retrouvé pour la première fois devant un monsieur assis derrière un bureau. Ça n'était pas le monsieur qui l'étonnait mais le meuble derrière lequel il était assis, il n'avait jamais rien vu de pareil. Cordonnier leur avait expliqué qu'il avait partagé jusqu'au dernier jour la cellule de Mouni, il les avait priés d'inviter sa femme à venir le voir, si elle rentrait.

De toute façon Estoucha voulait aller à Fives pour retrouver les Tribout auxquels elle était très attachée. Malgré de maigres ressources, ils l'accueillirent comme une seconde fille. Elle y resta plusieurs jours et prit rendez-vous pour voir Cordonnier.

Elle patientait depuis assez longtemps dans l'antichambre de son bureau à la mairie quand, enfin, la porte s'ouvrit. L'homme qui sortit jeta par curiosité professionnelle un regard sur les personnes qui attendaient d'être reçues. Estoucha, machinalement, leva les yeux, leurs regards se croisèrent, chacun reconnut l'autre dans l'instant. Pour lui, elle était un spectre. Jusqu'à cet instant il avait été sûr de ne jamais la revoir, surtout en cet endroit où il ne comprenait pas ce qu'elle était venue faire. Stupéfait, il le prit de haut.

« Qu'est-ce que vous faites ici ? »

C'était Dubois, le commissaire français qui participait à ses interrogatoires. Suffoquée, elle riposta quand même.

« Mais vous, de quel droit, vous, êtes-vous ici ? »

Dubois changea immédiatement de ton. Il protesta qu'il ne l'avait jamais frappée – c'était vrai –, qu'elle veuille bien s'en souvenir, il obéissait aux ordres, il avait fait tout ce qui lui était possible, etc. L'échange a dû être bref, Dubois n'était sûrement plus là quand Cordonnier vint la chercher, Estoucha l'aurait raconté. Il la fit entrer dans son bureau et, après avoir peut-être évoqué ce qui venait de se passer, ils parlèrent de Jean alias Maurice alias Mouni. Cordonnier lui raconta ses dernières heures comme il le fit plus tard dans le récit de son emprisonnement et comme il l'avait déjà fait à Jeanne et Fernand. Socialement et politiquement Cordonnier n'était pas de son monde. Son témoignage transmis, ni lui ni Estoucha ne cherchèrent à se revoir ; pourtant, il était un des rares Français pour qui elle était une femme dont il connaissait directement l'histoire et non un cas social ou une camarade avec une vie un peu plus compliquée que d'autres.

Domiciliée chez Jeanne et Fernand, elle préférait dormir chez les Tribout. Le maire de La Bassée, un dentiste, était alors communiste, c'était plus simple pour les démarches et les tickets de ravitaillement. Le jour de la capitulation allemande, le 8 mai 1945, une semaine après son retour, la mairie de La Bassée lui fournit ainsi un bon d'achat de vêtements et articles textiles d'une valeur de seize points « autorisant l'achat de : 2 combinaisons ». Elle n'en fit pas usage et le garda, peut-être à cause de la date, peut-être parce qu'elle ne resta pas longtemps à La Bassée. Elle avait droit à ces tickets au titre de déportée politique (toutes ces qualifications étaient floues pour ceux qui remplissaient les formulaires, mais déjà la qualité de déporté politique était distinguée de celle de résistant).

C'était la liberté, une très dure liberté. Habituée à penser en termes d'actions collectives ou à résister seule envers et contre tous, elle était là dans une situation où vraiment rien ne pouvait la guider. Entre La Bassée, Fives et Bruxelles, elle voyait mal par quel bout s'y prendre pour reconstruire une existence normale. Elle n'était pas seule pour ce retour à la vie ordinaire mais il n'y avait personne avec qui partager ce qu'elle avait vécu. Parmi les camarades du camp il y aurait eu des connivences, avec ceux qui l'entouraient rien n'était implicite, alors il valait mieux se taire et, parfois, quand on avait parlé, serrer les dents devant l'incompréhension. Le petit n'arrangeait rien, il la considérait comme une intruse et se réfugiait dans les bras de Jeanne qu'il appelait maman. Paradoxalement, malgré la chaleur dont on l'entourait, elle se sentait plus isolée qu'au camp. Ses rares contacts avec ses camarades de camp étaient épistolaires. C'est sans doute pourquoi elle avait conservé de cette époque une lettre de Jacotte débordante d'optimisme. Écrite au crayon à mine, presque effacée au recto, la date et le début du texte se déchiffrent difficilement.

*Hôpital Claude-Bernard, 5 (?) mai 45*

*Mon petit soldat,*

*Ce mot que je devais t'écrire dès mon retour, que penses-tu ? – que je suis sans parole et que ce que j'ai dit je ne le pensais pas ? La vraie raison est que depuis ce retour je n'ai pas eu une seconde de solitude. On vient admirer le phénomène et c'est bien fatigant, en plus de cela j'ai beaucoup de fièvre et je dois rester allongée assez souvent.*

*Depuis mon retour j'ai repris connaissance avec déjà beaucoup de merveilles de la vie et j'ai été tellement gâtée que j'ai été gavée de bonheur. Je ne suis qu'un petit animal qui jouit de tout par le nez, les yeux, le palais, les doigts.*

*Mais ne crois pas que j'oublie le but essentiel de notre existence et je piétine de me voir en si mauvaise santé quand je voudrais tant lutter. Depuis hier je suis à l'hôpital Claude-Bernard au pavillon Typhus avec une petite typhoïde commencée à Mauthausen.*

*J'ai été si heureuse et si gâtée depuis mon retour que d'être à nouveau enfermée comme dans une cellule m'avait rendue enragée hier – pas drôle l'hôpital et le peu qu'on mange est très mauvais.*

*Et toi, Estoucha, qu'es-tu devenue ? qu'as-tu trouvé ? J'ai beaucoup pensé à toi ! Ici tous les Parisiens sont si bons pour nous, on nous dorlote comme si nous étions des nourrissons. D(an)s le métro partout on n(ou)s donne des fleurs, des mouchoirs – l'on m'a habillée de neuf, je suis contente car je n'avais plus rien.*

*Explique-moi comment cela s'est passé pour toi et si tu as trouvé toute la joie que je te souhaite.*

*L'amie chez laquelle je suis descendue tout d'abord a beaucoup travaillé d(an)s la résistance, je passe des heures passionnantes à écouter la lutte de notre Paris – je retrouve plaisir à lire Aragon, Éluard, Elsa Triolet, cela n(ou)s change après tant de privations intellectuelles. Écris-moi.*

*Une bonne poignée de main – Jacotte.*

*Écris-moi chez ma tante qui m'apportera ta lettre.*

Estoucha n'avait pas la typhoïde mais son état général n'était pas fameux. Jeanne la convainquit d'être auscultée par le médecin de Fernand. Le Dr Lemaire, un vieux briscard, avait fait de la médecine tropicale mais la vie l'avait conduit à ouvrir un cabinet médical à Courrières où la silicose était plus fréquente que les crises de paludisme. Pas plus que ses collègues il n'avait de prescription toute faitc pour une femme de trente-quatre ans, tympans crevés, un tiers de dents en moins, une moitié du corps toute bleue, pieds tordus, poignets brisés et restés fragiles, quasi diarrhéique, visiblement décalcifiée et qui, malgré une semaine de retapage, ne pesait pas quarante kilos. Il eut l'intelligence de réussir à vraiment la faire parler d'elle. Leur différence d'âge lui donnait une autorité naturelle. Estoucha se souvenait de ses deux conseils. Le premier, c'était de manger beaucoup de sel et le second de terminer ses études de médecine avant d'entreprendre quoi que ce soit d'autre. Estoucha, qui ne le revit jamais, lui resta toujours reconnaissante de ce second conseil.

De toute façon il fallait aller à Bruxelles pour savoir qui avait survécu. C'était tout compte fait la seule ville où, adulte, elle avait mené une existence normale. La guerre était à peine terminée, une autorisation de sortie de devises et un passeport – qu'elle n'avait pas – étaient nécessaires alors que La Bassée n'est qu'à une vingtaine de kilomètres de la frontière belge. Ça allait de soi pour d'autres, pas du tout pour elle. Estoucha se heurta immédiatement à sa quasi-non-existence administrative en France. Ce qui avait été un atout dans la clandestinité était maintenant un obstacle. Elle avait à justifier son identité et sa situation familiale, rien d'extraordinaire. Tout le monde était logé à la même enseigne et tout finissait quand même par s'arranger pourvu qu'on ne soit pas pressé. Mais ces démarches qui allaient se multiplier avec attentes et queues aux guichets la fatiguaient physiquement et moralement. Être debout dans une file lui rappelait sans cesse l'appel au camp, avoir toujours à se justifier d'être là lui était pénible.

À Bruxelles, le monde qu'elle avait connu était englouti. Comme elle l'avait pressenti Karola et son mari, qui n'avaient pas voulu quitter le camp des réfugiés près de Montoulieu, avaient été livrés par les Français aux Allemands. Sarah Dwolaïtski, qui avait quitté précipitamment Cambrai pour se conformer à l'ordre interdisant aux Juifs de voyager, avait été raflée avec son mari. Aucun de ceux-là, et beaucoup d'autres, n'étaient revenus.

Pendant la guerre, à cause de la débâcle française de 40, Bruxelles avait été une plaque tournante de la résistance communiste et du Komintern jusqu'à sa dissolution. Dès le début de la guerre, les étudiants marxistes juifs polonais qui l'avaient entourée pendant sa grossesse n'avaient presque plus rien à perdre et savaient d'instinct contre quoi ils se battaient. Tous étaient entrés dans la Résistance ou dans des réseaux soviétiques. À cause des secrets d'archives, ils restent des anonymes : le grand maigre avec des lunettes rondes sur la photo de la maternité a été le premier à descendre un Juif collaborateur, d'autres, une fois repérés, avaient réussi à gagner l'Amérique et sont soupçonnés d'y avoir été des agents soviétiques. Sophia Poznanska, qui venait elle aussi de Kalisz, avait travaillé avec Isidore Springer, le pivot belge d'un réseau que les Allemands appelaient *rote Capelle*, l'Orchestre rouge. Sophia fut arrêtée, torturée et, plutôt que de subir encore des interrogatoires, s'était suicidée pour ne rien dévoiler. Ses amies de Kalisz l'appelaient Zochka, elle était orpheline de mère et c'est sa grand-mère qui l'avait élevée. Elle leur en imposait parce qu'elle était plus âgée et qu'elle était d'une famille bourgeoise, même si celle-ci était notoirement désargentée [1].

Peu avaient survécu, mais au moins ils s'étaient battus, tandis que ceux qui n'avaient pas pu ou pas su prendre part au combat avaient tous été exterminés. Rien n'était facile mais elle savait au moins une chose : elle avait eu raison de se battre.

Elle était encore trop faible pour reprendre ses études, d'ailleurs l'année en cours était presque achevée. Les choses commençaient à se mettre en ordre dans sa tête : régler administrativement sa situation, se reposer un peu, revenir à Bruxelles pour la prochaine année universitaire et terminer sa médecine.

Tout cela était plus facile à dire qu'à faire, même dans le monde communiste elle devait tisser de nouveaux liens. Ses responsables directs dans la Résistance

1. Témoignage oral de Lola Opatowski, Paris, 10 juillet 1996. Sophia Poznanska était aussi une amie d'enfance d'Alek Szurek (l'adjoint du général Walter en Espagne), celui qui avait reconnu

étant morts, la chaîne des témoignages était interrompue. Pour faire reconnaître son identité, pour l'enfant, pour Mouni, pour se vêtir, subsister, voyager, c'étaient chaque semaine des démarches dans des bureaux, des papiers à fournir qu'elle n'avait jamais eus. C'étaient alors de nouvelles explications et une nouvelle queue à un autre guichet.

À Bruxelles elle avait reçu une lettre de bienvenue de l'Union des anciens étudiants de l'U.L.B. qui proposait aide et assistance. De retour dans le Nord, cela lui donna l'idée de voir si, en dehors du cercle finalement très étroit de la déportation, rien d'équivalent n'existait pour les étudiants. Elle apprit ainsi l'existence de l'Entraide universitaire. Cette association subventionnée par un Fonds de secours européen aux étudiants dont le siège était à Genève avait ouvert le 4 janvier 1945 un « foyer destiné en principe aux étudiants prisonniers de guerre et déportés à leur retour d'Allemagne et aux étudiants fatigués par leur activité dans la Résistance [1] ». Estoucha put ainsi bénéficier *in extremis* d'un séjour dans un hôtel converti en centre d'accueil, à Combloux, juste en dessous de Megève, au prix de trente francs par jour au lieu de quatre-vingts. En 1945, avec tous les problèmes de ravitaillement, c'était au moins l'assurance d'avoir une alimentation saine et des laitages à volonté. La lettre d'acceptation de sa demande insistait sur le fait qu'en aucun cas le paiement du séjour ne devait faire

Estoucha au front et l'avait appelée « Paletko ». *Shattered Dreams*, Boulder, East European Monographs, 1989, p. 129.

1. Formulaire d'inscription de l'Entraide universitaire française, 137, bd Saint-Michel, le secrétaire général était Pierre-Aimé Touchard, ce qui explique peut-être pourquoi la douzième et dernière question posée était : « Avez-vous d'autres activités : musicales, littéraires ou théâtrales ? »

obstacle à sa venue. Avec un bon de transport (n° 808720) émis à Lille, elle se mit en route. Un certificat témoigne que son voyage fut interrompu à Paris, soit qu'elle voulut en profiter pour s'y arrêter quelques jours pour retrouver des camarades, soit qu'elle tomba vraiment malade.

À Combloux, l'*Hôtel-restaurant des Glaciers*[1] était rempli d'étudiants qui, au sortir des camps, voulaient se refaire des forces et croquer la vie à pleines dents. La plupart étaient plus jeunes qu'elle et rattrapaient avec avidité des années de jeunesse saccagée. Heureuse de se retrouver au milieu des alpages, Estoucha ne parvint pas à se mettre au diapason du groupe. Malgré les connivences politiques, ses références culturelles n'étaient pas les leurs. Elle n'était pas à l'aise parmi ces héritiers de la culture française dont plusieurs allaient devenir des cadres intellectuels du parti communiste français. À Bruxelles, ses contacts avec d'autres étudiants lui avaient fait pressentir qu'elle aurait beaucoup de mal à se remettre à ses études. Aussi, le plus souvent, restait-elle à l'écart, au soleil avec un livre qu'elle avait pu récupérer. Elle fut courtisée, mais n'avait pas la tête à cela, son deuil était trop frais et trop de responsabilités l'assaillaient. Cela lui fit quand même du bien puisqu'elle avait conservé de ce séjour à Combloux un souvenir doux-amer, comme si c'était un moment de sa vie où elle avait laissé volontairement glisser hors de sa portée des possibles qui ne la laissaient pas indifférente.

Après cet entracte de quelques semaines elle retrouva ses difficultés. En dehors du vivre et du couvert qu'elle

1. Propriété de la Société anonyme pour le développement de Combloux, précise une carte postale de la salle à manger.

pouvait trouver à Lille et à La Bassée, de 45 à 47 sa vie dépendit complètement des administrations puisque rien ne lui appartenait, pas un meuble, une couverture, un livre, une casserole. Elle n'était pas la seule dans ce cas mais, s'étant trouvée brutalement plongée en France, elle n'y avait pas l'ultime ressource des immigrés qui est de connaître d'autres immigrés dans une situation analogue. Son seul revenu régulier était les délégations de solde de l'armée française qu'elle recevait en qualité de résistante et de veuve de guerre. C'était à chaque fois un versement de quelques milliers de francs, à quoi s'ajoutait la distribution de quelques vêtements. Tantôt un coup de tampon caoutchouc sur sa carte de rapatriée suffisait : supplément de vestiaires, canadienne le 27 mai 1946, imperméable le 4 novembre 1946. Tantôt il fallait au contraire satisfaire une procédure administrative. Ainsi le 16 janvier 1946, le maire de La Bassée envoyait à Mme Zielderbergh (devenue ainsi presque flamande par la grâce de l'orthographe) cette circulaire dactylographiée :

« En vue du règlement de l'indemnité de déportation de 8 000 francs, ou du complément de 3 000 francs, et d'une distribution de vétemenrs *(sic)*, qui sera faite aux déportés politiques, prévus par la circulaire du 1er janvier 1946, j'ai l'honneur de vous faire parvenir 2 imprimés que vous voudrez bien remplir ou qui seront remplis à la mairie si vous le désirez.

« Vous aurez à produire 2 photographies d'identité.

« D'autre part vous serez tenu de vous présenter à Lille, 132, boulevard de la Liberté, il vous sera remis un bon de voyage gratuit, aller et retour, entre La Bassée et Lille.

« Veuillez agréer, Monsieur *(sic !)*, mes salutations distinguées. Le Maire : A. MARIE »

À peu près à la même époque elle reçut cette carte postale représentant l'hôtel de ville d'Arras, dont le texte est d'une écriture étonnamment ferme et lisible.

*Ma chère Estoucha*

*Je ne veux pas laisser passer la nouvelle année sans t'envoyer mes meilleurs vœux pour 1946. J'espère que tu es en bonne santé ainsi que ton petit garçon. Que fais-tu? travailles-tu? Es-tu bien remise de tout ce cauchemar! Moi, pour le moment ça va à peu près. J'ai été très malade en revenant fièvre typhoïde puis subi une opération. J'ai retrouvé les miens en bonne santé, mais ma mère a été très malade ces trois derniers mois. Elle a eu à surmonter un coup très dur. Mon père n'est pas revenu. Il est mort en Déportation et sais-tu où... à Mauthausen. Il était au grand revier dans les baraques de la carrière, tu te souviens. Il y était en même temps que nous. Tu vois il était si près de moi et je ne l'ai pas su. Maintenant c'est fini à quoi bon y penser. Je corresponds avec marmette qui est mariée. Moi je suis toujours fiancée pas encore question de mariage. Henriette et Marie vont bien. Le mari de Marie Paquereau n'est pas rentré non plus. Écris-moi cela me fera plaisir.*

*Paulette*[1].

Estoucha ne travaillait pas, elle était retournée en Belgique terminer ses études. À Saint-Gilles où tant de souvenirs la ramenaient, sa vie avec Mouni, son séjour à la

1. Il s'agit, d'après Cécile Dupont-Hermey (téléphone fin mai 96 et lettre à la Pentecôte), de Paulette Blondel, qu'Estoucha, selon l'expression de Cécile, « catéchisait dans les voies qui étaient les siennes » quand elles faisaient des travaux des champs, c'est-à-dire qu'Estoucha lui dispensait sans doute une éducation politique élémentaire.

prison, elle était allée au cimetière demander où était la tombe de Sophia Poznanzka pour s'y recueillir. Son humeur était exécrable, elle logeait chez Sonia Leit à l'hôpital Saint-Pierre, ce qui lui évitait de payer un loyer.

De temps en temps elle faisait un saut à Lille pour régler ses papiers et passer voir le petit à La Bassée. C'est ainsi que début mars 46, pour la seule et unique fois de sa vie elle fut invitée à témoigner devant un juge d'instruction pour une affaire de trahison qui la concernait ou qui concernait Mouni [1]. Elle parla quelquefois de ce témoignage dont elle ne donna jamais la teneur, mais qui lui avait beaucoup coûté. Elle s'était efforcée d'être la plus modérée possible, de n'émettre aucun jugement moral, de ne pas être en contradiction avec son idéal de justice. En rien elle ne voulait que cette affaire soit l'occasion d'une vengeance. Naïvement, quand elle eut fini sa déposition, elle s'assura auprès du juge qu'elle avait fait une déposition où elle ne s'était pas laissé entraîner par l'émotion ou la douleur, ce dont il lui donna acte. Qu'on ait en France reconnu la validité et la modération du témoignage d'une communiste juive polonaise était pour elle important, comme si elle avait craint que cela n'allait pas de soi.

Le 23 mars 1946 elle obtint un prêt d'études. L'épuration en Belgique fut un peu plus sérieuse qu'en France, le 8 juin la division de police de la ville de Bruxelles lui fournit l'attestation n° 8064 demandée par l'université de Bruxelles.

1. Cour de justice de Lille, J.A. Leblanc, juge d'instruction, affaire Dalluin, 6 mars 1946 (archives personnelles).

ATTESTATION

Il n'est pas porté à notre connaissance que la nommée...

ZILBERBERG, Esther, née à Kalisz (Pologne), le 9 août 1910, célibataire, de nationalité polonaise, résidant rue Murillo, n° 4 à Bruxelles, mais ayant résidé à l'étranger durant toute l'occupation ennemie, ait, au cours de celle-ci, manqué à ses devoirs envers la Belgique.

Bruxelles, le 8 juin 1946

Le Bourgmestre,
par délégation,

Le Commissaire de police,
LAMBERT

Grâce à quoi elle fut proclamée à la session d'octobre 1946 docteur en médecine, chirurgie et accouchement. La première partie de son programme était remplie mais elle n'avait toujours ni ressource stable ni domicile. L'enfant restait à La Bassée et à chacun de ses passages c'étaient toujours les mêmes difficultés de contact... sauf quand elle le prit avec elle à Bruxelles pour l'opérer des amygdales à l'hôpital Saint-Pierre et qu'elle lui fit découvrir les crèmes glacées belges.

Il y avait toujours des démarches à faire. De temps en temps elle tombait sur des fonctionnaires pour qui le soupçon xénophobe était une valeur républicaine. Parfois aussi elle se heurtait à des résistants de la dernière heure devenus bureaucrates qui prétendaient, à l'occasion de la rédaction des innombrables attestations dont elle avait besoin, réécrire l'histoire en fonction de l'actualité.

En décembre, son diplôme de médecin lui donnant

une respectabilité plus bourgeoise, elle déposa une demande de naturalisation à la préfecture du Nord à Lille. Après avoir donné la liste de ses domiciles légaux en France (Montoulieu, Saint-Martory, Cambrai), elle ajouta :

« J'ai subi des mauvais traitements, 26 interrogatoires, 10 mois au secret à la prison de Loos, je n'ai jamais donné ni nom, ni adresse des patriotes, ni dit quoi que ce soit qui aurait pu nuire au Mouvement de libération nationale.

« Rentrée de captivité j'ai été homologuée Lieutenant Médecin et décorée de la Croix de guerre avec étoile d'argent.

« Je suis actuellement docteur en médecine, je voudrais bien transformer mon diplôme en diplôme d'État. »

La République est plus généreuse en médailles qu'en décrets de naturalisation : celui lui attribuant la nationalité française ne sera pris qu'en 1950 et elle ne sera sûre d'être définitivement française qu'en 1954, neuf ans après son retour des camps. En attendant, elle allait devoir gagner sa vie sans pouvoir pratiquer la médecine, ce qui, par dévouement, l'engagea dans des activités fort différentes de celles qu'elle envisageait quand elle avait voulu fonder une famille avec Mouni.

# XVII

L'enfant vivait à La Bassée dans un monde qui lui suffisait et où, par contrecoup, Estoucha ne trouvait pas sa place. Pour ce petit bonhomme de cinq ans elle était celle qui allait et venait. Le quotidien du bambin se déroulait hors d'elle, sans qu'elle puisse l'influencer. Bien sûr il était aimé, cela crevait les yeux, mais à cause même de la chaleur dont il était entouré elle supportait mal de n'avoir en retour que peu d'affection de sa part.

Même quand elle voulait le câliner il se rétractait parce qu'elle employait des mots bizarres dont il ne devinait pas le sens, des mots qui n'appartenaient qu'à elle : « Bichdounsek, bardounsek, petit chat. » Il en était honteux. Mais ce n'était peut-être pas la peine d'essayer de dire ce qu'il ressentait, mieux valait rester silencieux. Jeanne et Fernand la laissaient faire avec lui tout ce qu'elle voulait, ça voulait donc dire qu'elle en avait sur lui.

À chaque visite elle devait l'amadouer comme si elle n'était qu'une parente éloignée, alors qu'avec douleur et surprise dans quelques-uns des mouvements spontanés du garçonnet elle retrouvait, inexplicablement, des gestes de Mouni. Les choses les plus simples étaient compliquées et la mettaient à bout de nerfs, le cimetière par exemple. Elle avait pris l'habitude d'aller seule avec le gosse sur la tombe de Mouni. Comme pour tester son pouvoir et ses limites, devant un magasin d'articles pour fumeurs l'enfant s'était mis en tête de réclamer un petit porte-cigarette qui se trouvait dans une vitrine chromée accrochée à un mur de briques rouge, luxe dérisoire hérité de temps meilleurs. Ces visites au cimetière avaient lieu le dimanche. Le magasin était fermé et le gamin, qui avait changé de trottoir pour mieux voir ce qu'il désirait, piétinait de rage dans la rue déserte.

« Je veux ma pipe ! Je veux ma pipe ! »

Curieuse revendication quand on va sur la tombe de son père. Aux cris succédaient les larmes. Tout aurait été tellement plus simple si elle avait pu le prendre avec elle.

Pour Estoucha qui n'a jamais consacré beaucoup de temps à l'introspection, refouler était la défense la plus familière ; sa frustration n'en augmentait pas moins, alimentée par des détails de la vie quotidienne à La Bassée qui l'irritaient, frustration d'autant plus forte qu'elle savait tout ce qu'elle devait à Jeanne et Fernand. Un soir où l'enfant avait une fois de plus refusé de lui obéir, n'y tenant plus, elle le gifla. Fernand, dont l'enfance n'avait pas été rose, révolté, lâcha dans un cri : « On ne frappe pas un enfant ! »

Un silence plein de gêne s'installa autour de la table...

C'était au début de 1947. Estoucha venait d'accepter la première offre de travail depuis sa rentrée des camps. La Croix-Rouge polonaise lui avait proposé d'accompagner des convois de familles de mineurs polonais qui, répondant à l'appel du nouveau régime, rentraient dans leur pays pour le reconstruire. Chaque famille emportait tous ses meubles. En wagons de marchandises elle traversa plusieurs fois l'Allemagne et la Tchécoslovaquie car les convois passaient par Prague à cause des destructions du réseau allemand [1]. Aux termes d'un accord avec la Commission mixte (franco-polonaise) pour les rapatriements, pendant l'année 1947, ces convois furent vraisemblablement effectués entre le 1er juin et le 30 novembre.

Ces trains traversaient l'Allemagne dévastée à vitesse réduite, entrecoupée de longues haltes, dans l'attente d'une voie libre puisque le réseau ferré était squelettique. Tout le long du trajet ils étaient une cible idéale pour des enfants allemands qui jetaient des pierres sur « les Polaks », les atteignant à l'occasion. Un médecin n'était pas de trop pour soigner blessés, malades et femmes enceintes. Il y avait dans ces rapatriements une atmosphère pionnière qui plut beaucoup à Estoucha. Une photo la montre par un beau temps clair, souriante, cheveux au vent, assise sur le marchepied d'un wagon, un peu comme dans un film soviétique héroïque. Ce travail demandait beaucoup de présence d'esprit et de dévouement, il avait l'avantage énorme de lui rendre une dignité sociale. Il était, selon ses critères à vrai dire peu exigeants, très bien payé. Pour la première fois de sa vie elle avait un peu d'argent, pas assez pour avoir un logement à elle mais suffisamment pour se sentir presque à l'aise. Bientôt Estoucha put s'acheter une montre (Lip), un stylo (Waterman), un manteau en peau de lapin et un peu de bimbeloterie. À La Bassée un cordonnier lui fit sur mesure une paire de chaussures de montagne à bout carré car ses pieds étaient très abîmés ;

1. Karol Wojtila évoque dans ses Mémoires un voyage de Cracovie à Paris en passant par Prague.

une corsetière lui cousit un corset qui la soulageait. Bref, une vingtaine de mois après son retour des camps elle eut de quoi pouvoir se montrer sans avoir l'air d'une pauvresse.

À l'occasion d'un de ces premiers voyages, profitant de quelques jours de repos avant son retour en France, elle alla à Kalisz [1]. Voilà plus de quinze ans qu'elle en était partie mais les gens la reconnurent.

« Ah ! Tu es la petite-fille d'Arkusz. Tu sais, ils ne sont plus là. »

Elle s'y fit faire sans difficulté un certificat de naissance confirmant sa véritable identité à laquelle peut-être les Allemands n'avaient pas cru. Elle parlait facilement de son retour là-bas sans jamais donner beaucoup de détails mais en soulignant qu'elle avait tout de suite compris qu'elle n'était pas la bienvenue. Elle eut le sentiment très vif qu'il ne fallait pas qu'elle y séjourne, aussi ne fit-elle que passer et retourna vite à Varsovie.

Cette fois-là, elle quitta Kalisz pour toujours. Son grand-père maternel, grand-père Arkusz comme elle l'appelait, avait quelques maisons, et, rationalisait-elle, les gens de Kalisz avaient sans doute eu peur qu'elle ne les réclamât. En racontant tout cela elle n'employait jamais le mot antisémitisme ; de toute façon, ajoutait-elle, je n'en avais rien à faire de ces maisons. Et là, j'avais plus de mal à démêler ses sentiments. Puisque c'était un État socialiste, j'en inférais qu'elle les aurait de toute façon données ou qu'elles auraient été nationalisées, mais à l'entendre souvent dire qu'elle n'en avait rien à faire j'ai quand même fini par comprendre

1. À Kalisz, le 26 septembre 1947, elle s'est fait faire un certificat de naissance. Il est au nom d'Estera Zylberberg, née le 9.8.1910.

qu'elles ne lui étaient pas indifférentes. C'était le dernier lien matériel avec sa famille. Que savait-elle des horreurs commises quand les Allemands sont arrivés à Kalisz ? Ce que j'en ai dit je ne le tiens pas d'elle. Plus d'un an après sa mort je suis allé voir Lola, sa copine de lycée. Nous ne nous étions pas revus depuis près de quarante ans. Une des premières choses qu'elle me recommanda avec vigueur c'était de ne pas aller à Kalisz. À Kalisz, je ne suis pas encore allé.

Au retour de Kalisz, ou à l'occasion d'un autre convoi de rapatriement, elle rendit visite à Varsovie à une ancienne d'Espagne et à son mari qui avaient des responsabilités dans l'appareil d'État. Le dîner fut servi en tout début de soirée selon l'usage en Pologne. Ils habitaient une maison un peu à l'écart, dans un quartier résidentiel. La salle à manger était brillamment éclairée, la nourriture abondante et de qualité, la porcelaine fine parfaitement dressée sur une superbe nappe blanche, le service de l'employée de maison au-dessus de tout reproche. Luxe, calme et volupté au milieu d'une capitale en ruine. Quand Estoucha manifesta son étonnement, son amie répondit : « Il faut bien que tout cela serve et c'est bien à notre tour d'en profiter après tous les sacrifices que nous avons connus. »

Ce genre d'argument n'était pas du goût d'Estoucha. Son engagement communiste était fondé sur une révolte contre l'ordre existant et une admiration sans borne pour l'U.R.S.S., mais aussi sur la solidarité avec les défavorisés. D'où des exigences morales qui lui semblaient aller de soi, d'autant plus fortes que si quelque chose la choquait dans la vie du Parti, c'est à ces normes morales qu'elle se référait puisqu'il était hors de question pour elle d'en déduire une conclusion politique.

Sitôt le dîner fini elle quitta ce monde d'apparatchiks où elle ne se sentait pas dans son élément. Elle avait sympathisé avec le conducteur de la locomotive de son convoi et lui avait acheté en France une paire de chaussures pour sa femme. C'est chez eux qu'elle alla passer la nuit. En riant, elle aimait rappeler qu'elle se trouva bien mieux de dormir chez son cheminot sous un portrait du maréchal Pilsudski que dans la villa gouvernementale.

Tout cela l'éloignait de la Pologne. Elle avait décidé de vivre à Paris où il y avait Charlie et beaucoup d'anciens d'Espagne. En même temps elle supportait de plus en plus mal d'être séparée de l'enfant, comme le suggèrent quelques mots de Fleuriza au dos d'une carte postale :

*Lille le 30 mars 47,*

*Chère fille et frangine,*

*Alors Jeannette j'espère que ton cafard est passé. Tu ne dois pas t'en faire. Si tu restes à Paris le mieux que tu as à faire c'est de prendre le petit près de toi et si seulement on pouvait nous aussi être près de toi, moi aussi j'aurais bien voulu....*

*Quand tu vas revenir passe tout de suite à La Bassée prendre Jo et comme ça on verra le petit et tu seras plus contente près de nous... Ta famille, ne t'en fais pas. Gros baisers.*

Seulement, à Paris, Estoucha n'avait trouvé qu'une chambre obscure et sans chauffage rue Censier; c'était chez les Selver qui l'avaient accueillie à son passage à la fin de la guerre d'Espagne. M. Selver était mort, peut-être à la veille de la guerre; sa veuve était devenue une vieille dame acariâtre et craintive, il n'était pas question d'héberger un garçonnet qui allait faire du bruit et qui ne prendrait pas les patins pour entrer dans l'appartement.

L'été approchait, Estoucha voulut avoir l'enfant pour elle seule. Organisée par des Juifs communistes belges, une possibilité de séjour s'offrait en Suisse, à Pontresina. Depuis la Libération l'enfant allait à l'école. Les vacances scolaires arrivées, Estoucha l'emmena en laissant croire à Jeanne et Fernand qu'ils le reverraient pour la rentrée [1]. À Pontresina, ils s'étourdirent de soleil et de lumière. Un des Belges, très beau, se fit accepter par l'enfant et, timidement, la courtisa. Elle repoussa ses avances. L'enfant, jusqu'à s'en donner le vertige, restait de longs instants appuyé à la rambarde d'un pont de bois pour regarder l'eau d'un torrent s'engouffrer à toute allure en tourbillonnant entre les rochers.

Le séjour à Pontresina touchait à sa fin, un nouveau convoi pour la Pologne l'attendait. Au lieu de ramener l'enfant à La Bassée elle le plaça dans une colonie de vacances dont elle communiqua l'adresse à La Bassée. C'était, à Mont-sous-Vaudrey dans le Jura, le domaine du président Grévy. Les cartes postales montrent un château prétentieux mais avenant, beaucoup plus que la colonie qui, à en juger par son ordinaire, devait être une colonie pour enfants nécessiteux. On y mangeait sur des planches mal rabotées pleines de taches de gras, puant l'eau de Javel, et posées sur des tréteaux ; la nourriture et la boisson étaient servies dans des assiettes et des gobelets d'aluminium poisseux et cabossés. Après La Bassée et Pontresina, tout avait l'air sale et négligé. L'enfant, tout à coup anonyme au milieu d'un nombre qui lui paraissait considérable d'autres enfants, se trouvait sans

1. Conversation téléphonique avec Jeanne le 22 juillet 1996.

ami, sans personne à qui parler. Il ne comprit pas ce qui lui arrivait et ne devinait pas ce qu'on attendait de lui. Il était parmi les plus jeunes et, à cause de sa taille, peut-être le plus petit de tous ; il se recroquevilla et commença d'intérioriser des règles de vie bizarre qui à la longue effacèrent celles de la vie normale. D'un train, Estoucha lui envoya une carte parlant d'une boîte de chocolats qu'elle avait confiée à un cheminot. Le souvenir de ces chocolats, s'ils sont jamais arrivés, s'est effacé, pas celui de l'impression désastreuse et hostile que fit la colonie sur un gamin de six ans arraché d'une existence paisible à la campagne. Pourtant l'inévitable lettre d'une monitrice pour rassurer les parents, un modèle du genre, n'en laissait rien transparaître.

*Mont S/sVandrey le 12.8.47*

*Ma chère maman,*

*Je m'amuse bien. J'ai reçu tes lettres et cela me fait plaisir. Il fait chaud. J'ai reçu les vaillants. Je m'amuse bien, je dors bien. Dimanche dernier j'ai été à un feu de camp et j'ai chanté dans le chœur d'Arlequin marie sa fille et je me suis beaucoup amusé car les grands et les moyens ont joué des pièces très amusantes. Je suis dans le dortoir et dans le groupe des muguets. J'ai regardé le petit livre et j'ai vu qu'il y avait beaucoup d'enfants dessus et j'aime beaucoup les enfants. Je t'embrasse bien fort, ton petit Jojo*

*J'ai écrit à La Bassée et à Lille.*

Estoucha reparla des chocolats dans une autre carte écrite à Breslau, elle qui y amenait des Polonais de France ne s'était pas encore habituée à sa dénomination polonaise, Wroclaw.

*Breslau, le 16.9.47*

*Mon cher petit Jojo,*

*J'étais tout le temps en voyage et c'est pourquoi je n'écris que maintenant. Je t'ai envoyé un petit colis avec du chocolat dedans et une carte postale au cours du voyage, encore en France mais je me demande si tu as reçu tout cela. Je pense beaucoup à toi. J'espère que tu t'amuses bien maintenant, que vous faites des jeux et que tu apprends de nouvelles chansons.*

*Mille baisers de ta petite maman.*

Tout était éphémère, elle ajouta dans l'espace réservé à l'adresse :

*Jojo, as-tu reçu des cartes de Fleuriza, je pense qu'elle t'attendra à la gare quand tu reviendras à Paris, et après c'est moi-même qui viendrai te voir. Amuse-toi bien et sois gentil. J'ai reçu ta lettre avec les dessins. J'étais très contente. Merci.*

Pourquoi les parents n'arrivent-ils à rien souhaiter d'autre à leurs enfants que de bien s'amuser ?

À la fin du séjour dans cette colonie qu'elle avait prolongé d'un mois, Estoucha de retour en France plaça son fils dans une maison d'enfants de la Commission centrale de l'enfance, émanation de l'Union des Juifs pour la résistance et l'entraide, organisation communiste juive née dans la Résistance. Jeanne et Fernand furent tenus dans l'ignorance de ce changement, leurs lettres à l'enfant restèrent sans réponse. Un peu plus tard l'enfant leur écrivit. Jeanne envoya alors cette lettre de reproches voilés à Estoucha [1].

*Chère Jeanne,*

*Nous avons reçu ta lettre samedi nous disant que Jojo était de nouveau changé de secteur, il a vraiment de la chance. Nous ne savions où écrire te sachant dans tes voyages départ Lyon et nous pensions toujours vous voir arriver un jour ou l'autre. J'ai même écrit dans le Jura pour savoir si il était toujours là-bas et jamais de réponse. Surtout que tu avais dit que pour le 1^er^ octobre il serait rentré pour l'école. Toutes les semaines on m'envoie un papier me demandant son retour pour l'assurance école et je ne sais que répondre ne sachant son retour...*

Suivent des commentaires sur le résultat du premier tour des élections, les communistes perdaient la mairie de La Bassée. En toute légalité, cela avait été l'enlèvement d'un enfant par sa mère, sans bénéfice pour celui-ci. Au fil des ans, chaque fois que j'ai rencontré quelqu'un qui avait été caché pendant la guerre je lui ai demandé s'il était resté en contact avec ceux chez qui il était. Fréquemment, les parents survivants rompirent, brutalement et souvent injustement, avec ceux qui avaient protégé leurs enfants au risque de leur vie. Comme si cela avait été indispensable à la restauration de leur personnalité, comme s'ils avaient voulu par un acte d'autorité tourner définitivement la page. Le paradoxe ici est qu'Estoucha, qui n'a jamais aimé que pour de bonnes ou de mauvaises raisons on lui rappelle son

1. La date est incomplète, le 20.47, manque le mois. À cause du contexte ce peut être octobre ou novembre (il faudrait vérifier quand il y a eu des élections en 1947).

judaïsme, n'avait trouvé rien d'autre qu'une organisation juive pour s'occuper de son fils (qui entendra ainsi pour la première fois le mot Israël que les plus grands crièrent avec exaltation « Israël ! Israël ! » quand la radio annonça la déclaration d'indépendance d'Israël et sa reconnaissance simultanée par l'U.R.S.S.). Il est vrai que la C.C.E., malgré ses défauts et des moyens matériels très limités, était à cent coudées au-dessus de tout ce qui se faisait en faveur de l'enfance dans le monde communiste français.

À quatre kilomètres à l'est de Sainte-Maxime, sur la corniche du bord de mer, la maison d'enfants, en fait un orphelinat, occupait une très grande villa réquisitionnée à un collaborateur. C'était incomparablement plus riant que le château du président Grévy. Il n'y avait que deux ou trois dizaines d'enfants, on s'y sentait entouré. En traversant la route c'était la plage enfouie sous le varech en automne. Plus loin, dans les rochers, il y avait des oursins et chaque soir de superbes couchers de soleil. La villa avait naturellement un parc avec des aloès dont les grands coupaient les extrémités des feuilles pour en faire des pointes de sagaies. Tout était beau, mais l'enfant ne comprenait pas ce qu'il faisait là. Le moindre de ses problèmes étant qu'une bonne partie des adultes parlaient le français comme jamais il ne l'avait entendu. Il n'avait pour tout repère qu'un présent répétitif, un vague passé bien moins triste que celui des autres pensionnaires, et des questions qui restaient sans réponse : Comment pouvait-on perdre ses parents pendant la guerre sans qu'ils aient été fusillés ? Il n'y avait pas de futur au-delà de la prochaine lettre, du prochain colis, de la prochaine visite. Quand même, il se trouvait favorisé par rapport aux deux seuls amis qu'il s'était faits, Marcel qui dormait dans la même chambre, et Suzanne sa grande sœur. Tous les autres étaient trop grands pour lui mais ils étaient utiles quand on l'embêtait dans la cour de l'écolc, ce qui ne lui était jamais arrivé à La Bassée.

Une correspondance de routine s'établit entre Estoucha et son fils, elle envoyait des cartes postales ; en retour une monitrice donnait des nouvelles sur un mode conventionnel. À cela s'ajoutaient quelques mots de l'enfant sur une feuille arrachée à un cahier d'écolier. Il commençait à peine à écrire mais en contrepartie ne censurait pas les sentiments qu'il pouvait exprimer. Une de ses lettres commençait par « chère maman » et se terminait par « bonjour à papa et maman de La Bassée », même si c'était suivi des millions de baisers de rigueur ce n'était peut-être pas ce que sa lectrice espérait. Sur un point elle avait gagné : c'était sa mère, bonne ou mauvaise.

Pour elle, rien ne s'arrangeait. À la fin de l'année 1947 elle pouvait écrire aux Tribout :

*Paris le 17.12.47*

*Mes très chers,*

*J'ai fait un bon voyage, arrivée à la gare du Nord j'ai pris un porteur jusqu'à la maison, comme ça je ne devais même pas monter mes valises au troisième. Mme Selver m'a accueillie avec un cri. Il y a des visites chez moi c'est pourquoi j'ai mis tout ce qu'il y avait dans le placard de votre chambre... Bon ça va. En effet ma chambre était encombrée. J'ai dû la nettoyer à fond le lendemain. Quant au radiateur pas question. « C'est interdit, on peut encore dépasser la norme, etc. » Bon ça va. Je suis maintenant toujours d'accord. Pour le moment je reste donc sans chauf-*

*fage, heureusement qu'il ne fait pas encore très froid et que j'ai mon pantalon. Je suis sortie en ville lundi seulement. Mardi on m'a payée à la Croix-Rouge, j'ai touché pour le mois de novembre. J'ai reçu une lettre de Jojo, il va bien...*

*Je vais regarder après un poêle, un camarade m'a promis du charbon à 400 francs les 50 kg et un peu de bois... bon baisers à tous de votre Jeanne.*

Jeanne-Estoucha ne retirait plus les mêmes satisfactions de son travail, la répétition des missions, l'éloignement de son enfant, lui pesaient. En plus, elle avait vu de ses propres yeux qu'au rapatriement des Polonais de France correspondait un transfert massif de populations. En Silésie, territoire qui venait d'être rendu à la Pologne, les familles allemandes qui n'avaient pas fui à l'arrivée des Soviétiques et constituaient l'immense majorité de la population étaient remplacées par des Polonais venant de la partie orientale de la Pologne gardée par l'Union soviétique... et par les mineurs polonais venus de France avec leur famille pour reprendre l'exploitation du charbon. Une scène revenait toujours dans son évocation de cette période : des familles arrivant de France à qui avait été assigné d'autorité un logement entraient dans des maisons où le poêle était encore chaud parce que la veille, ou le matin même, l'armée en avait chassé leurs habitants vers l'Allemagne.

Les maisons du grand-père à Kalisz, les maisons en Silésie, il y avait trop d'histoires de maisons dans cette Pologne où si peu étaient encore debout à la fin de la guerre. Trop de non-dit aussi.

En 1948, elle refit encore quelques voyages mais, malgré le salaire convenable, le cœur n'y était plus. De

Nice l'enfant lui écrivait avec son orthographe de pacotille : « Je voudrai la grève ede *(sic)* chemins de fer... [1]. »

La Pologne d'après-guerre manquait de tout et notamment de communistes puisque Staline en avait liquidé un bon nombre. Un jour, un Polonais qui connaissait son nom de famille demanda à Estoucha : « Est-ce que Panie (Madame) fait du ski ?

– Non », répondit-elle.

Un peu troublée par cette question incongrue elle ajouta : « De toute façon nous ne sommes pas en hiver. »

À cause même de cette incongruité la question lui était restée en mémoire. Il lui fallut des années pour saisir que de manière détournée ce concitoyen se demandait pourquoi une communiste diplômée ne polonisait pas son nom en prenant un patronyme se terminant par « ski » comme tant de communistes juifs l'avaient fait, volontairement ou sur ordre.

Les communistes polonais ayant une qualification professionnelle de bon niveau étaient une rareté. Aussi proposa-t-on naturellement à Estoucha, « une camarade qui avait fait ses preuves », la direction d'une clinique avec appartement à la clé. D'instinct elle refusa. C'était la première fois qu'elle refusait quelque chose à des responsables communistes, elle ressentit le besoin de se justifier (on n'a rien à cacher au Parti). Elle comptait travailler en France et, pour bien faire comprendre que ce n'était en rien une réserve ou une opposition à la ligne, elle ajouta peut-être une de ces justifications obliques que j'entendis encore de temps à autre dans les années 50 : « De toute façon il y a beaucoup à faire aussi en

1. Sans doute le 21 janvier 1948, mais butant sur le mois il n'a écrit que « gen ».

France puisque les communistes n'y sont pas encore au pouvoir. » La seule aide qu'elle reçut de Pologne dans les années qui suivirent se limita à quelques colis de saucisson polonais de la part des anciens d'Espagne. Le choix de la France eut deux conséquences, elle resta une sans-grade du mouvement communiste et ses difficultés matérielles ne cessèrent pas de sitôt.

Un de ses voyages coïncida avec la tenue à Wroclaw du Congrès international des intellectuels pour la défense de la paix et de la circulation des idées qui réunit communistes et compagnons de route. En fait de circulation des idées ce fut la condamnation par les délégués soviétiques de l'art contemporain, et du « style décadent de la pourriture bourgeoise ». Les hasards des transports firent qu'elle croisa quelques jeunes intellectuelles communistes françaises. C'est peu dire que l'ancienne étudiante bruxelloise ne se reconnut pas dans leur ton affecté et le sentiment de leur importance, même si c'était pour énoncer des évidences ou faire des exposés de vulgate marxiste ; n'ayant pas besoin de faire de l'ouvriérisme pour souligner son attachement au Parti, Estoucha se sentit confortée dans son choix d'être parmi des gens modestes, comme cela avait été le cas pendant la clandestinité.

Cela ne réglait pas sa situation où tout était frappé du sceau du provisoire. Enfin on lui offrit un logement.

*Paris, le 11 mars 48*

*...J'étais occupée avec mes examens qui ne sont d'ailleurs pas terminés, j'ai fait l'écrit, et si je suis reçue je dois me présenter à l'oral mardi prochain et j'ai encore bien des choses à revoir....*

*J'ai reçu une lettre de Jojo que je joins, vous me la ren-*

*verrez par retour du courrier. Écoutez, mes chers, je ne sais pas encore si c'est pour de bon, mais j'ai un logement en vue, une chambre et une cuisine. D'un autre côté on m'a proposé une place d'assistante sociale à Lille avec une paye très basse : 16 000 francs. J'avais donc à choisir entre ceci et le rapatriement et vu que j'avais déjà ce logement ici, j'ai refusé, qu'en dites-vous ? est-ce que j'ai bien fait ? Si vous jugez que je devais faire autrement écrivez vite la réponse, je verrais encore comment corriger. Je me disais qu'aussi bien il me faudra encore un moment avant de trouver un logement à Lille pour pouvoir déjà rester avec le gosse, donc je serais de nouveau séparée, donc vaut mieux prendre un travail où je serais au moins mieux rémunérée (rapatriement) et après quelques mois je verrais quoi faire. Répondez donc vite, parce que je n'ai pas encore confirmé ma réponse négative par écrit, je l'ai dit seulement. Quand j'aurai fini mes examens je voudrais bien aller voir le gosse, mais je pense qu'il ne voudra plus rester, alors quoi faire ? Le ramener à La Bassée ne fût-ce que pour ces quelques mois ? Ah ! j'ai vraiment besoin de vous voir et de bavarder avec vous, il est si difficile de toujours décider toute seule !*

Le logement en question était un petit studio avec une cuisine indépendante. Le tout faisait vingt mètres carrés au premier étage d'un immeuble de rapport construit dans les années 20 au fond de la cour d'un autre plus ancien, à la limite de Malakoff et Montrouge. La porte de Châtillon était à dix minutes à pied si on acceptait de marcher le long de la zone des anciennes fortifications, plusieurs autobus pour la porte d'Orléans s'arrêtaient devant la maison juste de l'autre côté de l'avenue. Il n'y avait pas de salle d'eau, les W.-C. à la turque étaient sur le palier à la disposition de tous les locataires de l'étage. Le confort se résumait à l'électricité plus un robinet d'eau froide dans la cuisine et un réchaud au gaz de ville à deux feux. Les poubelles se trouvaient dans une petite remise où il valait mieux faire du bruit en arrivant pour donner aux rats le temps de se cacher. Quelques meubles étaient restés, ils appartenaient à la locataire précédente, une dame d'Europe centrale qui venait de décéder.

C'était mieux que rien, le provisoire ne pouvait plus durer. La maison d'enfants du petit battait de l'aile. L'aide matérielle des organisations juives américaines à la Commission centrale de l'enfance venait de cesser parce qu'elles avaient découvert que la C.C.E. était une organisation communiste. Les pensionnaires qui n'aimaient pas la marmelade d'orange et les vêtements américains qui leur donnaient l'air ridicule dans la cour de récré accueillirent la nouvelle avec joie. C'était catastrophique pour les adultes chargés de gérer les maisons d'enfants. Une mauvaise nouvelle n'arrivant jamais seule, il avait fallu rendre la villa de Saint-Maxime à son propriétaire. La maison d'enfants déménagea dans une autre villa, beaucoup plus modeste, à Nice dans le quartier de la Madeleine. À l'école du quartier, les orphelins étaient noyés dans une masse d'enfants, les classes étaient surchargées, il n'était pas difficile de deviner dans sa correspondance que le petit se sentait négligé. On l'avait rétrogradé d'une classe sans que personne s'en soucie, son orthographe était toujours fantaisiste.

*jeudi, 15 avril*[1]

*je suis en bonnes senté je tesnbrasse bien fort je travaille bien en classe cette semaine on fait la composi-*

1. Nice 1948, orthographe respectée.

*tion. se matin j'ai lavé les gan. pais les tinbas (GW : ?). maintenant je te fais une histoire il était une foi une maman qui voyagé touten. puis un jour elle a été congés. maintenan je temine laitre en te donant 9 000 bessé, jojo.*

Quand il faisait des dessins libres à l'école, il représentait des scènes de La Bassée avec une précision surprenante. L'un d'entre eux montre un bonhomme avec un gilet boutonné comme en avait Fernand tenant un sachet de graines dans la main gauche et semant de la main droite au-dessus de deux sillons. Il y a une légende : *papa plante des pois.* Comme Fernand le faisait, en fin d'après-midi, dans le jardin de la maison héritée de sa grand-mère, réquisitionnée pour y loger des victimes de bombardements.

*Jeudi 1 juillet*

*Cher maman*

*Bonjour maman. j'ai bien reçu ta lettre qui me faisait bien plaisir. je voudré que tu écrit à labassé parce qui mon écrit si au grad-vacamce, et parce qu'il sennuis de me voire Je termine ma lettre, Jojo*

*Jeudi 8 juillet 1948*

*Bonjour Maman,*

*cette semaine je nai pas reçu de lettre. nide coli. J'ai maigri de 300 gr. la semaine prochaine je tenvoivoirai des fotaus. Je tenvoi ma feuille de composition et mon tableau d'honneur*

*je témine ma letre*

*jojo*

En lettres bien formées pour qu'il puisse lire directement sa lettre, elle répondit :

*Paris, le 10 juillet 1948*

*Bonjour mon très cher Jojo,*

*Je viens de recevoir ta deuxième lettre avec le tableau d'honneur et le classement. Je suis très contente que tu es bon élève mais je me demande si tu aimes comme il faut ta petite maman, tu ne dis rien de gentil dans ta lettre, pas même « ma chère maman » et pas même un baiser. J'espère que ce n'est qu'un oubli...*

Nice n'était qu'une solution provisoire, la maison d'enfants allait à nouveau déménager avant la prochaine année scolaire. Il était plus que temps de reprendre l'enfant.

*Paris, le 27.7.48*

*Mon cher petit Jojo,*

*J'ai téléphoné hier chez vous mais je n'ai rien entendu ce que tu disais. Tu le sais peut-être déjà que tu viendras passer tes vacances avec moi. J'ai un logement à Paris et tu pourras déjà voir ta maman plus souvent. Je sais mon petit coco que tu t'ennuyais de ne pas voir des personnes auxquelles tu étais habitué avant, mais on ne pouvait pas faire autrement jusqu'à présent. Je t'embrasse pour maintenant encore par la lettre et à bientôt cette fois-ci.*

*Donne une grosse bise. Ta maman.*

Apparemment cette lettre n'a atteint son destinataire que quarante-neuf ans plus tard, puisque la directrice de la maison d'enfants avait écrit quelques jours auparavant :

*Nice, 24 juil. 48 (au tampon dateur)*

*Chère Estoucha,*

*Jojo partira mercredi 28 juillet avec le train n° 60 qui part de Nice à 16 h 18 et doit normalement arriver en gare de Lyon le jeudi 29 à 8 h 45. Il est très heureux de venir vous rejoindre.*

*Nous regrettons tous que Jojo nous quitte, il est un des meilleurs et des plus équilibrés de la maison.*

*Ici tout va bien, nous vous souhaitons de passer de bonnes vacances.*

*Bien cordialement, Hélène.*

Après le logement il fallait un emploi. Fin août 48, compte tenu de ses compétences linguistiques, la C.C.E. embaucha Estoucha comme administratrice, en fait guichetière à l'accueil, pour remplir les dossiers des patients qui se présentaient au dispensaire qu'avait ouvert la C.C.E. dans les locaux exigus de son siège parisien, 14, rue de Paradis. Le même immeuble hébergeait déjà le journal communiste en langue yiddish *Naie Presse.* Dans ces lendemains d'après-guerre, toutes les familles juives étaient en difficulté, toutes avaient des histoires invraisemblables et les accueillir avec compréhension, calmer leurs angoisses, les conseiller pour leurs soins et leurs démarches en français, en allemand, en polonais, en russe, en espagnol ou en yiddish n'était pas une mince affaire. Les journées étaient très dures, le salaire de seulement 15 000 francs, moins que ce qu'on lui proposait à Lille et qu'elle avait jugé très bas. Mais l'essentiel était atteint, elle prit l'enfant chez elle, il avait déjà sept ans, ils n'avaient pas passé dix-huit mois ensemble.

# XVIII

Pour exercer la médecine en France, le diplôme belge devait être transformé en diplôme français. C'était possible dans le cadre d'une loi du 11 octobre 1946 « permettant l'accession au diplôme d'État de médecins étrangers ayant rendu des services à la France ». Avant d'en arriver là, Estoucha devait subir avec succès les épreuves d'un examen de culture générale qui, en pratique, était l'équivalent des épreuves littéraires, philosophie, français et histoire-géographie du baccalauréat. L'autorisation de se présenter à cet examen lui fut accordée par le ministre, elle en fut informée par le secrétaire de la faculté de médecine le 12 mars 1947, qui précisait toutefois qu'elle ne serait proclamée reçue que « sous réserve qu'elle obtienne le bénéfice de la loi du 11 octobre 1946 ». N'ayant pas de logement à Paris, elle s'était domiciliée chez une Mme Ballarko (?) 6, boulevard de l'Indo-Chine *(sic)* dans le XIX^e^. C'est à ce diplôme qu'elle faisait allusion en évoquant des examens dans sa lettre aux Tribout. Pour s'y préparer elle suivit des cours en Sorbonne sur la philosophie de Kant et la littérature française, découvrant ainsi l'anonymat de la Sorbonne après la convivialité de l'U.L.B. C'est pour pouvoir assister régulièrement à ces cours qui avaient lieu en fin d'après-midi ou le soir qu'elle avait refusé de travailler rue de Paradis avant l'été 48. Encore très fatigable, même si elle en parlait rarement, les trous de mémoire qui la saisissaient de temps à autre l'effrayaient.

Le niveau des connaissances ne faisait pas problème, encore qu'en philosophie il ne semble pas qu'elle ait reçu en Pologne un enseignement qui ait laissé des traces. En revanche, s'adapter à cette forme d'examen typiquement française qu'est la dissertation lui demanda non seulement beaucoup d'efforts mais aussi de rester insensible à des indélicatesses qu'un minimum de bon sens aurait pu éviter. Même si c'était involontaire, il y avait quelque grossièreté à demander à quelqu'un qui s'était battu contre les nazis de disserter sur le thème « Suffit-il de connaître le bien pour le faire ? Faites application de votre réponse à quelques problèmes concrets », ou de commenter cet aphorisme de café du commerce : « Toutes nos actions se perdent dans l'intérêt comme le fleuve dans la mer. » Qu'elle n'y obtînt que 7/20 juge plus l'enseignant que l'élève.

Estoucha considéra toujours avec une ironie ambivalente l'épreuve reine de l'enseignement secondaire français. Elle se méfiait de cette exaltation du verbe, en même temps elle y avait bien vu une manière subtile de sélection sociale qu'elle était satisfaite d'avoir franchie comme si elle avait été une Française de souche. Jusque dans les années 60, elle était très prolixe en évoquant ce sujet, il n'est d'ailleurs pas exclu que bien plus tard elle ait aussi chapitré ses petites-filles sur la manière de s'y préparer. S'étant présentée à cette épreuve à trente-huit ans, elle en avait gardé un vif souvenir et avait soigneusement mis de côté tous ses devoirs préparatoires et ses brouillons d'examen. Ils constituent les rares textes, ni tract ni article de journal, où Estoucha s'exprimât à titre strictement personnel malgré les limites du genre, quand même moins strictes que la littérature militante. Ainsi du commentaire de ce sujet traditionnel : « La civilisation doit-elle consister selon vous dans un progrès matériel ou spirituel ? »

> ... La civilisation comporte dès ses débuts des facteurs d'ordre matériel et spirituel...
>
> D'abord prédominent les facteurs matériels. L'homme étant à cette époque « un loup pour l'homme » dans le sens le plus étroit du mot doit assurer sa supériorité par la force physique ou par la préparation d'armes ; celles-ci lui servent en même temps à se procurer la nourriture. Au cours du développement ultérieur, le progrès matériel est assuré par l'agriculture, le commerce, l'artisanat et finalement l'industrie. Certains peuples se sont spécialisés dans une de ces branches et sont arrivés ainsi à un haut degré de culture matérielle, les Égyptiens dans l'agriculture, les Phéniciens dans le commerce. Dans les temps modernes les Allemands se sont faits les champions de l'industrialisation ; ils ont voulu imposer aux autres nations cette prédominance absolue de facteurs matériels, dont le national-socialisme fut l'expression la plus sordide.
>
> Le progrès spirituel est assuré par un développement des sciences morales, de la littérature, des arts. Si attrayante que puisse paraître l'image de l'humanité ne se développant que dans ce sens, il faut dire qu'elle est impossible

> à réaliser. [Certes] on peut citer des moines qui vivent d'un strict minimum matériel et consacrent tout leur temps à des méditations, [de même] parmi les peuples il y en a chez qui les facteurs spirituels prédominaient. Athènes était connue dans l'Antiquité comme la ville des belles-lettres, des arts, mais n'a-t-elle pas succombé faute de moyens matériels de défense ? Les Juifs dispersés après la chute de Jérusalem ont créé à Cordoue un centre intellectuel de première classe. Les lumières sorties de là ont pendant longtemps aidé ce peuple à supporter les difficultés de l'exil, mais n'ont jamais pu lui donner son indépendance.
>
> (...) Le progrès matériel seul ne peut assurer l'épanouissement de la civilisation, il aboutit au contraire à un aboutissement matérialiste, où l'homme se croit tout permis parce que possédant les moyens physiques nécessaires pour le faire.

Malgré les gaucheries d'expression, cet exercice de dialectique un peu rigide qui affirme la supériorité de l'idéalisme tout en reconnaissant la combinaison indispensable du matériel et du spirituel lui valut 15/20, sa meilleure note ! Le choix d'exemples qui la touchaient de près indique que ce texte n'est pas le fruit d'un compromis entre son opinion et celle, toujours supposée conformiste, du correcteur. Sa dissertation peut donc bien être lue comme un témoignage de son rapport au monde contemporain.

La caractérisation de l'Allemagne nazie comme manifestation brutale et extrême du matérialisme est tout à fait étonnante de la part d'une communiste en 1948, même si on n'est pas très loin de l'analyse du fascisme comme stade suprême du capitalisme. Encore plus curieux est le recours au judaïsme pour défendre son point de vue. Alors qu'elle n'a jamais été attirée par le sionisme, elle se place paradoxalement dans sa problématique en profitant de son glissement de civilisation à peuple pour souligner que les Juifs n'ont pas conquis leur indépendance. C'est-à-dire, si les mots ont un sens, qu'ils n'ont pas su créer un État. Dans les mois qui suivront, pour la première fois dans les temps modernes, ce sera une réalité. En même temps c'est l'émergence des lumières qu'elle valorise dans l'histoire juive, c'est-à-dire, cette rébellion à l'intérieur de la culture juive que fut la remise en cause de l'enseignement de la synagogue.

À l'examen, des thèmes entraient trop facilement en résonance avec son odyssée. En dissertation philosophique trois sujets étaient proposés.

« 1° Quel est à votre avis le plus important des sens ?

2° Vous est-il arrivé de vous sentir vivre, exister avec intensité ? En quelles occasions ? Pouvez-vous analyser cette impression ?

3° Vous comparerez les visions du monde que se font le savant, l'artiste et le philosophe, et vous rechercherez si la vision du philosophe se rapproche davantage de celle du savant ou de l'artiste. »

Le premier était trop difficile pour son maigre bagage philosophique, le deuxième quasiment obscène pour une torturée. Le dernier en revanche était plus serein. Il lui permettait, avec des complaisances positivistes, d'exalter la médecine comme alliance privilégiée entre la science et les valeurs humanistes.

En composition française l'offre était plus large mais pas pour elle.

« 1° Quel écrivain classique aimez-vous relire ? Donnez les raisons de cette préférence.

2° Commentez cette pensée de Jouffroy : “ Ce n'est pas le succès qui importe, c'est l'effort. ”

3° Discutez cette pensée d'un écrivain du XIX^e^ siècle : “ Il est bon de voyager quelquefois, cela étend les idées et rabat l'amour-propre. ” »

Faire l'éloge du tourisme ou de l'effort après l'exil et la déportation n'était pas de son goût, Estoucha choisit le premier. Ses références aux classiques sont les plus étroites qui soient : Corneille, Racine, Molière, La Fontaine. Elle traita le sujet en trois petites pages, ce qui semble avoir été le format implicite de l'épreuve comme en témoignent les nombreux corrigés qu'elle avait pris entièrement en note aux cours. Si son choix « c'est Corneille que je préfère... » et l'exercice sont conventionnels, il n'est pas difficile, une fois encore, de retrouver ce qui lui tenait à cœur. Après le coup de chapeau au style, qualifié maladroitement de « délicat et harmonieux », son introduction se termine par sa profession de foi :

> [Les] sentiments qu'il a inspirés à nos pères du XVII^e^ siècle sont passés à nous sans rien perdre par l'usure du temps et le changement de mœurs. La notion de devoir, d'héroïsme et de volonté humaine en action est vivement ressentie et profondément comprise sous tous les climats.

Pour être toujours gauche, l'expression de sa conviction n'en est pas affaiblie et renvoie à son expérience personnelle, encore qu'il soit peu probable que les ancêtres Arkusz ou Zilberberg aient jamais lu Corneille, mais l'intégration républicaine c'était encore d'apprendre que nos ancêtres étaient gaulois et avaient les yeux bleus. Son développement ne nous épargne aucune des citations traditionnelles, prouvant que la candidate connaissait ses auteurs et le code de l'examen ; au-delà de ces conventions, son développement autour du *Cid* et d'*Horace* exprime aussi l'enseignement qu'elle tirait de son engagement.

> Dans les œuvres de Corneille le devoir sort toujours vainqueur et s'il faut faire le choix entre deux obligations c'est vers la plus difficile que la raison, ce spectateur impartial, se penche.

Et sa conclusion levait toute ambiguïté.

> Le public du XVII^e^ siècle a bien apprécié le style de Corneille en disant de son chef-d'œuvre « beau comme *Le Cid* ». Or, ce qui est vraiment humain et par conséquent durable dans Corneille, c'est la force morale qui se dégage de ses pièces. Les personnages héroïques et agissant évitent la voie du moindre effort pour choisir la plus difficile, ce qui a fait dire à Voltaire que « la tragédie de Corneille est une école de grandeur d'âme » et à Napoléon : « la tragédie échauffe l'âme et élève le cœur, peut et doit créer des héros. Sous ce rapport la France doit à Corneille une grande partie de ses belles actions. » Aujourd'hui, après l'époque d'oppression brutale, on peut ajouter que c'est peut-être aussi à Corneille qu'on doit

d'avoir eu sur le sol français des gens qui ont su quelques instants avant leur exécution écrire tranquillement... et si j'avais à refaire ce chemin, je le ferais encore.

Avant l'examen elle avait eu à faire un devoir sur un sujet similaire. « Quel est le personnage du *Cid*, homme ou femme, que vous préférez et pourquoi ? » Elle avait, bien sûr, choisi Rodrigue et développé ce qu'avait de déchirant son renoncement à Chimène. Elle avait obtenu 16/20 et sa conclusion, beaucoup plus neutre, s'arrêtait à la citation de Napoléon que j'ai retrouvée en entier sur ce devoir noté. À l'examen elle avait oublié la conclusion de Napoléon : « S'il était vivant je le ferais Prince », qui en fait avait dit juste avant : « La France doit *peut-être* à Corneille une partie de ses grandes actions. »

Après sa mort j'ai retrouvé ce paquet de devoirs et j'ai ricané en voyant qu'on lui demandait de commenter Corneille. De quoi voulais-je encore me défendre ?

À la session de mars 48, elle ne fut pas définitivement reçue, et elle dut se présenter l'année suivante en histoire-géographie. Entre la révolution de 1830, la France sous le Second Empire et l'Indochine française, elle choisit ce dernier thème et, grâce à un long développement sur la mousson, obtint enfin ce fameux examen de culture générale.

Elle n'avait jamais envisagé d'ouvrir un cabinet et préférait être médecin salariée. Avec les lois sociales votées après la Libération, la médecine du travail était en principe un secteur en expansion. Estoucha y voyait l'avantage d'y être en contact avec le monde ouvrier et de pouvoir mettre en pratique ses préoccupations sociales, aussi passa-t-elle sans aucune difficulté en juin

48 son diplôme d'Hygiène industrielle et de Médecine du travail. Cette spécialisation peu recherchée ne réglait pas le problème de la transformation du diplôme belge mais lui offrait un titre complémentaire... pour le jour où elle aurait le droit d'exercer. En principe elle pouvait immédiatement entamer la transformation de son diplôme. Elle n'en fit rien.

Depuis plus d'une année l'euphorie de la Libération s'était totalement dissipée, la guerre froide avait commencé. Quand en octobre 48, dans son petit logement, elle put enfin prendre son fils avec elle, les mineurs du Nord-Pas-de-Calais, ceux-là mêmes devant lesquels Maurice Thorez dans un grand discours trois ans auparavant avait lancé « Produire, produire, produire », étaient maintenant entrés en grève à l'appel de la C.G.T. Au-delà des revendications de salaires et de conditions de travail, c'était une épreuve de force avec le gouvernement. Des affrontements violents avaient lieu entre les grévistes et les Compagnies républicaines de sécurité. Ces fameuses C.R.S. dans lesquelles, si peu de temps auparavant, le Parti avait encouragé de jeunes camarades combattants issus des F.T.P. à s'engager. L'institution avait gagné la partie, ils étaient devenus de vrais mercenaires comme leurs collègues.

Toutes les municipalités communistes, en premier lieu celles de la banlieue rouge qui en ce temps-là ceignait Paris, organisaient un soutien matériel et politique aux mineurs en grève. De toute façon l'aura des mineurs était telle à cette époque qu'ils bénéficiaient d'un appui vraiment populaire. À Paris, Estoucha participa avec son fils, qui ne l'avait rejoint que depuis une ou deux semaines, à une grande manifestation de soutien aux mineurs sur les Champs-Élysées. La tension était physiquement perceptible et si le garçonnet défila avec les enfants des maisons de la C.C.E., la manifestation tourna bien vite à l'affrontement violent. Estoucha récupéra son enfant, les morceaux des grilles d'arbre en fonte qu'on avait cassés dès le début des bagarres se transformèrent en redoutables projectiles, la chaussée rapidement dépavée fournit de quoi ériger des barricades de faible hauteur qui arrêtaient la progression des cars de police.

C'est dans ce contexte qu'Estoucha, qui avait des difficultés à trouver du travail, accepta de devenir « permanent » c'est-à-dire fonctionnaire du Parti, peut-être parce que comme elle l'avait dit à propos de Corneille : « S'il faut faire le choix entre deux obligations c'est vers la plus difficile que la raison, ce spectateur impartial, se penche. » L'opportunité politique n'était pas évaluée, seule comptait la valeur morale de la réaffirmation de ses convictions, quels que soient les sacrifices demandés. Après l'Espagne, la Résistance et les camps, ils étaient des milliers, à travers toute l'Europe, qui avaient traversé les mêmes expériences. Pour ces femmes et ces hommes, l'existence ne valait guère la peine d'être vécue que si elle était consacrée à ce qui pour eux était la force principale de l'émancipation sociale : le mouvement communiste avec à sa tête l'Union soviétique. Continuer à partager une fraternité de combats forgée des années auparavant était la seule satisfaction immédiate qu'ils pouvaient retirer de cet engagement sans réserve. En moins d'une douzaine d'années, ils avaient encouru des dangers extrêmes et vécu dans une tension permanente. Beaucoup de leurs camarades, héros anonymes, étaient tombés sous le feu, la torture ou les gaz. Les femmes et les hommes qui avaient fait face à tout cela constituaient une catégorie à part du mouvement communiste. Ces risques pris, ces morts si nombreux dans leurs rangs, ces familles disloquées, ces amours brisées, ne l'avaient pas été en vain, le nazisme avait été vaincu grâce au rôle décisif de l'armée rouge et dans cette bataille le camp socialiste était né. Une autre période de luttes, de dangers mais aussi d'espoirs s'annonçait, il fallait rester fidèle à l'idéal de leur jeunesse, serrer les rangs et ne pas laisser le doute s'installer.

# XIX

De ces années-là, celles du début de la guerre froide, Estoucha ne parlait plus jamais, après tant d'efforts pour s'en sortir elle ne voulait jamais y revenir.

Même en dehors du monde syndical, tout autour du parti et subordonné en fait à celui-ci, un réseau d'organisations permettait sur un problème particulier ou pour une catégorie sociale spécifique de mobiliser bien au-delà des adhérents communistes si l'opportunité s'en présentait. Malgré les dévouements éventuels de leurs membres, ces organisations d'autonomie toute relative et à budget limité fonctionnaient avec des cadres administratifs qui en assuraient la vie quotidienne permanente et influaient donc *de facto* sur leur orientation. Ces cadres étaient fournis par le secrétariat du parti qui les recrutait, les payait et décidait de leur affectation, c'étaient les permanents. Estoucha faisait partie de cette catégorie dont les membres se vivaient avant tout comme « activistes révolutionnaires [1] ». Ils étaient les hussards du mouvement communiste, à l'exemple des

1. Alek Szurek, *Shattered Dreams*, *op. cit.*, 1989, p. 317 et 318.

instituteurs laïques, ils se vivaient comme porteurs de lumières et accoucheurs d'une société nouvelle.

Étrangère, il était politiquement et juridiquement exclu qu'elle s'occupât directement de la vie interne du Parti. Depuis sa création, le P.C.F. avait eu pour règle d'empêcher que se développent parmi les travailleurs immigrés des structures de leur propre parti d'origine, ce qui aurait brisé son monopole de la représentation communiste. Les communistes étrangers vivant en France étaient invités à rejoindre des organisations qui, tout en s'exprimant éventuellement dans leur langue, avaient pour programme la défense de leurs intérêts du point de vue français. C'était, sur le mode communiste, une attitude en droit fil avec le modèle d'intégration sociale de la république. Cette règle souffrait de bien des exceptions : Vietnamiens, Espagnols, Polonais étaient du nombre pour des raisons évidentes comme l'avaient été les Italiens jusqu'à la Libération. Dès leur retour des camps des activistes polonais avaient créé des sections clandestines d'un Parti ouvrier polonais qui était en fait la section française du parti communiste polonais. Dans ses Mémoires inachevés, Szurek, celui qui avait reconnu Estoucha sur le front d'Aragon, fut un des artisans de cette entreprise dont il estime que l'effectif a atteint quarante mille membres, ce qui semble considérable [1]. Quelle que fût son influence réelle, ce parti clandestin ne passa pas inaperçu ; son activité fut réprimée à coups d'expulsions et de saisies de matériel d'imprimerie. Il en fallait plus pour décourager les activistes, mais de toute façon il était clair qu'une grande partie des Polonais ne retourneraient jamais dans leur pays d'origine, le P.C.F. avait donc son mot à dire.

1. *Idem.*

Estoucha fut ainsi recrutée dans le « secteur de la main-d'œuvre immigrée », la MOI. Sa rémunération était encore plus faible qu'à la C.C.E. et pas toujours versée régulièrement, elle n'avait pas de contrat de travail et de ce fait n'était pas déclarée à la Sécurité sociale. Avec son état de santé c'était un gros problème. Après plus d'une année passée dans la plus grande précarité, elle trouva un petit artisan juif communiste du Marais qui accepta de l'inscrire sur le bordereau du personnel de son atelier de confection, sous condition qu'elle payât de ses propres deniers la part patronale [1]. Ses maigres économies allaient y passer. Accessoirement cela la mettait en règle avec la police comme travailleuse étrangère.

L'essentiel de son activité concernait la main-d'œuvre polonaise. L'enjeu politique était clair : obtenir, sinon l'adhésion, au moins la neutralité bienveillante des mineurs polonais restés en France à l'égard du gouvernement polonais tout en renforçant l'influence du P.C.F. dans ce milieu. L'outil essentiel de cette lutte d'influence était un journal quotidien en langue polonaise rédigé et édité en France, *Gazeta Polska*, beaucoup moins lu que l'autre quotidien non communiste, *Narodowiec*. En plus de la prise de parti sur la politique intérieure française, le patriotisme était exalté pour faire oublier la conquête de l'Est polonais par les Soviétiques que ne compensait pas politiquement la reconquête de la Silésie. Au total, pour la première fois depuis longtemps, argumentait *Gazeta Polska*, la Pologne avait des frontières ancestrales et « naturelles » avec l'Allemagne le long de l'Oder et de la Neisse. En plus du journal il y

1. Burstin, 8, rue Pavée, 75004 Paris, du début de 1950 au 1er juin 1952.

avait une association franco-polonaise pour la défense de la frontière Oder-Neisse, où l'ambassade pouvait faire entendre sa voix. Les problèmes habituels de la main-d'œuvre étrangère (permis de séjour, droits sociaux, etc.) relevaient d'un Comité français pour la défense des immigrés. Estoucha partageait son temps entre ces trois entités et se donnait sans se ménager à ce travail dont les horaires étaient chaotiques. La fabrication du journal occupait les heures ouvrables, tandis que les soirées et les dimanches il fallait souvent assurer des réunions publiques à Paris, en banlieue et en province. Selon les cas elle se contentait d'être observatrice ou, au contraire, animait la soirée. Cela voulait dire qu'elle avait préparé un petit discours didactique de défense et illustration des orientations décidées en accord avec le Parti. Sans moyen de transport individuel, ces déplacements laissaient l'enfant seul pendant de longues soirées. Elle devait quand même se réveiller tôt le lendemain matin pour lui préparer son petit déjeuner et l'envoyer à l'heure à l'école.

Le travail au journal, tout comme la préparation des communiqués, déclarations, résolutions, protestations qui étaient l'ordinaire de ce genre d'organisations, réclamaient un minimum de talents d'écriture. Dans une bâtisse tout au fond d'une cour dépavée, quelques pièces à l'étage le long d'une coursive en bois servaient de bureaux. Sur les autres côtés de la cour des hangars hébergeaient des syndicats et des « organisations de masse ». L'ensemble avait peut-être abrité un jour une petite industrie prospère, pourtant, même dans le contexte de l'immédiat après-guerre ça suintait la pauvreté et la misère, à quoi s'ajoutait le boucan des vieilles machines à écrire à clavier polonais dont on attendait qu'elles tombent en panne pour les réviser. Tout cela a disparu pour laisser place au siège du Comité central du P.C.F.

Du groupe de camarades qui s'occupait de tout ce secteur polonais, peu avaient reçu une éducation secondaire. La plupart des responsables étaient d'anciens mineurs ou ouvriers de la confection qui s'étaient distingués durant des grèves ou au combat en Espagne et pendant la Résistance. Rester assis derrière un bureau n'était pas leur genre. L'essentiel du travail retombait donc sur les femmes tandis qu'eux allaient discuter dans les bistros autour de la place du Colonel-Fabien. Estoucha eut ainsi l'occasion de réviser son histoire polonaise depuis l'occupation romaine en passant par la dynastie des Jagellons pour justifier historiquement la frontière Oder-Neisse.

« L'organisation décide de tout », avait-on coutume de rappeler, mais dans ces conditions on ne pouvait pratiquement compter que sur soi-même tout en devant faire face à ses difficultés personnelles ; c'était un tour de force pour la minorité des permanents qui faisaient effectivement vivre les organisations. Même un journaliste de *L'Humanité*, fidèle parmi les fidèles, s'était laissé aller à écrire une nouvelle intitulée « Encore un effort, camarade » qui, dans un rare moment d'autodérision, avait trouvé sa place dans l'almanach annuel du journal.

Trop souvent elle devait rappeler à ses responsables hiérarchiques qu'elle avait un enfant à élever, et qu'elle n'avait pas comme eux quand ils rentraient dans leur foyer quelqu'un avec qui partager ses problèmes. Elle n'avait que le petit qui ne comprenait pas grand-chose à tout cela, sauf que c'était normal que maman fasse cela parce que papa avait été fusillé mais il ne fallait pas trop en parler avec les camarades de classe. À la Toussaint 48 elle était allée avec lui à Fives. De là, sans prévenir, avec Fleuriza et son mari ils avaient poussé jusqu'à La Bassée pour déposer des fleurs sur la tombe de Mouni. Revenant de faire les courses, Jeanne avait vu de loin un petit groupe devant sa porte, on échangea des banalités. Ainsi Estoucha renoua avec Jeanne et Fernand. À l'été 49, après un séjour dans les Landes avec une colonie de la C.C.E., le petit passa quelques semaines chez eux. Il en était très content mais ce n'était plus comme avant, une corde cassée peut être réparée, la trace du nœud se fera toujours sentir. Il écrivit avec un déluge de fautes d'orthographe.

*Mercredi 1^er^ septembre,*

*Bonjour Mama,*

*je suis arrivé â La Bassé hier midi je tenvoie une lettre. je suis bien conten. quand je suis arrivé jai arraché les oignons. et auourd'huir jai enfilé les tabac papa et maman m'ont trouvé* (ces mots omis écrits par Renée) *bien grandi. Demain ja vai porté un bouquét a papa MAURICE, il y a beaucoup de fleure dans le jardin je termine ma lettre en t'embrassant bien fort 1 000 baissés jojo*

Estoucha avait conservé la lettre et le dessin aux crayons de couleur qui l'accompagnait, une demi-feuille de cahier d'écolier coupée horizontalement. Il représente deux portraits en buste que séparent deux boutons-d'or à longue tige. Pour que tout soit clair PAPA est écrit en majuscules sous celui de gauche, croix de guerre à la poitrine! et MAMAN sous le buste de droite. Estoucha aussi avait reçu la croix de guerre – avec médaille d'argent – mais ne lui en avait jamais parlé, le héros c'était le père. Le dessin du petit était inspiré d'une photo accrochée au mur à La Bassée : un agrandissement sépia, fait peut-être à Cambrai, de leurs deux photos d'identité mises côte à côte. L'agrandissement était dans les papiers qu'ils avaient laissés à Jeanne et Fernand en 42 avec le petit.

Outre qu'elle tirait sans cesse le diable par la queue, la vie de permanent était pour Estoucha très éprouvante. Quand elle rentrait le soir, il fallait faire les commissions, préparer le repas, s'occuper un peu du petit. Alors de temps à autre, les sandwichs du midi, l'alimentation trop grasse et la fraîcheur douteuse des repas dans les bistrots de banlieue ou de province, la plongeaient brutalement dans des troubles digestifs qui la laissaient prostrée au fond de son lit, secouée par la fièvre, incapable de se lever pour prendre un verre d'eau. Ces crises faisaient partie de cette pathologie mal comprise des déportés, pour le psychisme on parlait de sinistrose, pour le reste on bricolait. Sept ans après leur libération, 35 % des déportés étaient morts [1]. Hors d'état de nourrir l'enfant, elle lui demandait de prendre de l'argent dans son porte-monnaie et d'aller manger chez Mme Sabatier, la tenancière du café-restaurant qui faisait le coin entre l'avenue Pierre-Brossolette où ils habitaient, et l'avenue Gabriel-Péri qui, à droite en sortant, juste après la boucherie chevaline, s'engageait dans Malakoff. Frappé d'alignement, le café a aujourd'hui disparu, la boucherie chevaline est devenue une boucherie musulmane.

1. *Les Françaises à Ravensbrück*, *op. cit.*, p. 316. Beaucoup des compagnes de déportation d'Estoucha eurent des infections chroniques, comme en témoigne leur correspondance avec elle.

Une fois la cour traversée, il n'y avait pas dix mètres à faire sans changer de trottoir, mais l'enfant n'aimait pas cela. Finalement il se résignait, allait au café, ouvrait la porte. Le bloc compact et bruyant d'habitués, piliers de bistros aux visages violacés, puant la bière et le tabac, parlant fort et attablés au comptoir, indifférents à sa présence, donc hostiles, lui faisait peur. Fernand n'était jamais comme ça, les brasseries et les estaminets du Nord non plus. Ici, il n'y avait pas de place pour les enfants. Et puis il ne savait pas quoi demander, il ne connaissait pas les prix et il fallait faire attention à l'argent. Alors, si Mme Sabatier ou sa serveuse ne l'avait pas aperçu, il battait en retraite en fermant doucement la porte. Le plus souvent ça marchait, personne ne faisait attention à lui. Au café, comme là-haut dans leur chambre, il était impuissant alors il préférait remonter. Mais il n'était pas resté dehors assez longtemps, Estoucha le questionnait et il devait avouer qu'il n'avait pas osé commander. Elle soupirait, rouspétait, essayait de le convaincre d'y retourner et puis, au bout d'un moment rassemblait ses forces pour cuire quelques pommes de terre. Ses crises pouvaient durer deux ou trois jours mais à chaque fois il y avait un moment, où elle était incapable de se lever. Parfois il fallait la soutenir pour traverser le palier et aller aux toilettes dont l'odeur soulevait le cœur.

Et puis, un matin, elle se remettait debout et reprenait ce combat dans lequel elle était plongée depuis maintenant plus de quinze ans. L'aspect romantique de cet engagement était derrière elle, sans se l'avouer elle sentait tout ce qu'il pouvait y avoir de mécanique dans cette tâche, même si tout n'était plus aussi triste qu'une ou deux années auparavant. Faire le journal ne lui déplaisait pas, si mauvais qu'il fût. L'enfant était avec elle dans ce petit logement. Parfois, quand la journée était finie, elle pouvait militer avec les communistes de Malakoff. Elle vivait en France. Chaque été elle arrivait quand même à prendre des vacances avec un groupe d'amis, tantôt de Belgique, tantôt de France, toujours à la mer, la Méditerranée de préférence qu'elle avait découverte en Espagne. Là, les longs bains de soleil barbouillée d'huile solaire et entrecoupés de baignades prolongées étaient son régal malgré une brasse rudimentaire qui la cantonnait au surplace. Son corps qu'elle n'aimait pas avec son buste si court planté sur des jambes si longues s'étourdissait de toutes ces sensations. Avant de partir elle ramassait quelques galets, sculptures du pauvre. Ces étés étaient une revanche sur les années grises de son enfance. Venait le moment du retour à Malakoff, le petit monde fraternel où Estoucha redevenait Jeanne la militante.

Étant étrangère, en rentrant des camps elle avait gardé le pseudonyme de Jeanne Lefèvre pour s'inscrire à la cellule de Fives. Du coup, à Malakoff, dans les premières années, tout le monde continua à l'appeler Jeanne, mais elle avait donné sa véritable identité. À la différence de Vanves sa voisine, Malakoff est une commune qui n'acquit ce statut administratif qu'à la fin du XIX$^{e}$ siècle. Une étude de la Société d'économie sociale de Frédéric Le Play lui fut consacrée en 1878, l'enquêteur pouvait écrire :

> Le village de Malakoff est un village sans passé... Son fondateur fut un restaurateur de la place Dauphine condamné pour attentat aux mœurs et qui s'établit à côté de la tour nommée, après la guerre de Crimée, tour de

Malakoff. Cette tour qui dominait une grande étendue de pays et d'où l'œil apercevait les monuments de la capitale... était visitée le dimanche par la population des faubourgs de Paris et fut peu à peu entourée de restaurants très fréquentés. Lorsque les promeneurs devinrent plus nombreux, de nouveaux restaurants s'ouvrirent et les maisons se construisirent autour de ce premier noyau. Surtout, depuis l'annexion des communes de la banlieue, beaucoup d'ouvriers, désireux de se soustraire aux conditions de la vie difficile à Paris, sont venus habiter les maisons élevées par des entrepreneurs ; celles-ci, presque toutes semblables, ne comprennent pas plus d'un étage et sont entourées d'un petit jardin. Un grand nombre d'étrangers se trouvaient parmi les premiers habitants de Malakoff[1]. Malakoff est ainsi formé par l'émigration d'une grande ville et présente tous les caractères d'un faubourg des cités populeuses. Les témoignages recueillis sur ce village ont résumé d'un mot son caractère principal. C'est un pays sans tradition ; aussi subit-il encore plus profondément que les autres parties du territoire l'action des hommes de la nouveauté et la désorganisation sociale y est plus avancée...

Les habitants, sous l'influence de journaux révolutionnaires, manifestent encore leurs sentiments antireligieux, en adressant des plaintes amères contre le budget des cultes

1. Les premiers furent des Allemands arrivés avant la guerre de 1871 et revenus aussi nombreux après le conflit.

> auquel ils reprochent de ne pas rétribuer un service public...
> Aussi, dans cette population, privée de guides, dépourvue de tradition, ayant perdu toute foi religieuse, l'influence appartient-elle à quelques légistes médiocres ; ne donnant pas l'exemple des qualités morales et dévoués aux théories modernes, ils contribuent à augmenter la désorganisation sociale. Les ouvriers qui se réunissent tous les dimanches dans les cabarets écoutent docilement les politiciens de bas étage qui commentent les doctrines propagées par les journaux, dévoués aux faux dogmes de 1789 [1].

Bref, si le communisme n'était pas venu à Malakoff, Malakoff serait allé à lui. En 1948, à l'exception des immeubles de rapport de l'avenue Pierre-Brossolette et de quelques groupes de H.L.M., le décor n'avait pas changé, les opinions et les mœurs non plus. En dehors d'une usine de la Compagnie Sans Fil, d'un dépôt de la R.A.T.P. et de quelques entreprises de brochure et de sous-traitance métallurgique, Malakoff était une banlieue ouvrière peu industrialisée mais fermement ancrée dans le communisme municipal. C'est à Malakoff que Rol-Tanguy était caché juste avant l'insurrection pour la libération de Paris. Les communistes malakoffiots constituaient un village à eux tout seuls. Pour à peu près

1. Monographie n° 41 de la Société d'économie sociale créée en 1856 par Frédéric Le Play, « Ouvrier cordonnier de Malakoff », par Urbain Guérin, rééditée dans *Ouvriers des deux mondes* avec postface de Bernard Kalaora et Antoine Savoie dans la collection Est-ce ainsi que les hommes vivent ? À l'enseigne de l'arbre verdoyant, éditeur, B.P. 7 à 77810 Thomery, 1983, pp. 300, 301 et 302.

vingt-cinq mille habitants, entre les adhésions et les non-renouvellements de cotisations, on comptait trois cents communistes dont quelques dizaines avaient une activité politique constante. Parmi eux, à tous les niveaux de responsabilité, une forte minorité d'anciens résistants, de déportés et quelques communistes espagnols. L'ensemble était réparti en une quinzaine de cellules locales et quelques cellules d'entreprise, notamment à la C.S.F. et à la R.A.T.P., portant souvent des noms de communistes tombés dans la Résistance : Guy Moquet, Gabriel Péri, etc., qui correspondaient au nom des rues qui traversaient le quartier sur lequel elles rayonnaient. Estoucha était membre de la cellule Gerber-Vincent-Morris, forte de quelques dizaines d'adhérents ouvriers, ménagères, quelques employés, un cadre d'assurance, une commerçante et occasionnellement un dentiste ou un jeune intellectuel, ils étaient bien représentatifs de la population. Gerber-Morris, deux Malakoffiots tombés pendant la Résistance, ça sonnait drôle. On ne citait jamais le prénom de Gerber, d'où l'hexamètre Gerber-Vincent-Morris. Chaque cellule avait son bureau qui organisait le travail de propagande, journal ronéoté, le plus souvent un 21 x 27 recto verso, affichages, distribution de tracts, réunions et reprise des cartes. Semaine après semaine, la vente bénévole de *L'Humanité-Dimanche*, au porte à porte et aux principaux carrefours, était l'activité la plus spectaculaire qui couronnait le tout et forçait le respect des non-communistes pour ce qu'elle représentait de dévouement. À la différence des autres partis, sauf le R.P.F. et ses vendeurs musclés, jusqu'au début des années 50, les communistes manifestaient leur présence dans la vie publique, même en dehors des périodes électorales.

C'était essentiel pour assurer leur audience, former des militants à être reconnus comme des leaders d'opinion, faire connaître le point de vue du Parti et ses appels à l'action collective. L'information, à la radiodiffusion, était sous le contrôle direct du gouvernement et ressemblait à des bulletins de propagande, notamment pour tout ce qui concernait la guerre d'Indochine. Absent de la rue, le Parti n'aurait bien vite plus été un parti de masse.

De temps à autre, il y avait une vente exceptionnelle – une vente de masse – pour remonter les chiffres de la diffusion et renflouer les finances du journal. Tout le monde était alors mobilisé. Le bureau de la cellule Gerber comprenait une demi-douzaine de camarades mais, à tour de rôle, selon sa disponibilité, chaque adhérent confirmé en faisait partie. Estoucha était du nombre, c'était la plus chevronnée d'entre eux. Presque tous restèrent ses amis jusqu'au bout. Ce fut le cas d'Yvette, la jeune fonctionnaire venue de Vendée, et son mari Félix dit Coco, toujours au bord de l'anarchisme et à la recherche d'un boulot parce qu'il s'était fait vider après la dernière grève. Amoureux de la vie au grand air, ils habitaient une studette minuscule avec leurs deux enfants, leurs sacs à dos et leurs paires de skis, dans l'immeuble qui abritait Rol-Tanguy pendant la clandestinité. Marcelle et Maurice travaillaient dans une compagnie d'assurance ; ils s'étaient rencontrés à Vichy pendant l'Occupation et avaient malheureusement perdu un enfant en bas âge. René, communiste de la première heure, si intransigeant que même Thorez l'avait qualifié de sectaire, et sa jeune femme Angèle. Chacun à sa manière fut un médiateur de l'intégration d'Estoucha à la vie de cette banlieue et à la société française.

Une cellule du Parti était en ce temps-là une propédeutique du communisme. On adhérait parce qu'on voulait que ça change et que les communistes étaient combatifs. Leur dévouement ajouté à leur inébranlable confiance en l'Union soviétique semblaient offrir les moyens d'une solution. On adhérait aussi pour se transformer soi-même, pour devenir une femme nouvelle, un homme nouveau.

Les réunions de cellule commençaient par le rapport du camarade chargé de faire le bilan de l'activité depuis la dernière fois. Il s'efforçait avec un bonheur inégal de montrer que l'activité de la cellule était au tempo d'une évolution d'ensemble de la classe ouvrière. L'examen des questions récurrentes, « le travail parmi les femmes », les jeunes, le logement, le coût de la vie, la lutte pour la paix en général ou en Indochine en particulier, la formation des adhérents grâce à une école de section et puis l'explication de la ligne du Parti et la préparation du prochain congrès occupaient l'essentiel du temps. Évidemment, le bilan de l'activité était très souvent inférieur aux engagements pris ou aux consignes venues de la section de Malakoff. Alors on se demandait pourquoi. Les explications mettaient en lumière les difficultés pratiques : mauvaise date pour une réunion publique, poids du travail à la maison pour les femmes, manque de participation des camarades des entreprises aux ventes de *L'Huma*. Parce que la cellule se vivait comme un avant-poste du Parti, on était attentif aux réactions suscitées par un tract, aux propos à l'emporte-pièce échangés avec le vendeur de *L'Huma*, aux difficultés des gens dans le quartier. Tout était pris en compte mais on procédait très rarement à un examen critique des propositions politiques faites, c'est-à-dire de la fameuse ligne du parti. L'insuffisance de la cellule à bien appliquer les décisions ou les propositions d'action était le plus souvent incriminée. Les nouveaux adhérents étaient encouragés à s'exprimer, à faire part de leurs observations. Quand il y avait des difficultés sérieuses, le moment était venu pour « le camarade de la section qui suivait la cellule » ou le représentant de la fédération de « tirer les conclusions » ; une résolution était éventuellement votée pour souligner l'accord avec les décisions proposées et les initiatives prises. Il se faisait tard, les camarades allaient devoir se lever tôt pour aller travailler le lendemain et parfois distribuer un tract à la porte d'une entreprise avant de prendre bus et métro. La cellule couvrait un assez grand territoire, après dix à quinze minutes pour échanger quelques mots sur le trottoir on rentrait chez soi.

Estoucha avait une façon bien à elle de diriger ces réunions quand c'était son tour. Sans exprimer directement son avis, tout en soulignant que la décision appartenait aux camarades et en insistant sur le respect des formes démocratiques, elle structurait les questions auxquelles il convenait de répondre de telle façon qu'on ne pouvait que concourir avec elle. Si quelqu'un formulait autrement les questions, un véritable débat s'ouvrait, mais là elle avait suffisamment d'expérience pour montrer que cette reformulation n'était pas canonique. Ses interlocuteurs n'étaient pas toujours dupes de cette technique de la fausse interrogation, mais dans une cellule ouvrière on était là pour œuvrer ensemble, pour retrouver des copains, pas pour critiquer une maïeutique.

Chaque dimanche matin, on se retrouvait au siège de la section vers midi, après le marché, juste à côté, ou à la fin de la vente de *L'Huma,* pour faire les comptes si on avait vendu le journal ou prendre, qui un paquet de tracts, qui un rouleau d'affiches, ou tirer un journal de cellule à la ronéo. Plus simplement, on passait pour dire bonjour aux camarades des autres cellules qu'on n'avait guère l'occasion de voir en dehors des réunions de section. Dans le vacarme du marché qui se repliait et de la ronéo qui hachait les conversations, c'étaient des moments où à voix forte et dans la fumée des cigarettes on se sentait ensemble, ce qui faisait du bien quand trop souvent on avait l'impression que, malgré l'influence du Parti, on était considéré comme quelqu'un à part quand on était communiste.

La grande famille communiste avait aussi son calendrier de manifestations qui rythmaient l'année. Adhérents et sympathisants se retrouvaient plusieurs fois par an : grands défilés anniversaires au mur des Fédérés du cimetière du Père-Lachaise, le 1er mai, grands meetings au Vélodrome d'hiver ou à la Mutualité, notamment pour l'anniversaire de la révolution d'Octobre. L'important était moins d'écouter que de faire nombre, de toute façon le texte intégral du discours paraissait dans *L'Humanité* du lendemain.

Le premier week-end de septembre, il y avait enfin cette gigantesque kermesse politique qu'était la Fête de *L'Humanité.* Elle se tenait alors dans la clairière de Reuilly au bois de Vincennes. Il n'y avait ni pavillons commerciaux, ni stands à architecture futuriste qui ne peuvent être réalisées que par des ouvriers spécialisés. C'était, plus modestement, un immense caravansérail de petites gargotes, de buvettes et d'étals mis en place la plupart du temps bénévolement par les membres de chaque organisation communiste dans la semaine qui précédait. On dormait sur place si besoin était puisque presque personne n'avait de voiture.

Le vendredi soir, par un simple bouche à oreille, tout un groupe d'anciens d'Espagne savait qu'ils avaient rendez-vous pour partager un pot-au-feu chez Charlie et Kim qui habitaient pas très loin de la porte Dorée. Ils avaient repris leur appartement d'avant-guerre 7, rue du Colonel-Oudot, à un quart d'heure à pied du chantier de la fête. Estoucha était du nombre. Kim était toujours aussi taciturne mais Charlie était là, comme au camp, la vie personnifiée. De ces années, c'est cette rencontre annuelle où chacun savait ce qui lui valait le droit d'être là qu'Estoucha aimait le plus évoquer. Ce ne devint pas une tradition. Un matin des années 50, dans leur petit appartement du XII^e^ arrondissement, on retrouva les corps déjà froids de Kim et Charlie asphyxiés pendant la nuit. Du petit groupe des habitués de la Fête de *L'Huma* aucun ne crut à un suicide, mais même aujourd'hui ceux qui survivent ne sont pas capables de deviner qui avait pu les tuer, Français ? Soviétiques ? Américains ? Quand Estoucha, dans les années 80, me raconta leur disparition, j'émis aussitôt l'hypothèse d'un crime. Elle ne me démentit point, elle avait toujours cru que Charlie travaillait pour les Soviétiques. Angelita, que Charlie considérait comme sa fille, dit qu'on a retrouvé dans l'appartement de la rue Oudot un microfilm de l'ambassade du Chili, où Charlie travaillait.

Dans ce monde, pendant une vingtaine d'années, Estoucha se sentit parfaitement à son aise, beaucoup plus que parmi les communistes polonais de France ou parmi ses anciens camarades belges quand, de temps à autre, elle retournait là-bas. Après tant d'efforts pour vivre en France, elle y avait trouvé, pour elle et son enfant, une stabilité qu'elle ne connaissait pas ailleurs. Chez les Polonais, elle était trop près des véritables centres de décision, trop près de tant d'histoires cruelles puisqu'ils étaient presque tous juifs, trop près d'informations désagréables qui arrivaient de Pologne et qu'elle n'aimait pas entendre parce qu'elles révélaient qu'il n'était pas facile de bâtir une société nouvelle. Les Belges, eux, étaient déchirés par des histoires invraisemblables auxquelles elle ne voulait pas croire. Pendant la guerre toute la direction du parti belge avait été arrêtée et s'était spontanément mise à table [1]. De temps à autre, échos, indices et rumeurs y faisaient allusion. Ajouté à l'atmosphère de la guerre froide, cela créait dans les milieux communistes belges un climat plein de suspicion. En France, c'était autre chose, Estoucha se fondait dans une histoire qu'elle connaissait mal et surtout elle vivait à Paris. Pour avoir traversé tant de fois l'Europe après-guerre, elle pouvait faire la différence. Bruxelles nageait dans l'opulence mais cela n'effaçait pas son côté provincial. À Paris, au contraire, se croisaient des artistes du monde entier et tous ceux que le monde progressiste honorait. Elle avait peu de temps à consacrer à cette vie culturelle, mais, ne fût-ce que de temps à autre, voir Jouvet sur les boulevards, ou Vilar au T.N.P. qui organisait des week-ends entiers consacrés à ces auteurs qu'elle aimait, ce n'était possible qu'à Paris. En embrassant la culture française, elle repoussait à l'arrière-plan la tradition allemande et polonaise qui lui rappelait le monde qui s'était effondré derrière elle, ce monde auquel elle n'aimait pas penser. Sa vie était difficile mais Paris la rendait plus supportable et, parfois, même joyeuse. Les sorties en camping, les vacances en groupe

1. Gotovitch, *op. cit.*, p. 294 et pp. 459 à 464.

étaient le fruit de la nécessité économique mais, en même temps, autant d'expériences pour essayer d'imaginer ce que pourrait être une société fraternelle.

Pourtant le monde des communistes français n'était pas pour elle toujours facile à vivre. Il était chaleureux, courageux, dévoué mais aussi dur, compact, extraordinairement borné et clos sur lui-même. Dans le monde des camarades, tous les camarades n'étaient pas égaux. Certes, il y avait les camarades de la base mais il y avait aussi ceux de la direction, que ce fût la fédération ou le comité central. Quand ceux-là avaient parlé, mieux valait être d'accord si on voulait rester au Parti. Lorsque vint d'en haut, je ne sais plus quand, la consigne d'écarter de toute responsabilité, si modeste fût-elle, les communistes d'origine étrangère, Estoucha fut dans le collimateur. À la réunion du bureau de section dont elle faisait alors partie, un membre du comité central était venu pour faire appliquer cette décision. Seul Jean Monier, postier, militant syndical et fils de gendarme cévenol, donc parpaillot, eut le courage de dire tout haut ce que beaucoup pensaient mais n'osaient pas dire : tout le monde ici connaissait Estoucha, c'était une proposition idiote que de l'écarter.

# XX

En 1950, Mouni à titre posthume, Estoucha et son fils reçurent la nationalité française. C'était une bonne nouvelle, longtemps attendue, une des rares nouvelles heureuses en ce temps-là. Son travail de permanent étant toujours aussi mal payé, elle n'arrivait plus à joindre les deux bouts. Pendant ses congés elle accepta d'assurer la surveillance médicale dans des colonies de vacances de la Croix-Rouge polonaise. Une année ce fut à Berck-Plage, où elle sauva de l'asphyxie deux enfants qui avaient creusé un tunnel qui s'était effondré sur eux ; une autre année ce fut dans une propriété à La Garenne-Colombes, la dernière fois à Neuvy-sur-Barangeon dans le Cher. C'était un pis-aller qui, chaque fois, réveillait chez elle le désir d'exercer la médecine ; mais elle ne se sentait pas moralement autorisée à déserter dans un contexte politiquement si difficile. Sula, sa collègue de travail, l'encourageait pourtant à terminer ses études. Les expulsions des cadres communistes polonais se multipliaient et personne ne les remplaçait. Il y avait toujours plus à faire pour ceux qui restaient dans la mouvance polonaise. Le monde semblait au bord d'un nouvel épisode tragique. Ce début des années 50, pas seulement pour des communistes, avait tout l'air de n'être qu'« un deuxième entre-deux-guerres [1] ». Après l'Indochine, la Corée était devenue un champ de bataille. L'Europe n'y échapperait peut-être pas, la guerre des mêmes contre les mêmes continuait. *Le Figaro* publiait les Mémoires de Skorzeny, les communistes organisaient une manifestation de protestation aux Champs-Élysées. Les Américains multipliaient leurs essais nucléaires, l'appel de Stockholm réclamant l'abolition de l'arme atomique traduisait l'inquiétude de tous et remportait un succès mondial qu'aucune initiative inspirée par les communistes ne connaîtrait plus jamais. Estoucha, à l'occasion d'un passage à Lille avec l'enfant, lui avait acheté un fusil de bois. Fleury Tribout, qui était maintenant presque toujours immobilisé dans son fauteuil et n'en avait plus pour longtemps à vivre, en voyant le fusil, se rappelant 14, avait levé vers elle ses yeux délavés et lui avait juste dit d'un ton plein de reproche : « Alors, on recommence à habituer les enfants ? »

Avec l'approfondissement de la guerre froide, le maintien des activités dirigées vers des travailleurs immigrés devenait difficile. La législation sur les étrangers leur interdisait alors toute activité politique, la liberté d'association leur était mesurée. Un jeudi matin de 1951, mai ou juin peut-être, des coups violents furent frappés à la porte qui n'en demandait pas tant pour branler dans ses gonds.

« Ouvrez ! Police ! Nous avons un mandat de perquisition. »

Il n'était pas sept heures du matin, c'étaient des flics

1. Roger Vailland dans une lettre à Pierre Courtade, reprise dans *Écrits intimes,* Paris, Gallimard, 1968, p. 132.

de la Direction de la surveillance du territoire. Estoucha, réveillée en sursaut, se redressa d'un coup et avant même qu'ils entrent les apostropha avec colère, leur demandant d'attendre et de ne pas faire autant de bruit, il y avait un enfant qui dormait. Une fois habillée et le petit rassuré, elle leur ouvrit la porte. Ils étaient trois, en civil, elle leur bloqua le passage. Du haut de ses cent cinquante centimètres, le nez en l'air, elle leur demanda de rester tous sur le seuil et vérifia le mandat. C'était dans le cadre d'une procédure contre un militant polonais. Ils voulurent se mettre à fouiller tous ensemble dans plusieurs coins à la fois. Elle protesta contre leur façon de faire et les avertit qu'elle avait l'habitude des méthodes de la Gestapo. En maugréant ils se rendirent à ses raisons et acceptèrent de ne fouiller que d'un côté à la fois de telle sorte qu'elle pouvait à peu près les surveiller. Il n'y avait des livres et des papiers que sur l'étagère à côté de son lit et dans l'armoire à linge-bibliothèque. Ça ne représentait guère plus de six mètres de rayonnage. Cela suffit cependant pour qu'en quelques minutes, faisant tout dégringoler, jetant des piles de linge à terre, toute la chambre soit transformée en un capharnaüm par les représentants de l'ordre. Elle, prête à la lutte, le garçonnet, frappé de stupeur, se taisaient. Une enveloppe plus épaisse que les autres attira l'attention des flics, ils se repassèrent son contenu.

« Vous êtes médecin ?

– Vous ne savez pas lire ?

– Vous n'avez pas d'autre appartement ?

– Je ne répondrai à cette question qu'en présence de mon avocat. »

Il y avait décidément bien des choses qu'ils ne comprendraient jamais chez les communistes. Ils embarquèrent des notes de cours, des notes en polonais, ses papiers militaires attestant de ses activités dans la Résistance et ceux de Mouni, les décrets de naturalisation, beaucoup de cartes postales souvenirs de vacances et quelques photos qui lui restaient de Mouni. Tout était maintenant par terre, mélangé, retourné, froissé. La découverte du diplôme redoubla leur zèle, d'habitude ils avaient affaire à des prolétaires. Comme les Allemands ils crurent qu'elle était quelqu'un d'important. Tout ce qui était déjà éparpillé fut à nouveau retourné sans méthode, délibérément. Ils ricanèrent quand tombèrent de l'étagère quelques exemplaires d'une petite brochure qui venait de paraître aux éditions La Défense du Secours populaire français. Le titre en définissait le contenu : *Défendons nos droits contre la répression.* C'était un petit aide-mémoire illustré de 32 pages au format de 10 x 15 cm imprimé sur du papier journal de mauvaise qualité. Sur la couverture une caricature montre un volume relié du Code civil qui tombe avec force au milieu d'un trio formé d'un C.R.S., revolver bien en évidence à la ceinture, d'un policier en uniforme et képi, tenant sa matraque, et d'un gros moustachu (un juge, le pouvoir ?). Tous s'écartent pour ne pas recevoir le Code qui arrive comme un trait de lumière parmi ces forces obscures.

Enfin satisfaits du désordre, les flics lui signifièrent alors qu'ils l'emmenaient pour contrôle d'identité.

« Et l'enfant ?

– Vous le prenez avec vous, on l'emmène aussi.

– Pas question, vous n'avez pas le droit, je vais le confier à une voisine, vous m'arrêterez chez elle en passant. »

C'était bien calculé, Estoucha n'avait pas de téléphone, personne n'était prévenu de ce qui lui arrivait. En convainquant les flics de ne pas emmener l'enfant elle faisait coup double : elle avertissait de son interpellation et mettait l'enfant à l'abri, tout en empêchant une procédure expéditive. Une seule personne était chez elle à cette heure-là un jour de semaine : la mère de Maurice, le camarade de la cellule qui travaillait dans les assurances. La traction avant Citroën s'arrêta à la périphérie de Malakoff où la vieille dame habitait. Estoucha lui demanda d'informer le maire. En fin de journée elle fut relâchée. Le gamin, choqué par la descente de la D.S.T., ne voulut pas retourner au lycée, et opportunément se plaignit des oreilles. Estoucha feignit de croire qu'il avait les oreillons, ce que voulut bien faire semblant de confirmer un camarade médecin... Elle savait parfaitement que son fiston les avait déjà eus avant qu'elle ne revienne du camp. Mme Mariette, qui avait un bel accent méridional et un âge certain, ne se lassa pas, jour après jour, et plus tard les jeudis, de jouer avec ce petit garçon qui s'inventait des jeux de l'oie qu'il dessinait sur un vieux morceau de carton.

Deux mois plus tard, alors qu'elle travaillait dans une colonie de la Croix-Rouge polonaise, Estoucha fut officiellement avertie qu'une procédure de retrait de la nationalité française était engagée contre elle. Les décrets de naturalisation précisaient qu'il y avait une période probatoire de cinq ans avant que l'acquisition de la nationalité soit définitive. Si la procédure allait à son terme, jamais plus elle ne pourrait vivre en France. Elle avait mis un trait sur la Pologne, restait la Belgique, mais c'est en France qu'elle avait résisté, c'est là qu'elle voulait vivre. La loi prévoyait qu'on pouvait interjeter appel de cette décision administrative en s'adressant, je crois, au tribunal administratif. Il fallait prendre un avocat, communiste cela allait de soi, parce que c'était une affaire politique et, plus prosaïquement, parce que de toute façon elle n'avait pas un sou pour le payer. En même temps, bien que son cas fût scandaleusement exemplaire puisqu'il démontrait à l'évidence comment le gouvernement détournait le code de la nationalité pour réprimer un délit d'opinion, elle voulait éviter que l'exploitation politique de l'affaire n'empêche de gagner sur le plan juridique. Ce qui lui importait c'était de rester en France, pas de devenir une martyre de la répression policière, fût-ce pour les besoins de la cause. Pour le Parti, en dehors de la communauté polonaise, il était difficile d'imaginer qu'on puisse faire une campagne de masse sur cette question alors que les thèmes de mobilisation ne manquaient pas. Pour le gouvernement, expulser des résistants était une chose courante mais retirer la nationalité française à une ancienne déportée dont le mari était mort pour la France et leur enfant pupille de la nation, c'était un peu disproportionné avec l'enjeu véritable de l'opération qui était d'asphyxier l'influence communiste en milieu immigré. Maître Schwartzenberg était peu connu mais il s'occupa du cas d'Estoucha avec une attention soutenue. Elle et lui s'entendirent donc pour plaider sur les principes mais en visant à l'efficacité plutôt qu'à la démonstration politique. Le député-maire de Malakoff, Léon Salagnac, communiste sans doute depuis le congrès de Tours, intervint en sa faveur et ne manqua pas d'interroger quand il le fallait les ministres successifs de la Santé et de la Population pour savoir où en était la procédure.

Estoucha avait envisagé de terminer sa médecine, mais ce qui venait de lui arriver montrait que ce n'était pas le moment de relâcher son engagement. Les Polonais multiplièrent les réunions à Paris et en province. C'est ainsi qu'à Montceau-les-Mines elle rencontra Stanis, un leader syndical au corps d'athlète. Ses traits un peu épais, ses cheveux blonds rejetés en arrière, ses yeux plus bleus qu'un ciel du Midi qu'adoucissait une fatigue constante, lui composaient une vraie tête de Polonais. Stanis se donnait sans compter pour les syndicats de mineurs C.G.T. Il était divorcé et, bien sûr, c'était un communiste, il avait d'ailleurs des responsabilités dans sa fédération du Parti. S'il n'y avait pas eu ce pli amer de chaque côté des lèvres, et ces petites marques bleues que laissent les éclats de charbon sur le visage de ceux qui ont pioché au fond de la mine, tout en lui aurait respiré la force.

Au milieu de tous ces militants, chacun crevait de solitude. Ils se reconnurent, ils se plurent. Leurs vies étaient compliquées, les occasions de se rencontrer pas aussi fréquentes qu'ils auraient voulu ; le puritanisme de rigueur chez les communistes leur commandait une certaine réserve. Finalement, chaque fois qu'il passait à Paris, Stanis vint dormir à Malakoff. Ils sortaient dîner ou traînaient un peu après une réunion ; quand ils rentraient, le garçonnet dormait déjà... ou parfois faisait semblant. Après quelque temps ils dînèrent aussi à l'occasion avec lui, pas dans la cuisine, à trois ça n'était pas possible, mais autour de la petite table ronde entre le lit et l'armoire-bibliothèque. Estoucha vit avec plaisir que l'enfant acceptait bien la présence de cet homme à la maison. Ce gamin n'avait finalement vécu que parmi des femmes, il ne savait toujours pas nager et à peine faire du vélo. Elle était plus que lasse de devoir aussi remplir le rôle du père. Ça passait par des choses aussi désagréables qu'aller jouer avec lui au football sur la zone des anciennes fortifications qui séparait Malakoff de Paris.

Au Noël précédent, sur ses économies, elle avait acheté une bicyclette qu'il réclamait depuis longtemps. Jeanne et Fernand habitaient maintenant un petit hameau entre La Bassée et Salomé dans la maison de la grand-mère qui avait élevé Fernand, c'était la pleine campagne et une bicyclette était bien commode pour aller faire les courses à La Bassée. L'enfant était parti tout fier avec son petit vélo. Robert, l'amoureux de Renée qui s'était engagé dans l'armée de l'air, lui avait appris à en faire à l'occasion de ses permissions. Courant à côté de lui tout en tenant fermement la selle pour le maintenir en équilibre, il répétait avec de grands éclats de rire cette blague du fond de la mine : « Pousse Polonais, Frantzous malade. » Stanis et elle avaient pu partir une ou deux semaines ensemble. Peut-être avaient-ils fait des plans d'avenir. À la Toussaint, Estoucha allait chaque année sur la tombe de Mouni ; tous les deux ans elle en profitait pour acheter un manteau pour l'enfant, invariablement trop long la première année et trop court la seconde. Cette année-là, elle vint aussi avec Stanis à La Bassée pour officialiser leur relation. Le garçonnet avait tenu à montrer les progrès qu'il avait faits à vélo. Chacun était un peu sur ses gardes, Jeanne et Fernand tenaient à conserver le contact avec le petit, Estoucha voulait sans le dire qu'ils approuvent tacitement son choix, Stanis avait à montrer qu'il serait un bon compagnon et un bon père. Rien de tout cela n'était dit, c'étaient des choses dont on ne parle pas en public, mais chacun devinait les enjeux. Tout se passa bien, c'est-à-dire qu'aucune parole irrémédiable ne fut prononcée jusqu'au moment du départ.

Stanis et Estoucha avaient décidé de reprendre le train à Lens. Jeanne, Renée et Fernand les accompagnèrent jusqu'à la place de la mairie d'où partait l'autobus. Le garçonnet, tout fier sur sa bicyclette, roulait autour des adultes. Stanis, que ce jeu énervait, lui intima de cesser. Le gamin n'en tint pas compte, Fernand et Jeanne étaient là. À La Bassée, chez eux, c'étaient eux qui commandaient, il faisait donc à peu près tout ce qu'il voulait tant que ce n'était pas une grosse bêtise. Eut-il conscience de ce qui se jouait ? Avec une sourde malice, il continua son manège. Stanis sortit de ses gonds et leva la main. C'était la faute. Il n'y eut pas grand-chose de dit mais Jeanne et Fernand eurent le cœur serré, ce geste en trop augurait mal de l'avenir pour l'enfant. L'autocar avait mis son moteur en route, ils se quittèrent froidement. Estoucha ne put pas ne pas avoir compris le message, il y avait une faille dans son projet d'avenir.

C'est vers cette époque qu'elle découvrit qu'elle était enceinte. Je ne suis pas sûr qu'elle ne fut pas heureuse de constater qu'elle pouvait encore l'être. La disparition de ses règles en détention l'avait frappée, leur retour presque immédiatement après sa libération avait été accueilli avec soulagement, comme une réconciliation avec la vie. Elle disait volontiers que si Mouni avait vécu ils auraient eu beaucoup d'enfants. Cela rendait son fils perplexe qui se voyait mal dans le rôle d'aîné d'une fratrie. Se retourner sur le passé ne servait à rien, on n'était plus en 1940, Stanis et elle tombèrent d'accord : dans leur situation et à son âge, c'était folie d'avoir un enfant. Un couple d'amis qu'elle connaissait depuis le cercle des étudiants marxistes et qui comme elle avaient fait l'Espagne prirent le garçonnet en charge. Avec Stanis, elle partit une semaine. Quand elle revint, elle s'était fait avorter. Les visites de Stanis s'espacèrent puis il ne réapparut plus à Malakoff, l'enfant ne posa aucune question, ils resteraient à deux.

Le dixième anniversaire de l'exécution de Mouni approchait, Estoucha collecta parmi ceux qui l'avaient connu de quoi mettre une plaque sur sa tombe. Elle était en travertin gravé de grosses lettres rectangulaires en relief à coins arrondis, les seules que faisait le marbrier de La Bassée. Les formes de métal correspondant aux lettres d'une ligne du texte à graver étaient enchâssées dans un cadre qu'il posait sur la plaque polie. Alors, à coups de ciseau, il enlevait la pierre en trop autour de chaque caractère ; le haut et le bas des lettres n'étaient pas creusés à cause de leur enchâssement dans le cadre. Le texte était simple, Estoucha l'avait choisi tout comme l'organisation de la plaque et avait demandé à Jeanne de faire le nécessaire : *Pour le dixième anniversaire du patriote Jean Wayssand, mort pour la France et la Pologne, un groupe d'amis, son fils, son épouse*, avec cette faute d'orthographe à son nom qu'on découvrit trop tard sur la plaque. Une petite colombe blanche en vol était vissée en haut à gauche ; dans l'autre coin, à droite, deux drapeaux coloriés s'entrecroisaient, l'un français, l'autre polonais. La colombe, accessoire préfabriqué pour tombe d'enfant, rappelait quand même assez bien celle que Picasso dessina pour le Mouvement de la Paix. Les deux drapeaux étaient martialement schématisés. La symbolique était évidente.

Au garçonnet cette plaque parut d'emblée étrange, en fait anachronique, mais il ne connaissait pas le mot. Comment son père qui était mort dix ans auparavant, autant dire un siècle à son échelle, aurait-il pu faire le sacrifice de sa vie exactement au nom des idées politiques qu'il fallait défendre dix ans plus tard ? Grâce aux colonies de vacances de la C.C.E. et à sa lecture assidue de *L'Humanité*, il voulait bien croire que la paix était une valeur éternelle, mais ces drapeaux et ce mot de patriote le troublaient. Il préférait les vieilles plaques avec le drapeau tricolore et le marteau et la faucille. La nouvelle inscription accommodait la mort de son père à l'air du temps présent.

*Mujeres*, le journal basque dans lequel écrivait Estoucha en 1937, était édité au nom d'un Comité des femmes contre la guerre et le fascisme. Quinze ans plus tard, l'accent était mis sur le patriotisme, plus sur l'antifascisme. Pour Estoucha tout participait du même mouvement. Cette plaque affirmait la continuité de ses engagements et ramenait Mouni parmi leurs amis, signifiant à ceux-ci ce qu'il aurait fait s'il n'avait pas été fusillé dix ans auparavant.

Dans la tête de l'enfant, Estoucha et Mouni étaient toujours deux, côte à côte, comme sur la photo accrochée chez Jeanne et Fernand, mais dans son temps à lui petit garçon ils étaient l'un après l'autre, il n'aimait pas qu'Estoucha évoque des choses qu'elle et Mouni avaient faites ensemble, « sans moi » comme il disait. Estoucha pouvait bien lui raconter comment elle le langeait quand il était bébé, comment Mouni avait essayé de lui apprendre en vain à faire du vélo, comment ils l'avaient amené à La Bassée, pour lui ils n'étaient que deux, sans lui. Toujours, il y avait cette certitude imbécile et stérile que les choses auraient été très différentes si son père avait survécu. Quand il y pensait, très rarement à dire vrai, ce n'est pas un passé qu'il regrettait mais la grisaille du présent et de l'ennui au lycée qu'il aurait tellement aimé rejeter. Pour l'enfant, Estoucha et Mouni seraient à jamais deux, parce qu'à trois ils ne feraient jamais une famille. Il avait sa mère, mais c'était comme chez Hector Malot, sans famille. À chaque fois qu'il alla sur la tombe, il regarda toujours cette plaque avec embarras.

À partir du 1er juin 1952, Estoucha fut enfin officiellement employée comme journaliste à *Gazeta Polska*. Économiquement cela ne changeait rien, humainement c'était plus satisfaisant. La diffusion d'un journal rédigé dans une langue étrangère pouvait à tout instant être suspendue par simple décision administrative. Peu après la Toussaint, le 19 novembre exactement, *Gazeta Polska* fut interdit de publication, le 30 novembre Estoucha recevait sa lettre de licenciement, le 19 décembre elle était inscrite au chômage. La régularisation de son statut avait été de courte durée. L'interdiction de *Gazeta Polska* intervenait dans un contexte d'affrontement aggravé entre le Parti et toutes les autres forces politiques de la IVe République. Les manifestations lancées par les communistes contre la venue du général Ridgway à Paris, qui avait effectivement autorisé des essais d'armes bactériologiques en Corée [1], furent une épreuve de force. Le Parti la perdit, il n'avait pas réussi à déstabiliser le gouvernement.

Au chômage, Estoucha continua d'assumer les mêmes responsabilités, sauf que maintenant elle était bénévole. C'est peut-être vers cette époque qu'elle fut convoquée au comité central, situé alors rue Le Pelletier. Il s'agissait de réaliser une enquête sur la résistance dans

1. Longtemps niées par les anticommunistes, ces expériences étaient faites par des criminels de guerre japonais. Les souches étaient contenues dans de petits flacons en porcelaine (voir *Bulletin des savants atomistes*).

le Nord et le Pas-de-Calais. Elle fit ce travail, remit un rapport, disciplinée, sans demander quel usage en serait fait. Elle eut la surprise de le retrouver mot pour mot et sans explication dans le roman d'Aragon *Les Communistes.*

Son emploi du temps restait inchangé. Le matin elle se levait silencieusement la première, se lavait dans une cuvette posée par terre dans la cuisine, effaçait toute trace de sa toilette puis mettait la cafetière à chauffer et allumait le petit poste à lampes pour écouter d'abord le programme parisien qui après « le réveil musculaire » diffusait les informations (à moins que ne ce soit l'inverse). Après les informations, elle se réglait sur le programme national au micro duquel des professeurs de la Sorbonne, très conscients de leur importance, lisaient leurs cours avec un ton plein d'emphase, à la Mounet-Sully. Jour après jour, le rituel était immuable, c'était bien une des rares régularités qu'elle arrivait à maintenir pour l'enfant. Un matin de mars 53, en pleurs, elle réveilla l'enfant. Il ne l'avait jamais vue ainsi, elle n'eut que ces mots : « Staline est mort. »

Elle pleurait. Devant sa détresse il pleura. Même *Le Figaro* y était allé d'une larme de crocodile en titrant : « Un grand homme de paix nous a quittés. » Cet homme se résumait pour elle aux clichés de propagande et aux brochures indigestes dont il s'attribuait la paternité. « Sur la question des nationalités », « Sur les problèmes économiques en U.R.S.S. », avaient été publiés depuis la guerre. Leur étude était quasi obligatoire pour les responsables communistes à tous les échelons. Je doute qu'elle les ait jamais lus jusqu'au bout. Staline était l'U.R.S.S. De l'U.R.S.S. elle ne connaissait directement que les aviateurs d'Espagne, les soldats évadés du

Nord et, de loin, quelques compagnes de déportation. Du pays lui-même elle n'avait lu que ce qu'en disait la presse du Parti. Plus que les succès économiques et la réalisation des plans, c'était la tentative de forger une société nouvelle, un homme nouveau, qui l'intéressait. À cause de cet investissement volontariste dans le futur, elle pensait pouvoir s'affranchir du poids du passé et s'aveuglait sur le présent. Il ne s'agit pas de croyance selon l'habituel parallèle paresseux entre Parti et Église. Comme pour beaucoup de militants communistes actifs, c'était une conviction, étrangère à tout millénarisme, ni préparation du grand soir – le Parti était contre –, ni même espérance en une crise finale. Paradoxalement, elle se souciait peu de voir un jour les communistes au pouvoir parce que la Pologne lui montrait que ça ne réglait pas tout d'un coup de baguette magique. La conviction qu'une action collective clairement finalisée transformait ses acteurs était sa motivation essentielle. Sans l'action collective, que serait devenue la petite fille de Kalisz ? En luttant contre l'oppression économique et sociale, elle pensait du même coup régler le problème des libertés politiques et de l'autonomie des individus. À n'avoir connu la société que d'en bas, elle ne voyait pas que les deux ne coïncident pas forcément, même si l'humanisme veut les identifier, comme si le pain ou la paix venaient toujours avec des roses.

À l'égal d'un dieu vivant, on avait célébré partout dans le monde communiste le soixante-dixième anniversaire de Staline. En France, une campagne soigneusement orchestrée se traduisit, entre autres, par un immense amoncellement de cadeaux de toutes sortes, qui était le plus grand magasin Kitsch jamais vu [1]. À la réunion de Gerber-Vincent-Morris elle avait exprimé des réserves, non pas sur la grande pompe en soi, mais contre l'idolâtrie à laquelle se livraient quelques membres de la cellule faisant assaut de ferveur communiste. Elle était convaincue que, grâce à Staline, l'U.R.S.S. avait gagné la guerre et qu'il avait une perspective stratégique pour le mouvement communiste. Sans lui, qu'allait devenir ce vaste mouvement ? Chaque fois qu'elle s'était approchée de réalités douloureuses du mouvement communiste, elle avait, selon l'expression du Parti, « analysé la situation », soit pour accepter les thèses officielles, soit pour mettre ce qui la troublait sur le compte de faiblesses individuelles, d'écarts à la ligne comme nombre de ces communistes soviétiques qui jusqu'au moment de leur exécution ont crié « Vive Staline ». À la différence de tant de permanents ou d'intellectuels communistes français, jamais elle ne se revendiqua stalinienne. Pourtant, elle le resta bien plus longtemps que la plupart d'entre eux, plus longtemps aussi que nombre de ses camarades qui avaient traversé les mêmes épreuves qu'elle. Elle n'avait jamais cherché à devenir une dirigeante. Parce qu'elle était une femme et qu'elle n'était pas dans son pays d'origine, on ne le lui avait jamais proposé, elle n'avait pas eu à se salir les mains.

Dans les quarante-huit heures, avec ce sens du décorum dont l'esthétique plongeait ses racines dans les années 30, le parti organisa une grande soirée d'hommage à Staline. Tous les camarades de Malakoff s'y ren-

1. Voir *Staline à Paris*, édité par Natacha Dioujeva et François Georges. Journée d'étude sur le stalinisme en France, Ramsay, 1982.

dirent en autocar, elle y emmena son fils. C'était au Vélodrome d'hiver, dont elle lui avait un jour dit brièvement que pendant la guerre les Allemands y avaient mis tous les Juifs qu'ils avaient raflés avant de les envoyer dans les camps. Elle n'en savait guère plus et, de toute façon, comme souvent, ne voulait pas lui en dire beaucoup plus ; pour son fils c'était encore un autre de ces malheurs de la guerre qu'il lui était difficile d'imaginer. Dans le vieux vélodrome, ce soir-là l'émotion fut très forte, tout le peuple communiste était rassemblé. Chacun avait tenu à y participer. Sula, qui travaillait avec Estoucha à *Gazeta Polska* y était allée directement en revenant d'une réunion dans le Nord, elle y retrouva son fils aîné Gabriel. Sur le revers de sa veste était épinglé un petit macaron rectangulaire format photomaton bordé de noir avec un portrait de Staline au regard énigmatique.

À la fin du meeting, un orchestre symphonique joua un de ces morceaux héroïques du XIX^e^ siècle propres à faire vibrer une foule à l'unisson. Sans qu'il fût besoin d'en parler, le temps de ce rassemblement, chacun se sentait un individu plus fort et en mesure d'influencer le cours de cette société parce qu'il faisait corps avec le Parti, indissociablement semblait-il.

En première page du numéro suivant des *Lettres françaises*, l'hebdomadaire d'Aragon qui disputait à *Arts* l'audience du public cultivé, parut le fameux dessin de Picasso représentant à grands traits fins, sans repentir du crayon, Staline en jeune homme. Immédiatement ce fut une levée de protestations philistines, comment osait-on interpréter l'image de Staline ? Estoucha, lectrice régulière, avait été choquée par ce portrait qui brisait avec l'iconographie paternelle de Staline. Elle ne prit pourtant pas part à la tempête dans un verre d'eau qu'avait soulevée le secrétariat du Parti. En dehors de quelques conversations privées entre « communistes éclairés », elle n'eut pas à discuter de la chose ; il y avait d'autres sujets de préoccupation à Malakoff. Picasso resta toujours pour elle celui qui avait peint *Guernica*, celui qui avait su traduire l'horreur inouïe que suscitèrent les premiers bombardements de populations civiles dont elle avait été témoin, horreur dont nous n'avons plus la moindre idée tant nous nous sommes habitués à voir pire. À Picasso, comme à son parti, elle pouvait beaucoup pardonner, c'était le même mécanisme d'adhésion que je n'arrive pas à vraiment pénétrer. Son individualité, c'était indissociablement sa personne et son adhésion au Parti.

La mort de Staline ne modifia ni la répression ni l'érosion de l'influence du Parti dans le secteur si difficile de la main-d'œuvre immigrée. Quelques semaines plus tard, le 1er avril 1953, Sula, qui n'avait pas la nationalité française, fut brutalement expulsée sans recours possible avec une dernière charrette de militants communistes polonais [1]. Pour saper les finances communistes, usant du moindre prétexte, les gouvernements successifs se mirent à interdire les remplaçants de *Gazeta Polska* à intervalles pas trop rapprochés. Il fallait alors déposer un nouveau titre de publication, entreprendre de nouvelles démarches administratives et postales, recontacter les abonnés, éventuellement trouver un autre imprimeur. La première fois le changement de titre se fit en un temps record, les fois suivantes ce fut plus long. Cette tactique d'usure et de découragement était efficace. La continuité de la parution ne fut plus

1. Entretien téléphonique avec Gabriel Mérétik le 15 août 1996.

assurée ; en ne paraissant pas on ne perdait pas d'argent à imprimer un journal qui n'avait jamais fait de bénéfices. D'où les changements d'employeurs d'Estoucha : en avril 1953 elle est réembauchée par une imprimerie jusqu'au 30 janvier de l'année suivante. Du 1er février au 30 septembre 1954, elle enchaîna comme traductrice correctrice dans une troisième imprimerie. C'est alors qu'elle eut enfin la confirmation que la tentative de lui retirer la nationalité française était abandonnée, de toute façon on arrivait à la fin de la période de cinq ans où c'était administrativement possible. Une fois de plus elle avait eu à produire un état des services de Mouni et, une fois de plus, il avait fallu retrouver le responsable militaire de la liquidation des affaires de ce réseau de résistance. Le certificat qu'elle obtint était surréaliste :

« ... Il est arrêté au cours d'un combat avec la gendarmerie, combat survenu à la suite/de la préparation/de la manifestation patriotique de Valmy...[1]. »

La réécriture de l'histoire était en route. Elle se mit en colère mais n'obtint pas de la « camarade secrétaire », qui avait son point de vue sur la question et qui n'avait visiblement pas fait la résistance, que le certificat soit

1. Attestation du capitaine Thième au D.C.I de Versailles faite à Fresnes-sur-Escault le 16 avril 1954, où, malgré les protestations d'Estoucha, il y a cette formule stupide. Les protestations d'Estoucha devant l'irréalité d'une manifestation de rue aboutirent à l'ajout de la formule entre //. Ce fut le prétexte pour retirer à titre posthume la qualité de résistant à Mouni, le 11 mai 1956. Estoucha interjeta appel de cette décision auprès du tribunal administratif qui l'annula le 24 février 1960. Mouni appartient aux F.T.P. (Nord) à partir de février 42, suivant une attestation de Robert Courtois du 6 février 1946. Pourtant, la qualité de « Mort pour la France » lui avait été reconnue officiellement dès le 26 juillet 1945 par le ministère des Anciens Combattants (Estoucha l'avait demandée le 27 juin).

plus conforme à la réalité. Malgré cela, elle et son fils devinrent français.

Logement, transport, horaires, cette vie la laminait. Maintenant qu'elle était définitivement française elle pouvait reprendre la transformation de son diplôme de médecin. Après des vacances d'été, elle travailla encore un mois puis se mit au chômage pour préparer ses examens, ce qui, financièrement, arrangeait bien ses camarades du secteur polonais. Ce fut un chômage bien employé, elle potassa avec rage la médecine. Le 26 novembre 1954, le 28 janvier et enfin le 12 mars 1955 elle était successivement reçue aux trois derniers examens de clinique qui lui manquaient. Elle pouvait maintenant préparer sa thèse.

La thèse de médecine, qui n'est pas un travail véritablement original, pouvait se mener de front avec ses activités antérieures. Depuis février elle avait repris son emploi dans une troisième imprimerie qui s'occupait du journal. Le salaire annuel net était de 124 000 francs, encore moins en francs courants que ce qu'elle était payée en 1948. Pour le coup c'était la paupérisation absolue, même si de temps à autre elle pouvait envoyer l'enfant en colonie de vacances dans les « démocraties populaires » sans rien payer. Alors qu'elle avait horreur des dettes, de 1948 à 1954 elle régla toujours ses impôts locaux avec la majoration de 10 % pour retard. Fin mai 55, elle déposa le manuscrit de sa thèse « Les données actuelles du saturnisme, son diagnostic et son traitement ». Le 4 juillet 1955, le professeur Piedelièvre étant président, elle était proclamée docteur en médecine, un quart de siècle après avoir commencé ses études. Elle n'avait plus un sou devant elle, aussi son manuscrit de thèse est resté un vrai manuscrit, seules la page de couverture et celles de la conclusion ont été tapées à la machine. Comme il est traditionnel, cette thèse était dédiée au président du jury de thèse mais aussi :

*À mes maîtres de l'Université de Bruxelles*
*Monsieur le Professeur Dustin (in memoriam)*
*Monsieur le Professeur Govaerts*
*Monsieur le Professeur Danis*

ainsi qu'à

*monsieur Léon Salagnac, maire de Malakoff, conseiller général de la Seine, et aux membres de la municipalité qui m'ont aidée amicalement à un moment difficile de ma vie.*

Allusion discrète à l'aide reçue pour qu'elle conserve la nationalité française.

De tous ces Juifs arrivés en Belgique qui devinrent communistes et dont les destins furent si tragiques et aventureux, elle seule était arrivée au bout de ce chemin traditionnel de l'émancipation : le diplôme universitaire permettant d'exercer une profession libérale. Elle était fière, son entourage la félicita et Sula, l'amie permanente qui avait été expulsée en Pologne, ne l'apprit qu'avec retard. Un an après elle lui écrivit sur une carte postale représentant un monument à Miskiewicz qui se trouve à Krynica :

*28 septembre 1956*

*Ma chère Estera,*

*... Je suis très heureuse pour ton travail, c'était toujours mon avis. Mais il fallait beaucoup de courage et de volonté. Bravo !*

# XXI

Enfin elle était docteur en médecine ; un seul pas restait à franchir : exercer. S'il n'y avait pas eu la guerre elle aurait été diplômée depuis longtemps. Combien de petites blessures d'orgueil n'avait-elle pas essuyées parce qu'elle n'était considérée que comme une victime de guerre ou une camarade qui avait fait des études, à qui on reconnaissait de l'expérience mais qui n'avait pas de métier, une permanente quoi, bonne à tout donc bonne à rien. Pour d'autres qu'elle, s'intaller eût été immédiat, cela lui prit plus de trois années.

Qu'un cadre permanent de son âge reprenne une activité professionnelle indépendante du Parti était inhabituel, sauf désaccord profond [1]. Ce n'était absolument pas son cas, elle tenait donc à ne créer aucun

1. Un témoignage de l'état d'esprit qui pouvait régner à l'époque est fourni par Roger Vailland, alors encore dans la ligne, qui écrivait en février 1956 à un correspondant à propos de Pierre Hervé, qui avait été un de ses meilleurs amis communistes, résistant et rédacteur en chef d'*Action*, le plus remarquable hebdomadaire qu'ait jamais eu le P.C.F. d'après la Libération : « Un certain nombre de " permanents " ont un complexe d'Œdipe à propos du Parti, ils tapent du pied et cassent une potiche », *Écrits intimes*, *op. cit.*, p. 475. Les permanents sans qualification profes-

malentendu sur ce point. Pourtant, chaque jour qui passait lui rendait plus insupportables les tâches dans lesquelles elle était confinée. La question immigrée n'apparaissait plus que comme un héritage du passé, les choses importantes se passaient ailleurs. Elle se sentait utilisée largement en dessous de ses capacités ; jusque-là combats et souffrances avaient rythmé sa vie, pour la première fois depuis son départ pour l'Espagne elle allait séparer sa vie personnelle de la vie politique.

C'est dans ces années qu'avait couvé à la direction du P.C.F. l'affaire Lecœur, fruit de la rivalité entre le couple Thorez-Veermesch et le trop énergique et ambitieux Auguste Lecœur qui avait été un des organisateurs de la grande grève des mineurs de mai 1940. La forte implantation de mineurs polonais dans le Pas-de-Calais faisait que Lecœur avait son mot à dire sur leur organisation. À la belle époque de *Gazeta Polska,* le journal avait d'ailleurs un bureau à Lens. Quand Lecœur fut écarté, Estoucha demanda à rencontrer un responsable des cadres au comité central pour lui faire part de son souhait d'être libérée de son travail de permanent, ce qui lui fut accordé sans problème.

Depuis longtemps elle avait réfléchi aux conditions d'exercice de son métier. Un poste de médecin salarié l'eût comblée. À son âge, une carrière hospitalière était exclue, par autocensure elle avait tourné le dos à une carrière de chercheuse. Par goût du social elle avait passé le certificat de médecine du travail, mais être médecin

sionnelle précise qui se reconvertissaient le faisaient dans le commerce ou ce qui allait devenir des activités de service. Ils y réussissaient assez bien, il est vrai qu'un activiste communiste en savait long sur la direction des hommes et les techniques de propagande, ce qu'aujourd'hui, pour d'autres fins, on appelle direction des ressources humaines et marketing.

du travail dans une entreprise c'était engager des compromis avec le patronat tandis que, dans le secteur public, les postes étaient pris depuis longtemps. Quelques lettres de candidature, y compris aux houillères, furent quand même envoyées sans résultat. Restait la possibilité qui lui souriait le plus : travailler dans un dispensaire où la santé de toute une population était vraiment prise en charge grâce à une équipe de généralistes et de spécialistes. Les dispensaires étaient très mal vus de l'ensemble de la profession qui y voyait un détournement de clientèle, ils avaient conservé une image de médecine du pauvre. Ces centres de soins étaient très peu nombreux, chacun s'appuyait sur une structure qui garantissait son existence : ordre religieux, organisation charitable ou municipalité. Pour Estoucha, il ne restait que la troisième possibilité : trouver un centre de santé municipal. Dans un premier temps elle fut fraîchement accueillie par ce milieu. L'affaire Lissenko [1], calvaire stalinien de la biologie soviétique, et celle des blouses blanches, dans laquelle les médecins juifs du Kremlin avaient été accusés d'avoir voulu assassiner Staline, avaient refroidi l'engagement politique des médecins communistes ou compagnons de route. La direction du Parti avait une conception complètement instrumentale de son rapport aux intellectuels. L'arrivée d'une « camarade médecin » qui disait naïvement avoir été permanente du Parti jusqu'à une période récente laissait planer un doute sur ses compétences professionnelles. Ceux qui avaient un peu discuté avec elle la soupçonnaient d'être une envoyée du comité central qui

1. Mélange de charlatanisme et de volonté d'entraver la liberté de recherche au nom d'une conception prolétarienne de la science qui n'était qu'un anti-intellectualisme populiste.

allait pouvoir ainsi se mêler de ce qui ne la regardait pas. N'ayant rien trouvé dans les dispensaires, ne fût-ce qu'une consultation à tenir de-ci de-là, elle fut obligée de se rabattre à la rentrée des classes de 1955 sur un emploi de médecin scolaire au lycée polonais de Paris.

Elle eut quand même une occasion bien à elle de faire de la médecine au moment des événements de Budapest en octobre 1956. L'écrasement de la révolte par les chars soviétiques provoqua une vague d'indignation dont profitèrent des groupes de droite et d'extrême droite pour attaquer le siège du comité central du P.C. à Paris. L'affrontement fut sévère et il y eut des blessés de part et d'autre, la police s'interposa mollement, ce qui eut pour effet de mieux isoler pendant quelques heures le siège du P.C. Estoucha, inscrite depuis l'année précédente à l'ordre des médecins, se rendit sur place sans qu'on lui demande rien. Au carrefour Châteaudun, au milieu des jets de pierres, de briques et de cocktails Molotov, les flics virent une petite femme d'un mètre cinquante, mallette à la main et chaussures à talons mi-hauts, se diriger droit sur eux. Elle prétendit avoir été appelée pour donner des soins à l'intérieur du bâtiment. On la laissa passer. Une fois de plus elle avait fait ce qu'elle voulait, son devoir de médecin, et avait été solidaire du Parti. Elle ne ressortit qu'au petit matin. Quelques semaines plus tard, *L'Humanité* publia un article de son envoyé spécial titré « Budapest a retrouvé le sourire », Estoucha eut un haut-le-cœur. De son côté le conseil municipal de Paris avait rebaptisé le carrefour Châteaudun, il s'appelle maintenant carrefour Kossuth.

À son goût il n'y avait pas assez de médecine à faire au lycée polonais. Quand elle eut l'assurance que la mairie de Malakoff lui permettrait d'occuper un emploi de secrétaire au chantier municipal – après tout elle était veuve de guerre –, elle démissionna du lycée. Cet emploi à temps partiel lui permit de s'engager dans des études de pédiatrie qui comportaient des stages prolongés qu'elle effectua à l'hôpital Saint-Louis, pas très loin de la place du Colonel-Fabien, et à la maternité de Port-Royal. Elle retrouva l'atmosphère des services hospitaliers qu'elle avait longuement fréquentés à Bruxelles, la spécialisation lui plut beaucoup. Avec l'expérience des colonies de vacances elle ne manquait pas de pratique. À la session de juin 1957, elle obtint sans difficulté son attestation d'études complémentaires en pédiatrie et puériculture. Cette spécialisation lui permettait de postuler aux vacations de vaccinations des centres de protection maternelle et infantile. À l'époque, personne ne se bousculait pour ce genre d'emploi à la chaîne très mal payé, qui se faisait en équipe avec une secrétaire et une paire d'infirmières. En deux heures il fallait vacciner des dizaines de bébés après avoir vérifié leur état de santé tout en répondant aux angoisses des jeunes mères. Elle fut acceptée au centre de protection infantile de Gentilly. Ce n'était pas très loin du bas de Malakoff où elle habitait mais d'accès malcommode par les transports en commun, elle n'avait évidemment aucun moyen de transport personnel et, de toute façon, pas le permis de conduire. Quand elle faisait appel à des amis, le trajet prenait dix minutes contre à peu près trois quarts d'heure en autobus.

Petit à petit, elle se fit à l'idée qu'elle ne s'en sortirait qu'en ouvrant un cabinet privé, c'est-à-dire en se conformant au modèle dominant de l'exercice médical. Elle allait avoir besoin d'une voiture... et de passer son permis. De tous les examens qu'elle eut à passer ce fut pour elle le plus difficile. D'abord « le code était idiot », elle ne voyait aucune logique dans ces règles et ces réponses toutes faites à fournir à l'examinateur. Ensuite elle avait décidé une fois pour toutes qu'elle ne comprenait rien à la mécanique et ne voulait pas savoir ce que c'était que rétrograder quand on est dans une forte descente. Bref, il lui fallut deux ou trois tentatives pour avoir cette partie du permis. Restait la conduite... Aux amis elle avait imprudemment annoncé qu'elle passait le permis. Poliment ils s'enquéraient, mois après mois, du résultat de l'examen. La multiplication de ses tentatives devint pour eux un sujet de plaisanteries qui ne la faisaient rire qu'à moitié. À partir de la cinquième, même à son fils, elle n'osait plus avouer qu'elle se rendait à un nouvel examen.

Professionnellement, son parcours d'initiation continuait mais avec plus de facilité. Une vacation entraînant l'autre, elle était maintenant connue d'un petit cercle de médecins. Elle obtint des remplacements pour les vacances, notamment au dispensaire de Malakoff grâce au médecin-chef, Seillon, un collègue d'une grande gentillesse. Matériellement la situation s'améliorait. Cédant aux injonctions des anciens déportés et des anciens d'Espagne, en dernière limite, elle avait enfin rempli les innombrables formulaires qui lui donnaient droit à des sommes modestes mais bienvenues. En fait, c'était une amie fonctionnaire, Simone Gauthier, ancienne de Ravensbrück, qui s'occupait de tout et lui donna le dossier complet à signer. Elle avait maintenant le téléphone et, quelques heures par semaine, une voisine pour le ménage. Elle avait même été capable d'habiller son fils des pieds à la tête avec des vêtements à sa taille, sans passer par les inévitables ateliers du Sentier où on lui faisait des prix. Depuis qu'elle commençait à pratiquer la médecine elle se sentait mieux dans sa peau, ces gastralgies qui brutalement la rendaient malade comme une bête s'étaient espacées. En revanche, dormir dans la même chambre que son garçon lui pesait.

Comme beaucoup de Malakoffiots, elle était inscrite sur des listes de mal-logés mais il suffisait de connaître un peu Malakoff pour deviner que sa situation était loin d'être prioritaire. La municipalité essayait de monter le plus possible de programmes H.L.M. en profitant de tous les mécanismes de financement qu'offrait l'État. Naquirent ainsi des logements Claudius-Petit, d'autres avec l'opération un million (prix total du logement en anciens francs !), leur durée de vie apparaissait très limitée, puis ce fut le tour de ceux de la Caisse des dépôts et consignations. Malakoff dans sa partie sud disposait d'une importante réserve foncière. Contre l'apport de ces terrains, la Caisse des dépôts proposait de construire de façon industrielle, par tranches successives, plusieurs milliers de logements qui seraient répartis en deux ou trois grands ensembles entre Malakoff et Châtillon, cette commune cédant elle aussi des terrains contigus.

C'était un mini-Sarcelles mais la Caisse des dépôts, instruite par l'expérience, voulait qu'il y eût dès l'origine un minimum d'infrastructures, de petits commerces et au moins un médecin pour créer un semblant d'hétérogénéité sociale. Les jeunes diplômés ne se pressaient pas pour créer des cabinets dans des banlieues mal desservies et à des adresses qui ne disaient rien à personne parce que c'étaient des rues qui ressemblaient à n'importe quel espace ouvert, sauf à des rues. La mairie de Malakoff proposa à Estoucha d'ouvrir dans une de ces cités un cabinet médical, qui serait aussi son logement. Après quelques discussions sur la superficie et l'emplacement, elle accepta. Un cinq-pièces bien exposé à un étage pas trop élevé qui, pour moitié, servirait à l'usage professionnel lui fut ainsi attribué. L'emménagement était prévu au printemps suivant, quand l'immeuble serait achevé. Elle et son fils auraient chacun leur chambre, mais avant qu'ils quittent l'avenue Pierre-Brossolette, la Pologne se rappela à eux.

Gabriel, le fils aîné de Sula, avait rejoint sa mère à Varsovie après qu'elle eut été expulsée. À l'automne 57, profitant de l'assouplissement du régime depuis l'Octobre précédent, il obtint un passeport pour sortir de Pologne. Venant d'avoir dix-huit ans, il produisit un certificat de complaisance prétendant qu'il avait une bourse d'études en France. Lui et le fils d'Estoucha étaient de bons amis, plusieurs années auparavant ils avaient partagé leurs jeudis et à l'occasion de courtes vacances scolaires étaient partis ensemble en Seine-et-Marne. Arrivé à Paris, Gabriel vint tout naturellement sonner à Malakoff. Quand il avait quitté Paris, Gaby épousait avec enthousiasme les idées du Parti, il se mit à parler, Estoucha ne le reconnut pas. L'année précédente les Polonais s'étaient révoltés comme les Hongrois l'avaient fait. Gaby essaya d'expliquer que le parti polonais avait renoncé aux déviations – c'est-à-dire au stalinisme –, que l'Octobre polonais était un vrai mouvement ouvrier, que l'autogestion permettait d'installer une démocratie ouvrière. Il avait lu le rapport Khrouchtchev au XX^e^ Congrès du Parti communiste de l'Union soviétique, c'était un vrai document que la presse polonaise avait publié. *L'Humanité* ne l'avait pas fait, en revanche elle avait titré sur l'écrasement d'une révolte ouvrière à Poznan que « La chouannerie polonaise avait été matée ». Gabriel trouvait cela scandaleux ; à Malakoff c'était son langage qui était inouï. Estoucha répondit sans se fâcher, mais avec une grande tension intérieure, qu'en France la situation était difficile, qu'elle savait ce qui se passait ici, que la guerre d'Algérie devait être combattue, que les fascistes relevaient la tête, qu'elle faisait confiance au parti français pour mener ces luttes. Pour la première fois elle était obligée de faire face, sans aucune esquive possible, fût-elle inconsciente, à ce qu'au plus profond d'elle-même elle n'acceptait pas, une remise en cause de l'U.R.S.S. et du mouvement communiste. Gabriel parti, elle dit à son fils resté muet pendant tout cet échange que, désormais, il ne fallait plus parler librement à Gaby, « qu'il faudrait cacher des choses, qu'elle craignait qu'il ne soit un provocateur [1] ». C'était une réponse communiste classique, dans tout milieu fermé les mauvaises nouvelles sont qualifiées de bobards, leurs colporteurs des agents provocateurs. Gabriel le bien nommé avait pour une fois été un archange, mais elle n'avait pas voulu le comprendre. Son sectarisme n'était pas propre aux communistes. Aucun ancien déporté résistant à cette époque ne réexaminait ses engagements politiques initiaux face à des révélations embarrassantes [2]. Estoucha ne fit pas exception, et puis son installation imminente la préoccupait.

Sans économies devant elle et sans un meuble, elle n'avait pour équiper son futur cabinet que son stéthoscope, un marteau réflexe, quelques paires de ciseaux

1. Entretien téléphonique avec Gabriel Mérétik, 16 août 1996.
2. Voir Olivier Lalieu, *La Déportation fragmentée, les anciens déportés parlent de la politique 1945-1980*, préface de André Kaspi, éditions La Boutique de l'Histoire, Paris, 1994, ISBN 2-310828-01-8.

chirurgicaux et des boîtes de compresses stériles. Emprunter à une banque et vivre à crédit lui était entièrement étranger et insupportable. Pour le droit au bail, que la Caisse des dépôts n'était pas censée réclamer, il avait été convenu qu'elle deviendrait bienfaitrice des œuvres sociales de ladite Caisse à hauteur de dix mille francs. Elle se mit à faire le tour des amis qui n'étaient guère plus riches qu'elle, leurs contributions mises bout à bout ne suffisaient pas pour les dépenses prévisibles. Des commerçants de Malakoff qui avaient perdu des proches en déportation l'aidèrent ; elle mit un point d'honneur à les rembourser parmi les premiers bien qu'ils lui eussent assuré que cela pouvait attendre. Finalement, le 3 mars 1958, elle put ouvrir son cabinet. Il y eut ce jour-là deux clients. Le premier afflux de clientèle ne fut pas celui qu'elle avait imaginé et il ne lui rapporta rien.

Aux alentours du 13 mai 1958, pendant toute une nuit, arrivèrent chez elle des blessés d'une contre-manifestation communiste aux Champs-Élysées où des gens du meilleur monde manifestaient en voiture en klaxonnant « Algérie française ». Les policiers avaient pris leur parti, ils pourchassaient à coups de matraque dans les rues adjacentes les communistes accourus dans la soirée depuis les banlieues. Malheur à celui qui se trouvait isolé !

Estoucha s'était retrouvée à la traîne d'un groupe pris en chasse rue Bassano. N'arrivant pas à rattraper ses camarades, elle s'était accroupie dans l'encoignure mal éclairée d'une porte cochère et avait mis un fichu autour de sa tête. Arrivé en courant, un policier avait levé sa matraque sur elle, comme au camp elle s'était encore un peu plus tassée sur elle-même, presque en position fœtale, la tête dans les épaules. La voix d'un autre flic qu'elle n'avait pas vu venir, retentit alors : « Ah non ! Ne frappez pas les enfants ! »

Les flics coururent plus loin. Elle ne demanda pas son reste et, vu le tour que prenaient les événements, jugea qu'elle serait plus utile à Malakoff. Dans ces circonstances les blessés n'allaient pas se présenter dans les hôpitaux. À peine rentrée, comme elle l'avait prévu, on vint sonner à sa porte, les premiers blessés arrivèrent. Le parquet du couloir d'entrée de son cabinet fut bien vite maculé de sang. En une demi-heure, l'appartement tout entier qui était encore vide de meubles fut transformé moitié en poste de secours et moitié en local de la section de Malakoff. En pansant ceux qui venaient se faire soigner chez elle, l'inquiétude la gagna, personne n'avait de nouvelles de son fils parti avec eux. Bien des enfants de communistes s'écartaient de toute activité sociale et politique, que son fils suive son exemple lui faisait plaisir. Elle n'avait jamais pensé qu'un jour elle se ferait du souci à cause de cela. Il fut un des derniers à rentrer. Rien ne lui était arrivé. Médusé, il avait déambulé sur les Champs-Élysées, regardant le jeu des patrouilles de police et des braillards en voiture sûrs de leur impunité. C'était ça les héritiers de l'extrême droite.

La V^e^ République s'installa. Malgré les inquiétudes provoquées par ce changement de régime et le surcroît d'activités militantes, elle faisait enfin ce qu'elle avait toujours voulu faire, la vie devenait moins grise. Les mois passèrent, son activité se mettait en place. Elle n'avait toujours pas de permis de conduire. Son fils avait acheté une vieille moto Gnôme-Rhône à moteur deux temps de 125 $cm^3$, esthétique front populaire et couleur kaki. Le moteur lancé, au milieu d'un nuage de vapeur d'huile et de gaz d'échappement, elle enfourchait le siège arrière, serrait son sac contre elle et vogue la galère. Il n'était pas toujours disponible et en cas de pluie la moto n'était pas idéale pour arriver bien mise chez les patients, alors elle faisait appel à « Patate ». Patate, c'est-à-dire Guy Gauthier, le mari de Simone, la gentillesse faite homme, un ancien résistant qu'elle avait connu en 45 à Lille. Ils habitaient à trois cents mètres de chez elle. Tout en conduisant il lui racontait les derniers potins du Parti et elle lui faisait part de ses soucis.

Tout se simplifia le jour où Estoucha en rentrant à la maison put annoncer avec un sourire modeste et d'un ton faussement dégagé qu'elle venait de réussir son examen de conduite. Sauf erreur, c'était la neuvième tentative. Elle n'avait pas calé, elle n'avait pas oublié d'indiquer ses changements de direction, elle avait su démarrer en côte et pour une fois elle avait presque réussi son créneau. Un peu plus tard elle m'expliqua que l'examinateur, voyant qu'il avait affaire à un médecin, lui avait confié qu'il était diabétique et demandé quelques conseils ; après un petit trajet l'affaire était dans le sac. Elle s'acheta une Renault Dauphine couleur lilas et se mit à sillonner les rues de Malakoff. Les premières années furent émaillées d'une bonne série de collisions et de petits accrochages dont quelques-uns au sortir immédiat de la cité après moins de vingt mètres de parcours. Elle avait fini par comprendre à quoi servait l'embrayage et conduisait sans jamais cesser de le faire patiner, assurant ainsi la prospérité des garagistes qui lui changeaient plaquettes de freins et disques d'embrayage tous les quelques mois. Après un ou deux ans elle s'enhardit sur la route. Elle y prit goût et aimait pousser des pointes de vitesse. N'ayant jamais fait de vélo, se sentir maître d'une machine était pour elle une impression toute nouvelle et lui rappelait ses années espagnoles. « Conduire sur la route me détend », prétendait-elle.

Première femme médecin à Malakoff, elle était très soucieuse du regard que portaient ses confrères et la population de la cité sur son activité professionnelle. Comme elle l'avait craint, elle fut sollicitée pour des avortements, ce qu'elle refusa. Soucieuse de sa respectabilité toute fraîche et résolument opposée à des actes purement individuels, elle ne voulait pas passer pour une faiseuse d'anges, comme cela se disait encore. Elle n'échappa pas aux hémorragies nocturnes provoquées dont elle n'était pas dupe et qui se terminaient par un transport d'urgence à l'hôpital. La population dans la cité était uniformément jeune, les immeubles et leurs espaces verts étaient ce qui s'était fait de mieux dans le genre. Il n'aurait pas dû y avoir de morts de sitôt, il y en eut pourtant plusieurs dans les premiers temps, des suicides, sans compter les tentatives ratées. Après quelques années tout cela cessa au profit d'une pathologie plus normale, comme s'il avait fallu que cette population ait le temps de s'habituer à ses nouvelles conditions de vie et que se tissent des liens de voisinage. En dehors des habitants de la cité, il y avait aussi les patients de la caserne des gardes mobiles, juste de l'autre côté du boulevard, et, la guerre d'Algérie touchant à son terme, des pieds-noirs qui furent pour Estoucha une révélation. Leur dynamisme et leur goût de l'initiative leur valaient sa sympathie *a priori*. Elle découvrit aussi parmi eux les Sefardis dont j'avais toujours peine à croire qu'elle ne connaissait pas l'existence. Peut-être imaginait-elle qu'ils avaient eux aussi été rayés de la carte. Avec un brin de nostalgie retenue elle disait : « Et tu sais, ils sont nombreux ! »

Sa conception de la médecine m'avait surpris, je m'attendais à ce qu'elle se fasse le chantre d'une médecine gratuite et fonctionnarisée. Pas du tout. Avec une liberté d'esprit qu'elle n'avait pas dans d'autres domaines, elle était depuis très longtemps partisane que le patient paie sa visite, même d'un prix symbolique, et qu'il choisisse librement son médecin. En somme, elle reprenait à son compte les arguments classiques de la corporation, à ceci près qu'on ne pouvait vraiment pas la soupçonner de défendre ses intérêts matériels. Il y avait derrière cela un respect mutuel de la personne et du médecin qui faisait partie de l'enseignement médical reçu en Belgique conforté par ses expériences ultérieures. Bien que son cabinet fût dans un quartier populaire, elle avait tenu à ce qu'il ait l'apparence traditionnelle de ceux des quartiers bourgeois. N'ayant aucun goût pour les vieilles choses, elle avait quand même choisi de le meubler en style Empire.

Parmi ses patients, les amis et camarades qui, dès le début, lui avaient fait confiance bénéficiaient d'un régime spécial. Si c'était possible, elle leur fixait un rendez-vous en fin de consultation, et une fois l'ordonnance rédigée, elle leur disait : « Il n'y a plus personne, tu prendras bien un verre. »

Ils passaient alors dans la salle de séjour ; elle sortait napperons et verres taillés, fruits d'un passage à Prague vers 1947, et versait un apéritif.

« Mais mon régime ?

– Ton régime commence demain matin. »

Elle compensait ainsi la rupture du lien immédiat qu'elle avait eu avec la vie d'un quartier. Plus de vente de *L'Huma*, presque plus de distribution de tracts (sauf dans les grandes occasions) et surtout plus de contact direct avec les gens en dehors du rapport médical. Quand elle descendait faire ses courses à pied, les gens ne venaient pas lui dire bonjour pour discuter politique ou lui demander de ses nouvelles mais se plaignaient au médecin de leurs maux et lui demandaient impromptu un avis ou une consultation dans la rue, ce dont elle avait horreur. Ce furent donc désormais les femmes de ménage successives qui allèrent faire les commissions. Mme Darcq qui l'avait suivie depuis le bas de Malakoff, Mme Santerre qui habitait le même immeuble mais une autre cage d'escalier, Mme Rossier de la cité d'à côté qui lui recommanda une voisine, Mme Croizard, qui resta jusqu'à sa retraite. Chacune jouait le rôle de gouvernante, prenait les rendez-vous et les appels téléphoniques et se débrouillait à son gré tout en veillant à respecter les nombreuses petites manies d'Estoucha qui n'était pas toujours commode. Elle avait pris en Belgique le goût des maisons très bien tenues, même si elle n'avait pratiquement jamais eu de véritable maison à elle.

Deux ans après son installation elle voulut meubler la partie non professionnelle du logement. Les styles anciens ne lui disaient rien du tout, par ailleurs il n'y avait guère à l'époque de meubles modernes qui fussent dans ses moyens. Elle en commanda à Isaac, le mari de son amie d'enfance Lola. Lui aussi s'était enfin mis à son premier métier, ébéniste, après avoir pendant des années dirigé un atelier de confection qui finançait le Parti sans un sou d'investissement. Isaac et Lola discutaient à cœur ouvert avec Estoucha de leurs désaccords et de leurs réserves vis-à-vis de l'évolution du monde soviétique, de la campagne contre Pasternak et de ce qui s'était passé en Pologne ; Isaac, écœuré, s'était mis à son compte. Il livra et installa les meubles, Estoucha remboursa peu à peu. En 1963, cinq ans après son installation, elle n'avait plus aucune dette. Ils s'étaient déjà éloignés les uns des autres sans animosité. Chaque année Estoucha leur envoyait une carte de vœux et de temps à autre prenait de leurs nouvelles, c'en était fini des histoires juives qu'aimait à raconter Isaac pour illustrer son point de vue et que Lola écoutait avec un calme impassible pour les avoir déjà tant de fois entendues. Leur esprit n'a pas trop changé depuis ce temps-là, selon les cas elles faisaient rire ou vexaient Estoucha, comme celle-ci dont seulement la conjugaison des verbes a été mise au passé :

*En Pologne socialiste il y avait six miracles :*

*1. Il n'y avait pas de chômeurs mais personne ne travaillait.*

*2. Personne ne travaillait mais tout le monde était rémunéré.*

*3. Tous recevaient leur salaire mais ils ne pouvaient rien acheter.*

*4. On ne pouvait rien acheter et tout le monde possédait tout.*

*5. Tout le monde possédait tout mais personne n'était content.*

*6. Personne n'était content mais tout le monde votait à 100 % pour le Parti*[1].

1. Isaac Opatowski, *Rires et sourires, l'humour juif en histoires*, préface d'Henri Minczeles, Paris, 1995, traduction du yiddish par l'auteur de *Lomir lachen*.

Aux élections municipales de 1959, Châtillon-sous-Bagneux, localité limitrophe du sud de Malakoff, avait élu une municipalité communiste. Parmi les projets en cours de l'équipe précédente, la nouvelle municipalité accéléra l'achèvement d'un dispensaire en construction et chercha un médecin-chef pour recruter une équipe médicale élargie et en assurer la direction. Estoucha, contactée, sauta sur l'occasion – ironiquement on lui proposait en France à peu près le même genre de poste qu'en Pologne douze ans plus tôt. Ce centre devait prendre le nom de Pierre Rouquès (1900-1952), organisateur en Espagne du service de santé des Brigades internationales et responsable du service de santé des F.F.I. de la région parisienne. L'idée d'une collectivité médicale lui plaisait beaucoup, c'était une manière de rester en prise avec l'évolution du métier et elle s'entendit tout de suite avec le maire de la nouvelle municipalité. Lucien Bailleux, visage lunaire qu'animait un regard vif mais caché derrière des lunettes à verres épais, cheveux déjà rares aplatis en arrière, corps tout rond dans un immuable complet trois-pièces, affichait une cinquantaine bonhomme mais réservée. Sa pondération, son écoute des autres et une certaine timidité tranchaient avec le style du cadre communiste traditionnel. Il était à l'unisson de la population de Châtillon, majoritairement salariée et ouvrière, mais nous aurait dit un enquêteur de Fréderic Le Play, mieux ancrée dans un mode de vie petit-bourgeois que les Malakoffiots. La commune hébergeait aussi de sérieuses poches de grande pauvreté. Le centre de santé ouvrit le 1^er^ janvier 1961, il remplaçait une structure bien plus modeste créée à la Libération par le maire de l'époque qui était un médecin. Dans la logique de la mise en place de la

Sécurité sociale en 1945, bon nombre de centres avaient été créés et gérés directement par la Sécurité sociale. Le déficit annuel était présenté pour règlement à la municipalité où le centre était implanté. Ce régime fut aboli en 1960 quand fut signée la première convention entre la Sécurité sociale et les médecins libéraux pour, déjà, limiter les dépenses de santé. En contrepartie de l'acceptation de la convention par les praticiens libéraux, la Sécurité sociale renonçait à subventionner la création de nouveaux centres. La gestion devenait plus difficile pour les municipalités qui devaient à la fois assurer l'investissement et les déficits de fonctionnement. Pourtant la demande était latente, dès la première année de fonctionnement le centre de Châtillon fit plus de cinquante mille actes pour seulement une vingtaine de milliers d'habitants et sans que les praticiens de ville se soient plaints d'un tassement de leur clientèle [1]. Comme l'avait voulu Estoucha, le plateau technique était fort complet, depuis la radiographie jusqu'à un laboratoire d'analyse médicale et un cabinet de prothèse dentaire. Il se développa au fil des ans ; le centre permettait à de nombreux spécialistes de consulter à Châtillon, Estoucha assurait des consultations de médecine générale.

À partir de 1961, sa vie professionnelle fut essentiellement consacrée au centre. L'activité de son cabinet privé plafonna à moins de deux mille actes par an, elle se limitait à des consultations quelques après-midi par semaine. Avec les visites matinales cela lui faisait des semaines très chargées, mais elle voulait rattraper le temps perdu. Sa vie était maintenant parfaitement

1. E. Zilberberg, « Historique du centre Pierre-Rouquès », 1981, rédigé à l'occasion du vingtième anniversaire de celui-ci, 9 pages.

réglée. Visites à domicile le matin, passage à l'hôpital si un client s'était fait opérer ou au centre pour les questions administratives, retour chez elle pour le déjeuner, puis elle s'accordait un petit luxe, une courte sieste – un quart d'heure lui suffisait –, après quoi elle se mettait en route pour l'après-midi, consultation au centre et ensuite à son cabinet, fin des consultations vers vingt heures. C'étaient des journées de plus de dix heures de travail effectif. Le soir elle allait encore souvent à des réunions politiques mais bien qu'il y eût une cellule dans la cité, le climat n'était plus celui du bas de Malakoff, quoi qu'elle fît ou dît, elle était d'abord un médecin, même pour ceux qui la connaissaient depuis longtemps. La situation était la même au centre de santé où il y avait aussi une cellule puisqu'une bonne partie du personnel administratif du centre était communiste. Elle n'était plus de ceux d'en bas.

Le 17 octobre 1961, les Algériens de la région parisienne, pour protester contre le couvre-feu qui leur avait été imposé, manifestèrent à l'appel du F.L.N. Leur manifestation fut réprimée avec une sauvagerie digne de la milice de Pétain. Comme tant d'autres, le cadavre d'un homme, M. Nagti, fut retrouvé dans la Seine. Il avait été un des premiers clients d'Estoucha en 1958. Au Quartier latin et à Montparnasse il y eut une manifestation d'étudiants, dérisoire, minoritaire pour protester contre ce massacre.

Ce fut la seule, ce que son fils lui fit observer. Entre elle et lui s'installaient progressivement des désaccords politiques. Ce qu'elle avait mis sur le compte d'une volonté somme toute naturelle d'affirmer sa personnalité, se structurait et creusait peu à peu entre eux un fossé qui ne se comblerait jamais. Elle avait un moment caressé l'idée que lui aussi ferait médecine, il fut clair très tôt que ce ne serait pas le cas. Le contact avec lui n'était pas facile, l'absence d'un homme pesait. Déjà, quand il s'était embourbé dans un déboire sentimental, elle avait dû faire appel à Patate pour le raisonner. Il lui échappait de manière banale. N'avait-elle pas elle aussi échappé à son monde ? Ne s'était-elle pas écartée de ceux de ses amis de jeunesse qui avaient survécu ? Il en faisait autant, c'était prévisible mais difficile à accepter. À terme cela voulait dire une nouvelle solitude. Elle y trouva une raison supplémentaire de s'engager un peu plus dans son travail. Pour ses malades Estoucha ne se ménageait pas. Bien souvent c'est au détour d'une conversation que je découvrais qu'elle avait aidé l'un ou emmené l'autre en vacances pour lui remonter le moral. Le titre de médecin-chef était assez largement formel, sauf si son titulaire s'intéressait de près à la marche du centre, ce qui fut le cas d'Estoucha.

À Châtillon, comme dans la cité, les médecins étaient quotidiennement confrontés aux détresses des femmes ayant des grossesses non désirées. Dès l'ouverture du centre, la gynécologue Hélène Viez, un médecin du planning familial, le Dr Boutet, et Estoucha avaient discuté de l'introduction d'activités médicales adéquates qui, à l'époque, étaient encore illégales. Le résultat fut la création en 1963 de consultations, baptisées « orthogéniques ». L'orthogénie n'avait pas lieu au rez-de-chaussée du dispensaire comme toutes les autres consultations mais dans son sous-sol où se tenaient des activités paramédicales. Les apparences était sauves, formellement on n'entrait pas au dispensaire pour l'orthogénie. Cela ne suffit pas à calmer les puritains. Comme le dit diplomatiquement une petite note rédigée et communiquée à la municipalité à l'occasion du XX^e anniversaire du centre – le style trahit la participation d'Estoucha à sa rédaction :

> Il faut dire que l'introduction de cette consultation « illégale » était mal vue par des personnes de la même sensibilité politique que celle de M. Bailleux Lucien, maire de Châtillon, qui naturellement a été mis au courant du projet d'orthogénie.
> Il est à signaler que l'attitude de M. le Maire était nette et courageuse.
> M. Bailleux a répondu qu'il faisait confiance dans ce domaine aux médecins du Centre et que ceux-ci étaient bien placés pour savoir si c'était opportun et nécessaire d'introduire cette consultation, et que de toute manière il fallait laisser faire l'expérience [1].

L'expérience fut évidemment concluante, les consultations d'orthogénie continuèrent jusqu'en 1977, date à laquelle elles furent remplacées par un centre de planification familiale qui annonçait clairement la couleur : pour la régulation des naissances, l'information sexuelle, les problèmes du couple. Un an plus tard, l'inspiratrice de toutes ces activités, Hélène Viel, qui devait interrompre son activité pour raisons de santé, écrivit à Estoucha : « Je voudrais vous remercier de m'avoir toujours fait confiance. Je l'ai senti et apprécié [2]. » Et au

1. Centre médical Pierre-Rouquès, « Remarques concernant la contraception », non daté, mais il est fait allusion à cette note dans un texte préparé par Estoucha pour le XX^e anniversaire du Centre, donc en 1981.

2. Hélène Viel, lettre à Mme Zilberberg, médecin-chef, 1^er mai 1978.

maire qui avait succédé à Lucien Bailleux : « Je vous remercie aussi de tout ce que vous avez fait pour rendre la médecine de qualité accessible à tous [1]. »

Comme bien d'autres aspirations d'Estoucha, celle d'une médecine de qualité, c'est-à-dire plus humaine, avait dû passer par une transgression de la légalité pour devenir une notion moins abstraite.

La sérénité et le sentiment qu'elle s'était enfin construit dans cette société une place à sa juste mesure n'étaient troublés que par les discussions politiques avec son fils qui la remettaient en cause. Ni l'un ni l'autre ne se faisaient la moindre concession. L'enfant dont elle avait craint qu'il ne reste toujours un peu à l'écart, tant il avait lui semblait-il le goût de la solitude, était maintenant engagé dans l'U.E.C., l'Union des étudiants communistes. Estoucha, après avoir été fière qu'il suive ses traces, se faisait maintenant du souci. Pour la première fois dans l'histoire du communisme français, une opposition organisée menait un jeu compliqué. Avec un mensuel, des manifestations de rues, des meetings idéologiques, l'U.E.C. tentait une critique du stalinisme menée en référence à Khrouchtchev ou au parti communiste italien. Elle ne doutait pas un seul instant qu'ils avaient tort de se heurter au P.C., même si de temps à autre elle comprenait leurs indignations. Inquiète de voir son enfant consacrer tant d'énergie à une bataille perdue d'avance, elle découvrait que son adhésion au communisme n'était pas la sienne. Après tant d'autres qu'elle avait connus et qui étaient morts ou avaient quitté le parti, il s'abreuvait de lectures de Marx et Lénine ainsi que de Gramsci, qu'elle ne

1. Hélène Viel, lettre à M. Le Dauphin, maire de Châtillon, 1er mai 1978.

connaissait pas du tout et qui semblait l'enthousiasmer. Du coup, ils vivaient ensemble mais avaient moins d'échanges, pourtant, pour chacun, jamais la vie n'avait été aussi facile. Elle était quand même heureuse de le voir prendre de l'assurance et s'affirmer socialement. Il avait maintenant presque l'âge de son père. Quand elle se laissait aller à un moment de rêverie, à la dérobée, elle observait, fascinée, certains gestes instinctifs qu'il avait, mouvement de tête, de main, les mêmes que Mouni, c'était incroyable.

Un matin de juin 63, la fragilité de tout cela apparut brutalement. La veille au soir, dans son cabinet, tout en tenant l'écouteur, Estoucha voulut saisir un dossier à l'autre extrémité de son bureau. Ses pieds se prirent dans le fil du téléphone. Instinctivement, comme on le lui avait appris en Espagne, elle s'était repliée en boule et tomba lourdement sur le flanc. Malgré la violence du choc, elle put se redresser et terminer sa journée normalement. Le lendemain matin, contrairement à son habitude, elle appela.

# XXII

J'entrai dans sa chambre et d'un coup retrouvai devant moi la scène familière de l'enfance. Elle était restée au lit, allongée sur le dos, les lèvres pâles, le souffle irrégulier, crispée par des spasmes. À sa demande j'appelai la directrice administrative du centre Rouquès en qui elle avait pleine confiance. Un médecin passa, le diagnostic était en fait déjà posé : c'était une colique néphrétique. Elle fut hospitalisée dans une clinique voisine où un chirurgien confirma la présence d'un calcul qu'il tenta d'extraire sans succès [1]. Il lui suggéra un séjour de cure à Évian, elle avait de toute façon besoin de repos et, qui sait, l'ingestion d'eau évacuerait peut-être le calcul. C'était la période des examens, je ne pouvais l'accompagner. Marcelle, l'amie de longue date du bas de Malakoff, était disponible, elles prirent un wagon-couchette. La nuit en train fut abominable, les

1. L'argument du voisinage immédiat l'avait emporté sur toute autre considération. Lors d'une simple opération d'appendicite sur une jeune fille qui était cliente chez elle, le même chirurgien fit des dommages irréparables. Estoucha dut encourager les parents à entreprendre une action judiciaire au terme de laquelle il fut pour un temps interdit d'exercice.

trépidations du wagon, rail après rail, réveillèrent ses douleurs. Arrivée à Évian, Marcelle conduisit Estoucha directement dans une clinique. Le chirurgien, le Dr Escoubès, beaucoup plus talentueux que son collègue, réussit à extraire le calcul et à en faire une coupe. L'accrétion s'était faite au fil des ans autour d'un tout petit caillot de sang, une seule goutte peut-être, guère plus. Estoucha eut un sourire amer ; elle n'avait jamais oublié que quand on la ramena dans sa cellule à Loos, après la première séance de torture, elle avait brièvement uriné du sang. Elle était convaincue que ce calcul en était la conséquence lointaine ; lors de sa chute il s'était finalement décroché. En moins d'une semaine elle avait été énormément ébranlée. Pour se reposer elle resta à Évian plusieurs semaines dans un hôtel donnant sur le lac, à mi-chemin entre la clinique et la buvette, l'*Hôtel Princesse*. Depuis longtemps disparu, il était installé dans une ancienne maison de maître, sa chambre était dans une annexe au fond d'un long jardin. Cette bâtisse, pompeusement baptisée villa, n'était ouverte que l'été. De style indéfinissable et de forme quelconque, appuyée sur un coteau, elle évoquait quand même le charme désuet d'une grande serre peinte en blanc à cause d'une terrasse profonde bordée d'une balustrade en fer forgé du début du siècle. On y accédait depuis le jardin par un escalier. La déclivité du terrain était telle que depuis cette terrasse, même assis dans une chaise longue, le regard reposait juste au niveau de la ramure des arbres fruitiers du jardin, magnifiquement tenu. Tout le long de l'annexe et du jardin coulait un ruisseau qui, de caillou en caillou, habillait les nuits d'un chuchotis.

Estoucha, qui se moquait volontiers des vertus de

l'hydrothérapie, devint une consommatrice invétérée d'eau minérale et prit l'habitude de passer un mois chaque année à l'*Hôtel Princesse* jusqu'à sa fermeture, toujours dans la chambre de l'annexe. Tout cela est depuis longtemps remplacé par une résidence anonyme et des box de voitures là où se dressaient les arbres. Avant de fermer son hôtel, la propriétaire lui en indiqua un autre, plus modeste, sur la hauteur, mais où il y avait aussi une annexe un peu à l'écart.

Dans des circonstances moins agitées que lors de son premier séjour, elle fit plus ample connaissance avec son chirurgien et apprit ainsi que pendant la guerre Jean Escoubès avait fait passer la frontière suisse à de nombreux enfants juifs. Le monde était parfois vraiment petit. Elle avait maintenant des habitudes bien établies pour ses mois de juillet. Au fil des ans elle y envoya des amis en cure. Son séjour consacré aux soins du corps, à l'ingestion de dizaines de litres d'eau et à celle de toute la littérature médicale qu'elle n'avait pas eu le temps de lire pendant l'année, était ainsi entrecoupé de visites qui se terminaient au restaurant pour rompre avec la cuisine un peu sommaire que l'hôtel servait à ses pensionnaires. L'après-midi, quand le temps le permettait, elle montait en voiture dans l'arrière-pays du lac et allait bouquiner au bord d'un torrent et prendre un bain de soleil.

Le passé se rappelait à elle, pas seulement par son corps. Elle était restée en contact avec les anciens d'Espagne. Maria Fortous, à l'exception d'un chaleureux « Chère Jeanne ! » d'ouverture, écrivait de Moscou tantôt en français, tantôt en russe – toujours sur des cartes postales sans enveloppe –, à l'occasion de la Journée des femmes ou des anniversaires des brigades, des messages presque impersonnels, présentant ses meilleurs vœux et annonçant à l'occasion des passages à Paris qui, à ma connaissance, ne se firent jamais. En dehors de Maria Fortous, elle n'avait de nouvelles d'aucun de ceux qu'elle avait connus dans les escadrilles soviétiques. Mais elle connaissait maintenant tant d'autres anciens d'Espagne qui vivaient en France, Espagnols qu'elle avait connus à Mauthausen, Polonais ou Français. La nationalité importait peu, ils avaient en commun la patrie de leur engagement plus d'un quart de siècle plus tôt, qu'ils se soient connus là-bas ou après n'avait pas pour elle d'importance. Ils n'avaient pas renoncé à voir un jour la république rétablie en Espagne. Nourri de cet espoir, le parti espagnol maintenait contre vents et marées la même stratégie et les mêmes tactiques de lutte dirigées de l'extérieur. L'Espagne était restée au cœur d'Estoucha, dès qu'elle eut un peu d'argent et une bonne maîtrise de sa petite Dauphine, elle était partie en Espagne avec Ninette, une Bretonne qui avait elle aussi connu la Résistance, la prison (où elle donna naissance à son fils, le père avait été fusillé à Châteaubriant) et les camps. Elles avaient passé la frontière à peu près au même endroit qu'Estoucha quarante ans plus tôt, l'armée franquiste sur ses talons. Cette fois elle avait sa véritable identité et des papiers en règle. Derrière elle, ce n'était plus le flot des réfugiés qui se pressaient avant que la frontière ne se referme définitivement mais celui des vacanciers français qui, ces années-là, découvraient les charmes bon marché de la Costa Brava. Elle n'était pas complètement tranquille mais ses copains espagnols l'avaient rassurée : n'était-elle pas française ? Quand même, en bonne militante, elle avait prévenu le parti qu'elle allait passer ses vacances en Espagne. Je ne suis pas sûr que cet excès de discipline n'avait pas paru d'un autre âge ; bien sûr, elle passa totalement inaperçue. Elle en était revenue exaltée, elle avait renoué avec l'Espagne. Il n'y avait pas encore d'autoroute, elle avait poussé jusqu'à Barcelone par une longue route côtière en lacet qui présentait des centaines de virages. Les paysages s'étaient pressés à sa rencontre, renouvelant les mêmes émotions que lorsqu'elle découvrit pour la première fois la Méditerranée pendant la guerre civile. Ce n'était pas la saison des amandiers en fleur mais elle revit les orangeraies et les collines arides.

Après ce voyage sans histoire, des communistes espagnols insistèrent un peu mystérieusement pour avoir un rendez-vous chez elle. C'était inhabituel, l'affaire devait être sérieuse. Elle ne s'était pas trompée, ils lui proposèrent de passer clandestinement des papiers en Espagne. D'emblée elle accepta. Mais quand ils lui dirent qu'il suffisait de transporter une valise dans laquelle ils étaient déjà cachés, son sens de l'action clandestine se rebella. Qu'est-ce qui garantissait que la police franquiste n'était pas informée de ce type de transport ? Elle leur précisa donc qu'elle acceptait cette responsabilité à condition de transporter les papiers à sa façon, comme cela avait toujours été le cas pendant la guerre. C'était une question de confiance. Après une discussion tendue ils refusèrent ses conditions. Celui qui accepta cette mission à sa place fut arrêté à sa descente du train. Il y avait bien longtemps que les policiers franquistes avaient repéré ces valises à double fond qui étaient toutes identiques.

Elle ne me rapporta cette histoire que lorsque je lui appris que deux étudiants partis de France venaient d'être arrêtés en Espagne, porteurs de documents. L'affrontement entre les étudiants communistes et le comité central avait encore pris plus d'éclat. Je savais que les étudiants arrêtés en Espagne eux aussi n'étaient pas toujours d'accord avec le parti espagnol. Avec un brin de paranoïa, en comparant son histoire et celle des deux étudiants, je me fis la réflexion qu'on avait peut-être essayé de l'envoyer au casse-pipe, limité, n'était-elle pas française ? Je n'en fis part à personne, je n'avais que des soupçons pour étayer cette hypothèse. De toute façon, le retour de l'U.E.C. dans le rang était proche.

Le passé arrivait aussi par le courrier. À partir de 1962 nous furent adressées une série de lettres recommandées en provenance d'un avocat de Cologne dont elle ne connaissait rien. Elles étaient toutes rédigées en allemand. Elle les ouvrit avec suspicion, les déchiffra et finit par comprendre vaguement qu'il s'agissait d'un problème de dommages de guerre. Les lettres se multipliaient, elle demanda qu'on lui écrive en français. Elle apprit ainsi que depuis mars 1958 cet avocat avait engagé de sa propre initiative « ...des demandes d'indemnisation auprès des autorités allemandes ici à Cologne. Votre demande pour privation de liberté et dégâts corporels fut enregistrée sous le n° 719 112. La même demande pour votre fils reçut le numéro 719 913. Vos demandes pour pension de veuve resp. de orphelin *(sic)* a le numéro 722 360 a & b. La demande de votre fils – 719 113 – a été refusée le 24 avril 1962. On peut y mettre une plainte *(sic)*, quoique cette demande a été refusée pour manque de collaboration de votre part [1] ».

Cela ressemblait à une farce macabre. Elle était indignée. Jamais elle n'avait donné mandat à quiconque

1. Lettre de K.R. Schmanns, *rechtsanwalt*, Cologne, le 23 mai 1962 (archives personnelles).

pour demander en son nom des secours de quelque nature que ce soit au gouvernement fédéral. Cette pêche affairiste au client sur un tel sujet était révoltante. C'est volontairement qu'elle avait combattu contre le nazisme, elle ne voulait pas être considérée comme une victime indemnisée avec ce « pour solde de tout compte » implicite. Rien de ce qui lui était arrivé ne pouvait être effacé contre de l'argent. De surcroît, si c'était parce qu'elle était juive, elle en voulait encore moins, elle s'était battue et ne le regrettait absolument pas. Pour une fois nous fûmes d'accord, nous ne répondrions pas. Fin 63, il n'y eut plus de lettres. Elle ne faisait pas de son attitude un exemple à suivre, elle était tout simplement incapable de faire autrement.

Un quart de siècle plus tard j'eus l'occasion de constater bien involontairement ce que pouvait signifier pour certains Allemands ces indemnités qu'ils paient pour les crimes nazis. Interviewant informellement un prix Nobel bavarois sur un point d'histoire de la physique des basses températures, notre conversation dériva sur la situation allemande telle qu'on pouvait la voir depuis cette riche Bavière. C'était en 1988, un an avant la chute du mur de Berlin. J'eus droit à ce cri du cœur : « Vous savez, Berlin nous coûte plus cher que tout ce que nous payons à Israël pour ce qui est arrivé aux Juifs. » Je me tus.

Sa préoccupation du passé se nourrissait aussi du présent. À la fin de la guerre d'Algérie, du côté français, des jeunes femmes fiancées ainsi que des mères d'enfants conçus par des soldats se retrouvèrent seules. Le sort de ces veuves non mariées et de ces enfants qui n'ont jamais connu leur père émut les députés. Pour amender l'irréparable, ces jeunes femmes, si elles le désiraient encore, pouvaient épouser à titre posthume celui qu'elles avaient perdu. Les termes de la loi étaient suffisamment généraux pour que, débordant la circonstance, elle puisse être appliquée dans d'autres cas. Estoucha, qui n'avait aucun goût pour la chicane et encore plus horreur de remplir des dossiers et des formulaires, avait attentivement suivi le débat précédant le vote de la loi. Sans rien dire à personne, elle se mit à réunir tous les papiers nécessaires et fit notamment venir de Belgique ces fameux bans de mariage publiés à Saint-Gilles et qui me paraissaient mythiques. Pour une fois, le dossier fut vite complété, on lui demanda alors une dernière formalité : produire trois témoins qui pouvaient attester qu'à Bruxelles Mouni avait vraiment eu l'intention de l'épouser. C'était logique, ces fameux bans qui, pour elle, étaient la preuve de leur commune volonté laissaient planer un doute puisqu'ils n'étaient pas allés à la mairie au jour prévu. Trouver trois témoins était une demande impossible à satisfaire. Bien sûr, elle aurait pu trouver des témoins de complaisance mais cet acte symbolique ne devait tirer sa force que d'un absolu respect de la vérité. Les vrais témoins étaient morts ou disparus depuis longtemps. Pour la plupart, elle aurait été bien en peine de dire où, quand et comment ils avaient été tués. Le charme était rompu. Elle abandonna cette tentative un peu folle de restaurer ce pan de sa vie par un geste de reconnaissance sociale, de faire revivre un peu de ce passé, ce que d'une autre façon, trente ans plus tard, je tente aussi. C'était une petite blessure supplémentaire, elle m'avait dit à demi-mot qu'elle s'intéressait à cette loi mais ensuite elle ne m'en parla plus jamais.

Le passé ne pouvait pas être convoqué, alors elle se

remit à voyager de par le monde, parce que après tout il y avait non seulement tant à voir mais aussi, pour un médecin, toujours un petit coup de pouce à donner. La première occasion qui s'offrit à elle fut d'aller à Cuba l'été 1964. Elle s'était décidée en un clin d'œil, l'idée de parler espagnol dans un pays qui passait au socialisme la séduisit. Elle fit partie du premier groupe de touristes français qui se rendait dans l'île, à l'initiative de l'U.E.C. Castro à l'époque n'apparaissait pas complètement inféodé à l'U.R.S.S. Cela donna l'occasion à Estoucha de voir d'un peu plus près cette génération de troublions avec lesquels son fils militait. Leur romantisme faisait écho au sien, ils lui firent plutôt une bonne impression. Avec son petit bob sur la tête et son entrain un peu boy-scout, ils la trouvèrent facile à vivre. Même si politiquement elle les faisait parfois sourire, ils ne se sentaient pas obligés d'avoir des discussions acharnées avec elle comme si l'avenir du monde en dépendait. C'est bien connu, on trouve souvent les parents de vos amis très sympathiques.

Une fois sur place leur voyage n'eut plus grand-chose à voir avec un séjour touristique conventionnel. Castro n'était pas encore devenu le meilleur élève de la classe soviétique. À Cuba régnait une relative liberté de parole et surtout la population adhérait au régime. Le groupe comprenait plusieurs médecins, notamment Marcel Francis Kahn, professeur de la faculté de médecine, et sa femme Rena, une biologiste qui avait été déportée, avec qui elle sympathisa. Rena mourra quelques années plus tard d'un cancer après avoir manipulé énormément de produits radioactifs. Ils visitèrent quelques hôpitaux et centres de soins dans l'île, rencontrèrent des collègues. Estoucha était partie avec une valise de médicaments, ils furent vite distribués. Ils avaient reçu un accueil de pacha mais, comme elle aimait le dire en plaisantant sur elle-même, elle avait fait sa B.A.

On reprend une vie, trie des photos, feuillette encore une fois des carnets. On retrouve des billets, des factures d'hôtels, des lettres et des cartes postales. Le regard va d'une trace à l'autre, on retourne les dossiers pour être sûr de ne pas avoir oublié quelque chose, une idée vous traverse la tête et c'est un coup de téléphone pour se rappeler une date, une réaction à un événement. On fait bien attention de tout remettre presque dans le même ordre pour ne pas effacer des liens invisibles. Tout le jeu de pistes était là comme elle me l'avait préparé. Pourtant depuis plusieurs jours, dans ce milieu des années 60, il y avait un manque. J'avais la certitude que ce n'était pas quelque chose que j'avais lu puis égaré comme dix fois cela m'était arrivé. Égarer pour tricher avec le temps, pour ne pas avoir à geler dans l'écriture ces lambeaux de vie qui l'un après l'autre s'immobilisent dans le texte et qui, dans le même temps qu'ils deviennent phrase, perdent ce halo évocateur qui ne fait signe qu'à moi. C'est la clé : s'il manquait quelque chose, puisque tous ces papiers n'avaient été rassemblés que pour elle et moi, alors c'est quelque chose que je savais de façon certaine, que je ne pouvais pas avoir oublié, qu'il n'était pas la peine de me rappeler. Comme la lettre volée d'Edgar Poe, je devais l'avoir devant les yeux.

C'est revenu. Ce n'était pas un voyage mais quand même un départ. C'est à la mi-septembre 1965 que j'emménageai avec Édith dans un appartement de deux pièces, pas très loin de la porte de Vanves. Quand, un peu plus tôt que prévu, vint le soir de nous quitter, nous fûmes très émus. Ce n'était rien que d'être à un saut de voiture de chez elle, mais une page se tournait, je la laissais seule. Nous nous embrassâmes bien fort dans le couloir, puis nous nous arrachâmes sans dire un mot de plus et sans nous regarder. Il n'y avait rien que de très normal dans ce qui nous arrivait, mais les choses normales nous n'en avions pas vraiment l'habitude. S'il a fallu tant de jours pour que cette séparation remonte à la surface, c'est que quand ces pages seront terminées ce sera encore une autre séparation.

Maintenant qu'elle vivait seule Estoucha pensait un peu plus à elle. Ses dettes étaient toutes remboursées. En février 1966, elle put prendre des vacances d'hiver pour la première fois. Elle aimait les grands froids secs et les champs de neige au bord desquels elle se faisait bronzer. Elle ne savait pas skier mais retrouvait des plaisirs d'enfance à marcher dans la neige, avec cette fois-ci de bons après-ski. À Macugnaga en Italie, à Courmayeur, à Courchevel ou à Megève, le scénario était toujours le même. Armée d'un bâton et d'un anorak à col fourré, Estoucha prenait le télésiège ou le téléphérique qui allait le plus haut. Arrivée au sommet, elle se mettait à marcher sur la ligne de crête aussi longtemps qu'elle n'avait pas de la neige au-dessus des genoux. Et si c'était vraiment trop dur, elle redescendait le long de la piste en restant à la lisière de la partie damée. Rien ne lui déplaisait plus que d'avoir à organiser ses séjours à la neige ou ses voyages. D'un autre côté elle ne supportait plus comme jadis l'improvisation de dernière minute, avec son cabinet ce n'était d'ailleurs plus possible. Il fallait trouver un remplaçant, lequel à peine avait-elle le dos tourné, la nouvelle s'étant répandue qu'elle n'était plus là, devait prendre son mal en patience en attendant qu'un client pas au courant ou vraiment trop mal-en-point vienne consulter.

La plupart du temps c'était une amie, Annick Fructus, qui lui proposait la destination et organisait le séjour au ski ou le voyage à l'étranger. Après la guerre, Annick s'était occupée de départs en colonie de vacances dans les pays de l'Est et d'échanges d'enfants de résistants par l'intermédiaire de la Fédération internationale des résistants. De fil en aiguille, elle avait monté une agence de voyages, d'abord le Centre d'accueil parisien puis, quand la France fut plus riche, Inter-Europe. Installée rue Gay-Lussac, elle avait pour clients une bonne partie des jeunes diplômés du Quartier latin, dont un bon nombre étaient les enfants dont elle avait organisé les vacances une dizaine d'années plus tôt. À l'époque, un jeune diplômé n'avait pas de problème d'emploi, ne gagnait pas trop difficilement sa vie et goûtait le plaisir neuf des sports d'hiver et des destinations plus ou moins lointaines. En permanence au bord de la faillite, Inter-Europe retombait toujours sur ses pieds parce que le chiffre d'affaires de l'année en cours était toujours supérieur à celui de l'année précédente. Générosité et hystérie faite femme, Annick passait sa vie à jongler avec des difficultés financières et à oublier une vie personnelle ponctuée de malheurs en voyageant aux quatre coins du monde.

Cuba avait été le socialisme encore au soleil. À l'occasion d'un congrès à Varsovie en octobre 1966, Estoucha retrouva Sula avec plaisir, elle qui l'avait tant encouragée à aller au bout de ses études. Mais la Pologne de Sula c'était le socialisme de la grisaille. Depuis son expulsion, Sula, dont la santé avait toujours été fragile, tirait le diable par la queue. On lui avait donné un emploi de bibliothécaire à l'Académie des sciences, elle habitait un petit logement dans un immeuble tout gris à la façade inachevée et à la plomberie catastrophique comme tant d'autres à Varsovie. La ville, il est vrai, avait été totalement détruite, mais vingt ans s'étaient déjà écoulés. Elle se procurait avec difficulté les médicaments et les corsets dont elle avait besoin pour soulager sa lordose. Adam, son mari, qui l'avait rejointe après son expulsion n'avait pour critère de jugement que son expérience de tailleur en confection pour dames. Après une période d'adaptation, il ne s'en était plus laissé conter. Refusant de continuer à vivre dans cette Pologne à des conditions qu'il aurait refusées en France, il avait quelques années auparavant quitté Varsovie pour les États-Unis. En dépit de tout cela, Sula, comme Estoucha, était restée une communiste convaincue. Même dans cette grisaille, lui était-il plus facile de continuer d'adhérer sans illusion que de reconnaître que les valeurs au nom desquelles elle s'était engagée étaient bafouées ? De toute façon leurs vies étaient maintenant tracées, ce n'est pas parce que la réalité les décevait qu'elles allaient abandonner ces valeurs. Ne sommes-nous pas faits de l'étoffe de nos rêves ? Naturellement elles passèrent leurs soirées ensemble et Grazyna, la belle-fille de Sula, se souvient qu'une fois, au théâtre, Estoucha, frileuse, dédaignant la pointilleuse étiquette varsovienne, ne voulut pas laisser son manteau au vestiaire ; il y eut un esclandre car on lui refusait l'accès à la salle. La Pologne est éternelle, dit en substance son hymne national.

À Châtillon, le fonctionnement du centre de santé n'allait pas sans de petits tiraillements dans le corps médical. Le recrutement se faisait sur la base des compétences, pas de l'appartenance politique. Offrant sécurité matérielle et couverture sociale, au fil des ans les vacations dans les centres de santé devinrent plus recherchées par les médecins. Aux idéalistes du début se joignaient désormais des confrères dont certains ne voyaient dans leur activité au centre qu'une commode ressource complémentaire. Leurs consultations étaient parfois expéditives et leurs horaires élastiques. Au médecin-chef d'intervenir s'il voulait conserver la réputation de son établissement. En général, une remarque suffisait ; ce ne fut pas le cas, en novembre 1966, avec une consœur qui finalement quitta le centre. Le commissaire de police de Vanves (il n'y en avait plus à Malakoff) demanda à Estoucha de produire ses diplômes car le procureur de la République avait reçu une lettre anonyme laissant entendre qu'elle usurpait ses titres de médecin. Estoucha fut toujours convaincue que sa consœur était l'auteur de la dénonciation calomnieuse. Ce fut l'unique fois où elle ajouta : « Naturellement c'est une Polonaise », peut-être parce qu'elle venait juste de rentrer de Varsovie.

Annick la convainquit de faire un court séjour en Israël. Une des sœurs d'Estoucha y avait émigré, peut-être au début des années 30. Elle était morte pendant la guerre, laissant une fillette à la charge de son mari qui, pour des raisons restées obscures, était mal vu des Zilberberg de Kalisz. Estoucha retrouva cette nièce sans trop de mal. La jeune femme fut contente de rencontrer une parente dont elle connaissait l'existence, mais en dehors de ce lien biologique elles n'avaient rien en commun. Estoucha n'eut pas d'élan vers cette jeune Israélienne peu éduquée qui ne parlait que l'hébreu et un peu d'anglais, aucun véritable courant de sympathie ne s'établit entre elles. Avait-elle espéré que cette nièce serait porteuse d'un peu de ce passé qui était complètement aboli ? Si c'était le cas, elle s'était trompée. Plus tard, je rencontrai à mon tour cette jeune femme à Malakoff, son anglais était extrêmement rudimentaire, elle me fit la même impression qu'à Estoucha, nous n'avions rien en commun.

Ce devoir familial accompli, Estoucha, qui était descendue dans un grand hôtel, consacra quelques matinées aux joies de la kinésithérapie hôtelière. Elle ne tarissait pas d'éloges sur la masseuse de l'établissement, son intelligence de l'anatomie et la qualité de son toucher. Mis à part ces intermèdes qui auraient pu se dérouler n'importe où, le reste de son temps fut réservé au tourisme traditionnel avec des visites en groupe qui lui déplurent ; elle avait le sentiment désagréable d'avoir été suivie en permanence. Ce fut peut-être le cas, mais elle en parlait avec une emphase et une véhémence telles que je restai incrédule et penchai peu charitablement pour la paranoïa. Les guides auxquels elle avait eu affaire truffaient leurs commentaires d'arguments conventionnels et sans nuances : regardez comme nous avons développé cette terre dont les Arabes ne faisaient rien, voyez ce que nous pouvons faire avec de l'eau, etc. Toute cette atmosphère, disait-elle, respirait la guerre. Quelques visites à des gens de gauche qu'on lui avait recommandés et qui devinrent des amis ne modifièrent pas son opinion d'ensemble. L'atmosphère belliqueuse avait conforté ses préventions à l'égard du sionisme, d'autant que la guerre des Six Jours éclata quelques mois plus tard. Pour elle, la diaspora resta la figure centrale du judaïsme.

Peu après son retour en France se déclencha une

longue grève des mineurs contre la fermeture des puits et le déclin annoncé de leur profession. On était loin du climat de 1948 où la production de charbon était vitale à l'économie française. Le prestige des mineurs restait quand même intact en milieu ouvrier, la C.G.T. et les municipalités communistes organisèrent un mouvement de soutien, Estoucha accepta d'accueillir pour quelques semaines une enfant de mineur qui, comme c'était fort probable, se révéla d'origine polonaise.

Sula eut une affection grave, Estoucha dut lui envoyer par avion des médicaments indispensables qu'elle ne pouvait pas se procurer là-bas. Sa situation était difficile, mais elle n'en disait rien. Il avait fallu que j'aille à Varsovie pour m'en rendre compte. Avec Gaby, dans une Volkswagen décapotable (!), nous sommes allés à Auschwitz. Dans les baraques restées debout, toutes les traces de l'horreur étaient en tas recouvertes d'une poussière d'abandon et d'irrespect. Des pavillons nationaux avaient été aménagés, de sorte, comme me le fit remarquer Gaby, qu'il y avait un pavillon israélien, ce qui évitait de rendre hommage aux Juifs en tant que tels dont la guide, une jeune femme, disait qu'ils ne s'assimilaient pas et qu'ils étaient sales [1].

Rentrés à Varsovie, nous rencontrâmes Jacek Kuron qui sortait de prison. Il suffisait de l'entendre pour se convaincre que malgré la différence radicale entre l'est et l'ouest de l'Europe, une sensibilité commune à toute notre génération était en train de prendre corps. Estoucha n'était pas complètement imperméable à cette évolution. Il y avait dans son séjour, occupant tout un pan

1. J'avais complètement oublié ce « détail » que Gabriel Méré-tik, qui me servait d'interprète, m'a remis en mémoire (conversation téléphonique du 27 août 1996).

de mur jusqu'à la porte de la cuisine, un long buffet surmonté d'une bibliothèque. Elle avait pris l'habitude d'y mettre, appuyés sur les livres des rayons, des documents qu'elle pouvait toujours ainsi avoir sous les yeux. Leur qualité importait peu, ce pouvaient être de simples illustrations découpées hâtivement dans des publicités médicales, mais tous étaient entrés en résonance avec son histoire ou sa sensibilité. Elle seule savait les raisons pour lesquelles elle les avait choisis. Ainsi, pendant des années, sur un présentoir en fil de fer doré qu'on aurait plutôt vu sur un comptoir de pharmacien, était coincée une reproduction du *Radeau de la Méduse* qui avait l'air d'avoir été repeinte en technicolor ; ce n'est qu'en lisant le début de ses notes que j'ai compris que c'était pour elle, et pour elle seule, une allusion à son évacuation du Pays basque espagnol par la mer. J'ai vu aussi apparaître, le regard levé vers la lumière, compas à la main, le géographe de Veermer. Au-delà du plaisir esthétique, je peux deviner que cela devait évoquer pour elle la quête anxieuse des lumières de la raison, mais je ne peux pas exclure que le regard du géographe renvoyait à une émotion ou un événement plus intime. Quoi qu'il en soit, c'est sitôt leur arrivée à la maison que prirent place devant les livres de sa bibliothèque une reproduction de Matta qui illustrait un texte de Sartre sur la guerre américaine au Vietnam, et le numéro d'*Opus international* dont la couverture était un découpage de Roman Ciesliewicz représentant la silhouette du visage de Che Guevara, béret sur la tête, toute en noir percée d'une étoile rouge à l'emplacement du béret. En y réfléchissant plus, pour Matta je suis sûr que c'était elle qui l'avait mis là, mais le Che, qui de nous deux ?

Quand mai 68 arriva elle y vit dès le début la possibilité de se colleter une fois de plus avec l'histoire. Dans un minuscule agenda elle tint un calendrier quotidien où en quatre ou cinq mots, parfois moins, elle nota chaque jour ce qu'elle avait fait ou ce qui se passait. À une communiste de son entourage qui le 11 mai, au lendemain de la nuit des barricades de la rue Gay-Lussac, ne voulait y voir qu'une provocation policière, en bonne fille de l'U.L.B. et de son groupe marxiste elle répondit : « Il ne faut pas tolérer la présence de la police à la Sorbonne, nous devons nous dresser tous ensemble contre l'oppression policière. »

Elle participa le 22 mai à une occupation de la Domus Medica qui fut contrée dans la nuit par des médecins de droite. Le lendemain, après une réunion à la fédération de Paris du P.C., elle soigna des blessés à la nouvelle faculté de médecine de la rue des Saints-Pères jusqu'à quatre heures du matin. Elle avait trouvé ce qu'elle pouvait faire. Elle retourna donner des soins le lendemain à la faculté de droit et le 25 organisa un groupe de médecins et d'infirmières de son centre qui, fonctionnant en équipe, fit le tour des universités parisiennes pour parer aux urgences. Sur son agenda de poche elle a noté : *Sorbonne, faculté de droit, Censier, faculté des sciences, etc.* Le dimanche 10 juin elle nota encore : *fin de la grève,* et le 11 *reprise du travail*; les accords de Grenelle avaient été signés, la messe était dite, elle arrêta là ses activités extraprofessionnelles (le nombre d'actes médicaux faits en 1968 indique que son cabinet continua de fonctionner). Sa dernière annotation est du 16 juin, *reprise de la Sorbonne.* Nous ne nous vîmes que très rarement pendant toutes ces semaines, évitant ainsi de nous disputer à propos des événements eux-mêmes. Pour sa cure à Évian, elle avait besoin d'un remplaçant, elle fit appel à Jean Carpentier comme elle en avait pris l'habitude depuis quelques années. Ce fils de médecins communistes et ancien de l'U.E.C., comme beaucoup d'entre nous déjà engagés dans un métier, avait vu dans ce qu'on commençait à appeler les événements de mai l'occasion d'accélérer la remise en cause du pouvoir médical traditionnel. Au cabinet de Malakoff, faute de clients, il put se reposer des nuits agitées du printemps précédent, en revanche au centre de santé de Châtillon il tenta je ne sais quoi qui prolongea « l'esprit de mai ». Estoucha n'apprécia guère, je n'ai pas oublié cette réplique : « Tu te rends compte, il a donné le stéthoscope même aux infirmières ! » J'avais sûrement déjà fait l'équivalent dans mon laboratoire, mais pour une fois je ne sautai pas sur l'occasion qui m'était offerte d'ouvrir un débat familial supplémentaire.

Les événements de mai, en dehors de cet épisode, laissèrent une forte impression chez Estoucha. Restée militante fidèle, elle ne succomba pas aux dénonciations hystériques du gauchisme. Quand elle revenait sur cette période, mais je ne me souviens pas quand ce fut pour la première fois, c'était pour dire que l'U.E.C. avait finalement eu raison au début des années 60 et qu'on aurait dû nous écouter ; j'appréciais qu'elle ait tenu à me dire cela, et à plusieurs reprises, mais entre-temps j'avais moi aussi changé. Tout en partageant confusément les mêmes valeurs, nous n'étions jamais en phase.

Pendant que la France finissait de s'ennuyer, nous ne prêtions que peu d'attention à ce qui se dessinait dans la grisaille polonaise, de toute façon il y avait des manifestations étudiantes un peu partout dans le monde. Au mois d'octobre, stupéfaite, Estoucha apprit que Sula, en transit à Paris, quittait définitivement la Pologne. En mars 68, à Varsovie, une manifestation étudiante, évidemment interdite, avait quand même eu lieu en protestation contre l'interdiction d'une pièce de théâtre. Six étudiants furent arrêtés, cinq étaient juifs. Vu ce qui restait de Juifs en Pologne, la milice venait d'accomplir en matière de répression un tour de force statistique. Pour détourner le mécontentement de la population, Gomulka, qui avait pourtant été porté au pouvoir par l'octobre polonais (le printemps en automne avait dit la radio polonaise en 1956), n'avait trouvé rien de mieux que de lancer une campagne antisémite. Au printemps 1968, prenant la parole à un meeting de plusieurs milliers de communistes, il déclencha un pogrom sec, c'est-à-dire sans mort, en déclarant : « Ceux qui ne se sentent pas polonais peuvent partir. »

La salle, comme de juste, manifesta son approbation. « Qu'ils partent ! Qu'ils partent ! »

Un an plus tôt, le même Gomulka, devant le Conseil central des syndicats (C.R.Z.Z.) [1], s'était félicité que la Pologne soit devenue une nation monolithique et dans le feu de la guerre des Six Jours avait traité les Juifs de cinquième colonne [2]. Irène Domanska, qui en tant que déléguée en France de la Croix-Rouge polonaise avait embauché Estoucha en 1947 et en était maintenant à Varsovie la directrice, pleine de honte constata : « Nous sentons blanchir nos cheveux [3]. »

C'était trop pour Sula Rubinstejn. La formulation de Gomulka n'était pas le fruit du hasard : on ne pouvait

1. C.R.Z.Z. : Centralna Rada Zwiazkow Zawodowych.
2. Voir Gabriel Mérétik, « Suis-je un lâche ? » dans *L'Express* ní 941, 21-27 juillet 1969, p. 68, ainsi que Aleksander Szurek, *Shattered Dreams, op. cit.*, p. 370.
3. Alek Szurek, *op. cit.*, p. 359.

partir qu'en renonçant à la nationalité polonaise pour émigrer en Israël – pas ailleurs – et en se faisant dépouiller de la quasi-totalité de ses biens, y compris des documents et souvenirs personnels. Sula était à la fois apatride et sous le coup du mandat d'expulsion du territoire français de 1953. Elle n'avait pas d'autre choix que de gagner Israël pour avoir à nouveau une citoyenneté, mais elle voulait au moins rester quelques jours à Paris pour avoir le temps de se ressaisir un peu. Un avocat se faisait fort, moyennant quelques milliers de francs, d'obtenir l'annulation de l'arrêté d'expulsion, en attendant « on » fermerait les yeux sur la présence de Sula en France. Elle n'avait pas un centime, avec l'aide d'Estoucha ainsi fut fait. L'année suivante Gabriel et Grazyna, sa femme, quittèrent à leur tour la Pologne. Les Szurek, les Minc et d'autres revinrent en France. Le rêve d'une Pologne où tous seraient libres et égaux, même les Juifs, se terminait par l'exil, la précarité et la désillusion. Ceux des Juifs polonais qui avaient fait l'Espagne perdaient pour la deuxième fois leur nationalité, cette fois-ci grâce à leurs camarades de parti parfois eux-mêmes anciens d'Espagne ou de la Résistance. Aucun d'entre eux, à la différence d'Estoucha, n'ignorait grand-chose du système soviétique et des goulags, ils en avaient fréquenté les victimes s'ils ne l'avaient pas été eux-mêmes. La plupart restaient fidèles à leur idéaux communistes mais ils savaient maintenant que c'était autre chose que de rester fidèle à un parti. Comme l'écrivit Szurek en 1978, l'année où Estoucha et lui se virent pour la dernière fois, un an avant sa mort : « Aujourd'hui tout dépend de la définition de qui est un communiste. Durant toute ma vie adulte, j'étais un communiste. En donnant mes papiers pour émigrer, je renonçais au Parti et au Mouvement qui étaient en conflit avec ma conception du Communisme. Je quittai le Parti pour des raisons idéologiques [1]. »

Tous restèrent pour Estoucha des camarades. Elle savait bien que rentrée en Pologne, comme on le lui avait proposé, ou obligée d'y retourner faute d'obtenir la nationalité française, elle aurait eu le même sort. Elle avait refusé la Pologne et, à cause de Mouni, on avait renoncé à lui contester sa qualité de Française ; malgré ses sacrifices, il s'en était fallu de peu que le projet de la petite fille de Kalisz de vivre en France ne soit jamais réalisé. Longtemps après la fin de la guerre elle pouvait encore mesurer la fragilité de son destin et se trouver confortée dans ses choix.

Tout en restant en contact épistolaire avec eux, elle ne parlait jamais de ceux qui avaient essayé d'être communistes dans son pays natal, cela aurait été le prétexte à de nouvelles joutes entre nous. Aux autres qui l'entouraient qu'aurait-elle dit de ce monde ? De toute façon, avec son travail, elle n'avait guère le temps d'écrire ou de téléphoner, l'instant l'absorbait presque complètement. Eux, sans métier, la soixantaine commençant, n'avaient guère les moyens de pratiquer la fuite en avant. Plutôt mal que bien ils s'établirent en France ou en Israël, ils avaient besoin de se rapprocher les uns des autres. La judéité à laquelle ils étaient renvoyés devint le succédané de l'insertion sociale et du parti qu'ils venaient de perdre. Cette résurgence de communautarisme était pour elle un retour du passé, elle était juive pour elle-même, rarement pour les autres. Eux la considéraient sans doute comme une femme courageuse mais sectaire. Elle avait soigneusement gardé

1. Alek Szurek, *op. cit.*, pp. 360 et 361.

les lettres que vers cette époque elle avait reçues de l'un d'entre eux, dont je ne sus longtemps rien d'autre que ce qu'elle a inscrit sur le dossier qui les contenait, à savoir qu'il avait été rédacteur en chef de *Tribuna Lydu,* le journal du parti communiste polonais, avant d'être contraint à l'exil en Israël, jusqu'à ce que je comprenne qu'il s'agissait du même Kowalski qu'elle avait connu en Belgique et qui, avec sa femme Régine, l'avait brièvement hébergée quand elle était rentrée d'Espagne. Dans cette correspondance où les lettres d'Estoucha manquent, il y a l'histoire banale d'un veuf qui cherche à se rapprocher de quelqu'un qu'il a connu jadis. Avait-il courtisé Estoucha en 1946, comme une allusion le laisse supposer ? Mais il y a surtout, en négatif, les réponses d'Estoucha à un homme revenu de bien des choses qui essayait aussi de faire le point sur sa vie.

Tout avait commencé apparemment par la traditionnelle carte de vœux d'Estoucha.

*Neve Sharet, 6.3.71*

*Chère Estusia,*

*Il y a plus d'un mois que j'ai répondu à tes vœux de nouvelle année. Malheureusement, je n'ai reçu aucune réponse de ta part. J'avoue humblement, j'en suis attristé. J'avais l'espoir de renouer avec toi l'ancienne amitié. Hélas ! (...)*

*Comme je t'avais écrit, je vis dans la solitude depuis la mort de ma regrettée R. C'est très difficile. Mais il est non moins difficile de trouver une femme avec laquelle on pourrait partager la vie qui n'est plus celle de la première ni de la deuxième jeunesse. C'est dans une telle situation qu'on revient, en pensées, aux amours d'antan et on revit des rêves inaccomplis...*

Suivirent des projets chimériques de se rencontrer en Europe, ce qui lui fut matériellement impossible, puis, tenta-t-il de la convaincre, en Israël, ce qui ne se fit pas. Aux réponses de Kowalski on devine le raidissement d'Estoucha.

*Neve Sharet, le 10.6.71*

*Chère Esta,*

*Nos lettres se sont croisées dans les airs (...) Malheureusement il y a encore le côté financier de l'entreprise. Les frais de voyage d'Israël en France sont deux fois si* (sic) *grands que le voyage en sens inverse. L'État perçoit un impôt sur chaque voyage, plus grand que le coût du billet. Par contre le coût de la vie est plus petit en Israël. Je t'écris ces détails pour t'expliquer les raisons de t'avoir invitée à venir ici.*

*Mais, malheureusement, cette question très pratique t'a donné l'occasion d'évoquer les grands principes et on se croirait à la croisée de chemins. Est-ce possible ? Réfléchis un peu, Esta, est-ce qu'un touriste qui, étant en Italie, va visiter le Vatican et la chapelle Sixtine, peut pour cela être soupçonné d'avoir reconnu le dogme de la Conception immaculée ? Est-ce qu'en allant en France te rendre visite, je peux être considéré comme un complice de la politique de Pompidou ? Les touristes visitant l'Union soviétique sont-ils tous partisans de la politique de l'U.R.S.S. en Tchécoslovaquie ? Le tourisme c'est le tourisme, ne cherchons pas midi à 14 heures.*

*Je t'ai écrit que je suis devenu plus « raisonnable » et plus tolérant. C'est que j'ai vécu tant de cruelles désillusions qu'il me faut des années pour repenser et voir plus clair tout ce qui était juste et tout ce qui était injuste dans ma propre vie et activité. Où sont les lendemains qui chantent ? Où sont les partis aux mains propres ? Où sont les neiges d'antan ?*

*Je respecte, Esta, tes opinions et j'admire la force de ta conviction. La seule chose que je demande en récompense c'est un peu de tolérance de ta part, de la bonne volonté à me comprendre. Cela pourrait être beau de pouvoir longuement et sans passion échanger des vues sur une expérience que nous avons accumulée durant presque la vie entière, si riche en triomphes et, malheureusement, aussi en défaites. Qu'en penses-tu ?*

*Je me refuse de croire que la vie réelle et ses exigences si justifiées ne prennent pas le dessus sur des dogmes qui se sont avérés pour le moins problématiques. (...)*

*Bien à toi et cordialement.*

Il y eut encore un échange de cartes postales et de lettres en juillet puis plus rien ; sauf peut-être une carte de vœux à chaque nouvelle année. Il y avait son nom dans son carnet d'adresses, mais plus à Neve Sharet. Estoucha n'avait pas voulu retourner en Israël, elle n'avait pas voulu regarder en arrière et se mettre à l'heure des bilans.

Il ne semble pas que dans cette courte correspondance, bien que son interlocuteur lui ait demandé ce que devenait son fils, elle ait répondu qu'elle avait un nouveau plaisir dans la vie. Après s'être inquiétée de ne rien voir venir, elle était depuis deux ans grand-mère. Il y avait à nouveau trois générations, comme dans une famille normale. J'ai mis bien longtemps à admettre l'importance que cela avait pour elle.

## XXIII

Elle était maintenant à la place qu'aurait occupée sa mère si la guerre n'avait pas eu lieu. La naissance de la première de ses petites-filles lui entrouvrait enfin le monde de la famille comme elle l'avait rêvé, avec plusieurs générations et beaucoup d'enfants. Qu'une femme si indépendante ait vraiment caressé le rêve d'être mère de famille nombreuse m'étonnait toujours. Le désir d'Estoucha d'avoir des petits-enfants, désir de maternité par procuration, renouvela mon étonnement. Depuis j'ai appris à reconnaître ce sentiment chez des femmes, plus rarement chez des hommes, et quand je le rencontre j'ai toujours un mouvement d'incrédulité.

Chez Estoucha, il y avait sûrement là-dessous du lutter-c'est-vivre, mais quelque chose de moins volontariste aussi, la confiance instinctive que la vie finirait par l'emporter et qu'il y avait là du plaisir à prendre. En tout cas, une confiance qu'elle n'a jamais su me communiquer. Peut-être parce que j'étais un garçon et que nous ne parlions pas trop de ces questions. Peut-être aussi parce que pour m'écarter d'elle je n'avais pas voulu faire ma médecine et que du coup, faute de m'y frotter souvent, à l'encontre de la sagesse campagnarde de La Bassée, je refuse d'instinct le constat consolant que la mort fait partie de la vie. Je ne lui ai jamais dit qu'en tenant ce premier bébé joufflu et plein de vie dans mes bras c'est à la mort que j'ai d'abord pensé. À la naissance du second, une fille elle aussi, ce fut à peine différent. Elle ressemblait tant pour moi aux rares photos de mon père – j'ai eu l'impression d'être le seul de cet avis – que je n'avais même pas à formuler le mot mort pour y penser.

Toutes deux naquirent en été. À chaque naissance Estoucha, à la faveur des vacances, palliant mes absences pour cause de conférences, s'occupa très tôt d'elles ce qui, évidemment, mettait sa bru dans la situation de lui en être redevable et en même temps irritée. Comme le font toutes les grand-mères, elle comparait les soins aux petites-filles à ceux qu'elle avait donnés à son garçon. Cela me mettait mal à l'aise. Pudeur mal placée, culpabilité de n'avoir pas été là, gêne pour la mère perdant en partie la maîtrise de son présent, il y avait de tout cela. Autre chose aussi m'embarrassait. Estoucha chantonnait à ses petites-filles les mots bizarres qu'elle me murmurait à l'époque où, n'ayant pas eu l'occasion de tisser des souvenirs communs, elle me racontait fréquemment les premiers mois de ma vie pour, confortée par l'évidence biologique, nous créer un passé où nous étions ensemble. À trois. Un passé qui, pour moi, restait abstrait, mais dont l'évocation m'irritait comme si je n'étais pas certain d'en être complètement détaché.

D'être grand-mère n'empêcha pas Estoucha de continuer à voyager. La municipalité de Châtillon s'était jumelée avec Merzeburg en République démocratique allemande. Dans le cadre de ce jumelage, après bien des réticences, Estoucha retourna en Allemagne en 1971 avec un groupe de médecins. Je reçus une carte postale inhabituellement sibylline disant qu'elle préférait me parler de ses impressions en rentrant. Après son retour, je passai un soir à Malakoff, je la sentis tendue, je devinai pourquoi et pour une fois je n'engageai pas une discussion politique sur l'Allemagne de l'Est, je l'écoutai en me contentant de relancer son récit. Succession de repas avec des officiels, en dehors d'une visite à un collège dont les élèves apprenaient le français, le voyage avait été plutôt ennuyeux. À l'un de ces repas de notables, elle s'était retrouvée, comme il fallait s'y attendre, à côté d'un Allemand. Après quelques banalités d'usage sur leur état civil, elle lui demanda ce qu'il avait fait pendant la guerre. Il eut cette réponse : « Oh, vous savez, pendant la guerre, j'étais trop jeune. » C'était un homme qui avait presque son âge... L'hypocrisie la révolta, mais elle ne fit percer qu'une partie de sa colère en répondant qu'à son âge d'autres avaient résisté au nazisme. Pour être sûre que j'avais bien compris elle ajouta, ce qui était superflu : « Il était plus vieux que ton père. »

Ces années-là, des révoltes éclataient chaque été dans les prisons françaises qui étaient surpeuplées. Quand ce fut au tour de celle de Loos d'entrer en rébellion, dans un sourire entendu – sans avoir lu une ligne de Michel Foucault – elle ne put s'empêcher de me dire que cela lui avait fait plaisir. En allant de Lille à La Bassée par l'autoroute de Dunkerque, on pouvait encore voir ces années-là que l'extérieur de briques sales n'avait pas changé depuis la guerre. C'est aussi vers cette époque que je lui appris qu'un ami de l'U.E.C. était en prison, Pierre Goldman, petit Juif obscur né en France, accusé du meurtre de deux pharmaciennes boulevard Richard-

Lenoir après avoir passé quelque temps en Amérique latine. Depuis 68, je n'avais vu Pierre que de temps à autre, puisqu'il était toujours à la recherche de contacts avec une guérilla qui donnerait son sens à l'époque. À chaque rencontre, se souvenant de souvenirs échangés jadis, il insistait sur le fait que nos mères avaient dû nécessairement se connaître. Je n'avais jamais éclairci ce point. Pierre devait avoir raison. Comme j'avais dit à Estoucha qu'il avait besoin d'argent pour sa défense, elle me donna un chèque important sans poser aucune question et sans faire aucun commentaire. Quand il fut assassiné, il y eut place de la Croix-Rouge dans le XIII^e^ un défilé de ses amis, elle me demanda comment cela s'était passé...

Parmi ses voyages, dont elle fit un recensement minutieux quand elle ne travailla plus, il y eut de simples périodes de détente, et d'autres à valeur symbolique et qu'elle avait toujours remis à plus tard. Ainsi, en 1974, avec un groupe ordinaire de touristes français, elle entreprit finalement son unique voyage en U.R.S.S. En un sens, il est étonnant qu'elle n'en ait jamais eu l'occasion avant. Elle avait bien caressé l'idée d'y aller pour le cinquantenaire de la révolution d'Octobre mais cela ne s'était pas fait. Sept ans après, c'était surtout pour rencontrer des anciens d'Espagne et se rendre compte un peu de quoi Moscou avait l'air. De l'U.R.S.S., depuis longtemps elle ne faisait plus un modèle, mais elle se souvenait des révolutionnaires de 1905 pour lesquels sa mère collectait des fonds, de la fraternité en Espagne, de la haine dont les Soviétiques avaient été victimes de la part des hitlériens dans les camps, notamment à Mauthausen, de Stalingrad, le tournant décisif dans la défaite du nazisme. Pour partager tout ce passé, le groupe avec lequel elle voyageait était un peu trop franchouillard à son goût. Malgré la présence de communistes parmi eux, elle n'y trouva pas sa place et revint morose. De ceux d'Espagne, elle n'avait revu que Maria Fortous mais ne m'en dit rien.

L'été suivant, avec Rachel, une vieille amie de Bruxelles, elle réalisa enfin un vieux rêve, aller en Asie. Ce fut d'abord Ceylan. Mais l'Asie pour Estoucha c'était surtout les danseuses de Bali. Non qu'elle portât à la danse un intérêt extrême, mais les Balinaises faisaient exception. Je n'ai jamais su comment elle s'en était entichée, en revanche je n'ignorais pas qu'elle était transportée quand elle les évoquait. Des années avant d'aller en Asie, elle en parlait comme d'autres évoquent avec enthousiasme les pyramides sans jamais les avoir vues. Le délié de leurs gestes, la précision de l'enchaînement de leurs mouvements la fascinaient, surtout dans le travail des articulations des bras et des mains. C'était pour elle la manifestation d'un savoir précieux, la connaissance intime de chaque muscle et de ses attaches, un savoir, me disait-elle, qu'acquièrent aussi les kinésithérapeutes de talent par une tout autre discipline. À l'occasion, elle ne manquait pas de me signaler un kiné de valeur et réservait un mépris indulgent pour les modernistes qui se contentent de vibrateurs électriques et ne cherchent pas par le toucher de leurs doigts à connaître l'intérieur du corps.

À cause de l'amie kiné qui l'avait initiée au métier pendant ses études à Bruxelles, Estoucha voyait dans l'anatomie une excursion du corps menée par une sarabande de doigts tendus décrivant, sans hésiter, toute une suite de rotations et de translations de compas bien plus qu'une série d'énumérations rébarbatives à apprendre en vue des examens. Dans ce goût du geste juste qu'elle valorisait aussi dans sa pratique médicale, il y avait une nostalgie de l'artisanat. Un des modestes défis professionnels qu'elle aimait à relever c'était de s'occuper elle-même des pansements aux brûlés ou des plaies ulcéreuses. Pour désinfecter une plaie elle organisait un ballet de ses doigts pour, à petites touches bien rythmées, l'humecter. Le moment du pansement venu, elle se lançait dans une nouvelle série de figures ; par petites percussions elle rapprochait les lèvres de la plaie dans la disposition où elle cicatrisait plus vite. À prescription identique, elle obtenait de bien meilleurs résultats que toutes les infirmières des environs et ne manquait pas de chapitrer celles de son centre de Châtillon sur la question en faisant l'éloge d'un vieux pansement, le tulle gras des frères Lumière. Les mouvements des danseuses indonésiennes, nés à l'épaule et dont même un ignorant devine qu'ils restent inachevés tant que la dernière phalangette du dernier doigt ne s'est pas dépliée, l'émerveillaient.

En 1977 elle repartit donc pour l'Asie à destination de Bali et des îles indonésiennes. Enfin elle y vit les danseuses, même si ce ne fut pas autant qu'elle aurait voulu. Dans son bagage elle rapporta de petits bronzes, danseuses, guerriers en pagnes et à multiples bras de gazelle. Tous avaient de longs doigts pliés, saisis au milieu d'un mouvement, comme s'ils avaient pincé un pétale de temps pour le figer à jamais.

Se contenter de voyager si loin pour ne satisfaire qu'un plaisir, même s'il était depuis longtemps différé, ne lui aurait pas permis de le goûter sans réserve, aussi le voyage ne fut pas que cela. Peu suspecte de tiers-mondisme, elle fut pourtant la première à son retour à me parler de Timor et des guérilleros qui luttaient là-bas contre l'annexion de leur pays par l'Indonésie. À cette époque les journaux occidentaux n'en disaient mot. En dépit de son incapacité à soulever des charges à cause de ses poignets fragilisés depuis les tortures, elle avait tenu à augmenter son bagage d'une grosse valise de médicaments destinée aux partisans de Timor. Au milieu de toutes celles des touristes, cette valise supplémentaire passa inaperçue, malgré son poids. C'était peu de chose mais c'était mieux que rien. Estoucha savait le prix de ces gestes de solidarité. Annick lui avait sans doute indiqué un contact, sitôt arrivée Estoucha prit rendez-vous à l'hôpital où elle devait se rendre mais, au jour dit, il était encerclé par l'armée. Une autre tentative ne fut pas plus fructueuse. Dans ce pays dont elle ne parlait pas la langue ni l'anglais, elle avait déjà dépensé beaucoup de temps à cette affaire. Sans même être certaine que les médicaments arriveraient à bon port, elle se résigna à les laisser à l'hôpital sans pouvoir rencontrer celui qu'elle voulait voir. De toute façon, me dit-elle, l'hôpital en avait besoin.

Le souvenir le plus émouvant de son voyage en Asie fut pourtant tout autre chose, la visite d'une attraction touristique banale pour tout autre qu'elle, la rivière Kwaï. Dans une des premières salles équipées du son stéréophonique, nous avions vu ensemble le film de David Lean à sa sortie en France. L'immersion dans la jungle m'avait subjugué mais pour Estoucha, malgré la naïveté de la trame narrative, l'identification aux prisonniers de guerre anglais avait été totale, leur lutte contre leurs bourreaux japonais avait été la sienne. Le film lui avait fait une impression si profonde qu'un ou deux ans plus tard elle m'avoua l'avoir revu cinq ou six fois, ce qu'elle ne fit pour aucun autre film. Arrivée en Indonésie, elle avait découvert que le site se visitait, elle s'inscrivit immédiatement pour cette excursion alors qu'elle n'est jamais retournée à Ravensbrück ou Mauthausen. De Timor à la rivière Kwaï, il y avait pour elle un pont.

Ce fut son dernier voyage hors d'Europe, les vacances avec les petites-filles prenaient définitivement le dessus, la fatigue aussi parfois. Progressivement elle réduisit son activité libérale, les petites siestes après le déjeuner devinrent plus longues, les lectures de romans beaucoup plus nombreuses. Chaque fois que c'était possible elle quittait Paris pour rendre visite à l'un ou l'autre, ou tout simplement pour se reposer quelques jours. Elle commençait enfin à pouvoir prendre son temps, mais ce temps, à qui jusque-là elle semblait avoir résisté, commençait maintenant d'avoir prise sur elle.

C'étaient des années heureuses, elle pouvait mesurer le chemin parcouru, se sentir entourée tout en continuant à travailler. Ce furent sans doute des années sans trop de peines, mais je ne sais pas en parler, elles sont trop floues et trop proches, peut-être parce que nous n'étions plus si souvent en tête à tête. Tout doucement la vie nous séparait, comme dans un bel automne nos relations étaient plus calmes, mais parfois des disputes politiques les traversaient encore. Bref, notre existence était normale, c'est aussi pour cela que je l'évoque si difficilement. Si « les gens normaux ne savent pas que tout est possible [1] », alors il y a une réciproque : ceux qui ont connu l'improbable ne sont pas bien placés pour parler de la vie quotidienne. Quoi qu'il en soit, menant ma propre vie, ne voyant guère Estoucha changer, je lui

1. David Rousset en préface au *Système totalitaire* d'Hannah Arendt.

donnais enfin la place qu'elle avait eu tant de mal à conquérir, celle d'une mère qui aurait toujours été là.

Pourtant le passé lui aussi était toujours là, tapi dans l'ombre. Il se rappelait à nous quand nous nous y attendions le moins. Fernand, qui pour moi fut un père, mourut après avoir été longtemps grabataire. Nous allâmes tous à La Bassée pour l'enterrement. Le fossoyeur avait prévenu Jeanne et Renée qu'il profiterait de l'ouverture du caveau pour le remettre en ordre, il y avait donc eu un remue-ménage des cercueils. Au cimetière, profitant du recueillement autour de la tombe, Renée me tira à part et me mit au courant tout en m'entraînant vers une petite construction que je connaissais depuis toujours au milieu du cimetière puisqu'elle sert de socle à une croix de plusieurs mètres de haut. J'avais toujours vu la porte basse sous la croix et la meurtrière sur le côté du socle, je n'avais jamais compris que c'était aussi un caveau provisoire. Quelques années auparavant, Renée et Robert avaient perdu un fils adolescent, Renée voulait aller voir le cercueil de l'enfant qu'on avait provisoirement sorti de la tombe. Nous approchâmes de la meurtrière, Renée s'assura que le cercueil de son fils aîné était toujours intact et elle m'invita à regarder. Le cercueil était bien là, comme neuf, mais la grisaille était traversée en diagonale par un rai de lumière vive venu de la meurtrière et qui tombait sur une brouette de chantier. Dans celle-ci, un peu en travers, une caisse en bois d'emballage pas plus haute que trente centimètres, sur son flanc bien éclairé, en gros caractères noirs au pochoir était écrit mon patronyme. Une vraie gravure de Piranèse, c'étaient les restes de mon père. Nous n'avions pas pris garde qu'Estoucha nous avait suivis. Avant que nous ayons pu faire quoi que ce soit pour l'éviter, elle se dressa sur la pointe des pieds et regarda par la meurtrière. Commotionnée, elle se rejeta en arrière et éclata en sanglots, mais bien vite se ressaisit. Lutter pour vivre comme elle disait, notre vie heureuse de ces années-là reprit le dessus.

Je n'arrivais quand même pas à me résigner à ce que tant de courage et de sacrifices ne s'accompagnent point d'une plus grande lucidité. Pour elle, fidélité et amitié valaient plus que les exigences critiques. Elle se méfiait de l'intellection et ne posait pas quand elle disait qu'elle n'était pas une intellectuelle, ce qui avait le don de m'agacer. Sans douter de sa sincérité, j'y sentais une complaisance ouvriériste bien française. Quand nos conversations ne prenaient pas directement un tour politique, elle m'accordait ce point, mais tout en reconnaissant cette différence entre nous deux, elle s'irritait à son tour de sentir que je lui en tenais grief.

Tout cela éclata dans la dernière grande scène à la Don Camillo que nous nous livrâmes, un soir de réveillon, après le coup d'État de Jaruzelski en Pologne. Une dernière fois, malgré tout ce qu'elle savait sur la Pologne et sur la façon dont on y avait traité ses camarades – et elle en savait beaucoup plus que je ne l'imaginais à l'époque –, elle défendit sans aucune restriction l'indéfendable. Suffoqué de surprise, je crachai ce que j'avais sur le cœur et quittai la table. Nous n'en reparlâmes jamais, mais nous avions tous deux gardé le souvenir de cette soirée. Dans son agenda elle nota, sans dire pourquoi, combien j'avais « été dégueulasse ». Je n'ai eu qu'à regarder la date pour savoir de quoi il s'agissait.

La gauche était au pouvoir, ni elle ni moi n'en attendions grand-chose ou si peu. Il y eut des ministres communistes, elle en fut contente, elle prit cela comme une reconnaissance de légitimité dans la société française. Cela n'alla pas plus loin, son communisme était un communisme du quotidien, de valeurs à honorer plus que d'un programme à remplir. Parmi les ministres communistes il y eut celui de la Santé, Jack Ralite. Le centre médical de Châtillon allait avoir vingt ans, le ministre assisterait aux cérémonies. On lui proposa de recevoir le ruban de la Légion d'honneur, elle refusa et tint à me le dire. Il y avait quand même des choses sur lesquelles nous étions foncièrement d'accord, mais j'aurais dû comprendre que de toute façon je serais le dernier à être averti de ses doutes et de ses hésitations.

Peu à peu elle réduisit le rythme de son activité. La municipalité de Châtillon était repassée à droite. Croyant découvrir un pot aux roses, le nouveau maire ordonna un audit financier du centre de santé qui ne trouva rien à redire. Il lui demanda de faire valoir ses droits à la retraite. Elle avait maintenant beaucoup plus de temps disponible, elle en profitait pour partir souvent pour de courts séjours « dans le Jura ». Tirant les leçons d'expériences antérieures, elle ne m'instruisit qu'au bout de quelques années qu'elle avait maintenant un ami dans sa vie, Roland, qui, veuf, satisfaisait à ce minimum requis d'avoir fait l'Espagne et la Résistance. Naturellement il était communiste. Sans doute étais-je devenu un grand garçon, je fus heureux que pour cette période de sa vie que j'envisageais avec inquiétude, elle eût un compagnon. Leurs solitudes s'accorderaient. Il y avait maintenant plusieurs années que les petites-filles avaient épuisé les plaisirs des séjours à Évian avec leur grand-mère.

Elle arrêta toute activité professionnelle avec regret

quand la surdité, qu'elle attribuait en partie aux coups reçus, rendit difficile le dialogue avec ses patients. Même avec des appareils d'aide à l'audition, c'est en déchiffrant les mouvements de leurs lèvres qu'elle devinait leurs paroles. Quand le régisseur de la cité où elle habitait lui suggéra de céder sa clientèle, elle repoussa sa suggestion. « Mes malades ne sont pas à vendre. »

Je m'étais imaginé qu'avec sa retraite elle pourrait multiplier ces voyages qui lui faisaient plaisir et les séjours à la montagne où elle marchait dans la neige profonde comme enfant elle l'avait fait en Pologne. Ce ne fut pas le cas, ce corps qu'elle avait tenu en laisse toute sa vie la trahissait.

Les voyages à l'étranger se firent plus rares, et se cantonnaient à l'Europe. Le dernier fut peut-être en 1986 en Espagne, à l'occasion du cinquantième anniversaire de la guerre civile. Elle s'y rendit avec les anciens des Brigades internationales qui vivaient en France. Elle retrouva là-bas ceux qui étaient venus de Belgique, notamment ceux des Juifs qu'elle avait connus dans les cercles immigrés communisants avant 36, qui avaient survécu et avec lesquels elle avait gardé le contact dans les années d'après-guerre. À l'heure des bilans, une grande partie d'entre eux restaient fidèles aux valeurs de leur jeunesse mais s'étaient éloignés des partis communistes. Profitant de cette commémoration, certains se faisaient photographier aux côtés de la Pasionaria, mais en même temps ils voulaient qu'enfin on reconnaisse cette vérité historique que les Juifs avaient été fort nombreux dans les brigades. Estoucha refusa avec colère de participer à une réunion impromptue à ce propos : « Je suis allée en Espagne en tant que communiste, pas en tant que Juive », historiquement ce n'était pas moins vrai. Elle ne voulait pas tricher avec ce qu'elle avait fait en identifiant et réduisant *a posteriori* son engagement à un déterminisme sociologique. Mais elle avait été heureuse de retourner en Espagne sans avoir à cacher ses engagements antérieurs.

De plus en plus sa vie quotidienne devenait une lutte contre l'usure. À sa surdité s'ajouta peu à peu une claudication douloureuse. Elle était maintenant une vieille dame et cela l'irritait. La surdité l'isolait des autres et rendait nos relations difficiles quand nous étions tous en famille. La lecture était son refuge. Ses choix étaient hétéroclites. Il y avait les œuvres reconnues qu'elle n'avait parcourues qu'à la hâte ou pas du tout et que maintenant elle lisait et relisait : *Les Chemins de la liberté*, *À la recherche du temps perdu*. Il y avait aussi les femmes romancières qu'elle admirait : Sarraute, Beauvoir et Yourcenar, pour sa manière d'être et ses livres, surtout les *Mémoires d'Hadrien* qui éveillèrent en elle des échos qui me restent un peu mystérieux. Enfin il y avait toute cette masse de romanciers chez qui elle cherchait un plaisir plus immédiat, dans les dernières années, Troyat, Clavel, Gallo, Gontcharov...

Elle n'avait pas pour autant renoncé à toute vie sociale. Ainsi s'était-elle finalement décidée, après bien des déportés, à témoigner dans les lycées de son expérience de résistante et de concentrationnaire. Une amie beaucoup plus jeune, professeur d'allemand et communiste, avait su la convaincre de venir devant sa classe au lycée François-Villon. J'ai retrouvé les quelques notes préparées pour cette occasion, hâtivement griffonnées sur neuf post-it jaunes, publicité pour un médicament, dont chaque feuillet ne fait que 7,5 par 10,5 cm. Estoucha a d'abord recopié la citation si usée de Bertolt

Brecht qu'elle avait sans doute voulu restituer avec exactitude :

*Quand on arrêtait les communistes tu n'as pas bougé*
*Quand on arrêtait les socialistes tu n'as pas bougé*
*Quand on arrêtait les Juifs tu n'as pas bougé*
*Quand on a sonné à ta porte pour t'arrêter il était trop tard*

puis, sur le feuillet suivant, noté le début de son exposé sans souci de style :

> Berlin dans le premier tiers du XX^e siècle fut un centre culturel et scientifique de premier ordre. Ses écoles, ses universités, ses théâtres se sont rendus célèbres dans le monde entier. Comment en est-on arrivé aux horreurs du nazisme ? C'est une question qu'on doit se poser pour pouvoir réagir à temps afin que cela ne se reproduise plus. Or, à la faveur du procès Barbie, l'opinion publique est très alertée et c'est peut-être là le côté positif de l'affaire. On entend dire « plus jamais cela », l'extermination des juifs, camps de concentration, chambres à gaz, exécutions des habitants de villages entiers... mais est-on si sûr que tout est extirpé, qu'il n'y a plus d'adeptes de cette idéologie criminelle... Le ventre de la bête immonde, comme l'a dit B. Brecht, est encore fécond.
>
> Un jeune assassine une dame retraitée, vivant paisiblement à Cannes car c'est une Juive. En voyage dernièrement en Franche-Comté, j'apprends qu'un cimetière d'un village voisin fut profané par des membres d'une associa-

> tion se réclamant de l'idéologie nazie. Des monuments érigés à la mémoire des héros de la Résistance ont été dernièrement profanés, démolis, souillés ? Ce sont des prémices qui en disent long. On peut répondre que les mêmes symptômes ne correspondent pas automatiquement à la même maladie. D'accord. Mais ne faut-il pas être vigilants si on veut qu'on ne revoie « plus jamais ça ». Votre prof d'histoire est parmi nous, elle pourra peut-être dire mieux que moi qu'en Allemagne ça a commencé comme cela dans les années qui ont précédé l'arrivée d'Hitler au pouvoir et, le jour où il a pris les rênes de l'État, la machine meurtrière s'est mise ouvertement en route, pour déferler ensuite sur d'autres pays et y semer la désolation et la mort.

Loin d'exalter la lutte antifasciste, la seule chose qu'elle voulait faire partager à des auditoires jeunes et incrédules c'était son inquiétude devant ces faits divers passés inaperçus ou que nous avons déjà oubliés. Pour elle, mis bout à bout, ils faisaient sens. Le monument saccagé était la plaque rappelant le souvenir des cinquante et quelques fusillés du Vert-Galant. Mouni fut l'un des derniers, les exécutions se poursuivirent ailleurs après décembre 1942. Posée pour le cinquantième anniversaire, la plaque avait été cassée quelques semaines à peine après son inauguration.

Alors qu'elle avait été une professionnelle de l'intervention publique, ces prises de parole lui coûtaient. Elles ne furent sûrement pas nombreuses mais Estoucha me parla immédiatement de celle qui allait être la dernière. Elle s'était retrouvée en compagnie d'une autre déportée devant une classe du collège technique qui est juste à côté de son cabinet. Estoucha avait senti que sa camarade, une ouvrière évidemment très âgée, faute de savoir s'exprimer, n'avait pas su trouver le contact avec ces adolescents, elle n'était pas sortie de la plainte de ce qu'avait été la déportation. Alors, Estoucha avait pris la parole avec cette autorité qui lui était depuis si longtemps naturelle. Sans doute exposa-t-elle à nouveau ce qui dans cette société continuait à l'inquiéter. Puis, pour bien faire comprendre qu'elle ne se considérait pas comme une victime, contrairement à son habitude, elle évoqua son activité de résistante et n'eut aucun mal à capter son auditoire. C'est à la fin de cette classe si particulière que les choses se gâtèrent. Un des adolescents, visiblement admiratif, tint absolument à lui dire quelques mots en particulier. À cause de sa surdité, elle crut n'avoir pas compris ce qu'il tenait tant à lui dire, elle lui demanda de répéter sa phrase et se rendit compte alors qu'elle l'avait en fait bien entendue : « Vous savez, madame, moi aussi je fais de la résistance. »

Devant l'incrédulité d'Estoucha, il ajouta qu'il était au Front national. Elle répondit je ne sais pas quoi ; en fait, tant d'imbécillité la fit taire. Elle avait tout imaginé mais pas une telle perversion du vocabulaire. Pour elle il y avait des mots qui n'avaient qu'un seul sens. Plus jamais elle ne retourna parler devant une classe. Elle ne se confia à des jeunes adultes que le dernier été, un après-midi ensoleillé à la campagne, à un groupe d'amis de ses petites-filles. Ce fut impromptu, elle ne pouvait presque plus marcher, elle était assise dans un fauteuil de jardin sous un platane. Spontanément ils s'accroupirent en cercle autour d'elle. De loin je voyais son corps tout en boule projeté en avant, et son index droit dressé pour essayer, une fois encore, de renouer avec ce monde qui était en train de lui échapper pour lui rappeler ce que nous avons tant de mal à entendre.

Tant qu'elle le put, de temps à autre elle se rendait aussi à des réunions de cellule ou à des meetings publics du parti communiste. Elle aurait tant voulu que son parti aille de l'avant ; comme les carabiniers d'Offenbach il chantait « changeons, changeons » mais, avec un secrétaire général à perpétuité qu'elle n'aimait pas, avec des responsables locaux qu'elle trouvait trop carriéristes, le changement était réel mais cosmétique. Son adhésion était maintenant critique, elle ne m'en disait rien. J'avais seulement constaté que la politique de Gorbatchev était pour elle un immense soulagement... et j'étais soulagé qu'elle prît si bien son parti de l'effondrement de l'U.R.S.S. À quatre ou cinq reprises elle avait minutieusement préparé par écrit ses interventions, plusieurs pages de critiques d'une extrême timidité, et pourtant, à chaque fois, à la réunion elle resta silencieuse et en rentrant chez elle, elle a noté : « Pourquoi n'ai-je pas osé prendre la parole ? »

En revanche, quand ses notes n'étaient pas destinées à des interventions publiques, elle était beaucoup plus radicale. Ce qui l'irritait le plus, c'était la désinvolture avec laquelle on s'était débarrassé du passé. Exigeante envers elle-même, elle a essayé de formuler par écrit que le problème n'était pas de « corriger la ligne » mais, comme elle l'a écrit naïvement : « Le problème n'est pas l'emballage mais le contenu. »

Pour le dire autrement, ma mère voulait bien croire qu'un jour viendrait le temps des cerises, mais elle ne croyait plus que le mouvement communiste puisse se satisfaire d'un règlement à bon compte de son passé « en faisant du passé table rase ».

Et ça, elle n'arrivait pas à le dire en public, elle qui tant de fois avait pris la parole était maintenant celle qui n'osait plus le faire. De cette peine, je n'avais rien deviné.

# XXIV

À la fin de l'hiver 1992, elle alla passer quelques semaines chez Roland dans le Jura comme elle en avait pris l'habitude. Par un coup de téléphone elle me prévint de son retour. Sa voix me parut normale ; ayant à faire ce soir-là, je remis ma visite au lendemain. Quand elle ouvrit sa porte je découvris un visage gonflé de toutes parts. Son cou était effacé, elle était percluse de douleurs et avait le plus grand mal à s'alimenter car ouvrir la bouche lui faisait mal. Elle avait voulu m'épargner, je recevais en échange la culpabilité de n'être pas venu la veille. Nous nous assîmes dans le séjour, à nos places habituelles. Elle, contre le mur, dans le canapé bas dont à l'occasion elle utilisait l'accoudoir comme oreiller pour s'y lover pendant une courte sieste ou une lecture, moi dans le fauteuil près de la table.

Avant que je puisse vraiment poser une question, elle me débita une histoire qui me parut un peu déraisonnable. Chez Roland, elle avait dormi sur un matelas humide et c'est ce qui avait déclenché cette maladie dont elle – mais lui non plus – ne s'était pas rendu compte immédiatement ; naturellement elle avait voulu se soigner elle-même, et après être allée à l'hôtel trouver un meilleur lit, d'antibiotiques en antibiotiques elle en avait trouvé un qui, selon ses dires, faisait régresser la maladie, à moins que ce ne fût l'inverse car – comme me le fit remarquer bien plus tard une amie médecin – l'un d'entre eux avait fort bien pu provoquer une réaction allergique. La seule chose qui était sûre, c'est qu'au point où elle en était il ne fallait pas être pressé. Elle traîna cette affection jusqu'à l'été, incapable de sortir de chez elle. Elle se nourrissait fort peu pour ne pas réveiller les douleurs à l'articulation des mâchoires et refusait systématiquement d'appeler un confrère. Dans le même temps les journaux parlaient de quelques cas d'une maladie occasionnellement mortelle transmise par des charcuteries. Comme de bien entendu je trouvais le tableau clinique de cette maladie fort voisin de celui d'Estoucha.

Sa maladie finit quand même par régresser de façon visible, son visage était redevenu normal, elle se levait un peu mais elle refusait de voir dans cet état les amis qui lui faisaient signe, elle ne voulait pas de pitié. Avec les beaux jours je pris l'habitude d'aller la chercher pour qu'elle puisse prendre l'air, se réhabituer à marcher et reprendre goût à la vie. La veille du 14 juillet, nous étions convenus que je passerais la prendre à la fin de ma journée de travail pour aller nous promener au bois de Clamart. J'arrivai vers six heures, un peu plus tard que prévu. Elle en fut contrariée car elle voulait être de retour pour une des petites collations qu'elle prenait maintenant toutes les trois heures et qui ne coïncidaient presque jamais avec les heures normales des repas. J'avais renoncé à faire la moindre remarque sur ce rituel, mais j'insistais quand même pour que, malgré cela, nous ne remettions point la promenade au bois. Il faisait doux, marcher un peu au soleil lui ferait du bien.

J'avais choisi l'endroit parce que nous y avions des habitudes datant de mon enfance et reprises avec ses petites-filles, des souvenirs ordinaires mais heureux. Le bois avait beaucoup changé depuis une dizaine d'années ; l'urbanisation de la banlieue a augmenté sa fréquentation au-delà du raisonnable. Dans les parcelles replantées quand j'étais enfant (pour préparer le bois de l'an 2000 disait la pancarte annonçant les travaux), les troncs des arbres, malgré leur âge et la proximité du nouveau millénaire, sont restés maigrelets. Quarante ans plus tard, tout ce secteur reste fermé au public. Jouxtant Clamart c'est un bois rétréci, malade, entrelardé d'allées et de ronds-points goudronnés qui canalisent les voitures. S'il n'y avait pas la forte pente du coteau sur lequel il est planté on pourrait presque prendre ce débris de forêt pour un parc usé d'avoir été trop parcouru.

Nous gagnâmes en voiture le premier rond-point, celui qui est au sommet de la colline, sur les arrières du grand bâtiment qui abrite les orphelins d'Auteuil. En cette veille de fête nationale il n'y avait pas grand monde ; le bois, malgré la végétation estivale, montrait ses léprures. Ça n'était ni la bonne heure ni l'endroit adéquat pour se remonter le moral. En suivant une des allées qui partent du rond-point et qui au début se distinguent si mal des zones herbeuses tant celles-ci sont râpées, penché vers elle pour qu'elle puisse s'appuyer sur mon bras – elle était devenue si petite –, nous nous mîmes en marche vers Meudon, pas à pas, très lentement comme j'en avais pris l'habitude. Son visage était étonnamment pâle. Elle eut bien vite le souffle court, nous marquâmes une pause. Deux cents mètres n'avaient pas été parcourus, il n'y avait pas de banc et il était hors de question qu'elle puisse s'asseoir par terre.

Nous repartîmes, mais bientôt il devint évident que tout cela était au-dessus de ses forces, une traverse s'offrait à nous pour regagner le rond-point, nous nous y engageâmes en nous arrêtant tous les quelques pas. Debout, ces répits ne la reposaient pas vraiment mais il n'y avait rien, pas même un tronc couché pour s'asseoir. Je lui proposai de la prendre sur mon dos mais elle trouva cela ridicule. Une famille avec un garçonnet venait à notre rencontre. Pour donner le change elle feignit de s'intéresser à l'enfant puis, sans rien dire, nous nous remîmes en route. Enfin nous arrivâmes à la voiture, j'ouvris sa portière et l'aidai à s'asseoir. Elle n'en pouvait plus.

« Vite, à boire, n'as-tu rien à manger ? »

Par chance, je trouvai quelques biscuits secs et un fond de bouteille d'eau minérale. Respirant longuement, elle but et se mit à grignoter, but encore et, d'un seul coup, comme si plus rien ne la retenait, sa tête s'affaissa inerte sur sa poitrine. Un instant je la crus en train de mourir, je guettais son souffle, son pouls. Frappé de stupeur, je ne savais quoi faire, il n'y avait même plus d'eau pour humecter son visage, plus personne à qui demander de l'aide, notre promenade avait duré trop longtemps, la vie s'était retirée du bois, j'étais seul. Son pouls restait perceptible, elle n'était qu'évanouie, je me rassurai et restai à ses côtés. Au bout d'un long moment elle commença à remuer, c'est alors que j'aperçus une femme qui revenait vers sa voiture, la première personne depuis que nous avions croisé le garçonnet et ses parents, je la hélai, elle s'approcha. Au même instant Estoucha rouvrit les yeux et aperçut la femme qui n'était plus qu'à trois pas, avec véhémence elle se mit à parler : « Nein, nein ! » puis, très agitée, d'une voix méconnaissable elle continua à prononcer indistinctement des syllabes qui n'avaient pour moi aucun sens mais qui sonnaient mi-polonais, mi-allemand. Je ne comprenais pas ce qu'elle disait mais ça n'était pas utile, son regard traversait maintenant la femme. Effrayée, malgré mes explications, l'inconnue s'en alla et nous laissa seuls. Estoucha, ne sachant plus où elle était, continuait à parler son jargon, sans m'entendre. De temps à autre elle se taisait, au bout de plusieurs minutes elle se calma, j'essayais de la raisonner, en vain. Une barrière s'était abattue entre nous que je ne savais pas franchir. Je n'avais pas voulu faire médecine pour me démarquer d'elle, du coup je ne pouvais pas la soigner. J'étais là, impuissant et idiot devant une banalité de la vie. La seule chose dont j'étais sûr était qu'elle n'allait pas mourir, je pouvais la transporter quelque part. J'avais peur que plus jamais elle ne reprenne conscience. L'idée me vint que si je la ramenais chez elle, elle reconnaîtrait la cité, et que de la même façon qu'elle était revenue à elle, ce choc visuel pouvait la sortir du gouffre de son passé. Elle s'était tue, je lui expliquai plusieurs fois que nous allions rentrer. Aucune réaction. Je remis le contact et entamai la descente vers Malakoff. À cause des bals publics à venir, le dédale des sens uniques des rues étroites de Clamart était ce soir-là compliqué d'autres détours et déviations. Je m'égarai et ne retrouvai qu'avec peine le chemin de retour. Estoucha s'était apaisée, son souffle était redevenu régulier et nettement perceptible. Nous approchions de Malakoff, elle restait totalement indifférente au monde qui l'entourait. Arrivé au bas de son immeuble, je tentai encore une fois de la faire revenir à elle, en vain. Je décidai d'aller aux urgences à la Pitié, mais quelques centaines de mètres plus loin je ne m'en sentis pas la force. J'arrêtai la voiture dans une rue quasi déserte près de la gare de Vanves-Malakoff; depuis une cabine téléphonique appelai d'abord le 15, puis chez moi pour prévenir qu'on ne m'attende pas.

Une ambulance de la Croix-Rouge s'arrêta à une dizaine de mètres de nous. Au lieu de blouses blanches, les ambulanciers avaient l'uniforme bleu pétrole des secouristes. Celui qui descendit le premier, la cinquantaine bedonnante, avait plus l'air du bonhomme Schweik que d'un mercenaire. J'allai à sa rencontre et lui expliquai qu'Estoucha était médecin, qu'elle avait été déportée, qu'elle était dans un état de confusion mentale et qu'il fallait surtout ne rien faire qui la brusquât. En même temps que je parlais je pris conscience que tout ce qui pour moi était évident venait d'un monde si éloigné de lui, si anachronique, qu'il y avait fort peu de chances que je sois vraiment compris, j'eus du mal à poursuivre. L'ambulancier, quoiqu'un peu surpris par l'enchaînement de mes phrases, en saisit pourtant l'essentiel. Estoucha était restée assise à l'avant de la voiture, indifférente à tout ce qui nous entourait. Très doucement, avec une gentillesse et un respect qui n'avaient rien d'emprunté, il se pencha vers elle pour lui parler et pour mieux se faire entendre ouvrit un peu plus la portière. D'un coup, sans que rien le laisse prévoir, Estoucha cria « Nein ! » et se mit en boule en se jetant vers le volant pour s'éloigner de lui, ses mains ramenées sur sa tête, le regard exorbité de peur guettant les coups à venir de cet uniforme qu'elle venait d'apercevoir...

Si j'avais eu le moindre doute sur ce qui s'était passé au bois une heure plus tôt, je savais maintenant où elle était. Les coups ne venant pas, elle eut une expression de perplexité mais refusa obstinément de quitter la voiture. Peu à peu, elle finit par se calmer et après d'autres discours de notre part qu'elle n'entendit pas plus que les précédents, son corps se relâcha et, précautionneusement, nous pûmes l'extraire de son siège et la faire monter dans l'ambulance. Non qu'elle ait acquiescé, simplement elle n'opposa pas de résistance. Ce qui me tourmentait c'est que quelque chose d'irrémédiable se soit produit qui la laissât pour toujours au camp. Qu'elle ne me reconnaisse plus m'affectait beaucoup moins.

Tandis que nous roulions avenue du Général-Leclerc, elle commença à regarder autour d'elle, s'avisa de ma présence et se mit à me parler normalement, elle s'était ressaisie. Taisant son retour au camp, je lui dis qu'elle avait eu un malaise et que nous allions aux urgences à la Pitié. Dans mon souvenir je la vois se lever et s'agripper à une poignée qui pendait du plafond, comme si elle était redevenue un médecin qui accompagne son malade à l'hôpital. En vérité, je ne suis pas certain que cela fut le cas car c'est une interprétation qui me vient à l'esprit. Cette image se superpose à tant d'autres où une petite bonne femme aux cheveux bruns ballottée par la vie s'est accrochée à une poignée, dans un camion sur une route espagnole bombardée, dans un train de l'exode vers Toulouse, dans des trams à Lille pour être la première à sortir, dans des wagons de mineurs polonais de France en route vers la Silésie sur des voies ferrées et des aiguillages mal entretenus. Toutes ces images ne se dissipent pas mais je sais quand même qu'elle se mit un moment debout.

Comme je m'y attendais, après un moment de désarroi puis d'incrédulité elle entama un discours de dénégation : « Tu t'es affolé pour un rien. » Au passage elle réaffirmait sa maîtrise intellectuelle sur moi : « Normal, tu n'y connais rien. »

Surtout, elle ne voulait pas être hospitalisée. Avant que nous arrivions à l'hôpital, elle me fit promettre qu'en aucun cas je ne l'y laisserais.

Je n'étais jamais venu aux urgences, j'y découvris la démocratie de la misère. Quand vint son tour d'être auscultée, ayant rassemblé toute sa prestance médicale, elle fournit clé en main, termes savants à l'appui, son diagnostic au confrère de garde. Passant sous silence les épisodes précédents elle expliqua, ce qui est sans doute exact, qu'elle avait fait un accès d'hypoglycémie. C'est vrai qu'elles n'avaient pas de sucre au camp. Après la vérification de quelques réflexes nerveux, nous pûmes rentrer à Malakoff. Je lui racontais tout ce qui s'était passé, elle me fit répéter tout l'épisode et me refit la même demande le lendemain. Sur le camp, elle ne fit aucun commentaire.

Elle n'était pas en mesure de prendre le volant mais voulait passer l'été dans le Midi. J'acceptai de l'y conduire à la condition de m'assurer que sur l'autoroute, nous ne risquions pas la répétition d'une telle crise. Estoucha accepta facilement de se faire faire un scanner du cerveau, mais c'est avec beaucoup de réticence de sa part que nous nous rendîmes à une consultation neurologique hospitalière. Une interne nous y accueillit, la consultation tourna à l'affrontement. Pendant plusieurs mois elle craignit que je ne la croie susceptible de perdre la raison. Elle insista bien des fois sur le fait qu'elle n'avait eu qu'un épisode hypoglycémique, que rien de tout cela ne serait arrivé si elle avait mangé à son heure habituelle.

L'année suivante sa santé se dégrada un peu plus. Les longs mois de réclusion et de quasi-immobilisation avaient affaibli son tonus musculaire. Des douleurs dont elle ne connaissait l'existence que par les livres ou par les plaintes de ses clients l'assaillaient, elle en était intellectuellement toute surprise mais moralement déprimée. Depuis longtemps, bien avant sa maladie, elle qui aimait tant marcher avait d'abord réduit la durée de ses promenades avant de les interrompre complètement. Chaque fois elle me fournissait des prétextes liés aux circonstances, aussi n'y avais-je pas vraiment prêté attention. Un jour, elle finit par me dire que marcher lui faisait mal à la hanche du côté où pendant les tortures la tête du fémur était remontée dans la cavité iliaque. Quelques semaines plus tard, à l'improviste, les douleurs à la hanche lui arrachaient des cris de bête blessée. Nous étions ensemble dans le Midi, c'était insupportable pour elle et pour nous, il fallait opérer. C'est aussi cet été-là que pour la dernière fois Jeanne, Renée, Estoucha et moi fûmes réunis à quatre, Jeanne paisible et Estoucha en proie à ses douleurs.

De retour à Paris, un de mes vieux amis qui avait subi une intervention sur la tête du fémur la rasséréna. L'anxiété d'Estoucha se fixa sur la transfusion sanguine à cause de l'affaire du sang contaminé. Il était hors de question qu'on lui fasse une autotransfusion ; je lui proposai mon sang (en fait je ne savais pas si nous avions des groupes sanguins compatibles), elle refusa. En octobre 1993, l'opération, comme elle aimait à le dire, fut « techniquement un succès » mais elle ne s'en remit pas vraiment, les douleurs à la hanche avaient disparu, elle en avait ailleurs. Après quelques semaines d'espoir elle restait des journées entières sans force sur le canapé du séjour à lire ce qui lui tombait sous la main, refusant de voir les amis qui prenaient de ses nouvelles.

Son attention pour les choses du monde ne faiblissait pas, mais il était maintenant clair pour tous ses proches qu'elle était entrée dans la dernière étape de sa vie. Je me tenais moi aussi ce discours de raison mais, contre toute vraisemblance, j'espérais un répit. Je me réfugiais dans l'espoir qu'elle pourrait à nouveau goûter à la vie. Sans y croire vraiment. Il y avait pour elle une énorme contradiction entre le premier cercle du monde qui l'entourait, fruit de son acharnement à assumer une famille dont elle était fière même si tout n'y était pas satisfaisant, et tout le reste, si différent de ce qu'elle avait espéré et de ce pour quoi elle avait lutté. Elle voyait bien que nous autres plus jeunes n'y trouvions pas vraiment notre voie, elle devinait qu'il lui faudrait beaucoup de forces pour continuer à se colleter avec la vie, elle s'en sentait de moins en moins la volonté, en même temps, comme ce héros de Paul Nothomb qui passe la guerre inactif et vain dans un stalag, elle ne supportait pas l'idée de « n'y être pour rien ».

Quand vint l'été, après avoir caressé le projet chimérique de suivre une cure antirhumatismale dans une station des Landes, elle descendit dans le Midi, conduite par une amie chauffeur de taxi. Quelques jours plus tard l'amie devait reprendre son travail, Estoucha resta seule mais m'assurait par téléphone que tout allait bien grâce à l'aide des voisins. Quand j'arrivai quelques jours plus tard elle était profondément déprimée, son affaiblissement physique la trahissait. Chaque jour je lui fis faire quelques pas mais au bout de quelques dizaines de mètres elle n'en pouvait plus. Renée puis Roland prirent la relève. Pendant mon absence, la chaleur fut torride, elle resta allongée de plus en plus longtemps, dans l'obscurité pour échapper à la chaleur. À mon retour, elle avait renoncé à marcher. Je nous étourdis tous deux en la menant un soir au restaurant, la portant contre moi pour franchir une volée de marches jusqu'à une terrasse. Depuis des dizaines d'années, je ne touchais plus son corps qu'au visage et aux épaules pour l'embrasser, ce soir-là de toutes mes forces je le serrai contre moi pour donner le change.

C'était trop tard, les vacances finissaient, j'étais seul avec elle, il fallait fermer la maison et remonter en voiture à Paris. Je ne sais comment elle fit mais à l'heure dite elle était prête, valise bouclée, papiers et livres rangés, elle me demanda seulement de plier ses couvertures et de balayer sa chambre. Quand je fermai la maison j'eus d'un seul coup conscience que c'était la dernière fois qu'elle la voyait. Nous ne nous sommes rien dit mais je crois qu'elle a partagé cette évidence. En roulant, à cause de la vitesse et de cette mort qui s'était imposée à moi, je me rappelais un autre voyage étrange vingt ans auparavant avec des camarades de mon âge pour aller enterrer un ami qui s'était suicidé, Alain Forner, qu'Estoucha avait connu et qui pendant toutes nos bagarres à l'U.E.C. m'avait entouré d'une amitié quasi fraternelle qui tranchait avec le cynisme qu'il affichait. L'autoroute était dégagée, nous fûmes en moins de six heures à Malakoff.

Un mois plus tard, le 6 octobre 1994, je trouvai sur mon répondeur téléphonique en revenant de déjeuner trois messages. Le troisième disait la vérité : elle était morte tôt le matin, un médecin légiste était sur place.

Je pris mon temps, de toute façon il n'y avait plus que moi maintenant.

Quand j'entrai dans sa chambre je découvris Estoucha saisie dans un dernier mouvement, comme un cadavre de Pompéi, allongée sur le flanc gauche, les bras projetés en avant, bien détachés du corps, faisant un geste très gracieux digne d'une danseuse de Bali, les doigts pliés, comme s'ils avaient pincé un pétale de temps pour le figer à jamais.

En m'approchant je compris mieux ce qu'on venait de m'expliquer. Elle s'était levée au petit matin, la mort l'avait foudroyée au moment de rejoindre son lit. Dans sa chute, elle n'avait eu que le temps d'esquisser vers l'avant un mouvement des bras. La table de chevet, sur laquelle se trouvait une lampe de bureau d'enfant datant des années 50, s'était renversée. Une lampe toute en métal chromé à socle conique avec pour tige des réglettes articulées ; je l'utilisais quand nous habitions le studio avenue Pierre-Brossolette, depuis longtemps elle n'avait plus d'abat-jour, elle détonnait dans la chambre mais Estoucha n'avait jamais voulu la remplacer. Son amie chauffeur de taxi à qui elle avait donné ses clés la veille l'avait découverte dans ce désordre. La lampe ne s'était pas brisée, l'ampoule allumée était tombée juste sur son avant-bras et avait commencé de le carboniser sur la face interne, au-dessus de son bracelet-montre. À cause de cela on avait appelé le commissaire de police pour vérifier s'il y avait eu une électrocution criminelle. Ils avaient coupé le courant, démonté la lampe et retiré l'ampoule pour constater qu'il n'y avait aucune anomalie de branchement ; du coup la brûlure était bien visible, après Bali je pensais aux fours crématoires.

Estoucha était morte comme elle avait voulu vivre, debout. Je ne savais pas où l'enterrer ; il était hors de question pour moi de mettre son corps dans un four crématoire, des cendres elle avait eu sa part.

Nous l'enterrâmes le 11 octobre après-midi, un mardi, il faisait beau. C'était dans ma famille la première fois depuis des dizaines d'années qu'un des nôtres arrivait naturellement au terme de sa vie. C'était aussi la première fois dans ma famille que nous pouvions remplir envers celle qui nous avait quittés ce dernier devoir normal et élémentaire de lui donner une sépulture.

Dans la bibliothèque de sa salle à manger, à côté du *Radeau de la Méduse*, du géographe de Veermer, compas à la main, levant les yeux vers une fenêtre d'où vient la lumière, du pochoir représentant Che Guevara, et d'un texte de Sartre sur le Vietnam, il y avait les paroles et la musique d'une seule chanson. Ni *L'Internationale*, ni *Le Temps des cerises*, ni le *Chant des partisans*, mais une chanson allemande, *Die Börgermoer*, écrite en 1933 par trois détenus d'un camp portant ce nom : Johan Esser un mineur, Wolfgang Langhoff un poète et Rudi Goguel un musicien. Ce chant s'est répandu, je crois, dans tous les pays d'Europe où il y a eu des camps. Nous le connaissons en français sous le nom de *Chant des marais* ; c'est celui de tous les déportés.

J'ai essayé d'obtenir qu'un violoniste juif vienne le jouer au cimetière, cela n'a matériellement pas été possible. Après avoir dit un texte qui a donné naissance à ce livre j'ai voulu en lire les couplets. Je n'ai pas pu aller plus loin que la fin du premier :

*Loin dans l'infini s'étendent*
*De grands prés marécageux*
*Pas un seul oiseau ne chante*
*Sur les arbres secs et creux*

Sa tombe est au cimetière de Malakoff, section D, pas très loin de la cité dont elle fut le médecin. Quand j'allai à Mauthausen, je découvris que le granit de sa pierre tombale ressemble assez à celui que les déportés espagnols extrayaient sous la contrainte de la carrière du camp et qui, transporté à dos d'homme en haut des cent quatre-vingt-six marches, servait à le construire.

Décembre 1994-janvier 1997
Révision mars-avril 1997

# REMERCIEMENTS

Amicale de Mauthausen (Paris)
Archives de la Croix-Rouge internationale (Genève)
Archives officielles de la guerre civile (Salamanque)
Bibliothèque municipale de Lille (Lille)
Centre de recherches sur l'histoire de la Seconde Guerre mondiale (Bruxelles)
Musée du kibboutz « Les combattants du ghetto » (Israël)
Union Romani Internationale (Berlin)
Yad Vashem (Jérusalem)

Renée Abraham
Claire Auzias
Antonio Beccheloni
André Bruyère
Mathieu de Brunhoff
Renée Buisine-Lepot
Mimi et Mariano Constante,
Marcel Courtiade
Madame Croizard
Jeanne Deroubaix-Lost
Félix Dufêtre

Cécile Dupont-Hermey
Marie et Bernard Diu
Bruno Escoubès
Marcelle et Jean-Marie Fossier
Tania Feldmann
Michal et Zeev Friedmann
Olivier Garros
Simone et Guy Gauthier
Annie Genty
Colette Guénégou (Séverine Cieslak),
Jean-Noël Jeanneney
Angèle Koulikof-Martinez (Angelines)
Sonia (†) et Léon Leit
Arno Lustiger
Dov Liberman
Denis Limagne
Grazyna et Gabriel Mérétik
Anna-Maria Merlo
Emmanuel Minc
Colette et Jean Monier
Pierre Najéra
Josiane Olff-Nathan
Lola et Isaac Opatowski
David W. Pike
Bernard Prince
Anne Quérien
Éliane Le Rolland-Lenoir (Chounette)
Françoise Routhier (†)
Françoise Roth
Isabelle Saint-Saëns
Daniel Singer
Carol Szurek
Danièle Sivadon

Salomé Unamuno
Maïté Santos Unamuno
Rudi Van Doorslaer
Gérard de Verbizier
Madeleine Vincent (Michaud)
Isabelle Wagner
Édith, Claire et Marianne Waysand
Emmanuelle Wollmann

# Index

*Action* : 237
Adorno : 176
Alcantara : 32, 137, 203, 204, 206, 263
Aldebert : 235
Algérie : 90, 350, 351, 354, 360, 371
Allemagne : 12, 46, 57, 63, 67, 73, 82, 87, 95, 165, 166, 177, 195, 197, 218, 238, 265, 274, 284, 295, 305, 391, 392, 404
Allen : 28, 189, 191
Aman : 14, 15
Amsterdam : 105
Amstetten : 236, 238, 244
Anderlecht : 98
Angèle, Angeta Angelines : 424
Annecy : 253, 254
Annemasse : 197, 252
Aragon : 262, 304, 334, 337
*Arbre aux sabots (L')* : 18
Ardennes : 202
Arendt, Hannah : 397
Argelès : 87, 88
Arkusz : 16, 32, 39, 47, 275, 298
Armentières : 117, 132, 200
*Arts* : 337
Assuérus : 14
Auschwitz : 100, 176, 177, 218, 380
Autriche : 73, 218, 219, 238, 247
Avion, Pas-de-Calais : 199, 255
Bailleux, Lucien : 358, 362, 363
Bali : 394, 395, 419
Barbizon : 180
Barcelone : 50, 209, 227, 228, 230, 369
Baron, Laurent : 157
Bayle, François : 195
BBC : 123
Beauvoir, Simone de : 402
Belgique : 31, 34, 35, 37, 39, 40, 42, 45, 46, 57, 82, 84, 87, 88, 96, 98, 99, 101, 102, 105, 115, 118, 161, 204, 217, 268, 269, 270, 311, 326, 341, 355, 356, 372, 387, 401
Berber : 249
Berei, Andor : 88
Bergen-Belsen : 216, 234, 235
Bernadac, Christian : 183, 197

Bernadotte, comte : 234, 248
Bettelheim, Charles : 183
Bilbao : 59, 60, 61, 62
Birkenau : 177, 218
Bisiaux, Alexandre : 126
Block 32 :
Blondel : 268
Blum, Léon : 53
Boleslav V, dit « le pieux de Kalisz » : 13
Bordeaux : 90, 93, 94, 95
Bordet, Jules : 80
Bouhour, Émile : 126
Bouhour, Georges : 126
Bourdet, Claude : 59
Bourgeois : 108, 109, 111
Bousquet, Élise : 222
Boussois : 114, 119, 120
Boutet, docteur : 361
Bravo, Anna : 183, 341
Brecht, Bertolt : 403
Breslau : voir Wroclaw : 279, 280
Bresson, Robert : 145
Brouckère, Louis de : 53
Bruxelles : 32, 34, 35, 37, 39, 40, 42, 43, 47, 48, 50, 51, 53, 57, 67, 71, 80, 82, 83, 85, 87, 88, 91, 95, 96, 97, 98, 99, 101, 115, 142, 170, 172, 186, 260, 262, 263, 264, 265, 266, 269, 270, 320, 341, 346, 372, 394
Buber-Neumann, Margarete : 192, 193
Buckhardt, professeur : 244, 249
Budapest : 233, 245
Bueno Vela, Alfonsina : 230
Buenos Aires : 38
Bulgarie : 73
Bund : 29
Bürglischulhaus : 251
Callisia : 13
Cambrai : 97, 98, 102, 103, 106, 107, 109, 112, 114, 125, 139, 143, 252, 263, 271, 309
Cambre, bois de la : 101, 229
Carillo, Santiago : 61
Carlotta : voir Garcia, Carlotta : 208, 209, 230
Caro : voir d'Ursel.
Carpentier, Jean : 383
Casimir III, dit le Grand (Kazimierz Wielki) : 14
Castillo, José :
Castro, Fidel : 373
Caulier : 141, 142, 144, 145, 149
C.C.E. : 282, 288, 291, 301, 305, 308, 332
Censier, rue : 80, 277, 382
Cereja, Federico : 183
Ceylan : 394
Chagall : 24
Chaplin : 45
Charlie : 122, 208, 209, 210, 211, 226, 227, 228, 229, 230, 241, 246, 247, 255, 277, 319
Châteaubriant : 368
Châtillon-sous-Bagneux : 358
Chaudet, Simone (Hélène) : 250
Che Guevara : 381, 420
Chelmno : 142
Chili : 73, 208, 319
Choumoff, Serge : 219, 242, 244
Chounette : voir Le Rolland-Lenoir, Éliane.
Churchill : 124
C.I.C.R. : voir Comité inter-

national de la Croix-Rouge : 244, 245, 249, 250, 251
Cieslak, Colette : 178, 187, 188, 194, 198, 199, 200, 202, 205, 224, 225, 240, 241, 247, 424
Ciesliewicz, Roman : 381
Clamart : 409, 410, 412
Clavel, Bernard : 402
C.N.T. : 230
Colette : voir Cieslak, Colette.
Colonel-Fabien, place du : 307, 346
Combloux : 265, 266
Comète, réseau : 217
Comité français pour la défense des immigrés : 306
Comité international de la Croix-Rouge : 244
Constante, Mariano : 221, 226, 227, 228, 229, 240
*Coq hardi*, brasserie : 130, 255
Cordonnier, Dr Denis : 125, 141, 145, 147, 149, 258, 259
Cordoue : 295
Corneille : 297, 298, 299, 301
Coubertin, Pierre de :
Courrières : 262
Courtade, Pierre : 323
Courtois, S. : 228, 339
Courtois, Robert : 228, 339
Cracovie : 98, 274
Crépinge, Roger : 122, 152
Croizard : 256
Cuba : 373, 376
Dachau : 179, 180, 217, 219
Dalluin : 269
Danis, professeur : 341
Danube : 218, 220
Darcq : 356
Dser, general-major :
Debarge, Charles : 116, 121, 122, 132, 136
Degrelle, Léon : 48
Delmée, Gilberte : 250
Deroubaix, Fernand : 119
Deroubaix, Jeanne : 119
Désiré : 119
Desmarais, Jeanne : 200, 201, 202
Desrumeaux, Martha : 186
Diamant, David : 59, 62, 65, 66, 70, 210
Diamant, Maria : 210
Dickens : 24
Dieppe : 112, 122, 124
Dimitrov : 43, 63, 101
Djian, Simone : 199
Domanska, Irène : 384
Don Zimmel-Gazel, Dr Paulette : 197
Douai : 126, 140, 145, 152
Dubois, Jeanne : 116, 159, 162, 165
Dubois, Lucien : 126
Dubosc, Charles : 59
Duclos, Jacques : 53
Dufournier, Denise : 189, 201
Dupont-Hermey, Cécile : 170, 175, 184, 197, 198, 201, 217, 220, 223, 225, 226, 235, 241, 246, 268, 424
Durango : 57, 58, 59, 61
D'Ursel, Caro : 203, 204, 206, 424
Dustin, professeur : 341
Dwolaïtski : 34, 39, 40, 43, 96, 172, 263
Èbre : 73
Éléonore : voir Rubiano, Eléonore : 209
Éluard : 262
Elvire : 217

Entraide universitaire française : 265
Escaut, canal de l' : 111, 112
Espagne : 42, 48, 52, 53, 56, 57, 58, 59, 60, 63, 64, 66, 67, 68, 69, 70, 71, 73, 75, 77, 78, 80, 81, 82, 83, 87, 88, 105, 116, 130, 131, 159, 160, 178, 208, 209, 210, 211, 229, 230, 264, 276, 277, 286, 301, 307, 311, 319, 330, 334, 343, 347, 358, 364, 367, 368, 369, 370, 385, 387, 393, 394, 400, 401, 402
Esser, Johan : 420
Estager : 97
Ester, Joseph : 15, 161, 230, 275, 341
Esther : 14, 15, 17, 270
États-Unis : 99, 100, 101, 169, 377
Eupen : 82
*Euzkadi Roja* : 60
Évian : 366, 382, 400
F.T.P. : 114, 117, 123, 124, 129, 130, 135, 157, 199, 200, 300, 339
Fédération anarchiste ibérique : 61
Felisa : 59, 60
Félix, dit Coco : 315
Fernand : voir Deroubaix, Fernand : 119, 163, 164, 253, 257, 259, 260, 262, 273, 278, 280, 289, 308, 309, 310, 329, 330, 332, 398
Ferrari, Euzebio : 122
Fievet, J.-B. : 126
Fives-Lille : 117
Fleuriza : 154, 155, 277, 280, 308
Fleury : 154, 155, 252, 323
F.L.N. : 360
Fondu : 141, 142, 144, 145, 147, 148, 149
Forest : 98
Fortous, Maria : 65, 66, 67, 76, 367, 368, 394
Fossier, Jean-Marie : 105, 145, 152, 162, 424
Frais-Marais : 117, 129
France : 15, 42, 48, 53, 62, 63, 74, 76, 82, 83, 84, 85, 87, 88, 90, 97, 102, 104, 112, 123, 137, 148, 160, 183, 199, 209, 211, 217, 223, 226, 227, 251, 252, 254, 263, 267, 269, 271, 275, 277, 279, 280, 284, 285, 286, 298, 299, 304, 305, 311, 319, 320, 326, 327, 331, 335, 336, 339, 349, 350, 358, 368, 369, 376, 377, 379, 383, 384, 385, 386, 388, 392, 396, 401, 414
Franco : 48
François : 51, 55, 59, 195, 336, 402, 424
Frédérique : 237
Frenkel : 24, 25
Freud : 17, 29
Fritz-Cramer, R.M. : 244
Frochly : 139
Front unique des jeunesses antifascistes : 47
Fructus, Annick : 376
Fürstemberg : 216
Gaby, René : 151, 349, 350, 380
Gallo, Max : 402
Garcia Carlotta : 208, 209, 230
Garcia, Dolorès : 208, 209, 230

Gascogne, golfe de : 65
Gauthier, Guy : 347, 353, 424
Gauthier, Simone : 347, 353, 424
*Gazeta Polska* : 305, 333
Gdansk : 142
Gebhart : 195
Genève : 73, 244, 249, 250, 265
Georges, François : 19, 101, 126, 137, 141, 146, 148, 165, 336
Gerber-Vincent-Morris : 314, 315, 336
Germain : 119, 120, 163, 164, 165, 166, 183, 188, 191, 92, 193, 216, 219, 228, 249, 250
Germaine : 119, 120, 183, 188, 191, 192, 193, 216, 219, 249, 250
Gestapo : 42, 143, 144, 160, 163, 200, 212, 324
Gilbert, Martin : 123, 142, 250
Giono : 236, 237
Gluck : 245
Goguel, Rudi : 420
Goldman, Pierre : 392
Gomulka : 384
Gontcharov : 402
Gorbatchev : 406
Gotinski, Abram : 53
Gotovitch, José : 48, 105, 320
Govaerts, professeur : 341
Gramsci : 363
*Grand Écho du Nord* : 125
Grazyna : 377, 285, 424
Grévy, président : 278, 282
Gross-Strehlitz : 169, 199
Guérin, Urbain : 313
*Guernica* : 59
Guipuzcoa :
Gurs : 87
Gusen : 242, 244
Haefliger, Dr Louis : 245
Halle : 83, 84
Hapiot, Julien :
Hartheim : 218, 219, 245
Haschomer Hazair : 69
Hela (voir aussi Zalc) : 24, 30, 31, 38, 39
Hélène : 237, 250, 291, 361, 362, 363
Hendaye : 54
Herstal : 53, 56
Hervé, Pierre :
Hespel, L. : 104
Heydrich : 195, 245
Hidalgo de Cisneros : 74
Himmler : 192, 195, 216, 219, 245, 248, 249
Hitler : 45, 50, 82, 180, 192, 195, 200, 247, 249, 250, 404
Horwitz, Gordon J. : 219
Hotchkiss : 53
Houplines : 117, 132, 200
Irun : 54, 59, 60, 67
Isaac : 356, 357, 424
Israël : 13, 181, 282, 371, 378, 385, 386, 387, 388, 389
Italie : 31, 46, 63, 73, 304, 375, 388
Jacquotte : 204, 205, 255
Janetcka : voir Lefebvre, Jeanne.
Jaruzelski : 399
Jazz (réveils) : 111
Jeanne : voir Deroubaix, Jeanne : 52, 65, 75, 76, 77, 116, 117, 119, 121, 139, 159, 162, 163, 164, 165, 200, 201, 202, 203, 253, 254, 257, 258, 259, 260,

262, 273, 277, 278, 280, 281, 284, 308, 309, 311, 329, 330, 331, 332, 367, 398, 416, 424
Jelanska, Milena : 61
Jérusalem : 106, 295
Jongh, Dédé de : 175, 176, 217, 224, 225, 238
Jouffroy : 297
Jouhaux, Léon : 53
Jouvet : 320
Jung, Mlle : 250
Kafka : 17
Kagan : 12, 142
Kahn, Marcel Francis : 373
Kalisz : 12, 13, 14, 15, 17, 18, 25, 26, 30, 31, 35, 37, 39, 41, 47, 53, 68, 69, 83, 98, 161, 199, 264, 270, 275, 276, 284, 335, 378, 386
Kaltenbrunner, Ernst : 244, 245
Kaplan, Henry (Heniek) : 161
Karola (voir aussi Frenkel) : 24, 25, 29, 30, 31, 32, 38, 83, 90, 91, 263
Kaspi, A. : 350
Kaufman, Sarah : 137
Kempten : 248
Kim : voir Olasso : 209, 247, 319
Koestler : 46
*Komsomolskaia Pravda* : 64
Koury (voir aussi Tillion) : 182
Kowalski : 73, 387, 388
Kresbach : 245
Kreuzbourg : 169, 188
Kropotkine : 69
Khrouchtchev : 349, 363
Kuhne, P. : 250
Kuron, Jacek : 380
Kwaï, rivière : 396, 397
KZ : 179, 180
*L'Humanité* : 54, 307, 314, 318, 332, 345, 349
La Bassée : 117, 119, 120, 121, 122, 128, 131, 134, 154, 158, 242, 253, 257, 258, 260, 263, 267, 269, 270, 273, 274, 277, 278, 279, 281, 283, 287, 289, 308, 309, 329, 330, 331, 332, 391, 392, 398
La Fontaine : 297
Lacroix, Jean : 59
Laffitte, Jean : 219
Lalieu, O. : 350
Lampe, Simone : 224
Langhoff, Wolfgang : 420
Lapierre, Nicole : 183
Laval : 123
Le Play, Frédéric : 311, 313, 358
Le Rolland-Lenoir, Éliane : 187, 223, 226, 246, 249, 424
Lean, David : 396
Leblanc, J.A. : 269
Lecœur, Auguste : 343
Lefebvre, Jeanne : 253
Légion nationale : 47
Leipzig, procès de : 43
Leit, Sonia : 43, 48, 57, 83, 269, 424
Lemaire, docteur : 262
Lénine : 29, 363
Léon voir Leit : 43, 48, 53, 57, 327, 341, 424
*Les Lettres françaises* :
Levi, Primo : 183
*Liberté* : 159, 267
Lidice : 42
Liège : 31, 35, 83, 90, 105, 115, 250

Limagne, Pierre : 90, 123, 124, 424
Linz : 236, 245
Lip : 111, 274
Lissenko : 344
Loche, Simone : 199, 217
Lodz : 12, 39
Lohnauer, docteur : 245
Lola (Opatowski) : 35, 364, 376, 356, 357, 424
Londres : 98, 108, 124, 161
Londres : voir Royaume-Uni.
Loos : 125, 132, 136, 140, 141, 142, 150, 160, 162, 169, 172, 199, 200, 271, 366, 392
Lublin : 12, 195
Lustiger, A. : 29, 48, 64, 69, 73, 424
*Lutétia*, hôtel : 254, 255
Luftwaffe : 81
Lynch, Edouard : 254
Lyon : 161, 254, 281, 291
Madrid : 63, 72, 77
Mag : 227, 237
Malakoff : 15, 287, 309, 311, 312, 313, 314, 316, 326, 327, 328, 329, 331, 336, 338, 341, 345, 346, 347, 348, 349, 350, 351, 352, 353, 354, 356, 358, 360, 378, 379, 383, 392, 412, 413, 415, 418, 421
Malot, Hector : 333
Maman Jeanne : 200, 201, 203
Manouchian, groupe : 130, 227
Marcel : voir Martin : 115, 139, 140, 150, 162, 237, 283, 315, 366, 373, 424
Marcelle : 162, 315, 366, 424
Mardochée : 15
Marie : 105, 137, 145, 152, 162, 177, 182, 199, 203, 217, 254, 268, 326, 424
Maritain, Jacques : 59
Marly-lès-Valenciennes : 141, 144
Maroc : 48
Marti, docteur : 115, 139, 140, 142, 150, 209, 211, 217, 230, 249, 424
Martin, Marcel : 115, 139, 140, 142, 150, 209, 211, 217, 230, 424
Martinez-Koulikof, Angelita : 209
Martorell, Herminia : 230
Marx : 44, 69, 363
Mastroianni : 18
Matard-Bonucci, Marie-Anne : 254
Matexca Jenatcy : 37
Mathews, Harry : 137
Mathilda (voir aussi Arkusz) : 16, 17, 21, 26, 27, 28, 80
Matta : 381
Maubeuge : 117
Mauriac, François : 59
Maurice : 80, 126, 129, 130, 131, 207, 237, 238, 254, 257, 259, 300, 315, 326
Maurice, Violette : 80, 126, 129, 130, 131, 207, 237, 238, 254, 257, 259, 300, 315, 326
Mauricette : 129, 130, 131, 257
Mauthausen : 217, 218, 219, 220, 221, 223, 224, 225, 226, 227, 228, 229, 230, 231, 232, 233, 234, 235, 237, 238, 239, 242, 244, 245, 249, 261, 268, 368, 393, 397, 421

*Méduse, radeau de la* : 65, 381, 420
Megève : 265, 375
Mendès France, Pierre :
Mérétik, Gabriel : 338, 350, 380, 384, 424
Mérétik, Grazyna : 377, 385, 424
Merzeburg : 391
Mesum : 168, 169, 204
Meudon : 410
Mexique : 64, 69, 73
Miarka : voir Viernay, Denise : 236, 237, 240
Michaud : voir Vincent, Madeleine : 171, 172, 425
Micheline : 237
Minc : 357, 385, 424
MOI (Main-d'œuvre immigrée) : 130, 305
Molière : 297
Mollet, Jean-Baptiste : 126
Monier, Jean : 321, 424
*Monitor Polski* : 69
Monjauel, Renée (Lucie) : 250
Monnaie (théâtre, Bruxelles) : 170
Mont-sous-Vaudrey : 278
Montigny-en-Ostrevent : 126
Montoulieu : 85, 86, 88, 89, 93, 94, 263, 271
Montrouge : 287
Morelle, Elvire : 217
Moscou : 63, 73, 87, 182, 209, 367, 393
Mouni : 59, 85, 89, 93, 94, 95, 96, 97, 98, 99, 100, 101, 102, 103, 104, 105, 106, 107, 108, 109, 110, 111, 112, 114, 115, 116, 118, 119, 120, 121, 122, 124, 125, 131, 132, 134, 135, 139, 140, 151, 152, 155, 159, 249, 252, 254, 258, 259, 265, 268, 269, 271, 273, 308, 325, 329, 330, 331, 332, 333, 339, 364, 372, 386, 404
Mounier, Emmanuel : 59
*Mujeres* : 60, 61, 332
Muller, feldwebel : 147
Munich : 179, 180
Murnau : 248
Nagti : 360
Nantes : 12, 122
Napoléon : 298, 299
*Narodowiec* : 305
Navignies : voir Niergnies : 139
Negrín : 73
Neisse : 305, 306, 307
Neumann, professeur : 80, 192, 193
Neuvy-sur-Barangeon :
Neve Sharet : 387, 388, 389
Nice : 285, 288, 290, 291
Niergnies : 139
Nigra, Bernard : 126
Nikiforova, Antonina : 182, 183
Ninette : 368
Nizan : 155
N.N., Nacht und Nebel : 190, 191, 192 193, 195, 196, 207, 216, 218, 234, 237, 238, 241
Noguères, Henri : 152
Nothomb, Paul : 43, 88, 417
Oder : 305, 306, 307
Offenbach : 406
Olasso : 208, 209, 227, 228
Opatowski, Lola : 264, 357, 424
Orchestre rouge : 43, 46, 264

Oswiecim (voir aussi Auschwitz) : 12
Oudin, Germaine : 250
Paletko : 68, 69, 265
Paquereau, Marie : 268
Paris : 13, 29, 43, 53, 58, 59, 66, 67, 69, 70, 75, 80, 88, 90, 93, 95, 97, 114, 115, 116, 121, 123, 137, 160, 180, 183, 188, 191, 192, 195, 210, 219, 228, 246, 250, 254, 255, 261, 262, 264, 266, 274, 277, 280, 283, 286, 290, 300, 305, 306, 312, 313, 320, 323, 328, 329, 333, 336, 345, 349, 350, 357, 368, 382, 383, 385, 397, 416, 418
Parti communiste basque : 59
Parti communiste belge, voir P.C.B. : 42, 43, 46
Parti ouvrier polonais : 304
Pasionaria : 401
Pasternak : 357
Pat O'Leary, réseau : 230
Patronatis : 38, 40, 41
Paulette : 197, 268
Paxton : 90, 137
Pays basque : 57, 59, 210, 211, 381
Perezagna, bataillon : 59
Perpignan : 76
Perse : 14
Pétain : 86, 143, 360
Pic : 59, 157, 160, 331, 337, 338
Picasso : 59, 160, 331, 337, 338
Piedelièvre, professeur : 340
Pike D. W. : 88, 209, 228, 230, 231, 424
Pilsudski : 38, 172, 277
Pline : 13
Poe, Edgar : 374
Pologne : 10, 12, 13, 16, 18, 20, 26, 27, 28, 29, 32, 38, 39, 66, 69, 70, 73, 81, 82, 87, 98, 106, 108, 142, 143, 148, 161, 199, 211, 270, 276, 277, 278, 284, 285, 286, 293, 305, 320, 326, 331, 335, 341, 349, 357, 358, 376, 377, 383, 384, 385, 386, 399, 401
Pontresina : 278
Port-Bou : 77
Poznan : 264, 269, 349
Poznanska, Sophia : 264
Pradervant : 249
Prague : 195, 274, 355
Prona : 14
Provins : 117, 157, 160
Prusse : 13
Ptolémée : 13
Rachel : 51, 55, 394
Racine : 237, 297, 237, 297
Racine, Mila (Marianne) : 237
Ralite, Jack : 400
Rascher, docteur : 219
Ravensbrück : 173, 175, 176, 177, 178, 179, 180, 182, 183, 184, 188, 189, 191, 192, 193, 195, 196, 197, 199, 200, 201, 202, 203, 205, 216, 218, 219, 220, 221, 222, 223, 224, 226, 230, 231, 232, 234, 235, 241, 247, 309, 347, 397
Recult, docteur : 245
Régine : 387
Rémi, colonel : 123
Rena : 123, 353, 373
Renault, Gilbert : 123, 353
Renée : 250, 308, 329, 330, 398, 416, 417

Resnais, Alain : 191
Richmond, Théo : 161
Ridgway, général : 333
Riffaud, Madeleine : 116, 121, 132, 135
Robert : 13, 90, 137, 145, 329, 339, 398
Roig, Montserrat : 230
Rol-Tanguy : 313, 315
Roland : 19, 400, 417
Rossier : 356
Roubaix : 104, 117, 184
Rouquès, Pierre : 358, 359, 362
Rousset, David : 397
Royaume-Uni : 63, 88, 97, 209
Rozenheim : 248
R.P.F. : 314
Rubiano, Éléonore : 209
Rubli, docteur : 251
Russie : 12, 195, 212
Sabatier : 309, 310
Saint-Gaudens : 85, 89
Saint-Martory : 85, 86, 87, 89, 271
Saint-Sébastien : 59
Saint-Cloud : 53
Saint-Cyprien : 87, 88
Saint-Gall : 244, 250, 251
Saint-Gilles : 34, 83, 268, 372
Saint-Pierre, hôpital : 83, 87, 98, 109, 269, 270
Sainte-Maxime : 282
Salagnac, Léon : 327, 341
Salamanque : 60
Salomé : 329, 425
Salzbourg : 247
Santander : 62, 63, 65
Santerre : 356
Sara : 32, 34, 39, 40, 71, 83, 84, 87, 90, 91, 96, 102, 109, 110, 137, 203, 204, 206, 263
Sarah : voir Alcantara.
Sarraute, N. : 402
Sartre, J.-P. : 381, 420
Sassevalle : 126
Scheib, Pablo : 38
Schmanns, K.R. : 370
Schwartzenberg : 327
Secours rouge : 53
Seillon, docteur : 347
Selver, Maurice : 80, 277, 283
Sibérie : 16
Sigmaringen : 244
Skorzeny : 323
Snoock, professeur : 98
Société des Nations : 73
Somain : 124, 126, 134, 150
Sonia von Leit : 43, 57, 83, 269, 424
Sorbonne : 334, 382
Spinoza : 26
Springer, Isidore : 264
Stakhanov : 37, 38
Staline : 81, 82, 102, 192, 285, 334, 335, 336, 337, 338, 344
Stalingrad : 112, 123, 124, 393
Stanis : 328, 329, 330, 331
Stendhal : 170
Suisse : 237, 244, 249, 250, 251, 253, 278
Sula : 337, 338, 341, 349, 376, 377, 380, 383, 384, 385
Suzanne : 283
Suzy : 224, 225
Szurek, Alex : 68, 69, 264, 304, 384, 385, 386, 424
*Taverne lilloise* : 133
Tchécoslovaquie : 142, 218, 274, 388
Tech : 77
Temkine : 27, 28
Texas : 233

Thaelman : 200
Thième, capitaine : 103, 339
Thorez, Maurice : 300, 315, 343
Thomas, Hugh : 58
Thun-l'Évêque : 122, 152
Tillion, Germaine : 183, 188, 191, 192, 193, 216, 219, 242, 244, 249
Tillon, Charles : 114, 116, 117, 123
Timor : 396, 397
Tolède :
Tolz : 248
Torun : 85, 98, 142
Touchard, Pierre-Aimé : 265
Toulouse : 86, 87, 95, 414
Treblinka : 12
Tribout : 154, 155, 157, 158, 164, 252, 255, 258, 260, 283, 323
*Tribuna Lydu* : 387
Triolet, Elsa : 262
Troyat, Henri : 402
Tsadek : 34
U.S.A. : 53
U.E.C., Union des étudiants communistes : 363, 370, 373, 383, 392, 418
U.L.B. : 80, 82, 115, 265, 382
Union soviétique : 12, 37, 45, 63, 66, 229, 284, 301, 316, 349, 388
Université libre de Bruxelles : 43, 80
U.R.S.S. : voir Union soviétique : 43, 64, 72, 81, 82, 102, 104, 131, 276, 282, 334, 336, 350, 373, 388, 393, 406
USAF, Union socialiste antifasciste : 53
Vailland, Roger : 45, 323
Vaillant-Couturier, Marie-Claude : 177, 182, 199, 203
Vallet, Mme (pour Pierrette) : 250
Valley, Émile : 228
Valmy : 123, 339
Van Doorslaer : 46, 425
Varsovie : 26, 81, 82, 142, 205, 212, 244, 275, 276, 349, 376, 377, 378, 380, 384
Veermer : 381, 420
Vélodrome d'hiver : 318, 337
Versailles, congrès de : 28, 103, 339
Vert-Galant : 151, 404
Vichy : 89, 90, 102, 112, 137, 315
Vienne : 12, 39, 40, 218
Vienne, congrès de : 12
Viernay, Denise : 240
Vierzon : 93, 95
Viez, Hélène : 361
Vilar, Jean : 320
Vincent, Madeleine (Michaud) : 171, 172, 199, 314, 336, 425
Vitoria : 59, 60, 61
Von Rundstedt : 202
Wagner, Richard : 191, 200, 425, 191, 200, 425
Wagner, général : 200
Walincourt : 115, 139
Walter, général (Karol Swierczewski) : 69, 264
Wambrechies : 151
Warszawa (voir aussi Varsovie) : 12
Washington : voir U.S.A. : 124
Watincourt : voir Walincourt : 139

Wawrin : 157, 158
Waysand dit Maurice, dit Henry, dit Jean voir Mouni.
Waziers : 117
Wilkomirski : 27, 28
Wojtila, Karol : 274
Wroclaw : 199, 279, 286
Yad Vashem : 106
Yougoslavie : 73
Yourcenar, Marguerite : 402
Ypres : 146
Yvette : 315
Zalc, Hela : 24, 30, 31, 38, 39
Zapater, Carmen : 230
Zay, Jean : 53
Zeireis : 245
Zunz, professeur : 44
Zweig, Stefan : 17

*Cet ouvrage a été réalisé*
*par la Société Nouvelle Firmin-Didot*
*Mesnil-sur-l'Estrée*
*pour le compte des Éditions Denoël*
*en juillet 1997*

Dépôt légal : septembre 1997
N° d'édition : 8877 – N° d'impression : 39023

*Imprimé en France*